신 편

국   예조 전객사
역 변 례 집 요

한국학술정보[주]

해   제

하우봉 河宇鳳

(全北大學校 史學科 教授)

1. 『변례집요(邊例集要)』의 편찬

1) 편찬

　조선 후기, 즉 임진왜란 이후부터 1876년의 개항 이전까지 조선과 일본의 외교관계를 파악할 수 있는 조선 측의 자료로서는 『통문관지(通文館志)』, 『증정교린지(增正交隣志)』, 『변례집요(邊例集要)』, 『동문휘고(同文彙考)』, 『통신사등록(通信使謄錄)』을 비롯한 30여 종의 대일관계 등록류(謄錄類)를 들 수 있다. 그 중에서도 『변례집요』는 규정을 모은 법규적인 것이 아니라 조선과 일본의 교린관계(交隣關係)의 실제 상황과 사항을 연대순으로 요약 정리하였다는 점에서 가치가 매우 높은 기본 사료이다.

　『변례집요』는 그 제목의 뜻을 유추해 보면, '변방에 관한 사례를 요약하여 모은 책'이라는 의미이다. 그런데 여기서 변방이란 주로 일본과의 관계를 가리키며, 사례는 조선 후기 일본과 교린관계를 지속하면서 발생한 모든 상황을 포괄한다. 즉 시기적으로 보면 1599년(선조 32) 1월부터 1841년(헌종 7) 2월까지의 사례를 수록하고 있다. 한편 요약하여 모은 대상이 되는 자료는 주로 조선 후기 대일관계의 실제 사항을 다룬 각종 등록류이다. 현재 규장각(奎章閣)에 소장되어 있는 조선 후기 대일관계의 등록은 30여 종에 달하는데, 이것이 『변례집요』 편찬의 바탕이 되는 자료이다.

그러면 『변례집요』는 누구에 의해서, 언제 편찬되었을까?

편찬 기관에 관해서는 표지에 예조 전객사(禮曹典客司)라고 명시되어 있으므로 확실하게 알 수 있다. 예조 전객사란 어떠한 기구인가?

전객사는 1405년(태종 5) 육조속사제(六曹屬司制)가 정립될 때 예조의 속사(屬司)로 설치되었다. 성종 대에 편찬된 『경국대전(經國大典)』에 의하면, 정이품아문(正二品衙門)인 예조에는 다시 소속 관청으로 계제사(稽制司)·전향사(典享司)·전객사(典客司) 등 3사(司)를 두어 사무를 분담하였다고 기록되어 있다. 좀더 구체적으로 담당한 사무를 살펴보면, 계제사(稽制司)는 의식(儀式)·제도(制度)·조회(朝會)·경연(經筵)·사관(史官)·학교(學校)·과거(科擧)·인신(印信)·표전(表箋)·책명(冊命)·천문(天文)·누각(漏刻)·국기(國忌)·묘휘(廟諱)·상장(喪葬) 등에 관한 사무를 분장하고, 전향사(典享司)는 연회(宴會)·제사(祭祀)·생두(牲豆)·음선(飮膳)·의약(醫藥)을 관장하였다. 한편 전객사(典客司)는 중국에서 파견하는 사신과 왜인(倭人) 및 야인(野人)의 영접, 외국의 조공, 외국 사신을 영접하는 연회, 외국 사신에 대한 왕의 하사물 등에 관한 일을 맡아보았다. 다시 말하면 전객사는 조선시대 대외관계의 실무적인 일을 총체적으로 관장하는 부서였음을 알 수 있다. 따라서 대일관계에 관한 중요 문서를 모아서 등록(謄錄)의 형태로 편찬하는 것도 이 전객사의 소관 사항이었음은 당연하다 할 것이다. 실제 『변례집요』의 저본이 되었던 30여 종의 대일관계 등록류도 대부분 전객사에서 편찬되었음을 확인할 수 있다. 전객사에 소속된 관원의 숫자와 품계 등에 관한 기록은 나와 있지 않다. 한편 고종 대에 편찬된 『대전회통(大典會通)』에도 『경국대전』의 내용과 같이 기록되어 있어 조선시대 말기까지 전객사의 임무에는 큰 변화가 없었던 것 같다. 단지 '야인에 대한 영접은 지금은 폐하였다〔野人迎接今廢〕'라는 조항이 붙어 있는데, 이것은 조선 후기에 와서 여진족의 지위와 조선과의 외교관계가 달라진 만큼 당연한 일이다. 이후 이 기구는 1894년 갑오개혁 시 폐지되었다.

다음으로 편찬시기에 관한 문제인데, 현존하는 『변례집요』에는 서문(序文)이나 발문(跋文)이 없어 편찬 연대 등을 확실하게 알 수 없다. 그러나 이 책에 수록된 내용이 1841년까지인 점으로 보아 헌종 연간에 편찬된 것으로 보인다.

헌종 연간에 전 19권(卷) 19책(冊)으로 된 거대한 『변례집요』가 편찬된 이유는 1811년(순조 11) 대마도(對馬島)에서의 역지교빙(易地交聘) 이후 통신사행이 두절되는 등 일본과의 관계가 바뀌고, 또 서양 세력의 출몰로 인해 대외 정세가 급변하는 시기였던 만큼 조선 정부에서는 임진왜란 이후 지속되어 왔던 조선과 일본 간의 외교 실태를 각 항목별로 일목요연하게 파악할 수 있도록 간추려 정리할 필요성을 느꼈기 때문이라고 추측된다.

2) 판본(板本)

현재 전해지는 '변례집요'에는 『변례집요』와 『변례속집요(邊例續集要)』가 있다. 통칭 '변례집요'라고 하면 양자를 다 포함해서 이해하는데, 그것은 내용상 『변례속집요』가 『변례집요』를 이어서 편찬된 것이라는 점도 있고, 또 국사편찬위원회에서 1970년 『변례집요』를 간행할 때 양자를 합본으로 하였기 때문이다.

다음으로 판본에 대해 검토해 보자.

『변례집요』는 현재 서울대학교 규장각 소장본과 국립중앙도서관(國立中央圖書館) 소장본이 있다.

규장각 소장본(No.2090)은 원래 19권 19책의 필사본(筆寫本)이었으나 권2 송사 도서 상직(送使圖書賞職)이 결본이어서 현재는

18권 18책의 영본(零本)이다. 수록된 사항의 시기는 1599년(선조 32)부터 1841년(헌종 7)까지 243년간이다.

반면 국립중앙도서관 소장본은 규장각본과 제목이 같으며 19권 19책으로 되어 있다. 그런데 이것은 규장각본과는 편차가 다르다. 예컨대 규장각본에는 별차왜(別差倭)가 권1로 되어 있는 데 비해, 국립중앙도서관본에는 규장각본에 권2로 편성되어 있는 송사(送使)가 권1로 되어 있다. 수록시기도 국립중앙도서관본은 1599년(선조 32)에서 1755년(영조 31)까지로 되어 있다. 이로 볼 때 국립중앙도서관본이 보다 이른 시기에 편찬된 것이 아닐까 여겨진다.

양자를 비교해 보면 수록된 시기 및 내용 면에서 국립중앙도서관본보다 규장각본이 86년간의 내용이 더 기록되어 있는 셈이다. 그러나 규장각본에 빠져있는 권2 송사 도서 상직이 여기에는 있어 크게 참고가 된다.

『변례속집요』(奎No.2090)는 『변례집요』의 속집(續集)으로 이것 역시 예조 전객사에서 편찬한 것이나 편찬 연대는 알 수 없다. 필사본으로 원래는 7책이었으나 현재는 권2(1책 36장)만 남은 영본이다.

앞부분에 남아 있는 목록에 의하면, 문정 수본(問情手本) 15항목, 노인식(路引式) 2항목, 선수 인수(船數人數) 17항목, 별차왜(別差倭) 28항목, 관중유색목왕래왜(館中有色目往來倭) 12항목 등이 수록되어 있다고 하였으나, 이것이 전부가 아니며, 현재 남아 있는 바로써는 전체 내용을 짐작할 수 없다. 현존하는 권2의 내용은 문정 수본, 연례송사선수인수(年例送使船數人數), 관중유색목왕래교체왜로 구성되어 있다.

1984년 국사편찬위원회에서 한국사료총서 제16으로 간행한 『변례집요』는 상하 2책으로 된 활자본으로 규장각 소장본을 저본으로 하여 간행한 것이다. 그런데 이 책의 『변례속집요』 부분은 규장각본과는 달리 권1 연례송사선수인수, 권2 문정(問情) - 부(附) 부특송사선(副特送使船)·표차왜선(漂差倭船) - 으로 되어 있다.

따라서 본 역주본에서는 규장각본『변례집요』와『변례속집요』를 저본으로 하고, 규장각본에 빠져 있는 권2 송사 부분은 국립중앙도서관본으로 보충하였다.

3) 대일관계의 등록류

『변례집요』를 편찬하는 데 기본적인 자료가 된 대일 관계 등록류에 관해 살펴 볼 필요가 있겠다.

조선시대 관아(官衙)에서는 그 집무 사항의 관아 문서와 관아 사이에 주고받은 공문서를 등사 수록(謄寫收錄)한 책자를 작성하여 그 건의 '등록(謄錄)'이라고 칭하였다. 이러한 등록 작업은 일반적으로 국가의 중요 문서로서 영구 보존할 가치가 있는 문서에 한하여 행해졌다. 등록에는 문서를 연월일순으로 나열하였는데, 그 사이에 설명이나 고열(考閱)을 붙이지 않는 가장 일차적인 자료이다. 따라서 조정에서 어떤 문제를 논의할 때 등록을 참고하여 결정하는 경우가 많다. 조선왕조실록(朝鮮王朝實錄)을 편찬할 때도 각 관아와 지방의 등록을 참고하고 외교 정책을 결정할 때도 예조등록(禮曹謄錄)을 보고 참고했음은 물론이다.

조선 후기 한일관계에 관한 각종 등록류는 현재 규장각에 30여 종이 소장되어 있다. 이 등록류는 대부분 예조 전객사에서 편찬되었으므로 예조 등록이라고도 할 수 있다. 이들 대부분은『동문휘고(同文彙考)』의 편찬에 기초 자료로 이용되었으며,『증정교린지』나『변례집요』와 같은 외교 사료집도 이들 등록을 바탕으로 하여 정리한 것이다. 그런 점에서 등록류는『통문관지』,『증정교린지』,『변례집요』등과 같이 외교 자료집보다 일차적인 자료가 된다고 할 수 있다.

현재 규장각에 소장되어 있는 조선 후기 대일관계의 등록을 열거해 보면 다음 표와 같다.

조선 후기 대일관계 등록 일람표

등록명	수록 연대	등록의 내용	편찬관서	책수	규장각 청구번호
各樣差倭謄錄目錄(表題各樣目錄下)	1637(인조 15)~1731(영조 7)	대일관계 등록 16종에서 주요한 사항을 뽑아 정리해 놓은 목록	예조 전객사	1	9910
告訃差倭謄錄	1645(인조 23)~1754(영조 30)	關白 및 對馬島主 등의 죽음을 알리는 차왜와 그에 대한 접대 내용을 기록	예조 전객사	1	12896
公作米謄錄	1637(인조 15)~1751(영조 27)	일본과 公貿易의 대가로 지불하는 公作米와 그에 대한 연한의 연기 요청 및 운송에 대한 기록	예조	2	12968
島主告還差倭謄錄	1640(인조 18)~1691(숙종 17)	대마도주가 江戶에 갔다가 還島하였음을 알리는 차왜의 출래 및 問慰譯官의 파견에 대한 기록	예조 전객사	2	12891
告還謄錄	1692(숙종 18)~1716(숙종 42)		예조	1	12921
島中失火謄錄	1660(현종 1)~1714(숙종 40)	일본 본주, 대마도, 草梁倭館에서의 실화 사건과 조선 정부의 구급 내용을 기록	예조 전객사	1	12914
東萊府接待謄錄	1653(효종 4)~1841(헌종 7)	通信使 請來差倭와 護行差倭의 출래 및 그들에 대한 접대 내용을 해당 接慰官이 기록함	동래부	8	18108
東萊府接倭狀啓謄錄可考事目錄抄冊	1608(선조 41)~1694(숙종 20)	왜관을 중심으로 전개된 대일교섭에 관한 기록을 東萊府 狀啓謄錄에서 뽑아 정리함	동래부	1	9764

등록명	수록연대	등록의 내용	편찬관서	책수	규장각 청구번호
論賞賜米謄錄	1637(인조 15)~ 1674(현종 15)	歲遣船 감축 등 대일관계에 공이 많은 왜인에게 賜米·授職하는 내용과 조선에서 일본에 구청한 물품, 路引이 없이 출래한 왜선에 대한 처리 등을 기록	예조	1	12967
別差倭謄錄	1637(인조 15)~ 1735(영조 29)	외교적인 교섭 등을 위해서 대마도에서 별도로 보낸 차왜와 그에 대한 접대 내용, 외교 사안의 처리 과정 등을 수록	예조 전객사	10	12871
書契違式謄錄	1637(인조 15)~ 1686(숙종 12)	조일 양국 간에 주고받은 서계 중에 내용이나 용어가 不恭하거나 서계의 恒式에 어긋나는 부분과 그에 대한 처리 과정을 기록	예조 전객사	2	12885
歲船鷹連謄錄	1637(인조 15)~ 1683(숙종 9)	歲遣船에 사급하는 매의 조달 과정과 왜인들이 沙器를 燔造하는 데 필요한 물품 및 匠人의 조달에 관한 기록	예조 전객사	1	12996
歲船定奪謄錄	1637(인조 15)~ 1677(숙종 3)	조선과 대마도 간의 세견선 감축 및 圖書의 교대, 세견선에 대한 접대 규정 등을 기록	예조 전객사	2	12881
歲船恒式出來謄錄	17세기 중엽, 18세기 초	己酉約條 이후 조선에 온 입국왜선 및 각양 차왜에게 준 회례예단의 품목과 수량 등을 기록	예조 전객사	1	12977
譯官上言謄錄	1637(인조 15)~ 1692(숙종 18)	외교 교섭의 실무 담당자인 漢譯, 倭譯, 淸譯 등의 역관들이 건의한 역관의 차정과 역관 체아직의 복설 등 63건을 기록	예조 전객사	1	12963

등록명	수록연대	등록의 내용	편찬관서	책수	규장각 청구번호
倭館修理謄錄	1724(경종 4)~ 1745(영조 21)	초량왜관의 수리에 관한 제반 사항을 기록한 것으로 왜관이건등록에 연속됨	예조	1	12923
倭館移建謄錄	1640(인조 18)~ 1723(경종 3)	豆毛浦倭館을 초량왜관으로 이건하기까지 조선과 대마도 간의 교섭 과정과 이건 후 왜관의 수리에 관한 기록	예조 전객사	2	12892
倭人求請謄錄	1637(인조 15)~ 1724(경종 4)	왜인들이 청구한 물품과 그에 대한 조선 정부의 처리 내용, 물품의 조달 등을 기록	예조 전객사	8	12955
倭人作拏謄錄	1690(숙종 16)~ 1692(숙종 18)	倭館을 중심으로 해서 일어난 潛奸과 潛商에 대한 사건의 전말과 治罪 내용을 기록	예조 전객사	1	12962
裁判差倭謄錄	1683(숙종 9)~ 1739(영조 15)	조일간의 외교나 교역 등의 현안 문제를 해결하기 위해 내조한 차왜와 각 안건에 대한 처리 내용을 기록	예조 전객사	5	12957
典客司別謄錄	1699(숙종 25)~ 1753(영조 29)	숙종~영조 대의 대일관계의 제반 업무 및 왕명으로 실시된 다른 부서와의 관련 업무를 기록	예조 전객사	8	12961
弔慰差倭謄錄	1649(인조 27)~ 1731(영조 7)	왕이나 왕비의 죽음을 弔慰하기 위해 내조한 차왜에 관한 기록과 그에 대한 처리 과정을 기록	예조 전객사	1	12899
陳賀差倭謄錄	1650(효종 1)~ 1725(영조 1)	왕의 즉위를 축하하기 위해 내조한 차왜와 그들을 접대한 내용을 기록	예조	1	12910
徵債謄錄	1637(인조 15)~ 1672(현종 13)	商賈들에게 부채를 징수하기 위해 내조한 차왜에 관한 기록과 그에 대한 처리 과정을 기록	예조 전객사	1	12965

등록명	수록연대	등록의 내용	편찬관서	책수	규장각 청구번호
致賀(差倭) 謄錄	1637(인조 15)~ 1690(숙종 16)	討賊의 致賀와 問慰譯官의 파견에 대한 回賜, 대마도주의 得男 등을 알리는 차왜의 내조와그에 대한 접대 내용을 기록	예조 전객사	1	12882
通信使謄錄	1641(인조 19)~ 1811(순조 11)	1643년 癸未通信使에서 1811년 辛未通信使까지 8회에 걸쳐 일본에 파견된 통신사에 관한 기록	예조 전객사	13	12870-1.2.3
通信使往還時 廣州府板橋站 擧行謄錄	1811(순조 11)	1811년 辛未通信正使가 광주부 板橋站을 往回할 때에 필요한 준비 및 접대 내용을 기록	광주부	1	15068
通信使草謄錄	1786(정조 10)~ 1808(순조 8)	외교 교섭상의 문제나 일본 측의 요청으로 정지 취소된 통신사행에 관한 등록으로 草本의 형태임	예조 전객사	1	15067
漂倭入送謄錄	1637(인조 15)~ 1692(숙종 18)	조선에 표류한 왜인·왜선에 대한 問情報告 및 그들을 일본에 송환하는 절차, 표민 송환에 대한 대마도주의 謝禮·回謝에 관한 기록	예조 전객사	1	12884
漂倭入送回謝 謄錄	1692(숙종 18)~ 1737(영조 13)			1	12920
漂入領來謄錄	1641(인조 19)~ 1751(영조 27)	일본의 연해에 표류한 조선 漂流民의 송환과 그들을 데리고 온 차왜를 접대한 내용, 표류민의 처리 문제 등을 기록	예조 전객사	7	12956
漂入領來差倭 謄錄				12	12954
回謝差倭謄錄	1637(인조 15)~ 1678(숙종 4)	표류 왜인의 송환이나 問慰譯官의 파견, 왜관의 신축 등에 대한 回謝·謝使差倭에 관한 기록	예조 전객사	1	12883

2. 『변례집요』의 내용

  현존하면서 이번 국역본에서 취급하는 『변례집요』는 『변례집요』 19권과 『변례속집요』 1권을 포함하여 총 20권으로 구성되어 있다. 이하 각권의 구체적인 항목과 내용을 간단히 살펴보면 다음과 같다.

  『변례집요』의 체재 내지 서술 방식을 보면, 조선 후기 일본과의 외교관계에 따른 제 측면을 30여 개의 항목별로 나누어 기술하였다. 일종의 기사본말체적인 체재에 편년체적 기술 방식을 혼합하였다고 할 수 있다. 서문이나 발문은 없고, 앞에는 총목(總目)이 있으며, 각권의 머리에 권목(卷目)이 기술되어 있다. 각 권의 수록 연대는 항목에 따라 차이가 있다.

  항목 내의 사실은 해당되는 주제의 등록과 장계등록 등을 참고로 하여 연대순으로 요약 정리하였다. 전형적인 기술 형식을 살펴보면, 우선 동래 부사(東萊府使)의 장계(狀啓)가 있고 이에 대한 예조와 비변사의 회계(回啓), 조정에서의 논의를 거친 후 동래부에 내리는 회하(回下)와 관문(關文) 등으로 구성되어 있다. 이 밖에 장계 대신에 역관의 수본(手本)이 인용되거나 관수왜(館守倭)나 차왜의 말을 인용하기도 하고, 형식도 상황에 따라서 치계(馳啓)나 계달(啓達) 등으로 바뀌기도 한다. 또 중요한 사항에 관해서는 강정 절목(講定節目), 조약의 내용, 물목(物目), 선수 인수(船數人數) 등을 수록하기도 하였다.

  각권에 수록된 항목을 정리해 보면, 권1(別差倭·規外), 권2(送使·圖書·賞職), 권3(漂差·漂民·漂民順付·刷還), 권4(館守·裁判), 권5(約條·禁條), 권6(書契·路引), 권7(宴禮·進上·國恤), 권8(公貿易·求請·下納諸節), 권9(開市·朝市), 권10(支給·贈

給・恤典・物故・柴炭・禮物・私贈・限盡加料), 권11(館宇), 권12
(求貿), 권13(闌出), 권14(潛商・路浮稅・雜犯), 권15(水陸路去
來・漂倭船), 권16(本府賞加・拿罷・推考・啓罷・請罪・譯官・收稅
官), 권17(雜條・鬱陵島), 권18(信使・渡海), 권19(關防)이고, 『변
례속집요』는 권2(問情手本・年例送使船數人數・館中有色目往來交遞
倭)만 남아 있다.

이하 각 권별로 수록된 내용을 간단히 살펴보도록 하겠다.

1) 제1권 : 별차왜(別差倭)・규외(規外)

별차왜에서는 임진왜란 직후인 1598년(선조 31)부터 조일 간의
국교가 재개되기까지의 과정과 그 이후 1808년(순조 8)까지 조선
에 내조(來朝)하였던 차왜(差倭)의 내조 연대와 목적, 임무, 동행
인, 접대 규정 등을 각종 등록이나 장계등록(狀啓謄錄)에서 간추
려 연대순으로 기록하였다.

덕천막부 정권(德川幕府政權)은 임진왜란 이후 단절되었던 조선
과의 외교관계를 재개하기 위해 대마도주에게 조선과의 국교 재개
를 명하였다. 이에 대마도주 평의지(平義智)는 1599년(선조 32)
1월 조선에 사신을 보내 화호(和好)할 것을 청하였으나 거절당하
였으며, 1601년에는 두왜(頭倭) 귤지정(橘智正)이 피로인(被擄人)
250여 명을 송환해 오면서 다시 통교관계를 회복할 것을 청하였
다. 그러다가 1607년(선조 40) 2월 제1차 회답겸쇄환사(回答兼刷
還使) 여우길(呂祐吉) 등이 귤지정과 더불어 일본에 감을 계기로
해서 조일 간의 외교관계는 다시 재개되었으며, 1609년(광해군
1) 대마도주와 기유약조(己酉約條)를 체결한 것을 계기로 조일 간
의 외교관계는 정상화되었다.

차왜(差倭)는 조선 후기 일본의 대조선 외교 사절로서 관백(關

白) 또는 대마도주의 경조(慶弔), 습직(襲職), 통신사(通信使)의 파견 요청 및 호송 등의 외교적인 업무를 수행하였으며, 파견목적에 따라서 관백고부차왜(關白告訃差倭), 관백승습고경차왜(關白承襲告慶差倭), 도주승습고경차왜(島主承襲告慶差倭), 도서청개차왜(圖書請改差倭), 통신사청래차왜(通信使請來差倭), 통신사호행차왜(通信使護行差倭), 통신사호환차왜(通信使護還差倭), 내세당송신사차왜(來歲當送信使差倭), 관백퇴휴고지차왜(關白退休告知差倭), 퇴휴관백고부차왜(退休關白告訃差倭), 도주퇴휴고지차왜(島主退休告知差倭), 관백생자고경차왜(關白生子告慶差倭), 관백입저고경차왜(關白立儲告慶差倭), 관백생손고경차왜(關白生孫告慶差倭), 통신사청퇴차왜(通信使請退差倭), 통신사의정차왜(通信使議定差倭), 진하차왜(進賀差倭), 조위차왜(弔慰差倭), 표인영래차왜(漂人領來差倭), 표민순부차왜(漂民順付差倭), 도주고부차왜(島主告訃差倭), 퇴휴도주고부차왜(退休島主告訃差倭), 구구도주고부차왜(舊舊島主告訃差倭), 관백저사고부차왜(關白儲嗣告訃差倭), 도주고환차왜(島主告還差倭), 송환차왜(送還差倭), 재판차왜(裁判差倭), 관수차왜(館守差倭), 도주섭정차왜(島主攝政差倭) 등의 명칭이 부여되었다.

『변례집요』에서 차왜라는 명칭이 처음으로 등장하는 시기는 1608년 3월경이다. 즉, "戊申三月 宣慰使李志完時 客使以謝使爲名 正官玄蘇 副官平景直 及島主差倭橘智正等 所率幷三百二十四名 持書契出來 請上京……"(『邊例集要』 卷1, 別差倭)라 하여 전년에 파견된 제1차 회담겸쇄환사 - 정사 여우길(呂祐吉) - 에 대한 회례의 사명을 띠고 1608년 3월에 내조한 사사(謝使)의 일행 중에 도주차왜(島主差倭) 귤지정(橘智正)이라는 명칭이 처음으로 보인다. 그 후 1610년에는 다시 도주차왜 귤지정, 1629년에는 차왜 정관(正官) 현방(玄方)이 차왜라는 이름으로 내조하였다. 그러다가 1632년(인조 10) 5월 차왜 귤성공(橘成供)이 구관백(舊關白) 원수충

(源秀忠)의 죽음과 신관백(新關白) 원가충(源家忠)의 습위(襲位)를 알리는 서계와 대마도주의 환도(還島)를 보고하기 위해 내조하였는데, 이때에 비로소 고부고환차왜(告訃告還差倭)라는 명칭이 나타나며 차왜의 명칭이 세분화되기 시작하였다. 그리하여 1632년 이후부터 차왜는 그들의 파견목적에 따라서 앞에 열거하였던 명칭을 가지고 내조하였다.

『증정교린지(增正交隣志)』권2 차왜(差倭) 조에는 27종, 『변례속집요』에는 23종의 차왜의 명칭이 기록되어 있다. 참고로 각종 등록이나 『증정교린지』, 『변례집요』, 『변례속집요』등에 기록된 차왜의 명칭을 정리해 보면 다음과 같다.

구 분	차왜의 명칭
通信使 관련 차왜	通信使議定差倭, 通信使請來差倭, 通信使護行差倭, 通信使護還差倭, 通信使請退差倭, 來歲當送信使差倭
국왕의 慶弔事 관련 차왜	弔慰差倭, 陳賀差倭, 致賀差倭
關白의 경조사 관련 차왜	關白告訃差倭, 關白承襲告慶差倭, 關白退休告知差倭, 關白生孫告慶差倭, 關白生子告慶差倭, 關白立儲告慶差倭, 退休關白告訃差倭, 關白儲嗣告訃差倭, 關白回禮禮單押來差倭
對馬島主 관련 차왜	島主承襲告慶差倭, 島主告訃差倭, 島主退休告知差倭, 島主告還差倭, 舊舊島主告訃差倭, 退休島主告訃差倭, 島主攝政差倭
漂流民 송환 관련 차왜	漂人領來差倭, 漂倭入送回謝差倭
其 他	裁判差倭, 圖書請改差倭, 問慰譯官護行差倭, 沙器燔造差倭, 醫員護來差倭, 倭館成造都檢差倭, 移館差倭, 移館致謝差倭, 潛商申禁差倭, 徵債差倭, 送還差倭, 館守差倭

규외(規外)에는 1611년(광해군 3)부터 1808년(순조 8)까지의 기간 중에 규정을 위반한 사례를 수록하였다. 즉, 기유약조(己酉約條)의 위반, 도서(圖書)·노인(路引)을 지참하지 않고 내조한 경

우, 세견선(歲遣船) 외에 내조한 경우, 규정 외의 소선(小船)을 동반한 경우 등의 사례를 연대순으로 서술하고 있다.

2) 제2권 : 송사(送使)·도서(圖書)·상직(賞職)

송사는 1599년(선조 32)부터 시작된 국교 재개 과정과 1607년 기유약조 체결에 따른 세견선의 체제·선수·인원수에 관한 규정, 1635년 겸대제(兼帶制) 실시 이후 연례팔송사(年例八送使) 체제로 바뀐 과정에 관해 기록하고, 이어 1753년(영조 29)까지 세견선 파견 실태를 기록한 것이다.

도서·상직은 1608년(선조 41)부터 1753년(영조 29)까지의 기간 중에 조선에서 도서와 직책을 하사한 내용을 기록한 것이다. 다시 말하면 조선 후기에 임명받은 수도서인(受圖書人)과 수직왜인(受職倭人)에 관한 왕래 실태에 관한 기록이다.

참고로 조선 후기의 수도서인은 현소(玄蘇 이정암송사(以酊菴送使)), 언삼(彦三 평의성송사(平義成送使)), 언만(彦滿 평의진송사(平義眞送使)), 만송원(萬松院 평의지송사(平義智送使)), 유천경직(柳川景直 부특송사(副特送使)), 유천조신(柳川調信 유방원송사(流芳院送使)) 등 6명이었다. 그런데 이들이 도서를 받은 시기를 보면 언만(1642년)을 제외하고는 현소 1609년, 유천경직과 언삼이 1611년, 유천조신과 만송원이 1622년으로, 1609년부터 1622년 사이에 집중되어 있었다.

조선 후기의 수직왜인은 마당고라(馬堂古羅), 신시로(信時老), 요시라(要時羅), 귤지정(橘智正), 평경직(平景直), 등신구(藤信久), 원신안(源信安), 세이소(世伊所), 평신시(平信時), 등영정(藤永正), 평지길(平智吉), 마감칠(馬勘七), 등우문(藤右門), 귤지정(橘智正)의 자(子), 이병위(利兵衛) 등 15명이다.

3) 제3권 : 표차왜(漂差倭)·표민(漂民)·표민순부(漂民順付)
·쇄환(刷還)

표차왜는 1627년(인조 5) 이후부터 1813년(순조 13)까지의 기간 중에 총 252회에 걸쳐 내조하였던 표차왜의 기록을 모아 놓은 것이다. 전체적으로 표차왜의 구성과 조선의 접대 등에 초점이 맞춰져 있으며, 여기에는 표차왜의 이름, 표류인의 원거주지 및 표류인수 등이 기록되어 있다. 표차왜는 조선의 표류인을 쇄환해 온 차왜의 일종으로 처음으로 내조한 표차왜는 1627년 2월 전라도 발포(鉢浦) 표류인을 데리고 온 차왜 평성구(平成久)이다.

표민에는 같은 사건을 표류민에 초점을 맞춰 기술한 것이다. 수록된 연대는 1627년부터 1823년(순조 23)까지의 197년간으로서 『표인영래등록(漂人領來謄錄)』보다 긴 시간에 걸쳐져 있다. 표차왜에 의해서 송환된 표류인들의 표류 경위와 그들을 원적지로 되돌려 보내는 조처 등이 기록되어 있다.

표민순부에는 1635년(인조 13)부터 1822년(순조 22)까지의 기간 중에 표류민을 도해역관이나 연례송사선, 차왜선 편 등으로 순부(順付)해서 보내온 사례를 기록하였다.

쇄환에는 1610년(광해군 2)부터 1643년(인조 21)까지의 기간 중에 왜인들이 임진왜란 때 포로가 되었던 자들을 쇄환해 온 사례 5건이 기록되어 있다.

4) 제4권 : 관수(館守)·재판(裁判)

관수에는 1639년(인조 17) 7월부터 1822년(순조 22) 4월까지 관수왜(館守倭) 75명의 명단과 부임시기, 동행인, 서계(書契)의 소지 여부, 접대 규정 등이 기록되어 있다.

관수왜는 왜관의 모든 일을 관장하고 검칙(檢飭)하는 책임자로,

관수왜라는 명칭은 1639년 7월에 차왜 평지련(平智連)이 내조하
였을 때 처음으로 나타난다. 관수왜는 대마도주가 보낸 대관(代
官)으로서 3년마다 교체되었으며, 이들은 1637년 12월에 내조한
두왜(頭倭) 평성련(平成連)의 예에 따라 향접위관(鄕接慰官)의 접
대를 받았다. 『변례집요』에 나오는 관수왜의 부임시기와 이름을
정리해 보면 다음 표와 같다.

부임연월	성명	부임연월	성명	부임연월	성명	부임연월	성명
1639. 1	平智連	1685. 8	平成勝	1726. 11	平勝美	1764. 9	平弘毅
1642. 5	橘成般	1687. 9	橘雪勝	1728. 10	平方泰	1767. 2	平元德
1644. 5	平成倫	1688. 8	平成紀	1730. 9	平方亮	1770. 2	平長泰
1645. 5	平成仍	1690. 9	平一正	1732. 2	平守經	1772. 3	源令德
1649. 6	平成里	1692. 7	平成勝	1733. 10	平方廣	1774. 4	平暢弘
1651. 8	平成行	1693. 11	平貞直	1735. 3	平距房	1777. 2	藤暢規
1653. 2	平成久	1695. 6	平信豊	1737. 4	平方泰	1779. 3	源暢明
1656. 8	橘成稅	1697. 6	平一好	1739. 4	藤方紹	1781. 6	平圓
1659. 1	平成直	1699. 7	橘武久	1741. 4	藤誠久	1784. 8	平良
1661. 4	藤成幸	1701. 9	平方正	1742. 10	平如尙	1791. 8	橘德久
1663. 4	平成尙	1703. 12	橘方之	1743. 8	平如亮	1792. 4	源暢明
1665. 1	平成之	1707. 8	平方利	1744. 10	平如親	1795. 10	平致孝
1667. 12	平成捻	1711. 3	平眞致	1746. 10	平隆豊	1796. 1	源暢明
1670. 3	平成辰	1712. 12	平尙誠	1748. 10	橘如棟	1810. 4	?
1674. 2	平成常	1714. 11	橘雪親	1750. 9	平致信	1813. 9	源功世
1675. 1	平成尙	1717. 4	橘經郞	1753. 1	平久敬	1817. 4	?
1679. 2	平成友	1721. 5	平順正	1754. 11	平久任	1820. 4	平質直
1680. 12	藤成尙	1723. 6	平信明	1755. 2	橘如棟	1822. 4	藤功雄
1683. 5	平成久	1724. 10	平尙致	1762. 5	源一久		

재판에는 1634년(인조 12)부터 1828년(순조 28)까지의 기간
중에 재판차왜의 내조 목적, 성명, 동행인, 서계 소지 여부, 접대
규정 등이 서술되어 있다.

재판왜는 차왜의 일종인 소차왜(小差倭)로 왜관(倭館)의 상주 역원은 아니지만 대마도와 조선 간의 외교 교섭의 실질적인 역할을 담당하였다. 재판왜는 양국간공간차지차왜(兩國間公幹次知差倭)에서 비롯된 것으로 1634년에 내조한 대마도왜 등지승(藤知繩)이 최초의 사례이다. 그 후 1681년(숙종 7) 12월에 등성구(藤成久)가 내조하였을 때 문위역관호행재판차왜(問慰譯官護行裁判差倭)란 명칭이 처음으로 등장하며, 그 이듬해인 1682년 3월에 평성차(平成次)가 내조하였을 때 비로소 '재판차왜(裁判差倭)'라는 명칭이 단독으로 나타난다. 그 이후 재판차왜와 별차왜 간의 명칭이 확실히 구분되지 않고 재판차왜란 명칭이 단독으로 사용되기도 하고 혹은 '통신사호행재판차왜(通信使護行裁判差倭)'와 같이 상호 연결되어 사용되기도 하였다. 그러나 재판차왜를 대별해 보면 신사영송재판(信使迎送裁判), 역관영송재판(譯官迎送裁判), 공작미연한재판(公作米年限裁判), 간사재판(幹事裁判) 등으로 나눌 수 있다. 이들 재판차왜는 특송(特送)의 예(例)에 의해 접대를 받았으며, 체류 일수는 105일로 제한되어 있었으나 실제적으로 유관일수(留館日數)는 잘 이행되지 못하였다.

5) 제5권 : 약조(約條) · 금조(禁條)

약조에는 1609년(광해군 1)부터 1815년(순조 15)까지의 기간 중에 조선과 일본이 체결하였던 약조의 내용이 연대순으로 서술되어 있다. 조선 후기에 체결된 중요한 약조를 열거해 보면, 기유약조(己酉約條) - 12조, 1609년 6월 -, 왜인금조(倭人禁條) - 11조, 1653년 4월 -, 여왜정약(與倭定約) - 2조, 1654년 -, 이관후신조(移館後新條) - 1677년 12월 -, 약조강정(約條講定) - 1678년 윤3월 -, 문위역관입주마도시소정약조(問慰譯官入住馬島時所定約條) - 6조,

1679년 1월 -, 신관금표(新館禁標) - 4조, 1679년 10월 -, 신사도도정약조(信使到島定約條) - 5조, 1682년 1월 -, 역관여봉행서(譯官與奉行書) - 1682년 10월 -, 봉행등답서(奉行等答書) - 1682년 10월 -, 관중용수(館中用水) - 1683년 6월 -, 표인시출송방법(漂人屍出送方法) - 1696년 12월 -, 재송사불감약조(再送使不敢約條) - 1697년 1월 -, 도주수표신정약조(島主手標新定約條) - 1712년 2월 -, 관수왜수표(館守倭手標) - 1739년 9월 -, 서평민표도(西平民漂徒) - 1801년 1월 -, 홍양거민표마도(興陽擧民漂馬島) - 1815년 2월 -, 봉행왜약조(奉行倭約條) - 1815년 4월 - 등이다.

금조(禁條)에는 1652년(효종 3)부터 1823년(순조 23)까지의 기간 중에 조일 간의 외교관계에 있어서 왜인에 대한 금지 사항을 규정한 약정을 연대순으로 정리한 것이다. 조선 후기에 체결된 금조를 열거해 보면, 대청개시무역금조(大廳開市貿易禁條) - 7조, 1652년 2월 -, 이관신조(移館新條) - 5조, 1678년 8월 -, 수문직가정(守門直加定) - 1683년 윤6월 -, 왜관행전금단(倭館行錢禁斷) - 1701년 5월 -, 왜관난입자정률(倭館闌入者定律) - 1703년 12월 -, 왜공미(倭供米) - 1708년 윤3월 -, 수직정식(守直定式) - 1709년 10월 -, 왜관기찰(倭館譏察) - 1711년 9월 -, 사승문집수거엄금(史乘文集輸去嚴禁) - 1712년 5월 -, 파수입표정계(把守立標定界) - 1716년 4월 -, 연청철상정식(宴廳撤床定式) -1716년 4월 -, 복병신지정계(伏兵信地定界) - 1716년 4월 -, 왜관복물(倭館卜物) - 1731년 1월 -, 미곡입급수표(米穀入給手標) - 1733년 9월 -, 한의수신제(寒衣搜身制) - 1736년 11월 -, 변문절목(邊門節目) - 31조, 1738년 5월 -, 동래접왜절목(東萊接倭節目) - 6조, 1750년 6월 -, 궤찬급뢰절목(館饌給賂節目) - 별립과조(別立科條) 3조, 1750년 7월 -, 은자관시매매금지(銀者館市買賣禁止) - 1823년- 등이다.

6) 제6권 : 서계(書契) · 노인(路引)

1612년(광해군 4)부터 1824년(순조 24)까지의 기간 중에 각 차왜가 가지고 온 서계·도서·노인의 종류를 시대 순으로 정리한 것이다. 또 각각의 내용 중에 문제가 있는 것, 예컨대 형식이 다르거나 내용 중 불손한 언어가 포함되어 있는 경우 등에 관해서 특히 주목하여 기술하였다.

7) 제7권 : 연례(宴禮) · 진상(進上) · 국휼(國恤)

1609년(광해군 1)부터 1821년(순조 21)까지의 기간 중에 각 차왜들의 접대시 절차와 진상품, 국휼시 각 차왜들의 접대 절차와 규정을 정리한 것이다.

8) 제8권 : 공무역(公貿易) · 구청(求請) · 하납제절(下納諸節)

1608년(선조 41)부터 1765년(영조 41)까지의 기간 중에 차왜들이 가지고 온 무역 물품과 그들이 구청한 물품에 대한 기록이 시대 순으로 서술되어 있다. 그리고 기유약조(己酉約條), 공무역절가(公貿易折價), 공무물량(公貿物量), 왜관공무역규례(倭館公貿易規例), 각 사송선(各使送船)의 공무역 수량 등도 기록되어 있다.

조선 후기 일본인들이 구청한 물품을 열거해 보면 다음 표와 같다.

구 분	구청 품목
書籍類	四書大全, 五經大全, 性理大全, 朱子大全, 朱子語類, 朱書節要, 史記評林, 論語, 孟子, 中庸, 春秋, 大學章句補遺, 孟子集註, 庸學集註, 諺解武經七書, 七書直解, 儀禮經傳續通解, 大藏經, 文韓通考, 續文韓通考, 東國通鑑, 東國輿地勝覽, 東文選, 退溪集, 誠齋集, 東坡集, 剪燈新話, 胡典集解, 吏文輯覽, 馬醫書諺解本, 醫學入門, 醫學正傳, 醫林撮要, 東醫寶鑑, 痘疹源論, 備急草本, 和劑局方, 鷹鶻方冊, 朝鮮地圖

구 분	구청 품목
藥材類	人蔘, 沙蔘, 五味子, 決明子, 牛黃, 熊膽, 虎膽, 虎頭骨, 九味淸心元, 熟地黃, 白朮, 蒼朮, 黃芩, 黃芪, 桑寄生, 生虎肝, 肉蓯蓉, 參同契, 木防己, 知母, 柴胡, 前胡, 麻黃, 常山, 何首烏, 白斂, 天門冬, 升麻, 天麻, 白頭翁, 蒼耳, 小薊, 貫衆, 蒼耳, 藁本, 漏蘆, 白薇, 百部, 胡黃連, 薏苡, 遠志, 威靈仙, 白鮮皮, 秦芃, 商陸, 牧丹
禽獸類	鷹子, 良馬, 月羅俊馬, 馬上才馬, 體大馬, 騾子, 黃鷺, 生獐, 生雕, 白羊, 禽鳥, 穴燕, 鶻鷹, 野鶴, 活蜎
毛皮類	虎皮, 豹皮, 羊皮, 有毛熊皮, 黃狗皮, 赤犬皮, 唐貂皮, 魚皮, 山鼠皮, 黃獷皮
茶器·祭器類	茶碗, 燈籠, 沐浴湯器, 鐘磐, 鑰器, 香爐, 燭臺, 花瓶, 大紗, 紗段香, 芙蓉香, 白蠟燭
文房具	眞墨, 玳瑁筆, 黃毛筆, 苔筆, 畫龍筆, 烏竹筆, 紅糖竹筆, 桃花紙, 小油紙, 色蠟紙, 色紙, 紬紙, 雨傘紙
織物類	白照布, 白苧布, 細苧布, 紅氈, 蠶絲, 大金綿, 生照布, 大線段
魚貝類	乾大口魚, 黃大口魚, 鯉魚, 文魚, 鮒魚, 石鱗, 子安貝
果實類	胡桃, 松子, 柏子, 棗栗, 榛子
其 他	甲冑, 木弓, 禮服, 深依, 圓扇子, 尾扇, 香扇隆, 灑金翰林風月, 馬省, 石帶星, 玉帶鉤, 錦綉, 玲瓏唐鐵, 玲瓏鐵鞍, 紙砲, 唐貨, 白蛤皮甲, 躑躅, 笛竹, 烏竹, 樂器, 菉豆末, 苜蓿, 黃蠟, 紫石英, 珊瑚, 黃玉石, 白羊石, 黑羊石, 浮厚石

하납제절은 1683년(숙종 9)부터 1823년(순조 23)까지의 기간 중에 차왜들에게 줄 물품을 각 지방 수령에게 분정(分定)하고 거두어들이는 사례를 연대순으로 정리한 것이다.

9) 제9권 : 개시(開市)·조시(朝市)

개시는 1610년(광해군 2)부터 1786년(정조 10)까지의 기간 중에 왜관에서 행해졌던 무역에 대해 정리해 놓은 것이다.

개시는 원래 왜관에서 매월 3·13·23일에 정례적으로 열렸으며, 그때 거래되는 물품에 대해 수세(收稅)를 하였다. 그러나 차왜들이 왜관에 머무르는 가장 큰 요인 중의 하나가 가지고 온 물품을 다 팔지 못했기 때문인 것으로 파악하여 개시의 횟수를 늘려 매월 3일과 8일에 6회에 걸쳐 열 것〔六度開市〕을 주장하기도 하였다. 그들이 가장 중요시하였던 무역품은 은(銀)과 인삼(人蔘)이었다. 특히 인삼에 대해서는 12개 조목에 달하는 금삼절목(禁蔘節目)과 강삼변통절목(江蔘變通節目)이 나올 정도로 중요시되었다.

조시는 1665년(현종 6)부터 1731년(영조 7)까지의 기간 중에 왜관을 중심으로 한 일용필수품의 무역에 대해 정리한 것이다. 조시는 이른바 '어채지시(漁採之市)'를 일컫는 말로서 전에는 왜관의 수문(守門) 밖 좌자천(佐自川) 동변(東邊)에서 매일 이른 아침에 열렸으나 멀리 가는 것을 싫어하여 사람들이 거주하는 도로변에 개설하여 행하였다. 그러나 왜인들이 몰려오자 이전의 규정에 따라 다시 좌자천 동변에 개설하고 왜인들의 남잡지폐(濫雜之幣)를 방지하도록 하였다.

10) 제10권 : 지급(支給)·증급(贈給)·휼전(恤典)·물고(物故)·시탄(柴炭)·예물(禮物)·사증(私贈)·한진가료(限盡加料)

지급은 1610년(광해군 2)부터 1823년(순조 23)까지의 기간 중에 차왜들이 내조하였을 때 지급하는 양찬(糧饌)과 기타 잡물을 정리한 것이다.

증급은 1610년(광해군 2)부터 1824년(순조 24)까지의 기간 중에 차왜들이 귀환할 때 도해양미(渡海粮米) 및 기타 하사품의 수량을 기록한 것이다.

휼전·물고는 1610년(광해군 2)부터 1797년(정조 21)까지의 기간 중에 차왜가 죽었을 때나 왜관에 화재 및 기타 재앙이 발생하였을 때 쌀과 콩 등을 제급(題給)한 사실을 정리한 것이다.

시탄은 1611년(광해군 3)부터 1754년(영조 30)까지의 기간 중에 차왜들에게 땔나무 등의 연료를 지급한 사실을 정리한 것이다.

예물은 1644년(인조 22)부터 1736년(영조 12)까지의 기간 중에 매 정월 아침, 3월 3일, 5월 5일, 7월 15일, 9월 9일 등의 절일(節日)에 동래 부사 등에게 예물을 바치고 하사받은 사례 7건을 기록한 것이다.

사증은 1769년(영조 45)에 대마도주가 훈도(訓導) 등에게 사사로이 지급한 은 1000냥을 역관(譯官) 및 제임사리(諸任司吏) 등이 나누어 가진 사건에 대해 논죄한 것을 기록한 것이다.

한진가료는 1612년(광해군 4)부터 1765년(영조 41)까지의 기간 중에 유한일수(留限日數)가 넘은 차왜들의 일공잡물(日供雜物) 및 접대 여부에 관한 기록을 정리한 것이다.

11) 제11권 : 관우(館宇)

1572년(선조 5) 부산성(釜山城) 밖 모두촌(毛豆村)에 왜관이 창설된 이후 1825년(순조 25)까지 왜관의 신축과 개축 및 이건(移建)에 관한 기록을 연대순으로 정리한 것이다.

12) 제12권 : 구무(求貿)

1609년(광해군 1)부터 1749년(영조 25)까지의 기간 중에 차왜들이 구청한 물품을 연대순으로 정리해 놓은 것이다.

조선 후기에 왜인이 구무(求貿)한 물건은 서적류, 약재류, 금수류, 모피류, 다기 및 제기류, 문방구, 직물류, 어패류, 과실류 등으로 매우 다양하였다.

13) 제13권 : 난출(闌出)

1626년(인조 4)부터 1824년(순조 24)까지의 기간 중에 차왜들이 허가를 받지 않고 사사로이 왜관으로부터 제한된 구역을 벗어나 저지른 범죄, 예컨대 사무역을 하거나 수문인(守門人)을 구타하거나 행패를 부리는 일 등을 정리해 놓은 것이다.

14) 제14권 : 잠상(潛商)·노부세(路浮稅)·잡범(雜犯)

잠상·노부세에는 1611년(광해군 3)부터 1804년(순조 4)까지의 기간 중에 왜인에게 은을 받고 몰래 물건을 팔거나 왜인에게 돈을 빌려 쓰고 빚을 진 경우, 그리고 왜관에 몰래 들어가 장사를 하는 경우 등의 불법 사례가 연대순으로 정리되어 있다.

잠상은 관의 허가를 받지 않고 법령으로 금지하는 물건, 즉 활세포(闊細布), 채문석(彩文席), 후지(厚紙), 표피(豹皮), 토표피(土豹皮), 해달피, 철물, 우마(牛馬), 금, 은, 주옥, 보석, 염초(焰硝), 군기(軍器) 등을 몰래 외국인에게 파는 사람을 가리킨다. 그 경우 물건을 판 자와 산 자 모두가 처벌받는 것이 원칙이었다.

잡범은 1633년(인조 11)부터 1805년(순조 5)까지의 기간 중에 왜인들이 칼을 빼들고 행패를 부리는 경우, 술에 취해 돌을 던지며 행패를 부리는 경우, 물건을 도적질한 경우, 수표를 위조하여 쌀·콩을 사는 경우, 여인이 몰래 왜관에 들어가 왜인과 교간(交奸)한 경우, 왜인이 아국인을 살해한 경우 등의 범법(犯法) 사실을 정리한 것이다.

15) 제15권 : 수륙로거래(水陸路去來)·표왜선(漂倭船)

수륙로거래는 1613년(광해군 5)부터 1800년(정조 24)까지의 기간 중에 왜관에 머무르고 있던 관수왜(館守倭) 이하 왜인들이 표왜선수검차(漂倭船搜檢次), 궤연차(饋宴次), 표왜봉초(漂倭捧

招), 잠상기찰(潛商譏察), 표왜문정(漂倭問情) 등의 일로 제한 구역을 벗어나 수로와 육로를 통해 나갔다 온 사례를 기록한 것이다.

표왜선에는 1627년(인조 5)부터 1824년(순조 24)까지의 기간 중에 대마도나 기타 지역으로부터 표류하였던 왜선의 표류 경위와 접대 규정 등을 연대순으로 기록하였으며, 문인(文引) 없이 표류한 왜인이나 증명을 소지하지 않은 왜인을 적왜(賊倭)로 취급할 것인가라는 문제 등도 수록하고 있다. 또 표왜문정(漂倭問情)에는 표류한 왜인의 성명·나이·거주지·복물증급도수(卜物拯給都數)·파선목재선운반자(破船木材船運般者) 등이 기록되어 있다.

16) 제16권 : 본부상가(本府賞加)·나파(拿罷)·추고(推考)·계파(啓罷)·청죄(請罪)·역관(譯官)·수세관(收稅官)

본부상가에는 1636년(인조 14)부터 1812년(순조 12)까지의 기간 중에 역관으로 공이 많은 사람에 대한 논상(論賞)과 가자(加資), 동래부 축성에 공이 많은 자와 동래 부사가 스스로 준비한 곡물에 대한 상사(賞賜), 조난자를 구조한 왜인에 대한 포상, 변경(邊境)·변진(邊鎭)을 잘 방어한 자에 대한 가자(加資) 등의 내용이 연대순으로 서술되어 있다.

나파·추고는 1647년(인조 25)부터 1812년(순조 12)까지의 기간 중에 법령을 어긴 감사, 서계의 문자를 품계(稟啓)하지 않고 마음대로 고친 자, 차왜 가운데 난출(闌出)한 자, 신(新)·구(舊) 재판차왜가 중첩하여 온 것에 대한 동래부사의 문책, 규정을 어기고 온 차왜, 간왜(奸倭) 등에 대한 문책 및 처벌 등을 정리한 것이다.

계파·청죄는 1609년(광해군 1)부터 1824년(순조 24)까지의 기간 중에 왜인들이 범법 행위를 했을 때 관인들이 묵인해 주거나 잘못 처리했을 경우 파직 또는 죄를 줄 것을 청한 기록들을 정리한 것이다.

역관·수세관은 1627년(인조 5)부터 1824년(순조 24)까지의 기간 중에 일본사절의 접대 시 훈도(訓導)와 별차(別差)를 담당하거나 일본에 문위행(問慰行)으로 파견된 역관의 활동상과 왜관무역에서 수세관의 수행한 역할의 내용 등을 정리한 것이다.

17) 제17권 : 잡조(雜條)·울릉도(鬱陵島)

잡조에는 1610년(광해군 2)부터 1822년(순조 22)까지의 기간 중에 중국 남경(南京)의 상선(商船)과 황당선(荒唐船)의 표도(漂到), 아란타인(阿蘭陀人)이 제주도에 표도(漂到)한 사건, 대마도의 부중(府中)에서 난 화재 사건, 유구국(琉球國)의 배가 표도(漂到)한 사건 등이 기록되어 있다.

울릉도는 1614년(광해군 6)부터 1811년(순조 11)까지의 기간 중에 울릉도를 둘러싸고 조선과 일본 간에 발생하였던 여러 문제, 예컨대 영토 귀속, 잠상(潛商), 표민(漂民) 등을 연대순으로 정리한 것이다. 울릉도는 『증정교린지』에도 별도의 항목으로 서술되어 있는데, 당시 조일 간에 예민한 영토 문제로서 인식되고 있었음을 짐작할 수 있다.

18) 제18권 : 신사(信使)·도해(渡海)

신사는 통신사행에 관한 기사를 정리한 것으로, 1613년(광해군 5)부터 1811년(순조 11)까지의 기간 중에 일본의 통신사 파견 요청에서 각종 예단 물목(物目), 각 통신사행의 강정절목(講定節目) 등을 연대순으로 기록하였다. 『통신사 등록』을 요약 정리한 것인데, 특히 강정절목이 아주 상세하게 정리되어져 있는 점이 특징이다.

중요한 강정절목을 정리해 보면, 도해역관강정절목(渡海譯官講定節目) - 1636년 4월 -, 도해역관강정절목 - 별폭(別幅)·집정씨각원수(執政氏各員數)·도주소지(島主小紙)·봉행등소지(奉行等小紙), 1643년 2월 -, 통신사강정절목(通信使講定節目) - 1681년 12월 -, 통신사강정절목 - 자아서급절목(自我書給節目)·통신사절목미진조건(通信使節目未盡條件)·재판차도서(裁判次圖書), 1718년 윤8월 -, 통신사강정절목 - 1747년 12월 -, 통신사강정절목 - 1762년 9월 -, 추강절목(追講節目) - 1763년 6월 -, 강정절목 - 1810년 7월 - 등이다.

도해는 1631년(인조 9)부터 1828년(순조 28)까지의 기간 중에 조선의 도해역관(渡海譯官)이 일본의 사정 탐지, 대마도주 환도(還島)의 문위(問慰), 관백생손(關白生孫)의 치위(致慰), 관백(關白)과 도주(島主)의 죽음에 대한 조위(弔慰), 신사절목강정(信使節目講定) 등을 위해 도해하였던 사실을 연대순으로 정리한 것이다.

19) 제19권 : 관방(關防)

1610년(광해군 2)부터 1841년(헌종 7)까지의 기간 중에 일본의 정세를 계문(啓聞)하거나 군병(軍兵)의 점열(點閱), 성(城)의 개축 등을 비롯하여 왜관에 거주하는 왜인들의 난동, 일본인의 침략, 관방수성절목(關防守成節目)의 사례 등 국방에 관계되는 일이 정리되어 있다.

20)『변례속집요』 제2권 : 문정 수본(問情手本)·연례송사선수인수(年例送使船數人數)·관중유색목왕래교체왜(館中有色目往來交遞倭)

문정 수본에는 제일선송사선(第一船送使船), 야심부득문정연유(夜深不得問情緣由), 문정지체연유(問情遲滯緣由), 이정암선(以酊

28

蕾船) 등 10가지 사항의 수본이 기록되어 있다.

연례송사선수인수에는 제일선송사선, 일특송사일호선(一特送使一號船), 만송원송사선(萬松院送使船) 별차왜선(別差倭船), 상시왕래선(常時往來船) 등 45가지 경우의 선수(船數)와 인수(人數)에 대한 규정이 수록되어 있다.

관중유색목왕래교체왜에는 판장관(判掌官), 전서관(典書館), 공일대관(公一代官), 별일대관(別一代官), 서승(書僧), 의왜(醫倭) 등 20여 경우의 왜인 파견에 대한 인원수 제한 규정이 수록되어 있다.

3. 『변례집요』의 사료적 성격

『변례집요』는 임진왜란 직후인 17세기 초반부터 19세기 중반까지 약 250여 년에 걸친 조선과 일본 간의 실질적인 외교 교섭 활동을 각종 등록류(謄錄類)나 장계록(狀啓錄) 등의 자료를 근거로 하여 기술해 놓은 것으로 이는 조선 후기 일본과의 관계를 연구하는 데 기본적인 사료 중의 하나이다. 『변례집요』의 별차왜(別差倭), 재판(裁判), 관수(館守), 서계(書契), 노인(路引), 공무역(公貿易), 약조(約條), 신사조(信使條)를 비롯하여 거의 모든 항목이 조선 후기의 한일관계를 이해하는 데 있어서 빼놓을 수 없는 중요한 내용들이다.

특히 권5에는 광해군 1년(1609)부터 순조 23년(1823)까지 조일 간에 체결되었던 35개의 조약 및 금조(禁條)가 연대순으로 망라되어 있다. 권8·10·12·18 등에는 각 사절단의 예단과 접대에 따른 비용, 별폭(別幅)의 품목과 수량, 공무역의 내역 등이 상세히 서술되어 있어 조일교역사 및 경제사 연구에 필수적인 자료이다. 권17에는 울릉도를 둘러싸고 벌어진 양국 간의 영토 귀속 문제에 대해 광해군 6년(1614)부터 순조 11년(1811)까지의 과정을 상세히 기술하고 있는 점도 주목된다.

『변례집요』는 『증정교린지』와 같은 규약집(規約集)과는 달리 등록(謄錄)을 바탕으로 실제 상황을 연대순으로 자세히 기록하고 있다는 점에서 조일관계의 동태적 상황을 파악하는 데 도움이 되며 수록 내용도 방대하다.

그러나 『변례집요』는 예조 및 예조 전객사에서 편찬한 조일 관계에 관한 30여 종의 등록류나 장계록에서 각 항목별로 발췌한 것이기 때문에 각각의 세부 사항에 대한 자세한 내용을 알 수 없는 아쉬움이 있다. 또한 항목의 분류에 있어서도 그 기준이 명확하지 않아서 체재상 같은 사건이 여러 항목에 걸쳐 중복 서술되어 있는 경우도 적지 않다.

『증정교린지』가 기사본말체적 규약집이라면, 『변례집요』는 기사본말체에 편년체를 가미한 사례 요약집이고, 등록류는 사례 모음집이라고 할 수 있다. 『증정교린지』의 이러한 체재는 각 항목에 대한 일목요연한 파악에 아주 효과적이다. 이에 비해 『변례집요』는 각종 등록류를 토대로 하여 각 항목별·연대순으로 정리되어 있어서 조일 간 외교 교섭의 진행 과정을 구체적으로 보여 준다는 점에서는 장점이 있다. 따라서 조선시대의 한일관계에 대한 종합적인 이해나 구체적인 사례의 실상을 보려면 여러 사료를 종합적으로 보지 않으면 안 된다.

그리고 『변례집요』에 대한 연구는 우선 『변례집요』의 편찬 시에 참고하였던 각종 등록류나 장계록 그리고 그 이전에 편찬되었던 『통문관지(通文館志)』, 『증정교린지』 등의 사료와 비교 검토를 통해 상호 보완적으로 행해져야 할 것으로 생각된다.

일 러 두 기

이 책은 다음과 같은 요령으로 엮었다.

1. 이 책의 대본은 규장각 소장 『변례집요(邊例集要, 도서번호: 규
   2089)』를 저본으로 하고, 규장각본에 결본인 권2(送使 등) 부
   분은 국립중앙도서관본(貴 - 207) 권1로 보충하였다.

2. 주석은 간단한 경우 ( )나 〔 〕에 간주(間註)하고, 긴 경우 각
   주(脚註)하였다.

3. 한자는 이해를 돕기 위하여 넣었으며, 운문(韻文)은 원문을
   병기하였다.

4. 맞춤법과 띄어쓰기는 한글 맞춤법과 표준어 규정을 따르는 것
   을 원칙으로 하였다.

5. 이 책에 사용되는 부호는 다음과 같다.
   ( ) : 번역문과 음이 같은 한자를 묶는다.
   〔 〕 : 번역문과 뜻은 같으나 음이 다른 한자를 묶는다.
   " " : 대화 등의 인용문을 묶는다.
   ' ' : " "안의 재인용, 또는 강조 부분을 묶는다.
   「 」 : ' '안의 재인용을 묶는다.
   『 』 : 책명 및 각주의 전거(典據)를 묶는다.

차 례

변례집요 제1권

별차왜 別差倭

규외 規外

변례집요 제2권

송사　送使

도서(圖書) · 상직(賞職)

별차왜 別差倭

  임진년(1592) 6년 뒤 무술년(1598, 선조 31) 겨울, 관백(關白)1) 평수길(平秀吉)이 죽자 왜(倭)는 군사를 거두어 돌아갔고, 우리나라는 왜와 화친을 끊었다. 기해년(1599, 선조 32) 1월, 대마도주(對馬島主) 평의지(平義智)2)가 사람을 보내어 화친하기를 요청하였으나, 명(明)나라 장수가 허락하지 않았다.3) 신축년(1601, 선조 34) 6월, 두왜(頭倭)4) 귤지정(橘智正)5)이 피로인

---

  1) 관백(關白) : 원래 천황(天皇)을 보좌하는 임무의 직장(職掌)이나, 풍신수길(豐臣秀吉)이 관백에 오른 뒤부터 조선에서는 일본의 최고 통치자라는 의미로 사용하였다. 이와 같은 현상은 조선 후기에도 이어져 강호시대(江戶時代)의 실질적인 통치자였던 막부의 정이대장군(征夷大將軍)을 '일본국왕(日本國王)' 또는 '관백'이라고 부르는 것이 일반적이었다. 이른바 관백은 교린외교체제(交隣外交體制)에서 조선 국왕의 상대역이 되었다.
  2) 평의지(平義智) : 대마도주 종의지(宗義智)를 말한다. 원래 대마도주의 성(姓)은 종 씨인데, 임진왜란 때의 공로로 풍신수길로부터 평씨를 하사받아 대마도주의 공식 문서에 평씨를 많이 사용하였다.
  3) 기해년 …… 않았다 : 기해년 1월에 대마도주가 사신을 보냈다는 기록은 보이지 않는다. 다만 『조선통교대기(朝鮮通交大記)』 권4 만송원공차(萬松院公次)에 1599년에 제칠태부(梯七太夫)를 처음 보냈으나 돌아오지 않았다고 기록되어 있을 뿐이다. 그런데 『선조실록(宣祖實錄)』 32년 7월 14일 조에 보이는 왜의 서계에, "1598년 12월 선주(船主) 강근(康近)을 차임(差任)하여 인질과 차관(差官) 3명을 부산으로 보냈는데 귀국(貴國)이 억류하였다."는 기록이 있다. 강근을 차임해 보낸 것이 1598년 12월인 점으로 미루어 보면 1599년 1월에 대마도주가 보낸 사신과 제칠태부, 그리고 강근은 동일한 인물일 가능성이 있다.
  4) 두왜(頭倭) : 단순히 우두머리 왜인이란 의미로 통신사(通信使)나 문위역

(被擄人) 남녀 250인을 데리고6) 서계(書契)7)를 지참하고 와서 화친하기를 청하므로, 두왜 귤지정에게 상으로 쌀 100섬을 내려 주었다. 그 후 귤지정 등의 왕래가 끊이지 않았는데, 모두 화친을 요청하는 것으로 명목을 삼았다.8) 정미년(1607, 선조 40) 2월, 회답사(回答使)9) 여우길(呂祐吉), 부사(副使) 경섬(慶暹), 서장관

관(問慰譯官)의 장계(狀啓)를 가지고 오기도 하고, 구청(求請)이나 구무(求貿)를 요청하기 위해 파견되기도 하였다. 정례(定例)의 외교사행은 아니다.

5) 귤지정(橘智正) : 정수미육좌위문(井手彌六左衛門)이라고도 한다. 선조 34년(1601) 6월 처음으로 건너온 뒤에 국교가 재개되는 선조 40년(1607)까지 모두 10번 건너왔다. 특히 조선에서 최초로 회답한 선조 33년(1600) 6월 이후부터 파견되어 국교 재개의 구체적인 교섭, 실무를 담당하였다. 『홍성덕, 17세기 조일외교사행 연구, 전북대학교 박사학위논문, 1998』 귤지정은 광해군 1년(1609) 5월에 수직왜인(受職倭人)이 되었으며, 오윤겸(吳允謙)의 『동사일록(東槎日錄)』에 의하면 그의 처가 조선인이라고 기록되어 있다. 『東槎日錄 丁未 7月 19日』

6) 피로인(被擄人) …… 데리고 : 피로인은 임진왜란 때 일본군에게 잡혀간 민간인 포로이다. 당시 귤지정 일행은 8명이었는데, 남충원(南忠元) 등 피로인 250여 명을 대동하였다. 이후 대마도는 피로인 송환을 통한 강화 교섭에 노력하게 된다. 『宣祖實錄 34年 6月 28日』

7) 서계(書契) : 조선시대 예조의 관원과 대마도주 사이에 오간 외교문서를 말한다. 대체로 세종대 전반기에 성립된 것으로 추정되며, 발신인의 서명, 문서를 보낸다는 뜻의 문구, 수신인의 직명, 발어(發語), 본문, 결어(結語), 연기(年紀), 발신인의 직명, 도서(圖書), 진상 물목(進上物目)을 기록한 별폭(別幅) 등으로 구성된다. 『다카하시(高橋公明), 외교문서(外交文書) '서(書)' '자(咨)'에 대하여, 연보중세사연구(年報中世史研究) 7집, 1982』

8) 그 후 …… 삼았다 : 1601년 6월 귤지정의 도항 이후 일본은 1606년 11월 덕천가강(德川家康)의 국서(國書)와 능침을 범한 적을 송환한 귤지정의 도항까지 총 17회 강화교섭사를 파견하였다. 『홍성덕, 17세기 조일외교사행 연구, 전북대학교 박사학위논문, 1998』

9) 회답사(回答使) : 선조 40년(1607)에 일본에 파견한 여우길(呂祐吉) 일행의 정식 명칭은 '회답 겸 쇄환사(回答兼刷還使)'였다. 통신사(通信使)라고 하지 않은 이유는 적의 정세를 상세히 알 수 없었고 전쟁 책임에 관한 문제 등이 해결되지 않았기 때문이다. 그리하여 '회유사(回諭使)', '회답사(回答使)' 등의 명칭이 거론되기도 하였으나 피로인(被擄人)의 쇄환(刷還)이라는 파견 임무가 반영되어 '회답 겸 쇄환사'로 결정되었다. 『宣祖實錄

(書狀官) 정호관(丁好寬)이 귤지정과 함께 일본에 가서 화호(和好)하였다. - 이 조항은 천계(天啓) 임술년(1622, 광해군 14) 『선위사등록(宣慰使騰錄)』의 첫머리에 있다.

　무신년(1608, 선조 41) 3월. 선위사(宣慰使) 이지완(李志完)때이다. "객사(客使)를 사사(謝使)라고 명목(名目)하고, 정관(正官) 현소(玄蘇), 부관(副官) 평경직(平景直) 및 도주차왜(島主差倭) 귤지정(橘智正) 등이 거느리고 온 인원이 모두 324명이었고, 서계를 지참하고 나와서 상경(上京)하기를 요청하였습니다.**10)** 그러나 예조의 '나라에 국상(國喪)이 있고 명나라도 개시(開市)만을 허락하니, 내지(內地)에 들어오는 것을 허락하지 않는다.'는 관문(關文)에 따라 상경을 막았습니다. 뒤에 선온례(宣醞禮)를 행하고, 약조를 정하였으며, 접대하였습니다."라는 연유를 치계(馳啓)하였

39年 9月 3日, 40年 1月 4日』『海行錄 中 丁未 1月 5日』
10) 선위사(宣慰使) …… 요청하였습니다 : 『동래부접왜장계등록가고사목록초책(東萊府接倭狀啓騰錄可考事目錄抄冊)』(이하 『동래접왜사목(東萊接倭事目)』이라 함) 무신년(1608, 선조 41) 1월 선위사 이지완(李志完) 때에 왜인 접대 및 약조 절목을 마련하였고, 같은 해 4월 조에는 왜사(倭使)의 연향을 국휼(國恤)로 인하여 거행하지 않았다는 등의 기사가 있다. 그리고 『조선통교대기(朝鮮通交大記)』권5 만송원공차(萬松院公次)에는 1608년 11월에 보빙사(報聘使)로 현소(玄蘇)와 유천경직(柳川景直)을 보냈다고 하였다. 또한 『광해군일기(光海君日記)』1년 3월 26일과 『동래접왜사목』 기유년 4월 조에 따르면 현소가 1609년 3월에 다시 건너와 4월에 부산의 객사(客舍)에서 국서(國書)를 바쳤다. 이에 대해 중촌영효(中村榮孝)는 1608년 2월 진향사(進香使) 현소가 파견되었고, 그해 11월 보빙사로 다시 온 뒤에 이듬해 기유약조를 체결하였다고 파악하였다. 그렇지만 1608년 11월 보빙사의 기록과 1609년 3월 객사(客使) 현소의 기록은 분명하게 두 차례의 도항으로 파악되며, 게다가 『속선린국보기(續善隣國寶記)』제28책 사적집람(史籍集覽)에 실려 있는 광해군의 회답서(回答書)에 사신이 두 번 도해(渡海)하였다고 기록되어 있어, 1607년 통신사행이 갔다 온 뒤에 일본에서 온 사신은 두 차례에 지나지 않는다. 이에 1608년 3월의 현소 파견 기사를 1609년 3월의 오기(誤記)로 파악하는 주장도 있다. 『홍성덕, 17세기 조일외교사행 연구, 전북대학교 박사학위논문, 1998』

다. - 약조는 기유약조(己酉約條)에 보인다. 이후 매년 건너왔다. ○ 사사(謝使)는 통신사의 파견을 감사하기 위해 보낸 사신을 말한다.

경술년(1610, 광해군 2) 10월. 동래 부사(東萊府使) 조존성(趙存性) 때이다. "도주차왜 귤지정(橘智正), 반종(伴從) 3명, 두왜 3인, 격왜(格倭)11) 39명 등이 조경(朝京)하는 일로 대마도주(對馬島主)의 서계 4통, 평경직(平景直)의 서계 3통, 현소(玄蘇)의 서계 1통을 지참하고 나왔습니다.12) 그리하여 신이 부산 첨사(釜山僉使)와 다례(茶禮)를 베풀고 서계를 받았으나, 명나라가 허락하기 전에 본국이 지레 상경을 허락하는 것은 이치상 있을 수 없는 일이기에 상경을 막았습니다. 귤지정 등에게 요미(料米)를 나누어 지급하고 두왜 및 격왜에게는 별도로 술과 음식을 갖추어 서열에 따라 나누어 지급하였습니다."라고 장계(狀啓)하였다. - 장계등록(狀啓騰錄)13)에 나오며, 회하(回下)는 없었다.

신해년(1611, 광해군 3) 2월. 두왜 전우위문(傳右衛門), 충우위(忠右衛), 유우위문(有右衛門) 등 3명의 왜인이 매매(賣買)를 전담하는 문제로 나왔다고 장계하였다. - 처음에는 요미(料米)를 지급하였으나 일이 규정 밖이었으므로, 뒤에 요미는 지급하지 않고 땔감만 지급하였다.

---

11) 격왜(格倭) : 뱃사공을 도와 노 젓는 왜인을 말한다.
12) 도주차왜 …… 나왔습니다 : 귤지정(橘智正) 등은 상경하여 진향(進香)하기를 요청한 것 외에 시장 개방을 요청하였다고 한다. 『光海君日記 2年 3月 6日』
13) 장계등록(狀啓騰錄) : 지방에서 올라온 장계(狀啓)를 정리한 등록(騰錄)이나, 대일관계에 관한 장계등록은 현존하지 않는다. 다만 『동래부접왜장계등록가고사목록초책(東萊府接倭狀啓騰錄可考事目錄抄冊)』이 규장각에 소장되어 있다. 이 책은 동래부에서 왜인의 접대와 관련하여 올린 장계를 목록의 형태로 간단하게 정리해 놓은 것이다.

갑인년(1614, 광해군 6) 8월부터 신유년(1621, 광해군 13) 5월 까지는 장계등록이 유실되었다.

임술년(1622, 광해군 14) 1월. 동래 부사 윤훙(尹鍧) 때이다. 전사왜(殿使倭) 상관(上官) 현방(玄方), 부관(副官) 평지순(平智 順),14) 도선주(都船主)15) 원공부지정(源工部智正), 선주(船主) 평 지차(平智次), 삼선주(三船主) 귤지신(橘智信), 유선주(留船主) 원 영정(源永正), 진상압물(進上押物)16) 귤성시(橘成時), 시봉(侍奉) 승(僧) 숭소(崇邵), 복태압물(卜馱押物) 등지방(藤智房), 시봉 평 성창(平成昌), 반종 25명, 격왜 120명이 조경(朝京)을 칭하면서 서계를 지참하고 나왔다고 장계하였다. - 전왜(殿倭)는 대마도 왜인 으로 관백(關白)의 명을 받고 온 자이다.

2월. "전왜(殿倭)에게 본도 관찰사가 동래부에 도착하여 부산 왜 관에서 다례를 베풀 터이니, 그때 서계를 바치라고 하니, 상관왜 (上官倭)가 말하기를, '기유년 (1609, 광해군 1)에는 나라에 국상 (國喪)이 있고 명나라 사신이 거듭 이르는 바람에 오고 가는 데 폐단이 많다 하여 상경을 허락하지 않았습니다. 그러나 이번에는

---

14) 평지순(平智順) : 종지순(宗智順)을 가리킨다. 18대 대마도주 종의순 (宗義純)의 아들이며 20대 도주 종의성(宗義成)과는 종형제(從兄弟) 사이 이다. 종의성이 어렸을 때 그를 보좌하였으며, 1635년 국서개작폭로사건 (일본에서는 유천일건『柳川一件』이라고 함) 때에 국서위조 건으로 처벌을 받았다.

15) 도선주(都船主) : 여러 척의 배를 소유하고 있거나, 여러 척을 한 단위 로 한 선주(船主)들 가운데에서 우두머리가 되는 선주로, 여기에서는 정 관(正官)이나 부관(副官)이 승선하지 않은 배의 우두머리를 말한다.

16) 진상압물(進上押物) : 조선 국왕에게 올리는 진상물(進上物)을 담당하 는 대마도(對馬島)의 관리를 의미한다. 인조 13년(1635) 진상(進上)이라 는 말을 봉진(封進)으로 바꾸어 사용한 이후 봉진압물(封進押物)이라 하 였다. 압물(押物)은 외국에 사신(使臣)이 갈 때 수행하여, 조공(朝貢)하는 물건과 교역(交易)하는 물건 등을 맡아 관리하는 사람을 가리킨다.

이곳에서 국명(國命)을 바칠 수 없습니다.'하였습니다. 그리하여 '서적(西賊)이 명나라를 침해[17]하여 명나라 장관(將官)이 지금 서울에 머무르고 있기 때문에 따르기가 어렵다.'고 말하였더니, 그 왜인 등이 서신을 써서 비선(飛船)으로 대마도에 보냈습니다."라는 연유를 장계하였다. - 장계등록에 나오며, 회하는 없었다.

같은 달. "전왜(殿倭)와 도선주왜가 몰래 훈도(訓導)[18]를 불러, '귀국이 우리들의 상경을 허락하지 않은 데 대해 서적(西賊)이 중국을 침해하였다는 것으로 이유를 삼지 말고, 성상의 체후가 편안하지 않다는 것으로 말을 만들어 선위사(宣慰使)의 답서(答書) 가운데에 써 넣는다면, 우리들이 복명(復命)할 방도가 있을 것'이라고 하였습니다."라고 장계하였다. - 장계등록에 나오며, 회하는 없었다.

임술년(1622, 광해군 14) 2월 6일 이후부터 7월까지는 장계등록이 찢겨나가고 없으며, 임술년 8월부터 병인년(1626, 인조 4) 3월까지는 장계등록이 유실되었다.

기사년(1629, 인조 7) 4월. 선위사 정홍명(鄭弘溟)[19] 때이다.

----

17) 서적(西賊)이 명나라를 침해 : 서적이란 1616년(광해군 8) 만주의 누루하치가 황제(皇帝)를 칭하면서 건국한 후금(後金)을 가리킨다. 후금을 건국한 누루하치는 1618년 무순(撫順)을 빼앗고 이어 엽혁부(葉赫部)를 공략한 뒤 1621년에는 심양(瀋陽)·요양(遼陽)을 빼앗는 등 명나라를 압박하였다.

18) 훈도(訓導) : 고려 문종(文宗) 때 처음으로 각 도에 설치하였다가 고종(高宗) 때에 이를 폐지하였다고 한다. 조선시대에 들어와서는 왜구에 대비하기 위해 각 도 및 군, 현에 훈도 1인씩을 배치하였다. 정3품 아문(衙門)인 사역원(司譯院)에는 정9품인 왜학훈도(倭學訓導) 2명을 고정 배치시켰으며, 또한 경상도의 각 부, 군, 현에 배치되어 있는 훈도는 모두 55명에 이르렀다. 그 중 종9품의 왜학훈도는 부산포(釜山浦), 제포(薺浦)에 각각 1명을 두었고, 임기는 900일이었다. 훈도는 왜관(倭館)의 왜인(倭人)을 접대하고 변방의 정세를 전담하였으며, 왜학(倭學)을 설치하여 역학(譯學)의 학생을 가르쳤다.

"차왜(差倭)20) 정관 현방(玄方), 부관 평지광(平智廣)21) 등이 서계22)를 지참하고 나와서 반드시 상경하여 문제된 일을 상에게 직접 전달하기를 원하였으나, 이치를 들어 거절하였습니다. 그리고 역관(譯官)으로 하여금 그들이 나온 주된 뜻을 살피게 하였더니, 현방 등이 말하기를, '관백(關白)이 귀국을 형제처럼 여겨 귀국이 산융(山戎)에게 침입을 받았다는 소식을 듣자 군대를 보내어 돕고자 하였습니다. 그리하여 우선 대마도주로 하여금 직접 가서 아뢰도록 하였으나, 대마도주는 문자에 밝지 않아 저희들에게 대행하게 하였습니다. 그러므로 서계 중에는 다른 이야기는 없고, 단지 저희들이 구두로 말한 내용에 의거하여 국왕께 직접 전달하는 것

---

19) 정홍명(鄭弘溟) : 인조 7년 3월 현방(玄方), 평지광(平智廣) 등이 국사(國使)를 자처하면서 건너옴에 따라 조선에서는 정홍명을 선위사(宣慰使)로 삼아 파견하였다. 그런데 정홍명은 왜사(倭使)의 상경 요청을 막지 못하고, 또한 현방이 관백(關白)의 국서(國書)를 가지고 오지 않았기 때문에 일본국왕사(日本國王使)로 접대할 수 없음에도 교자(轎子)를 타도록 허락하였다는 이유 등으로 문책당하였다. 『仁祖實錄 7年 3月 24日, 閏4月 23日』

20) 차왜(差倭) : 차견왜(差遣倭)・차송왜(差送倭)와 같은 말로 선발하여 보낸 왜인이란 의미이다. 보다 구체적으로는 '일본의 막부장군(幕府將軍) 또는 그 명을 받은 대마도주(對馬島主)가 특별한 임무 수행을 위해 파견한 왜인'이라는 의미로 조선 후기 일본이 보낸 임시 외교사절을 지칭하는 용어이다. '차왜'란 용어가 처음 나타난 것은 『선조실록』 28년 (1595)에, "어제 저녁 정사(正使)의 차관 양빈(楊賓)이 소서비(小西飛)의 차왜(差倭) 2명과 함께 웅천(熊川)에 올라왔는데 ……"라 하여, 차견왜(差遣倭)의 의미로 사용한 것이다. 외교사절의 의미로 처음 사용된 것은 1608년 도래한 현방(玄昉) 일행 중 '도주차왜(島主差倭) 귤지정(橘智正)'의 용례가 처음이다. 한편 일본의 사료에는 불시(不時)에 보낸 사절(使節)이라는 의미의 '불시의 사자〔不時之使〕'로 표기되어 있다.

21) 평지광(平智廣) : 삼촌채녀(杉村采女)라고도 한다. 이때 당시 54세로 현방의 보좌역인 동시에 대마도의 이익을 대표하는 자로, 조선에 와서도 별도로 숙배례(肅拜禮)를 올리고 대마도주의 진상품을 바쳐 조선에 대마도의 위상을 인식시키려 노력하였다. 『다시로 가즈이(田代和生), 고쳐 쓰여진 국서(書き替えられた國書), 중공신서(中公新書), 1984, 일본』

22) 서계 : 대마도주가 예조 참의에게 보내는 서계로, 『조선통교대기(朝鮮通交大記)』 권6 광운원공(光雲院公)에 수록되어 있다.

입니다.' 하였습니다. 그들의 주된 뜻이 이와 같은 것이었습니다. 그리고 경주(慶州) 표인(漂人) 7명이 대마도에 표류하였다고 하였습니다. 대개 상경을 허락하지 않을 경우, '명을 전달하지 않고는 관백에게 회보(回報)하기 어렵다.'고 하니, 묘당(廟堂)으로 하여금 신속히 지휘하게 해 주십시오."라고 장계하였다.23) - 장계등록에 나오며, 회하는 없었다.

같은 달. "현방 등이 행장을 모두 거두어 돌아가려고 하므로 역관이 잘 타일렀으나 끝내 말을 붙이기가 어려웠습니다. 동래 부사와 부산 첨사가 일제히 왜관에 들어가 현방을 만나보기를 요청하였는데도 접견을 허락하지 않으면서, '만일 선위사가 와서 만난다면 혹 주선할 수 있다.' 하였습니다. 그러므로 신 홍명(弘溟)이 즉시 왜관에 가서 그와 서로 읍(揖)한 후 상하 간의 격식을 차리지 않고 대하니, 현방이 은밀히 말하기를, '관백이 군대를 내어 도우려는 일은 이미 말했습니다. 또 귀국에게 본도(本島 대마도)는 옛날부터 울타리가 되었으나 서계를 왕복하는 사이에 더러 업신여기는 말이 많았고 파견한 사신(使臣)들에 대해서도 또한 해상(海上)에서 접대하니, 소원하게 대하고 도외시함이 너무 심합니다. 지금 상경하려는 것은 다른 뜻이 없습니다.' 하므로, 신이 완곡한 말로 잠시 왜관에

---

23) 차왜(差倭) …… 장계하였다 : 이들은 조선 후기에 처음이자 마지막으로 상경한 일본의 외교사절이다. 관백(關白)의 명령을 받고 왔다고 칭하였으나 국서(國書)를 소지하지는 않았기 때문에 조선으로부터 일본국왕사(日本國王使)가 아닌 거추사(巨酋使)로 접대받았다. 『다시로 가즈이, 고쳐 쓰여진 국서, 중공신서, 1984, 일본』『조선통교대기(朝鮮通交大記)』권6 광운원공(光雲院公)에 의하면, 총 19명으로 편성된 현방(玄方) 일행은 일본력(日本歷)으로 윤2월 17일 부산에 도착하여 4월 6일 상경하기 위해 부산을 출발하였다. 4월 22일 서울에 도착하여 같은 달 25일 조선 국왕을 알현하였다. 5월 21일 서울을 출발하여 6월 17일 대마도에 돌아왔으며, 15일간의 서울 체류를 포함하여 도합 72일간 체류하였다.

머무르게 하였습니다. 선온례(宣醞禮) 이전에 사사로이 만난 것이 비록 만류하는 계책에서 나온 일이긴 하지만, 황공하여 견책(譴責)을 기다립니다."라고 장계하였다. – 장계등록에 나오며, 회하는 없었다.

같은 달. "객사(客使)가 상경할 때에, '일로(一路)의 연향(宴享)을 베풀 곳은 예전(禮典)에 기록된 대로 헤아려 마련하라.'는 등의 일로 내린 교지(敎旨)를 신이 부산에서 잘 받았습니다."라고 장계하였다. – 회하는 없었다.

같은 달. 현방 등의 선온례를 이달 26일로 정하고, 두 번째 연향은 같은 달 30일로 정하였으며, 상경의 허락 여부는 우선 분명하게 말하지 않고 연향할 때에 대화를 나누기를 기다려 마땅히 온갖 말로 타일러서, 조금이라도 마음을 되돌리도록 하겠다고 장계하였다. – 회하는 없었다.

같은 달. "현방 등이 날뛰면서 분개하여 갖은 행패를 다 부리므로, 부득이 허락하여 상경하게 한 연유를 말하고 그 출발 날짜를 정하였는데, 데리고 온 인원수가 많아서 지금 막 다투어 줄였습니다. 또한 현방 등이 길을 갈 때 교자(轎子) 타기를 원하므로 책망하고 타일러 허락하지 않았으나, 현방은 시종 듣지 않았습니다. 귤지광(橘智廣)은 말하기를, '일찍이 전쟁 중에 한쪽 다리에 상처를 입어 조금 걷기가 어려우니, 탈것에 타기를 원합니다.' 하였습니다."라고 장계하였다. – 장계등록에 나오며, 회하는 없었다.

윤4월. "현방 등이 당일 출발하였거니와, 현방이 교자를 타는 것을 끝내 막지 못한바, 대저 일이 갑작스럽게 일어나 조정의 회하(回下)를 기다리지 못하고 스스로 판단하여 처리하였습니다. 황공하여 대죄합니다."라고 장계하였다. - 장계등록에 나오며, 회하는 없었다.

같은 달. "객사의 일행이 청도군(淸道郡)을 출발하게 되었는데, 현방이 밀양(密陽) 능파당(凌波堂)에서 지은 시를 보내 현판(懸板)하기를 원하였습니다. 그리하여 신이 본부(本府)에 대해 '잠시 그가 요청한 대로 현판을 달았다가 그들이 돌아간 후에 떼어내도 불가할 게 없을 듯하다.'고 분부하였습니다. 원운(元韻) 및 신의 차운(次韻)을 아울러 등서(謄書)하여 올려보냅니다."라고 장계하였다. - 회하는 없었다.

6월. "객사 현방 등이 상경하고 내려와 왜관에 도착한 후 신이 예단(禮單)을 간소하게 보냈는데, 그들도 회례(回禮)하였습니다. 그리하여 그 물건을 동래부로 실어 보냈습니다."라고 장계하였다. - 회하는 없었다.

같은 달. 객사 현방과 평지광(平智廣) 등이 배를 타고 돌아갔다고 장계하였다. - 이상은 선위사(宣慰使)의 장계이며, 회하는 없었다.

정묘년(1627, 인조 5) 9월부터 신미년(1631, 인조 9) 9월까지는 장계등록이 유실되었다.

임신년(1632, 인조 10) 2월. 동래 부사 홍립(洪雴) 때이다. "작년 가을에 도해역관(渡海譯官)[24] 일행을, 대마도주가 강호(江戶)

---

24) 작년 가을에 도해역관(渡海譯官) : 일본 측 사료에 의하면 인조 9년 (1631) 10월 역관 최 판사(崔判事)와 선 판사(船判事)가 미납한 공목(公木)을 가뭄으로 인하여 지급하기 어려우므로 기사년(1629, 인조 7)의 예와 같이 연기할 것을 의논하기 위해 대마도에 건너간 것으로 되어 있어 차이를 보이고 있다. 『宗氏家譜略 第23代 義成君』 『朝鮮通交大記 卷7 光雲院公』 『和交覺書上 譯官渡海』

에서 아직 돌아오지 않아 접대를 받기 어려울 것 같아서, 명령을
거두고 보내지 않았습니다. 그 때문에 치사서계(致謝書契)를 가지
고 차왜 구위문(久衛門), 격왜(格倭) 6명 등이 나왔는데, 규정 밖
의 일이어서 조정의 분부를 기다립니다."라고 장계하였다. - 예조의
관문(關文)에는, '경상도로 하여금 규례대로 접대하도록 하였다.'라고 되어
있으나, 장계등록 중에는 단지 '동(同) 왜인이 되돌아갔다'는 말만 있고
애당초 연회를 열어 접대한 일은 없고, 또한 식량과 찬을 제급(題給)하였
다는 말도 없다.

5월. "차왜 귤성공(橘成供), 반종 3명, 격왜 30명이 '구관백(舊
關白) 원수충(源秀忠)이 죽고 신관백 원가광(源家光)이 뒤를 이었
다.'25)는 서계를 지참하고, 아울러 대마도주가 대마도에 돌아온
것을 보고하기 위해 나왔습니다. 접대 여부에 대하여 조정의 분부
를 기다립니다."라고 장계하였다. - 관백고부차왜(關白告訃差倭)26)와
도주고환차왜(島主告還差倭)27)가 이때부터 시작되었다.

6월. "차왜 귤성공에 대한 접대 여부를 장계로 여쭈었거니와, 동
(同) 왜인이 매우 절박하게 돌아가기를 재촉하여 여러 문서를 살

---

25) 구관백(舊關白) …… 이었다 : 관백의 교체 사실이 조선에 알려진 것은
인조 10년 4월 7일 동래 부사 홍립(洪霙)이 대마도에 사는 왜인 평지원
(平智遠)에게 듣고 치계한 때였다. 『仁祖實錄 10年 4月 10日』

26) 관백고부차왜(關白告訃差倭) : 『증정교린지(增正交隣志)』 권2 차왜 조
에서는 관백고부차왜를 파견한 것은 1650년부터 시작되었다고 적고 있으
나 이는 대차왜(大差倭)가 파견되기 시작한 때부터 파악한 것이다. 관백
의 죽음을 보고하기 시작한 것은 대마도주가 별사(別使)를 보내 덕천가강
(德川家康)의 죽음을 알려온 1616년부터이다. 『通航一覽 卷119 吉凶書使
往復』

27) 도주고환차왜(島主告還差倭) : 대마도주가 강호(江戶)에서의 참근(參勤)
을 마치고 대마도에 돌아온 사실을 알리는 차왜로, 일본에서는 고환사(告
還使)라 한다. 인조 10년(1632) 귤성공(橘成供)이 건너온 이래 철종 14
년(1863)까지 총 71회 건너왔다.

펴보니, 계해년(1623, 인조 1) 대마도주의 진하사(陳賀使)[28]가 왔을 때에 상견(相見)한 규례가 있었습니다. 그런데 만약 조정의 분부가 내려오기를 기다려 접대하면 서계를 올려 보내는 것이 너무 늦어질 것 같고, 가고 올 때에 또한 오랫동안 왜관에 머물러 시간을 허비할 수 없으므로, 이달 4일에 다례(茶禮)를 베풀고 접대하였습니다."라고 장계하였다. - 회하는 없었다.

11월. "차왜 귤성전(橘成全)이 우리나라에서 요청한 약재를 가지고 왔는데 규정 밖의 사선(使船)으로 보아 그냥 쓸쓸히 되돌려 보내 후일의 길을 막아서는 안 될 것 같습니다. 그러므로 해조(該曹)로 하여금 재가(裁可)를 받아 지휘하게 해 주기를 청합니다."라고 장계하였다. - 장계등록에 나오며, 회하는 없었다. ○ 단지 다례만 베풀고, 약간의 식량과 반찬을 지급하였다.

갑술년 (1634, 인조 12) 12월. 동래 부사 이홍망(李弘望) 때이다. "도주차왜(島主差倭) 등지승(藤智繩), 반종 3명, 격왜 40명이 서계[29]를 지참하고 나와서 상경하여 직접 서계를 바치고자 하였는데, 어떤 사태가 벌어질지 예측할 수 없었습니다. 그리하여 거듭 꾸짖고 타이른 다음 서계를 보니, 관백의 명령으로 말을 잘 타는 사람 여러 명을 보내 주기를 요청하였고 그 외에 별다른 것은 없었습니다. 신이 다례를 베풀고 서계를 받아들일 때에, 상경하는 일과 요청한 일은 엄한 말로 거절할 생각입니다."라고 장계하였다. - 회하는 없었다.

---

28) 대마도주의 진하사(陳賀使) : 고천우마조지차(古川右馬助智次)가 건너왔다. 이때부터 즉위 진하사(卽位進賀使)가 시작되었다. 『朝鮮通交大記 卷6 光雲院公』
29) 서계 : 『동문휘고(同文彙考)』 부편(附編) 권23 청구(請求)에 예조 참의와 동래 부사 및 부산 첨사에게 보내는 서계와 답서가 기록되어 있다.

같은 달. "차왜 등지승의 말 가운데 '우리 전하(殿下)는 나이가 어리고 놀기를 좋아하는데, 대마도주를 불러 이르기를, 「조선의 말 타는 재주는 천하의 제일인데 아직 한번도 보지 못하였으니, 참으로 한스럽다. 대마도주는 나를 위하여 구해 오기를 바란다.」하였으므로, 대마도주가 저희를 뽑아 보낸 것이니, 조정의 분부를 듣고자 합니다.' 하였습니다."라고 장계하였다. - 장계등록에 나오며, 회하는 없었다.

같은 달. "차왜 등지승의 상경 요청은 비록 이미 거절하였으나, 말 타는 재주가 있는 사람을 보내 달라고 이와 같이 간절하게 요청하니 반드시 이유가 있어서 그럴 것입니다. 서계를 받아들이고 군관(軍官)을 정하여 올려 보냅니다."라고 장계하였다. - 장계등록에 나오며, 회하는 없었다.

같은 달. "등지승에게 요미(料米)를 지급하였더니 대마도주의 신칙(申飭)을 핑계로 받지 않고, 연향 때에도 반종으로 하여금 참석하지 못하게 하였습니다. 그런데 말 타는 재주가 있는 사람을 보내기로 허락한 일을 언급하니, 동 왜인이 말하기를 '조정이 이미 허락하였으나 기일에 미치지 못하면 오히려 헛일이 되고 맙니다.' 하여, '만리타국 여행에 어찌 여장을 꾸리는 일이 없겠는가. 날짜가 조금 늦어지는 것은 원래 있는 일이다.'라고 답하였습니다. 동 왜인이 말하기를 '관백(關白)의 명령을 감히 거스를 수 없어 이렇게 와서 요청하였는데, 쾌히 허락을 받아서 참으로 다행 중 다행입니다. 단지 도해역관 윤대선(尹大銑)은 사람됨이 용렬하니 홍희남(洪喜男) 한 사람을 보내는 것만 못합니다.' 하였습니다."라고 장계하였다. - 장계등록에 나오며, 회하는 없었다.

을해년(1635, 인조 13) 1월. "등지승(藤智繩)에게 식량으로 사용할 쌀과 콩을 지급하였더니, 처음에는 사양하는 것 같았으나 결국 받았습니다. 도해역관 홍희남(洪喜男)·최의길(崔義吉), 마상재인(馬上才人) 2인, 말 3필, 차왜가 함께 배를 타고 돌아갔습니다." 라고 장계하였다. - 회하는 없었다.

6월. "도주차왜(島主差倭) 삼원미우위문(杉原彌右衛門) 등이 동래 부사 및 부산 첨사에게 보내는 서계와 도해역관의 수본(手本)을 가지고 나왔습니다. 사정을 물으니 차왜가 말하기를, '대마도주와 유천조흥(柳川調興)30)이 관백 앞에서 7번 서로 쟁송(爭訟)을 벌였는데 대마도주가 승리하여 유천조흥이 쫓겨났습니다. 현방(玄方)과 이심(以心) 등이 또한 이 일로 쫓겨났고, 유천조흥의 부하로 있던 왜인 8명은 참살되었습니다.'31)하고, 또 말하기를 '마상재인 일행은 오래지 않아 되돌아올 것이며 석견주(石見州)에 표류한 수영인(水營人) 4명도 함께 건너올 것입니다.' 하였습니다. 동 서계 1통 및 역관의 수본을 해조에 올려 보내고 동 왜선(倭船)의 접대는 해조로 하여금 지휘하게 해 주십시오."라고 장계하였다. - 장

---

30) 유천조흥(柳川調興) : 1613년 아버지 유천지영(柳川智永)의 뒤를 이어 대마도주 종가(宗家)의 가로직(家老職)을 이어받아 1635년 국서개작폭로 사건으로 쫓겨날 때까지 강호(江戶)에 있으면서 조선과의 외교관계를 담당하였다.

31) 대마도주와 …… 참살되었습니다 : 국서개작폭로사건을 가리킨다. 대마도주 종의성(宗義成)과 그의 가신(家臣) 유천조흥(柳川調興) 사이에 일어난 세력 다툼으로 1631년 유천조흥이 대마도주 종의성으로부터 받고 있던 지행(知行), 즉 소유한 토지에 대해 조세(租稅)를 징수하던 권리와 세견선(歲遣船)에 대한 권리를 반납하면서 발생하였다. 이에 종의성은 유천조흥을 '불신(不臣)'으로, 유천조흥은 종의성을 '횡포(橫暴)'로 막부(幕府)에 서로 고발하였다. 막부에서 이 사건을 조사하는 과정에서 수차례에 걸쳐 자행된 국서개작사건이 폭로되었다. 덕천막부(德川幕府)는 이 사건을 대조선 외교체제를 개편, 정리하는 계기로 삼았는데, 사건의 처리 과정에서 대마도주의 지위를 확립시켜 줌으로써 대조선 외교를 대마도주 종씨(宗氏)에게 일원화시켰다.

계등록에 나오며, 회하는 없었다. ○ 수영인(水營人)의 일은 아국표인조 (我國漂人條)에 나온다.

같은 달. "차왜가 말하기를, '대마도주가 송사(訟事)에서 이긴 일 을 사람을 보내 알렸는데 동래 부사와 부산 첨사가 다례(茶禮)를 베풀어 접견하지 않아 매우 무안하였습니다. 회답서계가 이미 내 려왔으므로 불일내로 마땅히 돌아갈 것입니다.' 하고는 요미(料米) 와 주찬(酒饌)을 받지 않으니, 어떻게 해야 할지 해조로 하여금 지휘하게 해 주십시오."라고 장계하였다.

7월. 비변사(備邊司)의 관문(關文)에 따라 동래 부사와 부산 첨 사가 차왜를 보고자 하니, 병이 중하다고 칭하면서 단지 지급한 음 식과 잡물(雜物)만을 받고 돌아갔다고 장계하였다. - 회하는 없었다.

같은 달. "도해역관 홍희남·최의길과 마상재인, 호행차왜(護行 差倭) 등지승이 우리나라 표인(漂人) 이산이(李山伊) 등과 함께 건너왔습니다. 차왜의 접대 여부를 해조로 하여금 지휘하게 해 주 십시오."라고 장계하였다. - 장계 등록에 나오며, 회하는 없었다. ○ 표인(漂人)의 일은 본 조목에 나온다.

8월. 차왜 등지승에게 규례대로 접대하라는 예조의 관문에 근거 해서 연향을 베풀겠다고 말하니, 동 왜인이, '이곳에 머물면서 별 차왜(別差倭)가 건너오기를 기다려야 하기 때문에 돌아갈 날을 정 할 수 없으므로 잠시 수개월 뒤로 미루어 연향을 열어 주십시오.' 하였다고 장계하였다. - 회하는 없었다.

12월. 동래 부사 정양필(鄭良弼) 때이다. "차왜 평지우(平智友),

반종 3명 등이 건너와 말하기를, '유천조흥 등이 대마도주를 모함했다가 도리어 쫓겨났기 때문에 유천조흥, 현방(玄方), 유방(流芳) 등의 도서(圖書)32)와 관복(冠服)을 반납하기 위해 건너왔습니다.' 하였으므로, 그들이 가져온 세 왜인의 도서와 관복을 우선 받아 두고 그에 대한 처분과 접대 등의 일을 해조로 하여금 지휘하게 해 주기를 기다립니다."라고 장계하였다.33) - 도서조(圖書條)에도 함께 보인다.

회계(回啓)34)하기를, "경상도 도사(慶尙道都事)에게 접대, 연향(宴享), 증급(贈給) 등의 항목에 대해 구례(舊例)에 비추어 시행하도록 하고, 일에 숙달된 경역(京譯) 2인을 뽑아 내려보내십시오." 하였다.

병자년(1636, 인조 14) 2월. "차왜35) 귤성공(橘成供), 반종 3명 등이 통신사(通信使)를 청하고자 서계36)를 지참하고 나와서 반

---

32) 유천조흥 …… 도서(圖書) : 유천조흥은 1611년 수직왜(受職倭) 유천경직(柳川景直)에게 내린 도서를 이어받았다. 이때에 반환하였다가, 1639년 대마도주 평의성(平義成)이 간청하여 부특송사(副特送使)로 복급(復給)되었다. 『增正交隣志 卷1 副特送使』 현방의 도서는 1609년 현소(玄蘇)에게 지급한 것으로 1611년 현방에게 계승되었다. 이때 반환된 뒤 1638년 대마도주에게 복급되었다. 『增正交隣志 卷1 以酊菴送使』 유방은 1605년에 죽은 유천조흥의 조부인 유천조신(柳川調信)의 법명(法名)이다. 1622년 유천조흥의 부(父) 유천경직이 도서를 요청하여 받았다가 이때 반납하였다. 그 뒤 1638년에 대마도의 요청에 따라 대마도주에게 발급하였으나 얼마 뒤 혁파되었다. 『增正交隣志 卷1 流芳院送使』

33) 차왜 …… 장계하였다 : 『동문휘고』 부편(附編) 권11 진헌(進獻)에 예조 참의와 동래 부사에게 보내는 서계와 답서가 기록되어 있다.

34) 회계(回啓) : 국왕의 하문(下問) 또는 회하(回下)에 대하여 재심(再審)하여 상주하는 것을 말한다.

35) 차왜 : 통신사청래차왜(通信使請來差倭)로 통신사의 파견을 요청하기 위해 건너온 차왜이다. 일본에서는 청빙사(請聘使)라 부르며, 인조 14년(1636)부터 헌종 7년(1841)까지 총 9차례 건너왔다.

36) 서계 : 『동문휘고』 부편(附編) 권8 통신(通信)에 대마도주가 예조 참의에게 보내는 서계 및 예조 참의 답서가 기록되어 있다.

드시 상경(上京)하여 직접 해조에 서계를 바치고자 한다고 하므로, 엄한 말로 거절하였습니다. 접대하는 일은 해조로 하여금 재가를 받아 지휘하게 해 주십시오."라고 장계하였다.

회계하기를, "경상도 도사를 '경접위관(京接慰官)'[37]으로 칭하고, 접대하는 일 역시 전례대로 시행하는 것이 마땅합니다. 차왜가 머무르고 있으니, 그들로 하여금 속히 서계를 내게 하여 올려 보내도록 하십시오." 하였다.

8월. 통신사를 호위하기 위하여 차왜 평성춘(平成春)·등지승(藤智繩)이 반종 8명, 격왜 40명, 수목선(水木船)[38]의 격왜 10명과 함께 서계를 지참하고 나왔다고 장계하였다.

회계하기를, "초차연(初次宴) 1번과 되돌아갈 때에 베푸는 연향 1번은 도사로 하여금 경관(京官)이라 칭하면서 접대하게 하시고, 증물(贈物)은 서울에서 내려보내십시오." 하였다.

9월. 차왜 귤성공(橘成供), 반종 3명, 격왜 40명, 수목선의 격왜 5명 등이 통신사의 호행(護行)을 이유로 예조 및 동래 부사에게 보내는 서계 각 1통을 지참하고 나왔으므로, 향접위관(鄉接慰官)[39]이 접대하였다. - 향접위관이 이때부터 시작되었다.

---

37) 경접위관(京接慰官) : 경접위관은 대차왜의 접대를 담당하는 접위관으로 서울에서 홍문관(弘文館)의 현직 관원 중에서 선발하여 내려 보낸다. 접위관이란 외국 사신이 왔을 때 경관(京官)을 차출하여 영접하는 선위사(宣慰使)에서 유래한 명칭으로, 1629년 현방(玄方)이 상경할 때 선위사 정홍명(鄭弘溟)을 대신하여 이행원(李行遠)을 파견한 것이 처음이다. 『六典條例 禮典 典客使』『春官志』

38) 수목선(水木船) : 물과 연료를 본선(本船)에 운반하는 소선(小船)이다. 수목선이 처음 건너온 것은 1611년 11월이었으나 도서(圖書)가 없어서 왜관에 정박하지 못하였다. 이후 노인(路引)을 지참하고 올 경우 입항(入港)이 허락되었으며, 요미(料米)는 지급하지 않았다. 『東萊接倭事目』

39) 향접위관(鄉接慰官) : 소차왜(小差倭)의 접대를 담당한 접위관으로, 도

같은 달. 차왜 귤성리(橘成利), 격왜 6명 등이 대마도주와 인서
당(璘西堂) 일행이 이미 대마도로 돌아온 연유를 알리기 위해 동
래 부사에게 보내는 서계를 지참하고 건너왔다고 장계하였다. - 인
서당은 곧 서계를 담당한 장로승왜(長老僧倭)[40]이다. 관백이 대마도에 뽑
아 보냈으며, 아울러 대마도의 사정을 기찰(譏察)한다. 고환차왜(告還差
倭)가 이때부터 시작되었다.[41]

회계하기를, "일상적인 차왜는 우대할 필요가 없으나 신사영호차
왜(信使領護差倭)는 이제 접위관(接慰官)으로 접대하였으니, 이번
차왜는 비록 맡은 일은 다르나 일체(一體) 접대하십시오." 하였다.

같은 달. 차왜 평성직(平成直), 격왜 6명 등이 차왜 평성춘(平成
春)에게 보내는 대마도주의 사서(私書)를 전하기 위해 나왔다고
장계하였다.

회계하기를, "관대하게 접대할 것을 허락하십시오." 하였다.

10월. 신사영호차왜를 접대할 접위관의 병이 위중하므로 통신사
행(通信使行)의 세 사신과 상의한 후, 동 차왜의 상선연(上船宴)은
동래 부사가 왜관(倭館)에 나가 베풀었다고 장계하였다. - 회하는

내 수령 중에서 관찰사가 선발하여 파견한다. 『六典條例 禮典 典客使』
40) 서계를 담당한 장로승왜(長老僧倭) : 대마도에서 서계를 담당하는 승려
들은 이정암(以酊菴)에서 거처하였다. 유천조흥의 국서개작사건 이후 막
부(幕府)는 이정암에 경도(京都) 4산(四山 : 천룡사『天龍寺』, 건인사『建仁
寺』, 상국사『相國寺』, 동복사『東福寺』)의 석학승(碩學僧)을 윤번(輪番)으
로 파견하여 외교 문서를 감찰하도록 하였다. 이를 이정암 윤번제(以酊菴
輪番制)라고 하는데, 1635년 동복사(東福寺) 보승원(寶勝院) 옥봉광린(玉
峰光璘)을 제1번으로 1866년 폐지될 때까지 총 126번 87명의 윤번승(輪
番僧)이 부임하였다. 이정암의 벽에는 '조선국왕만만세(朝鮮國王萬萬世)'라
는 전패를 봉안하였다고 한다. 『通航一覽 卷30 對馬國以酊菴輪番』『春官
志 卷3 年例送使』
41) 고환차왜(告還差倭)가 이때부터 시작되었다 : 고환차왜는 인조 10년
(1632) 5월 귤성공(橘成供)이 처음이다.

없었다.

같은 달. 통신사를 재촉하는 일로 나온 차왜 평성직에 대해서는 통신사와 함께 돌아갔기 때문에 접대할 수 없었고, 회답서계(回答 書契) 또한 전해 주지 못하여 도로 올려 보낸다고 장계하였다. - 회 하는 없었다.

정축년(1637, 인조 15) 2월. 차왜 등지승(藤智繩)·평성춘(平 成春) 등이 각각 반종 3명을 거느리고 통신사를 호행(護行)42)하 기 위하여 나왔으므로, 향접위관이 접대하였다.43)

5월. 차왜 등지승, 반종 3명이 서적(西賊)을 물리쳐 평정한 일 을 축하하기 위하여 서계를 지참하고 나왔으므로,44) 향접위관이 접대하였다.

12월. "두왜 평성련(平成連), 격왜 30명이 백기주(伯耆州)에 표 류한 왜인을 들여보내 준 일에 대하여 하례를 드리기 위한 것이라 고 칭하면서 서계와 별단(別單)45)을 가지고 나와서, 상경(上京)하

---

42) 호행(護行) : 사행을 호위하는 경우 호행(護行)과 호환(護還)을 구분하 여 쓴다. 이 경우 통신사행의 귀국을 호위하는 것으로 호환(護還)에 해당 한다.

43) 차왜 …… 접대하였다 : 향접위관으로는 기장 현감(機張縣監) 김주우(金 柱宇)가 임명되었다. 차왜 등지승(藤智勝)은 통신사의 호환(護還) 외에 세견선(歲遣船)을 줄이는 문제 등을 논의하였다. 『別差倭謄錄 丁丑年 4月 15日』

44) 차왜 …… 나왔으므로 : 격왜 40명을 대동하고, 예조 참의 및 동래 부사 에게 보내는 서계를 가지고 나왔다. 그리고 세견선을 감축하는 일에 대한 약조문을 논의하였다. 『別差倭謄錄 丁丑年 6月 26日』

45) 별단(別單) : 평성련(平成連)이 바친 별단은 모두 7조목인데, 내용은 다음과 같다. 첫째, 교역하는 물화가 이전과 다른데 중국과의 교통이 단 절되어서 그런 것인지 아니면 북쪽 오랑캐의 난리 때문인가. 둘째, 조선

여 직접 서계를 바치겠다고 하였습니다. 상경을 막은 후에 서계와 별단을 받아들여 올려 보냅니다."라고 장계하였다. 차왜는 향접위관46)이 접대하였다. - 장계 중에는 단지 "차왜가 바친 별단을 받아들여 올려 보냅니다."라는 말만 있다. 그런데 비변사의 회계 중에는, "숙배(肅拜)에 관한 한 가지 일은 결코 당상(堂上)에서 행하는 것을 허락하기 어려우므로, 만약 뜰 가운데에 별도로 몇 칸의 행랑을 짓고 흙을 쌓고 판자를 깔아 그들로 하여금 그 가운데서 예를 행하게 하면 크게 방해될 것은 없을 것 같습니다."47)라고 하였다. 숙배에 관한 한 가지 일은 별단에 들어 있는 말인 듯하다. 연례조(宴禮條)에도 함께 보인다.

경진년(1640, 인조 18) 3월. 동래 부사 강대수(姜大遂) 때이

사신은 일본에서 상단(上壇) 사이에서 절을 하는데 일본 사신은 조선에서 모래밭에서 절을 하니, 이 예(禮)는 어떤 것인가. 셋째, 해마다 내려 주는 쌀과 콩에 대해 '사(賜)'자를 쓰지 말 것. 넷째, '봉진가(封進價)' 세 글자도 써서는 안 된다. 다섯째, 서한 가운데 '대마도(對馬島)'는 '귀주(貴州)'로 쓸 것. 여섯째, 사선(使船)이 와서 정박하는 곳을 돌로 쌓아 풍파를 면하게 해줄 것. 일곱째, 돌로 쌓는 것이 쉽지 않으면 관사(館舍)를 개축해 줄 것이다. 『仁祖實錄 16年 1月 22日』『別差倭謄錄 戊寅年 1月 29日』

46) 향접위관 : 자인 현감(慈仁縣監) 임의백(任義伯)이 임명되었다. 『別差倭謄錄 戊寅年 1月 23日』

47) 숙배(肅拜)에 …… 같습니다 : 평성련(平成連)의 숙배례(肅拜禮)에 관한 요청에 대해 조선은 '숙배례는 천하(天下)에 공통된 것으로 바꿀 수 없는 법이며, 당초 유천경직(柳川景直), 현소(玄蘇) 등이 와서 약조를 맺을 때 정하여 30년 동안 그 약조에 의거해서 봉행하였다.'고 하면서 허가하지 않았다. 그리고 당하 숙배를 할 수 없다면 평상시 왕래하는 차관(差官)은 행할 필요가 없고 이제부터 관직에 제수된 자와 그의 차인(差人)에 한해서 종전과 같이 시행하고 관직에 제수되지 않은 자는 숙배를 하지 않아도 된다는 방침을 정하였다. 당상 숙배가 외교 문제로 발전할 상황에 이르자 평성련은 '숙배의 일에 대한 대마도주(對馬島主)의 본의는 당하에서 숙배를 행하지 않겠다는 것이 아니라 유천조흥(柳川調興)이 문제를 일으킨 후에 막부(幕府) 내에 대마도주의 대조선 외교 능력에 시비를 가리는 경우가 있어서 이와 같이 진달한 것'이라 하여 뜰 가운데에 흙을 쌓아 판자를 깔고 예를 행한다는 조선의 의견을 수용하기에 이르렀다. 『別差倭謄錄 戊寅年 1月 29日, 2月 22·23日』『備邊司謄錄 仁祖 16年 1月 23·25日』

다. "도주차왜(島主差倭) 평성규(平成規), 반종 2명, 격왜 9명 등이 서계48)를 지참하고 나왔기에, 문정(問情)하였더니, 하나는 대마도주가 대마도에 돌아온 것을 알리는 것이고 다른 하나는 전에 요청한 약재(藥材)를 사가기 위해서 나온 것이었습니다."라고 장계하였다. - 다례(茶禮)를 베풀어 서계를 받아들이고, 약간의 식량과 찬을 지급하였다.

9월. 차왜 등지승(藤智繩), 반종 3명, 격왜 30명 등이 서계49)를 지참하고 나와서 문위(問慰)에 대한 회사(回謝)의 일로 홍희남(洪喜男)을 만나기를 청하니, 해조로 하여금 그를 내려보내게 해달라고 장계하였다. - 회하는 없었다. ○ 차왜는 향접위관50)이 접대하였다.

신사년(1641, 인조 19) 1월. 동래 부사 정호서(丁好恕) 때이다. 차왜 평성조(平成助)가 사기(沙器) 그릇을 만드는 일로 나왔으나, 접대하지 않았다고 장계하였다. - 회하는 없었다.

5월. 두왜 2인이 왜관 내에서 상왜(商倭)들이 인삼을 몰래 구매하거나 소황(焇磺), 총검(銃劍)을 몰래 파는 것을 금단(禁斷)하는 일로 나왔으므로, 접대를 허락하지 않았다고 장계하였다. - 회하는 없었다.

---

48) 서계 : 『동문휘고』 부편(附編) 권7 고환(告還)에 예조 참의와 동래 부사에게 보내는 서계 및 답서가 기록되어 있다.
49) 서계 : 『동문휘고』 부편 권7 고환에 예조 참의와 동래 부사 및 부산 첨사에게 보내는 서계 및 답서가 기록되어 있다.
50) 향접위관 : 양산 군수(梁山郡守) 정호인(鄭好仁)이 임명되었다. 『別差倭謄錄 庚辰年 9月 15日』

임오년(1642, 인조 20) 2월. 차왜 평성행(平成幸),51) 봉진압물(封進押物) 1인, 시봉 1인, 반종 3명, 격왜 40명 등이 관백이 아들52) 얻은 경사를 알리고 통신사를 요청하는 일53)로 나왔으므로, 경접위관54)이 접대하였다. - 경접위관이 이때부터 시작되었다.

3월. 동래 부사 정치화(鄭致和) 때이다. 차왜 등지승(謄智蠅), 반종 3명, 격왜 40명 등이 공무목(公貿木)의 지급을 허락한 것에 대하여 감사드리기 위해 나왔으므로,55) 향접위관이 접대하였다.

같은 달. 차왜 서수좌(徐首座), 시봉 1인, 반종 3명 등이 언삼(彦三)의 도서(圖書)56)를 언만(彦滿)의 도서57)로 바꿔 받기 위해

---

51) 평성행(平成幸) : 평천장감(平田將藍)이라고도 한다. 『인조실록(仁祖實錄)』에는 평행성(平幸成)으로 되어 있는데, 평성행의 오기이다.

52) 아들 : 제3대 막부장군(幕府將軍) 덕천가광(德川家光)의 장남 가강(家鋼)으로 11세의 나이로 관백의 자리에 올랐다.

53) 관백이 …… 요청하는 일 : 『동문휘고』 부편(附編) 권3 고경(告慶)에 예조 참의와 동래 부사 및 부산 첨사에게 보내는 서계와 답서가 기록되어 있다.

54) 경접위관 : 예조 좌랑 이태운(李泰運)이 임명되었다. 『仁祖實錄 20年 1月 8日』

55) 공무목(公貿木)의 …… 나왔으므로 : 작년에 허락한 동(銅), 철(鐵), 납(蠟)의 공무역과 세사미(歲賜米)를 지급한 것에 대해 사례(謝禮)하였다. 『別差倭謄錄 壬午年 3月 12日』

56) 언삼(彦三)의 도서(圖書) : 언삼은 대마도주 종의성(宗義成)의 어릴 때 이름이다. 광해군 3년(1611) 그의 아버지 종의지(宗義智)가 대마도주로 있을 때 옛날 종웅만(宗熊滿)의 전례를 들어 도서 받기를 청하므로 조정은 종의지가 마음을 고쳐 충성을 바치니 상을 내려 후사(後嗣)에 미치게 하는 것이 마땅하다고 생각하여 허락하였다. 광해군 7년(1615)에 종의성이 대신 대마도주가 되었으나 도서를 환납하려 하지 않으면서 말하기를, "어머니가 지금 그 도서를 갖고 사용하고 있으니 모자간에 내 마음대로 처리하기 어려운 점이 있고, 또 나의 아들 얻는 일의 더디고 빠름을 미리 헤아려 알 수 없으니 잠시 그대로 두어 대(代)를 이을 때까지 기다려 주기를 원합니다."라고 하였다. 그러므로 특히 관대하게 처리하여 그대로 허락하였다가 효종 8년(1657) 종의성이 죽은 뒤에야 비로소 회수하고 그

나왔으므로, 경접위관이 접대하였다.

　9월. 동래 부사 정유성(鄭維城) 때이다. 차왜 평성륜(平成倫), 시봉 1인, 압물(押物) 1인, 반종 3명 등이 어필(御筆) 및 시문(詩文)을 하사받아,**58)** 관백에게 바쳤음을 회보(回報)하기 위해 서계를 지참하고 나왔으므로, 접대 등의 일을 해조로 하여금 지휘하게 해 달라고 하였다. 회하에 따라 향접위관이 접대하였다.**59)**

　윤11월. "차왜 평성륜(平成倫), 반종 1명이 동래 부사 및 부산 첨사에게 보내는 서계를 지참하고 대마도주가 섬으로 돌아온 것을 알리기 위해 나왔습니다.**60)** 그런데 차왜의 이름이 앞서 돌아간 차왜와 같아서 앞의 차왜가 다시 온 것으로 의심하여 탐문하니 같은

　　송사(送使)를 폐하였다. 『增正交隣志 卷1 平彦三送使』
57) 언만(彦滿)의 도서 : 대마도주 평의성(平義成)의 아들 평의진(平義眞)이 조선으로부터 받은 도서로, 평의진의 어릴 때 이름이 언만(彦滿)이다. 인조 18년(1640)에 차왜 석서(碩恕)・등지승(藤智繩)이 와서 언삼(彦三)의 일을 들어 도서 받기를 요청하였다. 효종 5년(1654)에 평의진이 대를 이어 대마도주가 된 뒤 평의진송사(平義眞送使)로 개칭하였다. 그러나 도서는 그대로 어릴 때의 이름을 사용하였다. 숙종 28년(1702)에 평의진이 죽자 비로소 도서를 회수하고 그 송사를 폐하였다. 『增正交隣志 卷1 平義眞送使』
58) 어필(御筆) …… 하사받아 : 대마도주 평의성(平義成)이 평성행(平成幸)을 보내 일광산(日光山)의 사당(祠堂)에 쓸 편액과 종(鍾) 등을 요청하였다. 이에 조선에서는 의창군(義昌君) 이광(李珖)이 '일광정계 창효도장(日光淨界彰孝道場)'이라는 편액을 짓고, 시문을 제술(製述)하는 데 최명길(崔鳴吉), 이식(李植), 홍서봉(洪瑞鳳), 이명한(李明漢), 이성구(李聖求), 이경전(李慶全), 신익성(申翊聖), 심기원(沈器遠), 김시국(金蓍國) 등이 참여하였다. 『仁祖實錄 20年 2月 18日』
59) 회하에 …… 접대하였다 : 평성륜은 대마도 전 봉행(奉行) 마조(馬助)의 아들이고 봉행 식부(式部)의 동생으로 대마도주의 신임이 두터운 사람이므로 접대를 더 후하게 하였다. 『別差倭謄錄 壬午年 9月 27日』
60) 대마도주가 …… 나왔습니다 : 이 외에 통신사 일정 논의 및 종(鍾)을 가져가는 문제로 별차왜가 나올 것이라는 것과, 이런 내용을 강호(江戶)에 보고하기 위해 나왔다. 『別差倭謄錄 壬午年 11月 21日』

이름의 다른 왜인이라 하였습니다. 다례를 베풀어 접대하고 서계
에 대해 답서를 보냈습니다."라고 장계하였다. - 장계등록에 나오며,
회하는 없었다.

12월. 차왜 평성사(平成似), 진상압물(進上押物) 1인, 반종 2명
등이 예조와 동래 부사 및 부산 첨사에게 보내는 서계를 지참하고
통신사의 발행을 재가받기 위해 나왔다. - 다례를 베풀고 서계를 받
아들인 후, 그들은 돌아갈 날이 매우 촉박하여 진상(進上)을 바치고, 하
선연(下船宴)과 상선연(上船宴)은 사양하며 받지 않고 단지 예단(禮單)만
을 받아 갔다.

같은 달. 차왜 우위문(右衛門)이 동래 부사에게 보내는 서계를
지참하고 통신사가 내년 3월에 도해(渡海)하는 일 때문에 나왔으
므로, 약간의 식량과 찬을 제급(題給)하였다고 장계하였다. - 회하
는 없었다.

같은 달. 차왜 등지승, 반종 3명 등이 통신사가 내년 5월 안에
강호(江戶)에 들어가는 일과 통신사행 때의 절목(節目) 30여 조에
대해 재가를 받는 문제로 예조와 동래 부사에게 보내는 서계 각 1
통을 지참하고 나왔으므로, 전례대로 향접위관이 접대하였다.

계미년(1643, 인조 21) 2월. 차왜 평성행(平成幸), 시봉 1인,
반종 3명이 통신사를 호송(護送)하는 일로 예조와 동래 부사에게
보내는 서계를 지참하고 나왔으므로, 향접위관이 접대하였다.

같은 달. 차왜 평성임(平成稔), 반종 2명 등이 예조에 보내는
서계를 지참하고 종(鍾)과 향로[爐] 등의 물건을 실어 가기 위해

나왔기에, 이들과 아울러 격왜에게 식량과 찬만을 제급하고 해조
에서 마련하여 내려보내는 예단(禮單)은 뒤에 폐단이 될 수 있으
므로 지급하지 않은 뒤에 계문(啓聞)하였다. - 장계등록에 나오며,
회하는 없었다.

7월. 통신사행에 앞서 오는 군관(軍官)을 호행하고 온 차왜 고
기칠지윤(高崎七之允), 반종 3명, 격왜 15명 등이 동래 부사에게
보내는 대마도주의 서계를 지참하고 나왔으므로, 식량과 찬을 헤
아려 지급하고 규례에 따라 접대하였다고 장계하였다. - 회하는 없
었다.

10월. 신사호섭차왜(信使護涉差倭) 평성행과 반종 3명, 등지승
(藤智繩)과 반종 3명이 서계를 지참하고 나왔으므로,**61)** 처음 나왔
을 때의 예(例)에 따라 접대하였다.

같은 달. 통신사행선(通信使行船)의 격군(格軍) 6명의 물고(物
故)된 시신을 가지고 온 두왜 1인, 격왜 15명에게 약간의 식량과
찬을 지급하고 또한 약간의 물품을 주었다고 장계하였다.**62)** - 회
하는 없었다.

같은 달. 관백의 회례 예단(回禮禮單)을 가지고 온 차왜 1인,
반종 2명, 격왜 30명 등**63)**에게 식량과 찬을 제급하고 약간의 물

---

61) 신사호섭차왜(信使護涉差倭) …… 나왔으므로 : 격군(格軍)은 각각 40명
   이었으며, 예조 참판 및 예조 참의와 동래 부사 및 부산 첨사에게 보내는
   서계를 지참하였고, 서승왜(書僧倭) 1인, 반종 2인 및 상고왜(商賈倭) 4
   명 등이 평성행과 함께 왔다. 『別差倭謄錄 癸未年 11月 10日』
62) 통신사행선(通信使行船)의 …… 장계하였다 : 신사호섭차왜(信使護涉差倭)
   평성행(平成幸) 일행과 함께 나왔다. 그런데 이들은 격군의 시신을 싣고 왔
   기 때문에 노인(路引)을 지참하지 않았다. 『別差倭謄錄 癸未年 11月 10日』

품을 지급하였다고 장계하였다. - 회하는 없었다.

갑신년(1644, 인조 22) 5월. 동래 부사 심지명(沈之溟) 때이
다. "차왜 원성장(源成長), 반종 1명, 격왜 10명이 예조에 보내는
서계를 지참하고 나와서 '예수교도 종문(宗文)의 잔당의 유무를 탐
지하기 위해 왔습니다.'64) 하였습니다. 오일잡물(五日雜物)은 통신
사 때 별사(別使)의 예(例)에 따라 제급하였습니다."라고 장계하였
다. - 회하는 없었다. ○ 예수교도 종문의 일은 이야기가 잡조(雜條)에
보인다.

7월. "차왜 평성정(平成正), 반종 3명 등이 예수당의 일에 대한
회답서의 말을 고쳐 달라65)는 한 가지 일로 나왔는데, 서계의 개
서(改書)를 허락할 수 없다 하였더니, 다례(茶禮)만 받고 식량은
받지 않고서 지레 돌아갔습니다."라고 장계하였다. - 회하는 없었다.
○ 회답서의 문구를 고쳐 달라고 요청한 일은 서계조(書契條)에 보인다.

---

63) 관백의 …… 30명 등 : 노인(路引)을 지참하였으며, 반종은 3명이었다. 『別
差倭謄錄 癸未年 11月 10日』
64) 예수교도 …… 왔습니다 : 예수교도 종문(宗文)의 일이 조선에 처음 알
려진 것은 인조 17년(1639) 대마도주가 길전등우위문(吉田藤右衛門)을
파견하여 동래 부사 및 부산 첨사 앞으로 보낸 서계에 의해서이다. 그러
나 정식으로 금제(禁制)를 요청한 것은 이때부터이다. 이보다 앞서 인조
16년 3월 일본의 기독교 대명(大名)들이 주축이 되어 일으킨 도원(島原)
의 난(亂)이 조선에 의해 파악되었다. 『신동규, 耶蘇宗門禁制를 둘러싼 朝
日外交關係, 강원사학 13·14 합집, 1998』『同文彙考 別編 卷4 倭情 戊
寅報日本吉伊施端作變及倭館動靜咨』
65) 회답서의 …… 달라 : 예조의 회답서에 '귀국(貴國)'의 '국(國)' 자와 '귀조
(貴朝)'의 '조(朝)' 자를 모두 극행(極行 : 다른 줄보다 글자를 한자 위로 올
려 쓰는 것)으로 쓰고, '일본(日本)'의 '일(日)' 자와 '타국(他國)'의 '국(國)'
자를 평행(平行 : 글자를 올려 쓰지 않고 다른 줄과 나란히 쓰는 것)으로
쓴 것은 잘못이라는 것과 아울러 종이의 질도 좋지 않다고 하면서 만일 대
군(大君)이 보면 대마도주가 죄를 입을 것이라 하면서 개서(改書)해 주기
를 요청하였다. 『別差倭謄錄 甲申年 7月 16日, 8月 8日, 9月 26日』

9월, "차왜 평성광(平成光), 반종 3명이 예수당의 일에 대한 회답서를 고쳐 달라는 일로 또 왔으나, 대마도주의 서계가 없이 단지 장로왜(長老倭)가 동래 부사 및 부산 첨사에게 보내는 서계만 있었습니다. 장로가 서계를 바치는 것은 전례가 없는 일이어서 꾸짖고 타일러 받지 않았습니다. 차왜는 다례를 베풀어 접대함을 허락하였습니다."라고 장계하였다. - 회하는 없었다.

10월. 차왜 등성륜(藤成倫), 반종 3명이 예수당의 일에 대한 회답서를 빨리 고쳐 달라는 일로 노인(路引)66)을 지참하고 나왔고, 차왜 귤성공(橘成供)·평성관(平成貫)·평성달(平成達) 등이 각기 반종 3명을 거느리고 황당인(荒唐人)67)을 데려가기 위해 나왔으므로,68) 모두 식량과 찬을 지급하고 다례를 베풀었다고 장계하였다. - 회하는 없었다. ○ 이 일은 잡조(雜條)에 보인다.

12월. 차왜 평성차(平成次), 반종 5명이 황당선(荒唐船)69)을 잡

---

66) 노인(路引) : 문인(文引)과 같은 의미로 상인에 대한 세금 징수와 통제, 그리고 군사적인 목적 외에 조선에 도항하는 왜인들에 대한 통제의 수단으로 도서(圖書), 서계(書契) 등과 함께 사용되었다. 문인은 세종 20년 대마도 경차관(敬差官) 이예(李藝)가 대마도주와 약정함으로써 이후 조선의 강력한 왜인 통제책이 되었다. 조선 전기에 문인을 지참해야만 하는 외교사행은 대마도내의 직사인(職事人)과 일본 서부 지역 여러 영주의 사선(使船)들이었으며 일본국왕사(日本國王使)는 제외되었다. 그러나 기유약조에서는 일본국왕사도 대마도주의 문인을 지참하도록 규정하고 있다. 『通航一覽 卷121 朝鮮國部97 貿易』

67) 황당인(荒唐人) : 일본으로 향해 가다가 조선에 표류한 중국인을 가리킨다.

68) 차왜 …… 나왔으므로 : 등성륜은 격왜 6명을 데리고 소선(小船)을 타고 왔으며, 차왜 귤성공은 『별차왜등록(別差倭謄錄)』에 등성공(藤成供)으로 기록되어 있고, 반종 3명 외에 종왜(從倭) 16명, 격왜 39명을 대동하여 동래 부사 및 부산 첨사에게 보내는 서계를 지참하고 왔다. 『別差倭謄錄 甲申年 10月 14日』

69) 황당선(荒唐船) : 인조 22년(1644) 8월 일본의 장기(長崎)로 향하던

아 보낸 일에 감사하기 위해 서계를 지참하고 나왔으므로,70) 다례를 베풀고 식량과 찬을 제급하였다고 장계하였다. - 회하는 없었다. ○ 다례 때에 반종 3명의 접대를 허락하였다.

같은 달. 차왜 등원성경(藤原成景), 반종 3명이 우리나라가 요구한 약재인 주사(朱砂)·감초(甘草) 등 9종과 노인(路引)을 가지고 나왔으므로, 약간의 식량과 찬을 지급하였다71)고 장계하였다. - 회하는 없었다.

을유년(1645, 인조 23) 3월. 동래 부사 이원진(李元鎭) 때이다. "차왜 등지승(藤智繩), 반종 3명 등이 예수교도 종문(宗文)의 종지(宗旨)라 칭하는 승려가 배를 타고 조선으로 북향하니 체포해 달라72)는 일로 예조와 부산 첨사 및 동래 부사에게 보내는 서

중 전라도 진도군(珍島郡) 남도포(南桃浦)에 표착한 중국 광주부(廣州府)의 배를 가리킨다.

70) 차왜 …… 나왔으므로 : 『별차왜등록』 갑신년 12월 11일 조에 의하면, 평성차(平成次)는 종왜 5명을 거느리고 예조와 동래 부사 및 부산 첨사에게 보내는 서계 2통을 지참하고서 세견(歲遣) 13선(船)에 동승하여 왔다. 한편 평성차가 가져온 서계 중에 '대청(台聽)' 두 자를 극행(極行)으로 잘못 써서, 바로 받지 않았다가 이듬해 1월에야 받았다.

71) 차왜 …… 지급하였다 : 격왜(格倭)가 5명인 소선(小船)을 타고 왔다. 싣고 온 약재(藥材)는 훈도(訓導)가 요청한 것으로 장기(長崎) 및 경도(京都)에서 가져온 것인데, 그 종류는 소합유(蘇合油), 주사(朱砂), 석웅황(石雄黃), 호박(琥珀), 유인(蕤仁), 금모구척(金毛狗脊), 진피(陳皮), 감초(甘草) 등이었다. 한편 조선에서는 약재를 연례송사(年例送使) 편에 부쳐 보내도 되는데 별도로 차왜를 보낸 것은 이익을 구하려는 것에 지나지 않는다 하여 접대를 허락하지 않았다. 『別差倭謄錄 乙酉年 1月 2日, 2月 12日』

72) 차왜 …… 달라 : 이 외에 등지승(藤智繩)이 동래 부사 이원진(李元鎭)에게 요구한 것은 첫째 대마도주가 조선의 작은 배를 빌어 타고 친히 좌우 연해의 포진(浦津)을 살펴 관백(關白)에게 보고할 수 있도록 대비해 줄 것, 둘째 조선의 지도를 얻어 여러 도서(島嶼)의 이름을 알아 증거로 삼게 해 줄 것, 셋째 조선의 수사(水使)가 이 일을 맡아 모든 포구(浦口)

계73)를 지참하고 나왔으므로, 향접위관이 접대하였습니다. 우리나라 지도를 모사(模寫)해 줄 수 없다 하니, 상선연(上船宴)을 받지 않고 돌아갔습니다."라고 장계하였다. - 회하는 없었다. 잡조(雜條)에 보인다.

4월. "차왜 등지승, 반종 3명, 격왜 21명이 서계를 지참하고 나와서, '사사(謝使) 일행이 이달 그믐 내에 나올 것인데 삼사(三使)74) 가운데 저희들이 그 일원으로 끼어 있는데, 먼저 나온 것은 저희들이 귀국의 사정에 밝기 때문에 무릇 재가 받을 일을 미리 논의해 정하기 위하여 앞서 나온 것입니다.' 하였습니다."라고 장계하였다. - 장계등록에 나오며, 회하는 없었다.

5월. "차왜 귤성반(橘成般), 시봉 1인, 소솔(所率) 20명, 봉진압물 1인, 반종 1명, 격왜 40명과 부관 서수좌(恕首座), 시봉 1인, 소솔 17명, 격왜 40명 등이 광동(廣東)의 뱃사람들을 붙잡아 보낸 것을 사례하기 위해 서계75)를 지참하고 나와서, 상경하여 서계를 바치고자 하였는데, 꾸짖고 타일러 상경을 허락하지 않았습니다.

에 외국 선박이 있는지 그 여부를 조사하여 글로 적어 보내 주어 후일 참고할 수 있도록 해 줄 것이다. 『同文彙考 原編 卷78 報島倭所請三事責諭徑歸啓』

73) 서계 : 『동문휘고』 부편(附編) 권25 변금(邊禁)에 예조 참의와 동래 부사 및 부산 첨사에게 보내는 서계 및 답서가 기록되어 있다.

74) 삼사(三使) : 정관(正官) 귤성반(橘成般), 부관(副官) 서수좌(恕首座), 삼사(三使) 등지승(藤智繩)으로 일본 대군의 사신이라 칭하였다. 『仁祖實錄 23年 3月 25日, 6月 5日』

75) 광동(廣東)의 …… 서계 : 인조 22년(1644)에 붙잡아 대마도에 보낸 광동선(廣東船)을 장기(長崎)로 보내 조사한 결과 승선해 있던 52명 중 예수교도 5명을 찾아내어 감사한다는 것과 아울러 남만(南蠻)의 사도(邪徒)들을 붙잡아 보내 달라고 요청하였다. 이들 귤성반(橘成般) 등이 가지고 온 서계는 예조 참판에게 보내는 것으로 전례가 없는 일이었다. 『仁祖實錄 23年 5月 21日』『備邊司謄錄 仁祖 23年 6月 23日』

그러자 또 중로(中路)의 관찰사에게 서계를 바치기를 요청하였으나, 꾸짖고 타일러 허락하지 않았습니다. 이에 또 동래부에 올라가 서계를 바치겠다고 하였으나, 끝내 허락하지 않고 부산 왜관에서 바치도록 홍희남(洪喜男)으로 하여금 여러 이유를 들어 꾸짖고 타이르게 하였습니다."라고 장계하였다. - 반종은 줄여서 15명으로 정하였고 격왜는 80명으로 정하였다. 그런 뒤에 경접위관[76]이 정대하였다. ○ 이 일은 잡조(雜條)에 보인다.

같은 달. "관수왜(館守倭)가 역관(譯官)에게 사사(謝使)와 표차(漂差)를 어떤 예(禮)로 접대하냐고 물어, '사사는 비록 국서(國書)는 없지만 이미 관백의 명령을 받아 나왔으므로 기사년(1629, 인조 7) 현방(玄方)의 예(例)에 따라 접대하고 서계를 바치는 곳도 부산 대청(釜山大廳)[77]으로 하며, 표차는 사사의 접위관(接慰官)이 같이 접대하도록 재가를 받았다.'고 답하였습니다. 그러자 관수왜가 말하기를, '사사가 만약 표차와 더불어 같이 접대를 받으면 사사를 전대(專對)하는 뜻이 조금도 없습니다.' 하였는데, 이 말도 이치에 맞는 것 같으니, 인근 읍의 수령(守令)으로 하여금 접대하도록 하는 일을 신속히 품처(稟處)하게 해 주소서."라고 장계하였다. - 장계등록에 나오며, 회하는 없었다.

같은 달. "전부터 왜사(倭使)는 단지 상관(上官)과 부관(副官)이 있을 뿐 삼사(三使)의 명칭은 없었는데, 등지승이 스스로 사사(謝

---

76) 경접위관 : 집의(執義) 민응협(閔應協)이 임명되었다. 『仁祖實錄 23年 5月 21日』
77) 부산 대청(釜山大廳) : 왜관(倭館)이 아닌 부산진(釜山鎭)의 객사(客舍)를 말한다. 초량 왜관(草梁倭館)으로 이전할 때까지 일본의 사절(使節)은 부산의 객사에서 숙배례(肅拜禮)를 행하였으며, 이전한 다음에는 초량의 객사에서 행하였다.

使) 일행에 참여하여 삼사의 이름을 갖추고자 하였으니, 이 일은 후에 폐단이 될 것 같습니다. 따라서 등지승을 도선주(都船主)라 칭하게 하고, 반종도 15명으로 정하였으며, 한 배의 격왜 수를 뺀 후 대선(大船) 두 척의 격왜 수를 모두 80명으로 정하였습니다." 라는 연유를 치계(馳啓)하였다. - 회하는 없었다.

8월. 두왜78) 1인, 격왜 7명이 황당선(荒唐船)을 체포할 일로 노인(路引)을 지참하고 나왔으므로, 식량과 찬을 제급하지 않았다고 장계하였다. - 회하는 없었다.

9월. 황당선을 기어이 체포하라는 뜻을 각 관(官)과 포(浦)에 신칙(申飭)한 일을 예조의 관문(關文)에 따라 위의 두왜에게 말한 후 약간의 식량과 찬을 지급하였다고 장계하였다. - 회하는 없었다.

병술년(1646, 인조 24) 2월. 동래 부사 황호(黃㦿) 때이다. 두왜 등원성방(藤源成方), 종왜(從倭) 3명, 격왜 10명 등이 북국(北國)에 표류한 왜인79)을 들여보내는 일에 대해 예조의 서계를 고쳐 달라는 한 가지 일로 나왔다고 장계하였다.80) - 식량과 찬을 제급하지 않았다. ○ 북국에 표류한 왜인의 일은 표왜조(漂倭條)에 보인다.

---

78) 두왜 : 등원성현(藤原成賢)으로 8월 7일 대마도에 도착한 황당대선(荒庸大船)으로부터 예수교도 종문(宗文)이 조선으로 향할 것이라는 정보를 입수하여 붙잡아 보내 달라고 요청하기 위해 왔다. 『別差倭謄錄 乙酉年 8月 21日』

79) 북국(北國)에 표류한 왜인 : 일본 월전주(越前州)의 상인 58명을 태운 3척의 배가 달국(撻國)에 표류하여 43명이 살해되고 나머지 15명이 명나라에 이르렀다. 이들 15명을 명나라에서 송환하도록 조선에 보내왔다. 『朝鮮通交大記 卷7 光雲院公』

80) 두왜 …… 장계하였다 : 『동문휘고』 부편(附編) 권35 표풍(漂風)에 예조 참의 및 동래 부사에게 보내는 서계와 답서가 기록되어 있다.

같은 달. 차왜 원성관(源成寬), 반종 3명, 격왜 19명 등이 노인(路引)을 지참하고 북국에 표류한 왜인을 데려가는 일로 나왔으므로, 약간의 음식물과 목필(木疋)·지속(紙束)·작명예단(作名禮單)을 제급하였으며, 입급(入給)은 다례(茶禮)만을 베풀었다고 장계하였다. - 회하는 없었다.

3월. 차왜 평성효(平成曉), 반종 3명, 격왜 10명 등이 북국에 표류한 왜인을 들여보내는 데 대해 해조의 서계를 다시 고쳐 써 달라는 일로 나왔다고 장계하였다. - 식량과 찬은 제급하지 않았다.

4월. 두왜 평성구(平成久), 격왜 11명 등이 표류한 왜인을 들여 보내는 데 대한 서계의 개찬(改撰)을 재촉하는 일로 노인(路引)을 지참하고 나왔다고 장계하였다. - 식량과 찬은 제급하지 않았다.

10월. 동래 부사 민응협(閔應協) 때이다. 왜관성조도검차왜(倭館成造都檢差倭)[81] 평성관(平成寬), 귤성원(橘成元), 격왜 10명, 대목수(大木手) 20명, 소목수(小木手) 10명, 감동왜(監董倭),[82] 습좌위문(拾左衛門), 하좌위문(河左衛門), 소목수 40명, 격왜 10명이 서계를 지참하고 나왔다고 장계하였다. - 동래부에서 다례를 베풀어 접대하였다. 정해년(1647, 인조 25) 7월, 되돌아갈 때 상선연(上船宴)을 사양하고 받지 않아서, 건물(乾物)을 입급(入給)하고 음식물을 넉넉하게 제급하였다.

---

81) 왜관성조도검차왜(倭館成造都檢差倭) : 두모포(豆毛浦) 왜관을 수리하기 위해 파견된 차왜로 대마도에서는 수치사(修治使)라 하였다. 『朝鮮通交大記 卷7 光雲院公』

82) 감동왜(監董倭) : 감동은 국가의 공사(工事)를 감독하는 것을 말한다. 왜관의 건물은 국법에 따라 매달 말에 동래 부사가 훈도(訓導), 별차(別差) 및 감관(監官)을 보내어 정기적으로 점검하여 썩거나 무너진 곳이 있으면 수리하도록 하였다. 『春官志 卷3 倭館』

같은 달. 차왜 정관(正官) 귤성세(橘成稅), 소솔 14명이 서계[83]를 지참하고, 표류한 왜인을 들여보내 준 것에 회사(回謝)하기 위해 나왔다고 장계하였다. - 소솔왜(所率倭)는 9명을 줄이고, 경접위관[84]이 특송선(特送船)[85]의 예(例)에 따라 접대하였다.[86]

같은 달. 차왜 등지승(藤智繩), 반종 3명, 격왜 40명이 서계를 지참하고 도해역관(渡海譯官)으로 반드시 최의길(崔義吉)을 보내 달라는 일로 나왔으므로, 경접위관이 접대하였다.

11월. "차왜 귤성세가 가지고 온 서계 중에 별폭(別幅)을 진상(進上)한다는 거조(擧措)가 없었으니, 우리 쪽의 접대하는 도리로는 너무 지나쳤던 것입니다. 이에 뒷날의 폐단이 염려스러워서 우선 특송선의 예(例)로 접대하고 그 태도를 살피고 있습니다."라고

---

83) 서계 : 『동문휘고』 부편(附編) 권35 표풍(漂風) 도주사서(島主謝書)에 있다.

84) 경접위관 : 임중(任重)이 임명되었다. 당시 임중의 관직은 알 수 없으나 인조 25년(1647) 1월 정언(正言)에 제수되었다. 『回謝差倭謄錄 甲辰年 9月 23日』 『仁祖實錄 25年 1月 25日』

85) 특송선(特送船) : 특송선은 일본 국왕의 사선(使船)이며 또한 불시(不時)의 사선으로 물건을 조달하는 약정한 수 이외의 사선을 말한다. 그리고 특송선이라는 것은 국왕사(國王使)가 3년에 1번 파견되기 때문에 그 사이에 일이 있으면 대마도주에게 명하여 대마도로부터 그 명령을 전하여 일을 처리하도록 하였다. 따라서 대마도의 사선(使船)과는 달리 특별히 보내는 배라 명명한 것이다. 특송선은 인원수도 많고, 진상(進上)과 회사(回賜), 구청(求請) 등도 많았으며, 실어 보내는 상물(商物) 등도 많았는데, 모두 일본 국왕의 쓰이는 바가 되기 때문이다. 지금은 대마도주가 관장하는 직무라고 쓰여져 있다. 『交隣事考』 『送使約條私記』

86) 특송선(特送船)의 …… 접대하였다 : 귤성세(橘成稅)를 특송선의 예로 접대한 이유는 귤성세가 '사사(謝使)'를 칭하므로 사사의 예로 접대해야 하나, 관백의 명령을 자처하는 귤성세의 말을 믿기 어렵고, 대마도의 보통 장령(將領)에 지나지 않기 때문에 사사의 예로 접대하는 것은 지나치게 우대하는 것이다. 그렇기 때문에 보통의 차왜보다는 후대하고 사사보다는 아래로 접대하게 된 것이다. 『備邊司謄錄 仁祖 24年 11月 5日』

장계하였다. – 장계등록에 나오며, 회하는 없었다.

같은 달. 차왜 귤성차(橘成次), 반종 3명, 격왜 20명 등이 서계를 지참하고 대마도주가 섬으로 돌아온 것을 알리기 위해 나왔으므로, 규례대로 접대하였다[87]고 장계하였다. – 회하는 없었다.

12월. 차왜 등원성원(藤原誠元), 격왜 11명 등이 노인(路引)과 '선발한 역관[差譯][88]이 도해(渡海)할 때의 문위(問慰)와 치조(致弔)[89]는 반드시 각장의 서계로 만들라'는 내용의 관수왜(館守倭)에게 보내는 사서(私書)를 가지고 나왔으므로, 약간의 쌀과 술 등을 지급하였다고 장계하였다. – 회하는 없었다.

정해년(1647, 인조 25) 2월. 두왜 등원성차(藤原成次), 종왜(從倭) 2명, 격왜 6명 등이 '남경(南京)과 북경(北京)의 사정[90]을 탐문하여 회보(回報)해 달라'는 내용의 관수왜에게 보내는 사서(私書)를 가지고 나왔으므로, 식량과 찬을 제급하였다고 장계하였다. – 3월에 역관 이형남(李亨男)이 내려와 응대하였는데, 그 뒤 두왜 등이 바로 되돌아갔다. ○ 잡조(雜條)에 보인다.

같은 달. 차왜 등원성우(藤原成友), 반종 2명, 격왜 6명이 동래

---

87) 대마도주가 …… 접대하였다 : 대마도주가 섬으로 돌아온 것은 11월 26일의 일이며, 귤성차는 하선연(下船宴)과 상선연(上船宴)의 두 차례 접대를 받았다. 『別差倭謄錄 丙戌年 12月 4日』

88) 선발한 역관[差譯] : 대마도에 파견할 문위역관(問慰譯官)을 말한다.

89) 치조(致弔) : 대마도주 종의성(宗義成)의 모친상에 대한 조위(弔慰)를 말하는 것으로, 인조 24년(1646) 9월 등지승(藤智繩)이 글을 보내어 요청하였으며, 10월 두왜가 와서 조위역관(弔慰譯官)의 파견을 요청하였으나, 전례가 없는 일이어서 허락하지 않았다. 『東萊接倭事目 丙戌年 9月, 10月』

90) 남경(南京)과 북경(北京)의 사정 : 청나라의 입관(入關) 이후 청나라의 사정과 명나라의 부흥 운동에 관한 정보를 말한다.

부사 및 부산 첨사에게 보내는 서계를 지참하고 남경과 북경의 사정을 탐지하기 위해 나왔다고 장계하였다. - 3월에 역관 이형남이 내려와 응대하였는데, 그 뒤 차왜 등이 회답 서계를 받아서 바로 되돌아갔다. 단지 식량과 찬만을 지급하였다.

3월. "차왜 등지승(藤智繩), 봉진압물(封進押物) 1인, 반종 4명, 격왜 30명91) 등이 서계를 지참하고 역관 두 사람92)을 보낸 것에 회사(回謝)하기 위하여 나왔으므로, 신과 부산 첨사가 다례를 열어 서계를 받았습니다."라고 장계하였다. - 진상연(進上宴)은 향접위관이 베풀고, 상선연(上船宴)은 경접위관93)이 평성행(平成幸)·서수좌(恕首座) 두 차왜의 상선연과 함께 베풀었다. 차왜 등지승이 거느리고 온 봉진 1인과 반종 4명 등에 대해서는 초차연(初次宴), 재차연(再次宴) 때에 동참하는 것을 허락하지 않았고, 상선연은 전별연(餞別宴)인 까닭에 참석을 허락하였다.

같은 달. 두왜 평성행, 종왜 2명, 격왜 6명 등이 관수왜(館守倭) 및 등지승에게 보내는 봉행(奉行)94) 등의 사서(私書)를 가지고 나왔다고 장계하였다. - 회하는 없었다.

---

91) 격왜 30명 : 『회사차왜등록(回謝差倭謄錄)』 정해년 3월 26일 조에는 격왜가 32명으로 기록되어 있다.

92) 역관 두 사람 : 인조 24년(1646) 12월에 대마도에 파견된 당상 역관 이형남(李亨男)과 당하 역관 한상국(韓相國)을 가리킨다. 『增正交隣志 卷 6 問慰行』

93) 경접위관 : 문학(文學) 곽지흠(郭之欽)이 임명되었다. 『仁祖實錄 25年 3月 26日』

94) 봉행(奉行) : 상명(上命)을 받들어 일을 집행하는 담당자를 말한다. 겸창막부(鎌倉幕府) 이래 무가(武家)의 직제(職制)가 된 후 각종의 봉행이 설치되어 정무(政務)를 나누어 담당하였다. 강호시대(江戶時代)에 처음으로 노중(老中)에 해당하는 직(職)을 봉행(奉行)·연기(年嵜)라고 칭하였다. 여기에서는 대마도주의 봉행을 말한다.

4월. 차왜 평성행, 소솔(所率) 5명, 격왜 40명과 서수좌, 소솔 5명, 격왜 40명 등이 청나라 사정에 대한 서계를 재촉하는 일95)로 서계를 지참하고 나왔으므로, 경접위관96)이 접대하였다.

같은 달. 평성행·서수좌 두 차왜가 반드시 상경(上京)하여 예조에 직접 서계를 바치고 아울러 소회(所懷)를 말하겠다 하므로, 조정에 아뢰기 전에는 결코 함부로 행동할 수 없다는 뜻으로 엄히 꾸짖고 타이른 후에 계문(啓聞)하였다. - 장계등록에 나오며, 회하는 없었다.

같은 달. 두왜 등성방(藤成芳), 격왜 8명 등이 관수왜에게 보내는 사서(私書)를 전달하기 위해 나왔다고 장계하였다. - 회하는 없었다.

같은 달. 평성행·서수좌 두 차왜가 반드시 상경하여 예조에 직접 서계를 바치고자 한다고 하여, 그 곡절을 물었으나 끝내 말하지 않아 매우 걱정된다고 동래 부사와 접위관이 연명으로 장계하였다. - 장계등록에 나오며, 회하는 없었다.

---

95) 청나라 …… 일 : 평성행(平成幸) 등의 말에 의하면, 인조 24년(1646) 명나라에서 일본에 사신을 보내어 군사를 요청하자 일본의 대군(大君)이 대마도주에게 청나라와 조선의 관계를 묻고 대마도주를 선봉으로 삼아 명나라를 구원하려 했다고 한다. 그리고 대마도주는 조선을 위해 이리저리 말을 꾸며냈으며 조선이 청나라의 연호를 쓰고 있는 것을 이미 알고 있었음에도 대군(大君)에게 보고하지 않았는데 이제는 더 이상 숨길 수 없어서 대마도주가 도주의 자리를 사퇴하려고 한다 하였다. 이에 대하여 조선에서는 그들이 무엇을 얻기 위해 온 것으로 파악하고 면포 200동, 쌀 1000섬을 특별히 내려 주되 뒷날 예(例)로 삼아서는 안 된다고 타이르자 등지승(藤智繩) 등이 드디어 돌아갔다. 『仁祖實錄 25年 9月 5日』

96) 경접위관 : 등지승(藤智繩)의 접위관 곽지흠(郭之欽)이 아울러 담당하였다. 『仁祖實錄 25年 5月 3日』

같은 달. "평성행·서수좌 두 차왜가 말하기를, '상경을 막고, 예관(禮官) 또한 내려보내는 것을 허락하지 않으니, 마땅히 되돌아가야 할 형세인 것 같다.' 하니, 등지승이 곁에서 말하기를, '상경하기를 요청한 것에 대해 이처럼 서로 자기 의견을 고집하고 또 예관을 보내는 것도 허락하지 않으니, 차라리 본도(本道)의 순찰사(巡察使)로 하여금 내려와 만나보게 하는 것이 편하고 합당할 듯하다.' 하였습니다. 그러자 서수좌가 돌연 크게 화를 내면서, '네가 이런 말을 하는 것이 마치 우리들이 만나보기를 요구하는 것 같구나. 이후로는 망발(妄發)하지 말라.' 하였습니다. 자리를 파하고 나갈 때에, 차왜 등지승이 웃으면서 역관을 끌어당겨 앉히고 말하기를, '평성행·서수좌 두 차왜가 짐짓 소리 높여 화내는 뜻을 공들은 아시오? 그들은 내가 조선을 위하여 힘쓰는지 의심하여 이같은 태도를 취한 것입니다.' 하였습니다. 교활한 왜인들의 태도를 실로 헤아리기 어려우니, 묘당(廟堂)으로 하여금 심사숙고하여 처치하게 해 주십시오."라고 연명으로 치계하였다. - 장계등록에 나오며, 회하는 없었다.

5월. 차왜 등지승이 말하기를, "순찰사가 내려오면 마땅히 좋은 처리 방법이 있을 것이니, 다른 말을 하지 말고 속히 아뢰도록 하십시오." 한 일을 접위관이 장계하였다.

회계하기를, "경상도 관찰사가 가서 차왜를 만나보는 일은, 일의 체모 또한 중요하니, 실로 등지승의 사적인 말만으로 가벼이 만날 수는 없습니다. 그러나 평성행과 서수좌의 뜻이 실로 감사(監司)를 보려는 데에 있으니, 기회를 보아 나아가서 규례대로 접대하여 먼 곳에서 온 사람의 마음을 위로하게 하십시오." 하였다.

6월. 두왜 길가원내(吉加原內), 격왜 10명 등이 노인(路引)을 지참하고, 순찰사가 동래부에 와서 만나는 일을 탐지하기 위해 나왔다고 장계하였다. - 회하는 없었다.

  같은 달. 접위관과 감사97)가 연명으로 장계하기를, "당일 차왜 등이 부산의 객사(客舍)에 와서, 신 등이 읍(揖)을 행하고 앉으니, 차왜가 말하기를 '대마도주가 이제 장차 물러날 것이니 알리지 않을 수 없습니다.' 하면서 봉서(封書) 한 통을 바쳤는데, 지면 가득 써 있는 것이 모두 대마도주가 강호(江戶)의 집정(執政)과 주고받은 내용으로 강호에서 요구하는 비용이 막대하다는 뜻이었습니다. 신 등이 말하기를 '종전에 서로 좋을 때 하루아침에 사양하고 돌아갔으니 어찌 섭섭하지 않았겠는가. 우리 조정(朝廷)이 반드시 홀대할 이유가 없으니 도와주는 거조가 있을 것 같다.' 하니, 등지승이 말하기를 '대마도주의 1년 경비는 은자(銀子) 14, 5만 냥을 밑돌지 않습니다. 조선이 비록 돕고자 해도 목면(木綿)에 불과한데다, 거저 줄 리도 없습니다. 연례(年例)의 공무역(公貿易) 외에, 공무역으로 2000동(同)의 목면을 더 지급하고 이를 매년 상례로 시행하면, 대마도주가 혹 그대로 머물러 지탱할 수 있는 형세가 될 것입니다.' 하였습니다. 그래서 '이와 같이 무리한 말은 입 밖으로 내는 것이 부당하다.' 하였습니다. 등지승이 바친 글은 받아서 올려 보냅니다."라고 장계하였다.
  회계하기를, "목면 2000동을 매년 상례로 삼자는 말은 극히 놀랄 만한 일이거니와, 대마도주의 퇴임을 알리는 계책은 그 궁박함을 볼 수 있지만 그들의 뜻은 물품을 요구하는 데 있습니다. 허적(許積)이 이미 도와주려는 뜻을 가지고 등지승에게 말을 전한 듯하니, 마땅히 물건을 내려 도와주는 거조가 있어야 할 것입니다.

---

  97) 접위관과 감사 : 당시 접위관은 곽지흠(郭之欽)이었고, 경상감사는 허적(許積)이었다.

그러나 물건의 많고 적음은 마음대로 결정할 수 없으니, 상께서 결정하심이 어떻겠습니까?" 하니, 상이 이르기를, "물건을 내린 뒤에 그들이 만약 적은 것을 싫어하여 받지 않으면 욕됨이 작지 않으니 단지 답서(答書)만 보내는 것이 마땅하다. 또 감사 허적은 감히 자신의 생각을 말하여 체면을 손상시켰으니, 참으로 놀라운 일이다. 먼저 파직한 뒤에 추고(推考)하라." 하였다.

7월. "대마도주의 거취에 대해서 우리나라로서는 말하기 어렵다는 뜻을 접위관과 동래 부사가 별지(別紙)에 써서 평성행·서수좌 두 왜인에게 보이니, 동 왜인이 말하기를 '위의 사항에 대해서는 접위관과 동래 부사가 서계를 성급(成給)해 주어야만 받아 갈 수 있습니다.' 하였으며, 또 말하기를 '이번 예조의 서계 중에 반드시 분명히 물건을 내린다는 말이 있었는데도 거론하지 않았으니, 매우 낙심스러운 일입니다. 물건의 이름과 수효를 명백히 분부하여 일일이 대마도주에게 돌아가 보고하게 해야 할 터인데, 도리어 애걸하는 기색을 띠게 했습니다.' 하였습니다. 어려운 때를 당하여 마침내 낙담하여 돌아가게 한다면 어떠할지 모르겠습니다. 묘당(廟堂)으로 하여금 지휘하게 해 주십시오."라고 연명으로 장계하였다.

회계하기를, "무명 200동(同), 쌀 1000섬을 제급하시고, 사신들로 하여금 다시는 바라는 마음이 들지 않게 엄한 말로 거절하도록 하십시오." 하였다.

9월. 번조차왜(燔造差倭)**98)** 등원성친(藤原成親), 감역왜(監役

---

98) 번조차왜(燔造差倭) : 다완(茶碗)을 굽는 일로 온 차왜를 말한다. 인조 17년(1639) 덕천가광(德川家光)의 명령을 받아 대마도주 종의성(宗義成)이 강호(江戶)에서 다완의 견본을 동래부에 보내 제작하기를 요청하였고, 그 이듬해 사신을 파견하여 인조 19년(1641)에 완성하였다. 이후 막부(幕府)의 지시가 계속되자 대마도는 왜관 안에 가마[窯]를 만들어 도공을

倭) 2인, 종왜 9명, 두왜 3인, 좌위문(左衛門)의 종왜 4명이 서계를 지참하고 나왔다고 장계하였다. - 회하는 없었다.

무자년(1648, 인조 26) 2월. 차왜 등지승(藤智繩), 반종 4명, 봉진압물 1인, 격왜 40명 등이 서계를 지참하고 나왔기에, 나온 연유를 물으니, "작년에 평성행(平成幸)과 서수좌(恕首座) 두 차왜가 나온 것은 오로지 대마도주의 퇴임을 알리는 일 때문이었는데, 결말을 맺지 못하고 돌아와 중하게 견책을 받아 봉행(奉行)의 반열에서 쫓겨났습니다. 또한 대마도주의 봉행 1인을 뽑았는데, 청나라 소식을 자세히 묻기 위해 머지않아 나올 것입니다."라고 하였다. 향접위관이 접대하였다. - 이 이야기는 공무조(公貿條)에 보인다.

같은 달. "차왜 등지승이 말하기를, '작년에 평성행과 서수좌 두 차왜가 왔을 때 조정에서 특별히 쌀과 베를 내려 주었으나 사실 대마도주에게 조금도 보탬이 안 되기 때문에 지금 반납하자는 의견이 있습니다. 그리고 작년 평성행과 서수좌가 나왔을 때 반드시 그 곡절을 자세히 아뢰지 못하였을 것이므로 저희들을 뽑아 보낸 것입니다. 원컨대 6000동(同)의 공목(公木)을 빌려 주십시오. 그러면 4, 5년 안에 마땅히 힘을 다해 상환하겠다는 것을 봉행 5, 6인이 명문(明文)을 지어 바치겠습니다.' 하였습니다. 또 '청나라 사정을 탐지하기 위하여 제1봉행차왜가 머지않아 올 것입니다.' 하였습니다. 저들은 상환한다는 말을 우리나라에서 믿지 않을까 적이

파견, 제작하게 하였다. 번조차왜는 인조 22년(1644) 다완 제작을 위해 온 교창충조(橋倉忠助)로부터 시작하여 숙종 43년(1717) 가마를 폐쇄할 때까지 지속되었다. 번조차왜가 오면 조선에서는 도토(陶土), 땔나무를 제공하는 등 도공을 지원해 주었다. 부산요에서 제작된 다완은 일반적으로 강호시대 '어본(御本)'으로 인식되었다. 『泉澄一, 江戶時代의 日朝交流 上, 關西大學 東西學術硏究所紀要 12, 1980』

두려워하여 문득 변리(邊利)의 유무와 갚을 방도를 생각함으로써, 우리나라가 반드시 자신들의 말을 좇아 어김이 없기를 바라는 것입니다. 묘당(廟堂)으로 하여금 심사숙고하여 지휘하게 해 주고, 별차왜(別差倭)를 접대할 접위관을 미리 뽑아야 할 것입니다."라고 장계하였다. - 장계등록에 나오며, 회하는 없었다. ○ 공무조(公貿條)에도 함께 보인다.

같은 달. "등지승이 말하기를, '이번에 빌려 주기를 요청한 공목(公木)은 만약 상환할 방법이 없다면 어찌 감히 바라겠습니까. 단한 해에 관례에 따라 지급하는 공목이 1200동인 데 비해 이번에 빌리고자 하는 수량은 5년 동안의 지급 수량과 같습니다. 따라서 수량을 한정하여 빌려 주는 것을 허락한 후 만약 시기에 맞추어 상환하지 못하면 매년 연례적으로 지급하는 수량을 헤아려 줄이는 것도 무방합니다.' 하였습니다. 이 일은 변방의 정세에 관한 것이어서 들은 즉시 치계(馳啓)하여 묘당의 결정을 기다립니다."라고 장계하였다. - 장계등록에 나오며, 회하는 없었다.

같은 달. "등지승이 말하기를, '6000동의 무명은 비록 일시에 구해 줄 수 없더라도 참작하여 헤아려 빌려 주도록 허락하고, 또 각세견선(歲遣船)99)의 별폭(別幅), 구청(求請), 연향(宴享)100) 등의

---

99) 세견선(歲遣船): 매년 정례적으로 대마도에서 보낸 무역선을 말한다. 광해군 1년(1609)에 체결한 기유약조에 의하면, 매년 세견송사(歲遣送使) 17척과 특송선(特送船) 3척 등 모두 20척으로 규정되었다. 이외에 이정암송사(以酊菴送使), 만송원송사(萬松院送使), 부특송사 등이 있다. 이들은 매년 1차례 도항하였기 때문에 연례송사(年例送使)라 통칭한다. 기유약조 체결 직후에는 연례송사의 도항시기 등이 결정되어 있지 않아 일시에 19척이 도항하는 경우도 있었다. 이에 접대 등의 문제가 발생하자 조선은 겸대제도(兼帶制度)를 시행하여, 1특송선이 2, 3특송선을 겸하고, 제4선송사가 제5선부터 제17선까지를 겸하도록 하였다. 인조 14년(1636) 겸대제도 시

물자는 모두 쌀과 베로 바꾸고, 저희들이 매년 지급받는 공목 13동 20필을 먼저 지급하고, 연례로 지급하는 공목 1200동 중에서 매년 400동씩을 덜어내어 10년 기한으로 먼저 끌어다 지급해 주십시오.' 하였으니, 그 정황이 간절하고 긴박함은 이로써 알 수 있습니다. 잡물을 쌀과 베로 바꾸는 것은 우리들에게 조금도 손해될 바가 없으며, 공목을 미리 앞당겨 쓰는 등의 일을 지금 모두 막아 버리는 것은 오랑캐를 무마하는 계책이 아니므로, 묘당으로 하여금 충분히 강론해 품처하게 해 주십시오."라고 장계하였다.

회계하기를 "공목을 앞당겨 쓰는 것은 막으시고, 잡물을 쌀과 베로 바꾸어 지급하는 것은 금년에만 허락하십시오." 하였다.

같은 달. 차왜 평성춘(平成春), 봉진압물 1인, 사복압물(私卜押物) 1인, 시봉 1인, 반종 8명, 격왜 40명이 서계를 지참하고 청나라의 사정을 탐지하기 위해 나왔기에, 경접위관[101]이 접대하였다.

3월. 차왜 평성춘이 맡은 일이 무엇인지 말하지 않고 나와서는 처음부터 꼭 상경(上京)하여 예조에 직접 서계를 바치겠다고 한 것은 너무나도 통악(痛惡)한 일이어서, 한편으로는 타일러 막고

행 이후 세견 제1선에서 제3선까지는 1월에 출항하고, 제4선과 이정암송사가 2월에, 1특송사가 3월에, 아명송사(兒名送使)와 만송원송사가 6월에, 부특송사가 8월에 도항하는 체제가 마련되었다. 『增正交隣志 卷1 年例送使, 兼帶』

100) 별폭(別幅), 구청(求請), 연향(宴享): 『공작미등록(公作米謄錄)』 무자년 3월 9일 조에 의하면, 등지승(藤智繩)은 특송선 이하 여러 송사선(送使船)의 별폭에 붙는 인삼과 매 외에 호피, 표피, 명주(綿紬), 저포(苧布) 등 각종 물건과 여러 정관(正官)의 구청등록(求請謄錄)에 붙는 잡물(雜物) 및 특송 이하 세견선 연향은 주봉배(晝奉盃) 중 각 2차례만 베풀고 나머지는 모두 쌀로 바꾸어 주기를 요청하였다.

101) 경접위관: 헌납(獻納) 정창주(鄭昌胄)가 임명되었다. 『仁祖實錄 26年 3月 16日』

다른 한편으로는 조용히 탐문하여 추후에 치계할 생각102)이라고
장계하였다. - 회하는 없었다.

　같은 달. "등지승이 말하기를, '조정이 단지 쌀과 베로 바꾸는
것만을 허락하고, 10년 동안의 무명을 당겨쓰는 것은 막아 대마도
주의 절박한 사정을 생각하지 않으니, 참으로 심려가 됩니다. 저
희들의 본의는 위에서 말한바 당겨쓰는 무명을 일시에 가져가려는
것이 아니라 왜관에서 편의에 따라 귀국의 토산품과 물화(物貨)로
바꾸려는 계획입니다. 귀국은 동 공목(公木)을 한결같이 무역 물
화의 수량에 따라, 빠르고 더딤에 구애받지 말고 넉넉하게 계산하
여 물주(物主)에게 지급하면, 실로 양쪽이 편할 것입니다. 이 뜻을
다시 계문(啓聞)해 주십시오.' 하였습니다. 그러므로 그 연유를 치
계합니다." 하였다. - 장계등록에 나오며, 회하는 없었다.

　같은 달. 두왜 평성차(平成次), 종왜 3명, 격왜 7명 등이 평성
춘에게 보내는 사서(私書)를 가지고 나왔다고 장계하였다. - 회하
는 없었다.

　같은 달. "차왜 평성춘이 말하기를, '작년 평성행(平成行)이 돌아
올 때에 청나라 사정에 대해 동래 영감(東萊令監)이 서계 한 장을
써 주어서 강호(江戶)에 보냈는데, 대군(大君)103)이 믿지 않으므

---

102) 조용히 …… 생각 : 접위관(接慰官) 정창주(鄭昌冑)의 치계에, 평성춘의
　　말에 의하면, 예수교(耶蘇敎)의 무리가 천천영결(天川永決) 등과 결탁하
　　여 심복이 되어 일본을 엿보는데, 혹 몰래 조선의 국경으로 넘어 들어가
　　대마도를 경유하여 들어올 수도 있으므로 조선에 통보하여 만일 의심스러
　　운 선척이 표박(漂泊)해 오거든 반드시 체포하여 보내게 하라고 집정(執
　　政)이 대마도주에게 글을 보냈다고 하였다. 『仁祖實錄 26年 4月 16日』
103) 대군(大君) : 강호막부(江戶幕府)의 정이대장군(征夷大將軍)을 칭하는
　　것으로 관백(關白)으로 불리기도 한다. 대군이라는 명칭이 사용되기 시작

로 대마도주가 저희를 뽑아 보내어 저희로 하여금 상경하여 예조(禮曹)에 그 뜻을 직접 아뢰고 서계를 받아 돌아오라고 하였습니다. 그런데 작년에 내어 준 것 외에도 반드시 들은 바가 있을 것이니, 이 또한 모두 서계에 써 넣어 오라는 대마도주의 분부를 받고 나왔으니, 예조의 서계를 속히 내려보내어 거취를 결정하게 해 주십시오.' 하였습니다. 그리하여 '남경(南京)과 북경(北京)이 합쳐 하나로 되었다는 뜻은 작년에 이미 써 주었고, 그 밖에 더 자세한 일은 없다. 너희가 만약 고집스럽게 요청하기를 그만두지 않으면 마땅히 작년에 써준 바에 의거해 우리가 써 주겠다.'는 뜻으로 이치를 들어 준절히 물리쳤습니다."라고 접위관과 동래 부사가 연명으로 장계하였다. - 장계등록에 나오며, 회하는 없었다.

같은 달. "차왜 평성춘이 청나라 사정에 대해 알려주기를 재촉하므로, 작년 동래 부사가 써 준 예(例)에 의거해서 신이 자의로 써 주었습니다."라고 접위관이 치계하였다. - 회하는 없었다.

윤3월. "평성춘이 말하기를, '대마도주가 소비하는 비용이 배가 되어 지탱할 수 없어서 작년에 평성행과 서수좌를 보내어 오로지 사퇴하겠다는 뜻만 말했는데, 평성행과 서수좌가 돌아와서 한마디도 가부에 대해 말하지 않았습니다. 이에 대마도주가 즉시 평성행의 관직을 삭탈하였는데 여러 봉행(奉行)이 모두 삭직 조처를 해제해 주기를 청하였습니다. 그리고 먼저 등지승을 보내어 한편으로는 작년에 특별히 증급(贈給)한 뜻에 감사하고 다른 한편으로는

한 것은 국서개작사건이 발각된 뒤의 일로 임도춘(林道春)에 의해서 '국왕' 또는 '장군'이라고 칭하는 것을 피하고 동시에 덕천장군(德川將軍)이 일본의 통치권과 외교권의 실권자라는 지위를 대외적으로 표현하기 위해 고안해 낸 것이다. 이후 일본의 국서에는 '일본국원모(日本國源某)'로, 조선의 국서에는 '일본국대군(日本國大君)'으로 표기하였다.

약간 당겨쓰려는 뜻을 아뢰었으나, 끝내 윤허하지 않아 매우 심려가 되니, 다시 계문해 주십시오. 또 좋은 말과 표범 가죽 등의 물건을 대군(大君)이 간절히 구하니, 속히 무역을 허락해 주십시오.' 하였습니다. 그러나 대마도주의 사퇴 여부는 이웃 나라가 알 바가 아니라고 하였습니다."라는 연유를 연명으로 장계하였다. - 구무(求貿)의 일은 본조(本條)에 보인다.

회계하기를, "차왜 평성춘이 누누이 말한 것은 급박하게 요구하는 뜻이 아님이 없으며, 사정을 자세히 아뢰는 것도 한결같이 간절하고 긴박하니, 모든 일을 막아버리는 것은 아마도 종전의 이웃 나라와 화친하는 도리는 아닐 것입니다. 표범 가죽과 좋은 말은 규례대로 무역을 허락하십시오." 하였다.

같은 달. "차왜 평성춘의 노차연(路次宴) 때에 동 왜인이 한 이야기는 공목을 당겨쓰려는 뜻이 아닌 것이 없었는데, 처음부터 지금까지 조금도 협박함이 없이 온화하고 겸손한 말로 신신당부하였습니다. 신 등의 소견으로는 대마도주의 절박한 상황에서 나온 것 같으나, 힘닿는 대로 따라주는 것에 대해서는 신 등이 감히 외람되게 말할 수 없습니다. 그리고 이 장계에 대하여 회하가 내려왔을 때 무슨 말로 대답해야 할지 묘당으로 하여금 참작하여 지휘하게 해 주십시오."라고 장계하였다.

회계하기를, "장계 내의 사연을 반복해서 참작해 보니 전후로 요구한 것이 참으로 절박합니다. 접위관 정창주(鄭昌胄)와 동래 부사 민응협(閔應協)의 장계의 경우 이전에는 힘닿는 대로 따라주겠다는 등의 말이 없었는데, 지금 비로소 이러한 말이 있다고 하니, 반드시 그 불급(不急)한 실상을 보았을 터인데도 이처럼 치계하였습니다. 이 일은 이미 재가하였으므로, 이전에 불허한 뜻에 따라 행이(行移)104)하는 것이 어떻겠습니까?" 하였다.

5월. "등지승과 평성춘 두 차왜에게 오랫동안 머물러도 이득이 없다는 뜻으로 반복하여 타이르니, 평성춘이 말하기를 '일이 이미 이에 이르렀으니 다시는 가망이 없습니다. 저희 두 사람은 실로 일시에 돌아가야 하지만, 저는 일찍이 접위관이 써 주신 종이를 강호(江戶)에 보냈기 때문에 잠시 그 회보(回報)를 기다리고 있는 것입니다. 차왜 등지승은 오로지 이 일만 주관하고 있으므로 먼저 가야 할 것입니다.' 하였고, 차왜 등지승이 말하기를 '저는 마땅히 며칠 내로 돌아갈 것입니다.' 하였습니다."라고 치계하였다. - 회하는 없었다.

6월. "'작년 평성행(平成幸)이 가지고 간 동래 부사가 써준 작은 종이 가운데에 「사(賜)」자가 있어 대군(大君)에게 고할 수가 없었습니다. 「사(賜)」자를 「송(送)」자로 고쳐 예조에서 별도로 서계를 작성하여 내려보내면, 저희가 돌아갈 때 가져가서 한편으로 대군에게 고하고 한편으로 전에 증급(贈給)한 물건을 받아가서 만일의 보용(補用)으로 삼고자 하니, 빨리 장계를 올려 재가 받아야 합니다.'라고 차왜 평성춘이 누누이 간청하였습니다. 그런데 정축년(1637, 인조 15) 예조의 서계 중 '사(賜)'자를 '송(送)'자로 고쳐 주도록 재가한 적이 있었으니, 전의 정식(定式)에 의해 시행하면 말꼬투리를 잡을 수 없을 것입니다. 서계를 받은 후에 돌아가 대군에게 고하고 전에 증급한 것을 받아 가겠다고 한 것 또한 근거함이 없지 않습니다."라고 장계하였다.

회계하기를, "'사(賜)'자는 원하는 대로 고쳐서 주도록 하시고, 예조의 서계를 고쳐 써 주는 것도 무방할 것 같으니, 승문원(承文院)으로 하여금 지어 내려보내도록 하십시오." 하였다.

---

104) 행이(行多) : 행문이첩(行文移牒)의 준말로 관청에서 문서를 발송하여 조회(照會)하는 것을 뜻한다.

같은 달. "해조가 작성해 보낸 서계를 왜인에게 주니, 차왜 평성
춘이 말하기를, '이번 서계 중에 「귀국의 차왜가 고한 것이 급박하
나, 수해와 가뭄이 계속되어 백성을 죽음에서 구하기에도 넉넉하
지 않으니 어찌 남는 것이 있어 구제해 줄 수 있겠는가마는, 우리
백성들의 굶주린 입속의 물건을 나눈다.」는 등의 말이 있는데, 이
것은 구차하게 억지로 따른다는 뜻입니다. 저의 생각으로 말하면,
조정에서 '특별히 지급하는 것은 한결같습니다. 대마도주의 아들
종의진(宗義眞)이 지금 강호(江戶)에서 대군(大君) 앞에 출입하면
서 크고 작은 일을 담당하니, 별도의 증물(贈物)을 종의진에게 옮
겨 지급한다는 내용으로 서계를 고쳐 주십시오. 그리고 일본의 풍
속에 무릇 물건을 줄 때는 반드시 양수(陽數 홀수)를 쓰는데 이번
별폭(別幅) 중의 물건은 단지 두 건뿐이니, 일본의 풍속에서 꺼리
는 바입니다. 비록 아주 조그마한 물건이라도 한 종류를 더 보태
서 음수(陰數 짝수)를 면하게 해 주소서.' 하였습니다. 서계를 고치
는 여부를 묘당으로 하여금 품처(稟處)하게 해 주십시오."라고 장
계하였다.

회계하기를, "조정이 특별히 쌀과 베를 내린 것은 대마도주의 급
박한 사정을 돕기 위한 것입니다. 대마도주에게 내리지 않고 종의
진에게 옮겨 지급하는 것은 사리(事理)에 맞지 않습니다. 평성춘
이, '종의진이 강호에 머물면서 주화(主和)를 담당하므로 특별히
내려 주어야 한다'는 등의 말로 서계를 고치고자 하는데, 그 속셈
을 헤아리기 어렵습니다. 양수(陽數)의 말은 더 얻으려는 계책입
니다. 그들의 요청대로 더 지급하는 것도 사체(事體)에 어긋나는
것입니다. 서계 중의 '귀국의 차왜가 급박함을 고하니 백성들의 굶
주린 입속의 물건을 나눈다'는 등의 말은 지워버리고 적당한 말로
고쳐서 작성하는 것이 마땅할 듯합니다." 하였다.

12월. 동래 부사 노협(盧協) 때이다. 차왜 귤성차(橘成次), 반종 3명, 격왜 6명 등이 서계를 지참하고 대마도주가 강호에 들어가는 연유[105]를 알리고자 나왔으므로, 다례(茶禮)를 간단히 베풀고 서계를 받았다고 장계하였다. - 회하는 없었다.

기축년(1649, 인조 27) 2월. "차왜 등지승(藤智繩), 봉진압물 1인, 반종 4명, 격왜 40명 등이 예조와 동래 부사 및 부산 첨사에게 보내는 서계, 그리고 대마도주의 봉행(奉行) 평지차(平智次) 등이 동래 부사에 보내는 서계[106]를 지참하고 나왔습니다. - 향접위관이 접대하였다. - 등지승에게 나온 이유를 물으니, '다대포 첨사(多大浦僉使)에게 죄를 범한 왜인을 잡아 지금 섬 안에 가두어 두고 살릴 것인지 죽일 것인지 조정의 분부를 기다려 처치하려 하고 있는데, 저희가 이 일을 사죄하고자 오로지 나왔습니다.'[107] 하였습니다. 그 말이 겸손하며 그들이 이미 두려워하면서 죄를 실토하였으니, 그들을 대우하는 도리상 은혜와 신의를 다해야 마땅하니,

---

105) 대마도주가 …… 연유 : 참근교대(參勤交代)를 위해 강호(江戶)에 간 것을 의미한다. 참근교대란 강호시대(江戶時代) 덕천막부(德川幕府)가 대명(大名)을 통제하기 위하여 일정 기간 모든 대명을 강호에 격년으로 참근(參勤)시킨 제도로, 1635년 무가제법도(武家諸法度)의 개정으로 제도화되었다.

106) 평지차(平智次) …… 서계 : 『비변사등록(備邊司謄錄)』 인조(仁祖) 27년 3월 9일 조에는 대마도 유후(對馬島留後)의 가신(家臣) 평성춘(平成春)이 동래 부사에게 서계를 보낸 것으로 되어 있다. 이 서계는 전례가 없는 일이어서 받지 않았다. 『仁祖實錄 27年 3月 26日』

107) 다대포 첨사(多大浦僉使)에게 …… 나왔습니다 : 당시 왜관의 공사를 감독하고 있던 다대포 첨사 조광원(趙光瑗)이 말을 타고 문에 이르는 것을 본 왜인이 자기를 깔본다고 하고 그 무리와 함께 조광원을 구타하였다. 이 사건 이후 조선은 훈도 김근행(金謹行)과 별차 정시심(鄭時諶)의 죄를 묻고, 동래 부사 민응협(閔應協)을 파면하였으며, 개시(開市)를 정파(停罷)하라고 명하였다. 대마도주가 이러한 조처를 듣고 죄를 범한 왜인을 묶어 보내 사죄한 것이다. 『仁祖實錄 27年 2月 25日』

개시(開市)를 다시 열어주는 것이 혹 타당할 듯합니다. 가두어 둔 왜인에 관해서는 조정이 어떻게 분부할지 아울러 해조로 하여금 분부하게 해 주십시오."라고 장계하였다. - 장계등록에 나오며, 회하는 없었다. ○ 이 일은 개시조(開市條) 및 잡범조(雜犯條)에 보인다.

6월. 차왜 평성설(平成雪), 봉진압물 1인, 반종 3명, 격왜 30명 등이 서계를 지참하고 나왔는데, 예수교도 종문(宗文)의 무리가 패하여 여러 섬으로 도망갔으므로 잡아 보내 달라는 뜻을 통보하기 위해 나온 것이라고 장계하였다. - 간단히 다례를 베풀고, 진상연(進上宴)과 상선연(上船宴)은 건물(乾物)로 지급하였다.

차왜 평성구(平成久), 봉진압물 1인, 반종 3명, 격왜 30명 등이 서계108)를 지참하고 관백(關白)의 분부로 진기한 꽃과 이름다운 풀, 애완용 날짐승과 들짐승 등을 구무(求貿)하기 위하여 나왔으므로, 다례를 간단히 베푼 후 진상연과 상선연은 건물로 지급하였다고 장계하였다. - 회하는 없었다.

8월. "차왜 평성설에게 예조의 회답서계 및 예단 등의 물건을 지급하니, 차왜가 말하기를, '예수교도 종문의 무리를 9월까지는 붙잡으라는 일로 이미 대마도주의 분부를 받았으니, 9월에 돌아갈 때 서계를 지급해 주십시오.' 하면서 받지 않았습니다."라고 장계하였다. - 회하는 없었다.

---

108) 서계 : 예조 참의와 동래 부사 및 부산 첨사에게 보내는 서계이다. 서계의 별록(別錄)에 의하면 평성구가 요청한 것은 새매[鷂] 7마리, 개 10마리, 비둘기 50마리, 메추라기 20마리, 앵무새 10마리, 천조(千鳥) 7마리, 고슴도치 30마리, 굴제비[穴燕] 50마리, 담비 15마리, 원앙 6마리 등이었다. 『同文彙考 附編 卷23 請求』

11월. 동래 부사 유심(柳淰) 때이다. "조위차왜(弔慰差倭)[109] 평지련(平智連),[110] 봉진압물 1인, 시봉 1인, 반종 17명, 격왜 70명이 서계[111]를 지참하고 나왔습니다. 동 차왜가 말하기를, '이번에 조문을 행하는 예(禮)는 다른 연례송사(年例送使)와 비할 바가 아니므로, 향을 받들고 상경하여 치제(致祭)하고, 서계도 상경한 후에 바치겠습니다.' 하며, 접위관을 빨리 내려보내 달라고 하였습니다. 상경하여 조문하는 일은 지금 바로 막을 생각이며, 반종 10명, 격왜 40명에게 음식을 제공할 생각입니다."라고 장계하였다. - 경접위관[112]이 접대하였으며, 조위차왜가 이때부터 시작되었다.

같은 달. "조위차왜가 상경하는 일은 별도로 내려 보낸 역관 홍희남(洪喜男)으로 하여금 꾸짖고 타일러 막도록 하였더니, 동 역관의 수본(手本) 내에 '상경하는 문제를 겨우 막았고, 서계와 별폭(別幅)은 또한 베껴 써서 올려 보냅니다.' 하였습니다. 접위관을 빨리 내려보내고, 조위차왜가 위패(位牌)를 설치하고 진향(進香)하는 일자 및 진향 때의 절목(節目)과 의주(儀註)를 빨리 재가하여 마련해서 내려보내 주십시오."라고 장계하였다.

회계하기를, "진향하는 날은 그들로 하여금 택하게 하고, 진향절목과 의주는 바로 마련하여 내려보내십시오." 하였다.

---

109) 조위차왜(弔慰差倭) : 조선 왕실을 조문(弔問)하기 위해 나온 차왜로, 일본에서는 진위사(陳慰使)라 한다. 국왕의 죽음을 조문한 경우는 기축년(1649)에 인조의 죽음을 조문한 이래 1864년 철종의 조문까지 10회에 달하였고, 왕비, 왕대비, 대왕대비 등의 죽음에 대한 조문이 11차례 있었다.
110) 평지련(平智連) : 도웅권지조(嶋雄權之助)라고도 한다. 『朝鮮通交大記 卷7 光雲院公』
111) 서계 : 『동문휘고』 부편(附編) 권2 진위(陳慰)에 예조 참의와 동래 부사 및 부산 첨사에게 보내는 서계와 답서가 있다.
112) 경접위관 : 정언(正言) 심세정(沈世鼎)이 임명되었다. 『弔慰差倭謄錄 己丑年 11月 27日』

같은 달. 조위차왜가 진향할 때에 부산 대청(釜山大廳)에 어막(御幕)을 설치하여 예(禮)를 행하고, 막차(幕次) 안의 좌우 의물(儀物)은 볼품이 없어서는 안 되므로, 양산(涼傘)과 양선(涼扇)을 동래부에서 이미 준비하였다고 장계하였다.

이상의 두 차왜 접대는 경접위관이 담당하였는데 등록(謄錄)은 유실되었다.

경인년(1650, 효종 1) 3월. 하사(賀使) 평성륜(平成倫),113) 봉진압물 1인, 반종 17명, 격왜 40명과, 도선주(都船主) 귤성직(橘成直),114) 반종 7명, 격왜 40명이 서계115)를 지참하고 나왔으므로, 경접위관이 접대하였다. - 그 가운데 압물 1인, 시봉 1인, 반종 14명, 격왜 60명만 접대를 허락하였다.

같은 달. 하사(賀使)의 원역(員役)에 대해서는 한결같이 계해년(1623, 인조 1) 하사가 왔을 때의 등록에 의거해서 타일러 논의해 결정하였다고 장계하였다. - 회하는 없었다.

같은 달. 두왜 1인, 격왜 7명이 호랑이 간을 구무(求貿)하는 일116)로 나왔으므로, 약간의 식량과 찬을 지급하였다고 장계하였

---

113) 평성륜(平成倫) : 길촌미우위문(吉村弥右衛門)이라고도 한다. 『朝鮮通交大記 卷7 光雲院公』

114) 귤성직(橘成直) : 『동문휘고』 부편(附編) 권1 진하(陳賀)에는 귤성직(橘成職)으로 나온다.

115) 서계 : 『동문휘고』 부편(附編) 권1 진하(陳賀)에 예조 참의와 동래 부사 및 부산 첨사에게 보내는 서계와 답서가 있다.

116) 두왜 …… 일 : 이들은 대군(大君)과 대군 삼촌(三寸)이 구한다고 하면서 호랑이 생간(生肝) 23부(部)와 표피(豹皮) 40령(令) 등의 무역을 요청하여, 생간은 말린 간으로 허락하였으며 표피는 40령을 해조로 하여금 구해 주도록 하였다. 이 외에 이전에 요청했던 육종용(肉蓯蓉), 매[鸇鷹]

다. - 장계등록에 나오며, 회하는 없었다.

4월. 차왜 평성지(平成之), 봉진압물 1인, 시봉 1인, 반종 10 명, 격왜 40명 등이 서계를 지참하고서 울산(蔚山)에 표류한 왜인 을 돌려보내 준 일에 대하여 감사를 드리기 위해 나왔다고 장계하 였다. - 울산에 표류한 왜인의 일은 잡조(雜條)에 보인다.

같은 달. 역관 홍희남(洪喜男)의 수본(手本) 내에, "이번 접위관 이 사사(謝使) 일행을 겸찰(兼察)하여 접대한다는 뜻을 분부하신 대로 타이르니, 정관(正官)의 말 중에 '만약 다른 접위관이 별도로 접대하지 않으면 다례(茶禮)를 결코 열 수 없습니다.' 하였습니다. 차왜가 끝내 듣지 않을 것 같으면 경상도 도사로 하여금 경접위관 을 칭하게 하여 접대하는 것이 어떻겠습니까?" 하였다고 장계하였 다. - 장계등록에 나오며, 회하는 없었다.

같은 달. 차왜 등지승(藤智繩), 봉진압물 1인, 반종 3명, 격왜 40명 등이 서계117)를 지참하고 나왔으므로, 그 곡절을 물으니, "저희들이 귀국의 은덕을 많이 입었으니, 이번 새로운 조정이 들어 선 날을 맞이하여 진하(陳賀)하지 않을 수 없어서 나왔습니다." 하 여, 향접위관이 접대하였다.

같은 달. 사사(謝使)와 하사(賀使) 두 차왜에 대한 접대를 한 명의 접위관이 겸찰하여 담당하는 일에 대해서는 다시 잘 조처하였다고 장계하였다. - 두 차왜의 접대는 경접위관118)이 하였는데, 등록에는 없다.

등을 재촉하기도 하였다. 『倭人求請贈錄 庚寅年 3月 10日』
117) 서계 : 『동문휘고』 부편(附編) 권1 진하(陳賀)에 예조 참의와 동래 부
사 및 부산 첨사에게 보내는 서계와 답서가 있다.

6월. 다완차지번조왜(茶碗次知燔造倭) 4명이 동래 부사 및 부산 첨사에게 보내는 서계를 지참하고 나왔으므로, 서계를 받은 후 단지 다완을 만드는 일만 허락하고 접대는 허락하지 않았다고 장계하였다. - 회하는 없었다.

윤11월. 차왜 주천차병위(洲川次兵衛), 봉진압물 1인, 반종 3명, 격왜 33명 등이 구무(求貿)를 재촉하는 일119)로 서계를 지참하고 나왔으므로, 동래 부사가 접대하였는데 두 번의 연향(宴享)을 베풀었다고 장계하였다. - 회하는 없었다.

12월. "차왜 평성부(平成扶)120)가 동래 부사에게 보내는 서계를 지참하고 나왔는데 그 맡은 바가 무슨 일인지 말하지 않고 또 거느리고 온 사람이 몇 명인지 말하지 않은 채, 단지 '왜관 중의 여러 가지 일이 갑자기 이전과 달라지고, 상인들의 교역(交易) 또한 전과 같지 않아서 상세히 조사하기 위해 나왔습니다.'라고만 하였습니다. 교활한 왜인이 말한 바를 헤아려 알기 어려우나, 이 말이 진실로 그러하다면 난처한 일이 있을 것 같아서 매우 염려가 됩니다. 차왜가 신과 더불어 속히 만나자는 말을 전해왔으니, 만날지의 여부와 접대의 규례를 해조로 하여금 지휘하게 해 주십시오."라고 장계하였다.121)

---

118) 경접위관 : 김운장(金雲長)이 임명되었다. 『回謝差倭謄錄 庚寅年 5月 17日』

119) 구무(求貿)를 재촉하는 일 : 인조 27년(1649) 차왜 평성구(平成久)가 와서 요청했던 것이며, 이듬해(1650) 호랑이 간을 구무했을 때에 재촉했던 매〔鷂鷹〕 등의 조수류(鳥獸類)의 무역을 말한다. 『倭人求請謄錄 庚寅年 閏11月 12日』

120) 평성부(平成扶). 『조선통교대기(朝鮮通交大記)』 권7 광운원공(光雲院公)에는 좌호식우위문성앙(佐護式右衛門成央)으로 나온다. 성앙(成央)은 성부(成扶)의 오기(誤記)이다.

회계하기를, "평성부가 비록 차왜를 칭하고 있지만, 두 나라의 공적인 일이 아닌데 나왔으므로 특별히 접대하는 것은 부당합니다. 상선연(上船宴)과 하선연(下船宴)의 두 차례 연향을 베풀되, 동래부에서 사세를 보아 만약 우대해야 할 형세가 있으면 예단(禮單) 등을 마련하여 제급해 달라고 장계를 올려 시행하게 하십시오." 하였다. - 상선연만 베풀고 식량과 찬을 헤아려 적당히 제급하였다.

신묘년(1651, 효종 2) 2월. 두왜 1인, 격왜 7명 등이 관수왜(館守倭)에게 보내는 사서(私書)를 가지고 나왔으므로, 그 연유를 물으니, 동 왜인이 말하기를, "금번 도해역관(渡海譯官)122)이 가지고 갈 서계는 문위(問慰)와 조하(弔賀)를 각 장으로 작성하여 가지고 오도록 해 주십시오."라고 하였다고 장계하였다. - 회하는 없었다.

7월. 차왜 귤성정(橘成正), 봉진압물 1인, 반종 4명, 격왜 40명 등이 등지승(藤智繩)의 임무를 대신하기 위해 서계123)를 지참하고

---

121) 차왜 …… 장계하였다 : 평성부가 다례일(茶禮日)에 요청한 것은 첫째 상고(商賈)의 부채를 지급해 달라는 것, 둘째 쌀 수만 섬을 무역하는 것, 셋째 공목(公木)을 잘 가려서 좋은 것으로 지급해 달라는 것이다. 이들은 자신들의 임무를 달성하기 위해 5일 잡물, 식량, 연료 등을 받지 않았다. 그들이 요구한 은(銀) 6전(錢)에 쌀 1섬을 교환하는 무역은 허락하지 않았다. 그리고 공목의 일부 즉 300동(同)을 1필당 쌀 12말씩 환산하여 총 12000섬을 5년 동안 지급하기로 약정하였는데, 이를 공작미(公作米)라 한다. 이후 현종 1년(1660)에 차왜 귤성반(橘成般)이 와서 100동을 더하여 모두 400동을 쌀로 바꾸어 도합 16000섬을 5년 기한으로 지급하였다. 『東萊接倭事目 辛卯年 1月, 2月』『增正交隣志 卷1 公作米』

122) 도해역관(渡海譯官) : 관백 가광(家光)의 죽음을 조위하고 대마도주 평의성(平義成)이 강호(江戶)에서 대마도로 돌아온 것을 문위하기 위해 파견된 역관으로, 당상관 홍희남(洪喜男)과 당하관 한상국(韓相國)이 임명되었다. 『增正交隣志 卷6 問慰行』

123) 등지승(藤智繩)의 …… 서계 : 등지승이 늙고 몸이 약해져 이전처럼 일을 맡을 수 없다고 하면서 예조 참의와 동래 부사 및 부산 첨사에게 보내

나왔다고 장계하였다. - 등지승의 예(例)에 따라 향접위관이 접대하였다.

11월. 동래 부사 윤문거(尹文擧) 때이다. "차왜 등성심(藤成誌),124) 봉진압물 1인, 소솔(所率) 15명, 격왜 40명 등이 서계125)를 지참하고 새 관백(關白)126)의 승습(承襲)을 알리는 일로 나왔으니, 접위관을 내려 보낼 것인지의 여부와 접대의 존비(尊卑) 차이 등의 일을 조정에서 신속히 재가 받아 분부해 주십시오."라고 장계하였다. - 정관 1인, 압물 1인, 시봉 1인, 반종 7명, 격왜 40명 등을 경접위관127)이 접대하였다.

순영(巡營)의 관문(關文) 내에, "차왜를 접대하는 접위관은 경접위관으로 내려보내 달라는 일을 이미 장계하여 재가 받았다." 하였다.

임진년(1652, 효종 3) 1월. 차왜 평성부(平成扶)와 귤성윤(橘成胤), 소솔 3명, 격왜 30명 등이 부채를 징수하는 일로 서계를 지참하고 나왔다고 장계하였다. - 향접위관이 다례(茶禮)를 베풀고 서계를 받았다. 두 차례의 연향 및 예단은 굳이 사양하며 받지 않았고, 반종 3명은 다례에 불참하였다. ○ 이 일은 개시조(開市條)에 보인다.

는 서계를 지참하였다.『同文彙考 附編 卷27 替代』
124) 등성심(藤成誌):『화교각서 상(和交覺書上)』고경참판사의 예(告慶參判使／例)에는 원웅지윤(原熊之允)으로 나오며,『참판도수각(參判度數覺)』에는 원웅지극(原熊之亟)으로 나온다.
125) 서계:『동문휘고』부편(附編) 권2 고경(告慶)에 예조 참판 및 예조 참의와 동래 부사 및 부산 첨사에게 보내는 서계와 답서가 있다.
126) 새 관백(關白):덕천막부(德川幕府)의 제4대 장군 덕천가강(德川家綱)으로 제3대 장군 가광(家光)의 장남이다.
127) 경접위관:경상도가 심한 흉년이 들어 경상도 도사로 하여금 경접위관을 칭하도록 하자는 의견이 있었으나, 오랑캐를 대하는 도리가 아니라 하여 경접위관을 뽑아 내려보내도록 결정하였다. 경접위관에는 이후(李垕)가 임명되었다.『告訃差倭謄錄 辛卯年 12月 17日』

10월. 차왜 평성우(平成友), 소솔 40명 등이 서계를 지참하고 개시교역(開市交易)하는 데 대해 보고할 일이 있어 나왔다고 치계하였다. - 동래부가 단지 다례와 상선연(上船宴)만 베풀었으며, 소솔 가운데 2명은 줄였다. ○ 이 일은 개시조(開市條)에 보인다.

같은 달. 차왜 귤성도(橘成道), 반종 6명, 격왜 6명 등이 서계**128)**를 지참하고 마필(馬匹)의 구무(求貿)를 허락해 줄 것과 향로(香爐)를 속히 만들어 지급해 달라는 뜻을 알리기 위해 나왔으므로, 향접위관이 접대하였다. - 향로에 관한 일은 구무조(求貿條)에 보인다.

같은 달. 차왜 귤성정(橘成正), 봉진압물 1인, 반종 4명, 격왜 40명 등이 서계**129)**를 지참하고 치조역관(致弔譯官)을 보내 주기를 청하는 일로 나왔으므로, 향접위관**130)**이 접대하였다. - 조문에 관한 일은 도해조(渡海條)에 보인다.

같은 달. 차왜 평성차(平成次), 봉진압물 1인, 반종 3명, 격왜 20명이 향로의 주조를 청하는 일**131)**로 나왔다고 장계하였다. - 반

---

128) 서계 : 『동문휘고』 부편(附編) 권23 청구(請求)에 동래 부사 및 부산 첨사에게 보내는 서계와 답서가 있다. 이들은 준마(駿馬) 외에 동등롱(銅燈籠), 화병(花瓶), 촛대, 향로(香爐) 등을 요청하였다.

129) 서계 : 『동문휘고』 부편(附編) 권5 고부(告訃)에 예조 참의와 동래 부사 및 부산 첨사에게 보내는 서계와 답서가 있다. 귤성정은 조위역관(弔慰譯官)이 대마도에 갈 때 의원 이시찬(李時燦)을 데리고 가기를 요청하였고, 향로와 화병을 주조할 때에 일본 연호를 써 주기를 요청하였으나 조선에서 허락하지 않았다. 『東萊接倭事目 壬辰年 10月』

130) 향접위관 : 양산 군수(梁山郡守) 차전곤(車轉坤)이 임명되었다. 『告訃 差倭謄錄 壬辰年 10月 26日』

131) 향로의 …… 일 : 『동문휘고』 부편(附編) 권23 청구(請求)에 의하면 등롱(燈籠), 화병, 촛대, 향로 등을 주조하기 위해, 조선의 야공(冶工) 5, 6명을 부산으로 내려보내 상의하여 주조해 주기를 요청하고 있다.

종 1명을 줄이고, 단지 다례만을 베풀었다.

12월. 차왜 귤성중(橘成重), 봉진압물 1인, 반종 3명, 격왜 40명이 서계[132)]를 지참하고 대마도주가 섬으로 돌아온 것을 보고하기 위해 나왔다고 장계하였다. - 향접위관이 접대하였으며, 격왜 20명을 줄였다.

계사년(1653, 효종 4) 6월. 동래 부사 임의백(任義伯) 때이다. 차왜 귤성정(橘成正), 봉진압물 1인, 반종 4명, 격왜 40명이 각기 서계[133)]를 지참하고 나왔으므로, 그 연유를 물으니, "조정에서 보내 줄 제기(祭器) 등의 물건을 만들어 준 일에 대하여 감사하기 위하여 나왔습니다."라고 하였다고 장계하였다. - 다례(茶禮)는 동래 부사와 부산 첨사가 베풀고, 하선연(下船宴)은 차왜의 병이 중하여 베풀 수 없었기 때문에 건물(乾物)로 지급하였다. 진상(進上)하는 데 대해서는 봉진왜(封進倭)로 하여금 대신 숙배(肅拜)하도록 하였고, 상선연(上船宴)은 차왜가 병사(病死)하여 베풀지 않았다.

8월. 차왜 평성장(平成章), 봉진압물 1인, 시봉 1인, 반종 14명, 격왜 40명이 조문해 준 것[134)]에 감사드리기 위해 나왔다고 장계하였다. - 반종 8명을 줄이고, 향접위관이 접대[135)]하였다.

---

132) 서계 : 『동문휘고』 부편(附編) 권7 고환(告還)에 예조 참의와 동래 부사 및 부산 첨사에게 보내는 서계와 답서가 있다.

133) 서계 : 『동문휘고』 부편(附編) 권23 청구(請求)에 예조 참의와 동래 부사 및 부산 첨사에게 보내는 서계와 답서가 있다.

134) 조문해 준 것 : 효종 3년(1652)에 역관 홍희남(洪喜男)과 한상국(韓相國)을 보내 관백 덕천가광(德川家光)의 죽음을 조문한 것을 가리킨다. 『增正交隣志 卷6 問慰行』

135) 향접위관이 접대 : 『동래접왜사목(東萊接倭事目)』 계사년 8월에 의하면, 세견1선보다는 후하게, 부특송사(副特送使)보다는 아래로 접대하였다. 접위관은 흥해 군수(興海郡守) 이여택(李汝澤)이 임명되었다. 『回謝差

10월. "신사청래차왜(信使請來差倭) 등성방(藤成方),**136)** 봉진압물 1인, 시봉 2인, 반종 12명, 격왜 40명이 서계**137)**를 지참하고 나왔는데, 이는 단지 통신사를 요청할 것이라는 소식을 미리 알리는 것에 불과합니다. 명년에 반드시 통신사를 다시 요청하는 일이 있을 것이므로, 이번에는 경상도 도사가 접대하는 것이 어떨지 모르겠습니다."라고 장계하였다. - 반종 2명, 시봉 1인을 줄이고, 경상도 도사가 접대하였다.

회계하기를, "대마도주의 서계는 매번 예조 참의에게 보내고 규례에 따라 회답하였습니다. 그런데 이번에는 집정(執政)의 뜻이라고 칭하면서 별도로 예조 참판에게 서계를 보냈으니, 일이 이전의 규례와 다릅니다. 그런데 이번의 차왜는 통신사를 요청할 것이라는 소식을 미리 보고하는 것에 불과하고 명년에 반드시 통신사를 다시 청하는 일이 있을 것이니, 이번에는 경상도 도사에게 세 차례의 연향을 베풀어 접대하도록 하십시오." 하였다. - 갑오년(1654, 효종 5) 1월부터 12월까지는 장계등록이 유실되었다.

을미년(1655, 효종 6) 4월. 동래 부사 한진기(韓震琦) 때이다. 차왜 평성부(平成扶), 봉진압물 1인, 시봉 1인, 반종 10명, 격왜 40명 등이 두 나라 사이의 일을 담당하는 임무 **138)**를 칭하면서 서계를 지참하고 나왔다고 장계하였다. - 다례는 동래부에서 베풀었

倭謄錄 癸巳年 9月 18日』
136) 등성방(藤成方) : 소도식병위(小嶋式兵衛)라고도 한다. 『參判使度數覺』
137) 서계 : 『동문휘고』 부편(附編) 권8 통신(通信) 도주보래세당송신사(島主報來歲當送信使)에 예조 참판 및 예조 참의와 동래 부사 및 부산 첨사에게 보내는 서계가 기록되어 있다.
138) 두 나라 …… 임무 : 평성부는 왜관에서 죽은 귤성정(橘成正)을 대신하여 두 나라 사이의 일을 주관하기 위해 왔으며, 이 외에도 권현당(權現堂)에 향을 올리는 문제를 요청하고, 대유원(大猷院)에게 어필(御筆)을 하사해 달라고 요청하였다. 『東萊接倭事目 乙未年 4月』

다. 조반숙공(早飯熟供)은 사양하며 받지 않았다. 하선연은 향접위관[139] 이 베풀고, 상선연은 등록에 연향을 받았다고만 쓰여 있어 누가 접대 하 였는지 알 수 없다.

5월. 신사호행차왜(信使護行差倭)[140] 평성련(平成連),[141] 봉진 압물 1인, 시봉 1인, 반종 15명, 격왜 40명 등이 예조 참판 및 예조 참의에게 보내는 서계[142]를 지참하고 나왔다. 반종 4명을 줄 이고, 통신사가 배에 오르는 시일이 박두하였기 때문에 차왜를 타 이른 뒤에, 향접위관[143]이 접대하였다.

8월. 차왜 평성장(平成長), 시봉 1인, 반종 7명, 격왜 40명이 통신사의 장계 및 대마도주의 서계를 지참하고 나왔으므로,[144] 시 봉 1인과 반종 4명을 줄인 뒤에, 동래부에서 다례만을 베풀고 보 냈다고 장계하였다. - 회하는 없었다.

---

139) 향접위관 : 창원 부사(昌原府使) 곽홍지(郭弘址)가 임명되었다. 『東萊 接倭事目 乙未年 5月』
140) 신사호행차왜(信使護行差倭) : 통신사행을 조선에서부터 호행하기 위 한 차왜로, 일본에서는 영빙사(迎聘使)라 한다. 효종 6년(1655)부터 순 조 10년(1810)까지 7차례 도항하였다.
141) 평성련(平成連) : 내야권병위(內野權兵衛)라고도 한다. 『參判使度數覺』
142) 서계 : 『동문휘고』 부편(附編) 권8 통신(通信)에 기록되어 있으며, 이 외에 동래 부사 및 부산 첨사에게 보내는 서계도 기록되어 있다. 한편 평 성련(平成連)은 다례가 끝난 뒤에 대금란(大金襴) 10권, 대란견(大襴絹) 10권, 대단자(大段子) 10권, 상품(上品)의 조포(照布) 50필, 상품의 호피 (虎皮) 10매, 상품의 표피(豹皮) 10매 등을 구청(求請)하였다. 『倭人求請 謄錄 乙未年 5月 18日』
143) 향접위관 : 울산 부사(蔚山府使) 윤세임(尹世任)이 임명되었다. 『東萊 接倭事目 乙未年 5月』
144) 차왜 …… 나왔으므로 : 『동래접왜사목(東萊接倭事目)』 을미년 8월에 의하면, 평성장(平成長)은 병이 중하여 뒤떨어진 하인 7명 중 사망한 1명 의 시신과 죄를 범한 소통사(小通事) 1명을 데리고 왔다고 한다.

11월. 차왜 등성중(藤成重), 봉진압물 1인, 시봉 1인, 반종 7명, 격왜 40명이 서계[145]를 지참하고 통신사행이 대판성(大坂城)에 도착한 연유를 알리기 위해 나왔으므로, 시봉 1인과 반종 4명을 줄인 뒤에 두 차례의 연향을 베풀었는데, 이정암(以酊菴)의 예에 따라 동래부에서 접대하였다고 장계하였다. - 회하는 없었다.

같은 달. 두왜 길하손병위(吉賀孫兵衛)가 대마도주가 쓸 예단(禮單)이 부족하여 무역하기 위해 나왔으므로, 식량과 찬을 제급하였다고 장계하였다. - 회하는 없었다. ○ 예단의 무역에 관한 일은 구무조(求貿條)에 보인다.

12월. 통신사의 장계를 가지고 온 두왜에게 식량과 찬을 제급하였다고 장계하였다. - 회하는 없었다.

병신년(1656, 효종 7) 1월. 통신사가 대마도에 돌아왔다는 장계를 가지고 온 두왜에게 식량과 찬을 제급하였다고 장계하였다. - 회하는 없었다.

2월. 통신사에 앞서 먼저 온 군관[信使先來軍官]이 나올 때[146] 호행(護行)하여 함께 타고 온 두왜 2인에게 식량과 찬을 제급하였다고 장계하였다. - 회하는 없었다.

같은 달. 신사호행차왜(信使護行差倭)[147] 원성행(源成幸),[148] 봉

---

145) 서계 : 『동문휘고』 부편(附編) 권8 통신(通信)에 예조 참의와 동래 부사 및 부산 첨사에게 보내는 서계와 답서가 기록되어 있다. 통신사 일행은 7월 21일 대마도를 출발하여 9월 5일 대판(大坂)에 도착하였다.
146) 통신사에 …… 때 : 『동래접왜사목』 병신년 2월에 의하면, 군관 2명 외에 역관 1명이 왜(倭)의 소선(小船) 2척에 나누어 타고 왔다고 한다.

진압물 1인, 시봉 1인, 반종 12명, 격왜 40명이 나왔다고 장계하였다. - 반종 1명을 줄이고, 향접위관이 접대하였다.

같은 달, 간사차왜(幹事差倭)**149)** 원성부(源成扶), 봉진압물 1인, 시봉 1인, 반종 10명, 격왜 40명이 서계를 지참하고 통신사를 호행하여 나왔다**150)**고 장계하였다. 향접위관이 접대하였다.

차왜 원성륜(源成倫), 봉진압물 1인, 시봉 1인, 반종 12명, 격왜 40명 등이 나왔으므로, 반종 1명을 줄인 후에 동래부에서 접대하였다. - 이 왜인은 평의진(平義眞)이 보낸 차왜이다. 평의진이 장차 대마도주가 될 것이므로 차왜를 정해 통신사행을 호송(護送)하도록 한 것이다.

이상 세 차왜는 각기 서계**151)**를 지참하였다.

예단을 가지고 온 차왜〔禮單領來差倭〕 평성차(平成次), 반종 3

---

147) 신사호행차왜(信使護行差倭) : 통신사와 함께 일본에서 돌아오는 것이므로 통신사호환차왜(通信使護還差倭)에 해당한다. 일본에서는 송빙사(送聘使)라 부르며 인조 21년(1643) 평성행(平成幸)이 처음 온 이후 순조 10년(1810) 원창렴(源昌廉)까지 총 8회 도항하였다.

148) 원성행(源成幸) : 『참판도수각(參判度數覺)』에는 평성행(平成幸)으로 나오며, 평전장감(平田將監)이라고도 한다.

149) 간사차왜(幹事差倭) : 두 나라의 외교 업무를 담당하는 차왜를 가리키는 것으로 양국공간차지왜(兩國公幹次知倭)라 하여 두 나라의 교제(交際)를 주관하는 사람을 말한다. 두 나라의 일을 주관하기 위해 교대로 왕래하기 시작한 것은 광해군 2년(1610)부터이다. 숙종 7년(1681)에는 재판차왜(裁判差倭)라는 명칭이 두 나라 사이에 정식으로 사용되기 시작하였다.

150) 통신사를 호행하여 나왔다 : 『동래접왜사목』 병신년 2월과 4월에 의하면, 원성부(源成扶)는 이 외에 미수공작미(未收公作米) 17000여 섬을 독촉하였고 역관의 파견을 요청하였다고 한다.

151) 서계 : 예조 참의와 동래 부사 및 부산 첨사에게 보내는 서계를 지참하였다. 원성륜(源成倫)이 지참한 서계는 대마도주의 아들 평의진(平義眞)이 예조 참의와 동래 부사 및 부산 첨사에게 보낸 것이다. 『同文彙考 附編 卷8 通信』

명, 격왜 40명 등이 나왔으므로, 동래부가 접대하였다고 장계하였다. - 회하는 없었다.

윤5월. 두왜 1인, 격왜 7명이 문위역관(問慰譯官)152)의 파견을 재촉하여 들여보내기 위하여 나왔으므로, 식량과 찬을 제급하였다고 장계하였다. - 회하는 없었다.

7월. 두왜 1인, 격왜 8명 등이 도해역관(渡海譯官)이 승선한 배가 침몰한 연유를 보고하기 위해 서계를 지참하고 나왔으므로, 식량과 찬을 제급하였다고 장계하였다. - 회하는 없었다.

8월. 도해역관의 배에 함께 탄 두왜 2인과 예단과 잡물을 실은 배를 거느리고 온 두왜 1인 등에게 규례대로 식량과 찬을 제급하였다고 장계하였다. - 회하는 없었다.

12월. 동래 부사 원만석(元萬石) 때이다. 두왜 1인, 격왜 8명이 대마도주의 병이 위중하여 의관(醫官)을 요청하는 일로 서계를 지참하고 나왔으니, 의관을 들여보낼지의 여부를 묘당(廟堂)으로 하여금 품처(稟處)하게 해 달라고 장계하였다.

회계하기를, "대마도주의 병세가 위급하여 의관을 매우 급하게 청하니, 의관을 내려보내도록 하십시오. 그리고 영리한 하급 역관 1인을 뽑아서 바다를 건너 들여보내도록 하시고, 식량과 찬 또한 마련하여 제급하십시오." 하였다. - 들여보낸 원역(員役)은 도해조(渡海條)에 보인다. ○ 두왜에게는 식량과 찬 및 바다를 건널 때에 필요한

---

152) 문위역관(問慰譯官) : 대마도주 평의성(平義成)과 아들 평의진(平義眞)이 대마도에 돌아온 것을 문위하기 위해 파견된 역관 이형남(李亨男)과 이신남(李信男)을 가리킨다. 『增正交隣志 卷6 問慰行』

식량을 제급하였다.

정유년(1657, 효종 8) 2월. 서계를 지참하지 않은 차왜 평성승(平成承)이 궐물(厥物)153) 때문에 차왜를 정하여 보낼 것이라는 일을 알리기 위해 나왔다154)고 장계하였다.

회계하기를, "서계를 지참하지 않은 차왜를 동래 부사가 직접 접대하는 것은 전례가 없습니다. 마땅히 규례에 의거해 막아야 합니다."하였다. - 결국에는 다시 계문(啓聞)한 후에 다례를 베풀어 접견하였다.

같은 달. 의원(醫員)155)을 호위하여 온 차왜 등성차(藤成次), 반종 3명, 격왜 30명 등이 서계를 지참하고 나왔으므로, 동래부에서 두 차례의 연향을 베풀어 접대하였다고 장계하였다. - 회하는 없었다.

3월. 두왜 1인, 격왜 7명이 도해역관의 파견 여부를 탐지하기 위해 나왔으므로,156) 식량과 찬을 제급하였다고 장계하였다. - 회

---

153) 궐물(厥物) : 효종 6년(1655) 통신사 일행이 귀국하던 중 대마도에서 대마도주에게 15000근의 유황(硫黃)을 요청하여 5000근을 받아 가지고 돌아왔다. 궐물은 그 나머지 10000근의 유황을 가리킨다. 『備邊司謄錄 孝宗 7年 3月 26日』

154) 궐물(厥物) …… 나왔다 : 『별차왜등록(別差倭謄錄)』 정유년 2월 23일조에 의하면, 평성승(平成承)은 이 외에도 권현당(權現堂)의 송사선 허락 및 평언삼송사(平彦三送使)의 허급(許給) 등을 요청하였으며, 원성부(源成扶)를 교대하기 위해 귤성세(橘成稅)가 나올 것이라고 보고하였다고 한다.

155) 의원(醫員) : 대마도주의 병을 치료하기 위해 문위역관 일행과 대마도에 건너간 한형국(韓亨國)을 가리킨다. 『增正交隣志 卷6 問慰行』

156) 두왜 …… 나왔으므로 : 이들은 평성승(平成承)에게 보내는 사서(私書)를 가지고 왔다. 역관의 파견 여부를 탐지하기 위해 온 이유는 대마도주가 강호(江戶)에 들어가 막부(幕府)에 보고해야 하기 때문이었다. 『別差倭謄錄 丁酉年 3月 20日』

하는 없었다.

4월. 별차왜(別差倭) 평성우(平成友)와 귤성신(橘成信), 시봉 2인, 반종 12명, 격왜 40명 등이 서계 및 궐물(厥物)을 가지고 나왔다고 장계하였다. - 서계를 고쳐서 바치지 않았으므로 상선연(上船宴)만 베풀고, 식량과 찬을 제급하였다.

같은 달. 차왜 등성지(藤成之), 봉진압물 1인, 시봉 1인, 반종 5명, 격왜 40명이 서계를 지참하고 대마도주가 강호(江戶)에 들어간다는 것을 보고하기 위해 나왔다고 장계하였다. - 향접위관이 접대하였다.

6월. 차왜 봉행 평지련(平智連), 시봉 1인, 반종 5명, 격왜 30명이 '차왜 평성우 등이 격식에 어긋나는 서계를 지참하고 온 것은 후에 전례로 삼지 않겠다.'는, 동래 부사 및 부산 첨사에게 보내는 길장로(吉長老)의 사죄하는 서계를 지참하고 나왔으므로, 식량과 찬을 제급하고 접대는 허락하지 않았다고 장계하였다. - 회하는 없었다. ○ 사죄에 관한 일은 서계조(書契條)에 보인다.

9월. 동래 부사 홍위(洪葳) 때이다. 차왜 평성원(平成元), 시봉 1인, 반종 3명, 격왜 30명 등이 평지련이 도로 가지고 간 서계를 고쳐 지을 수 없다는 일을 알리기 위해 별도의 서계를 지참하고 나왔으므로, 시봉 1인을 줄이고, 술과 과일을 내어 동래부에서 다례(茶禮)를 간단히 베풀고 서계를 받았다고 장계하였다. - 회하는 없었다.

12월. 두왜 1인, 격왜 6명이 대마도주가 강호에서 병사(病死)하여 왜관(倭館)에 부음(訃音)을 전하기 위하여 나왔으므로, 돌아갈 때에 바다를 건너가는 데 필요한 식량을 제급하였다고 장계하였다. - 회하는 없었다.

무술년(1658, 효종 9) 1월. 도주신사고부차왜(島主身死告訃差倭)157) 귤성반(橘成般), 반종 16명이 동래 부사에게 보내는 봉행(奉行) 등의 서계158)를 지참하고 나왔으므로, 식량과 찬 및 바다를 건너가는 데 필요한 식량을 후하게 제급하였고, 돌아갈 때에 한 차례의 연향만을 베풀었다고 장계하였다. - 회하는 없었다. ○ 이 차왜는 두 나라 사이의 업무를 담당한 자로, 격식에 어긋나는 서계와 관련하여 이 다음부터 고쳐 바치는 일로 나왔는데, 그 명목이 없음을 꺼려서 스스로 '고부(告訃)'를 칭하고 봉행의 서계를 지참하였다. 이 일의 시말은 서계조(書契條)에 상세히 나온다.

3월. 대마도주가 죽은 뒤에 고부차왜(告訃差倭) 평성임(平成稔),159) 종왜 12명, 격왜 40명이 서계를 지참하고 나왔다고 장계하였다. - 별연(別宴)을 한 차례 베푼 후에 상선연을 베풀어 접대하였다.

9월. 동래 부사 민정중(閔鼎重) 때이다. 새 도주 평의진(平義

---

157) 도주신사고부차왜(島主身死告訃差倭) : 대마도주의 죽음을 알리기 위해 온 차왜로, 도주고부차왜(島主告訃差倭)라고도 하며 일본에서는 고부사(告訃使)라 한다. 대마도주 종의성(宗義成)은 효종 8년(1657) 10월 26일 강호(江戸)에서 사망하였다. 종의성의 고부 이래 헌종 8년(1842) 종의장(宗義章)의 고부차왜 등원구(藤元矩)까지 총 8차례 도주신사고부차왜가 도항하였다. 대마도주 가운데 퇴휴(退休)한 종의진(宗義眞), 종방희(宗方熙), 종의번(宗義蕃), 종의공(宗義功) 등을 제외한 모든 도주(島主)의 죽음이 조선에 보고되었다. 『同文彙考 附編 卷6 告訃, 附編續 告訃』

158) 서계 : 이 서계에는 평전장감성행(平田將監成幸), 고천차우위문성통(古川次右衛門成通), 내야권병위성연(內野權兵衛成連) 등이 연서(連署)하였다. 『宗氏實錄1 丁酉年 10月』

159) 평성임(平成稔) : 기도반우위문(幾度半右衛門)이라고도 한다. 『宗氏實錄1 丁酉年 11月』

眞)의 승습고경차왜(承襲告慶差倭)160) 평성령(平成令),161) 봉진압
물162) 1인, 시봉 1인, 반종 13명,163) 격왜 40명164)이 서계165)
를 지참하고 나왔으므로, 반종 1명을 더 허락하고, 경접위관이 접
대166)하였다. - 반종 1명을 더 허락한 일은 연례조(宴禮條)에 보인다.

기해년(1659, 효종 10) 1월. 모든 두왜들이 나올 때에 식량과
찬을 제급한 규례가 있지만, 나온 것이 규정 밖의 일이어서 접대
를 허락하지 않았다고 장계하였다. - 회하는 없었다.

2월. 차왜 평지우(平智友),167) 봉진압물 1인, 시봉 1인, 반종

---

160) 승습고경차왜(承襲告慶差倭) : 대마도주가 새로 섰을 때 그 사실을 알
리기 위해 건너온 차왜로, 일본에서는 고습사(告襲使) 또는 고보습봉사
(告報襲封使)라 하였다. 효종 9년(1658) 제21대 대마도주 종의
眞)의 승습 이후 고종 1년(1864) 제34대 대마도주 종의달(宗義達)의 승
습까지 총 13차례 건너왔다. 정조 9년(1785) 승습한 제30대 종의공(宗
義功 : 부수〈富壽〉)의 경우 제29대 대마도주가 된 종의공(宗義功 : 저삼랑
〈猪三郎〉)이 죽은 뒤 종부수(宗富壽)가 '의공(義功)'이라 개명(改名)하여
종의공을 대신하였기 때문에 부수(富壽)의 승습고경차왜는 파견되지 않았
다. 『宗氏家譜略』
161) 평성령(平成令) : 삼촌우좌위문(杉村又左衛門)이라고도 한다. 『和交覺
書上 告襲參判使／例』
162) 봉진압물 : 조천삼랑병위(早川三郎兵衛)가 임명되었다. 『參判度數覺』
163) 반종 13명 : 『별차왜등록(別差倭謄錄)』 기해년 1월 18일 조에 의하면,
평성령(平成令)은 당초 반종 17명의 접대를 요청하였으나 역관이 타일러
13명으로 정하였다가 후에 1명을 더 접대하여 총 14명을 접대하였다.
164) 격왜 40명 : 이 외에도 수목선(水木船) 1척과 격왜(格倭) 10명을 더
데리고 왔다. 『別差倭謄錄 己亥年 1月 18日』
165) 서계 : 『동문휘고』 부편(附編) 권4 고경(告慶)에 예조 참판 및 예조 참
의와 동래 부사 및 부산 첨사에게 보내는 서계와 답서가 기록되어 있다.
166) 접대 : 평성령(平成令)에 대한 접대는 특송사(特送使)의 예에 따라 접
대하였다. 그리고 평성령 일행의 수목선(水木船) 격왜 10명에 대한 요미
(料米)를 조정에 아뢰지 않고 마음대로 지급한 역관 이형남(李亨男)이 처
벌되었다. 『別差倭謄錄 己亥年 1月 1日』
167) 평지우(平智友) : 『종씨실록(宗氏實錄)』 1 무술년 11월에 의하면 평지
우는 당방좌좌위문(唐坊佐左衛門)이라고도 하며, 고환사(告還使)로 조선

20명, 격왜 55명이 평의진(平義眞) 및 평의성(平義成)이 예조 참판 및 예조 참의와 동래 부사 및 부산 첨사에게 바치는 서계[168]와 별폭을 지참하고 나왔다고 장계하였다. - 반종 7명을 줄이고, 경접위관이 접대하였다. 부산성〔釜城〕으로 왜관을 옮기는 일로 여러 달 동안 서로 양보하지 않고 있다가, 별연(別宴)과 상선연(上船宴)을 베풀기 전에 병 때문에 몰래 대마도로 돌아간 다음 죽었다. ○ 관우조(館宇條)에 보인다.

윤3월. 동래 부사 이만웅(李萬雄) 때이다. 차왜 귤성반(橘成般),[169] 봉진압물 1인, 시봉 1인, 반종 10명, 격왜 40명이 서계를 지참하고 두 나라 사이에서 일을 담당하는 차왜〔兩國間次知倭〕 평성부(平成扶)와 교대하기 위해 나왔으므로, 향접위관이 접대하였다. - 두 나라 사이에서 일을 담당하는 차왜는 재판(裁判)이라는 이름[170]으로 나오기 전에 두 나라 사이의 일로 명목을 삼아 교대로 왕래한 자이다.

11월. 조위차왜(弔慰差倭) 평성승(平成勝),[171] 봉진압물 1인,

에 파견되었다.
168) 서계 : 평지우(平智友)가 지참한 서계는, 구도주 평의성(平義成)이 예조에 보낸 서계〔島主獻遺物書〕와 신도주 평의진(平義眞)이 평의성의 유물을 보낸다는 서계〔新島主出送遺物書〕와 함께, 대마도주의 환도(還島)를 알리니 도서(圖書)를 고쳐 달라는 요청 및 두모포 왜관이 바람이 심하여 배를 대기 어려우므로 왜관을 옮겨 달라는 요청, 그리고 대군(大君)이 유황의 무역을 허락한 것에 대하여 역관을 보내 사례해야 할 것이라는 서계〔島主告還島仍請改圖書移館舍謝硫黃書〕를 지참하였다. 『同文彙考 附編 卷4 告慶, 卷5 告訃, 卷26 爭難』
169) 귤성반(橘成般) : 사전시랑병위(寺田市郎兵衛)라고도 한다. 『宗氏實錄1 戊戌年 11月』
170) 재판(裁判)이라는 이름 : 재판이란 두 나라의 일을 주관하는 차왜를 가리킨다. 일본에서 재판의 명칭이 처음 사용된 것은 숙종 6년(1680)부터이고, 조선에서 정식으로 명칭을 사용한 것은 숙종 7년부터이다. 재판 차왜가 건너온 사례는 평성차(平成次)가 건너온 이래 고종 7년(1870) 도변소우위문(渡邊小右衛門)까지 총 115회이다. 『邊例集要 卷4 裁判』

시봉 1인, 반종 10명, 격왜 40명이 서계를 지참하고 나왔으므로, 경접위관이 접대하였다. - 국휼(國恤)172)을 조위하였다.

경자년(1660, 현종 1) 1월. 두왜 1인, 격왜 8명, 종왜 3명이 서계173)를 지참하고 진하차왜(陳賀差倭)174)가 건너오는 연유를 알리기 위하여 나왔다고 장계하였다. - 격왜의 요미(料米)와 찬은 병신년(1656, 효종 7)의 예에 따라 제급하였다.

3월. 진하차왜 평성통(平成通),175) 도선주왜(都船主倭) 1인, 봉진압물 1인, 시봉 1인, 반종 21명, 격왜 80명이 서계를 지참하고 나왔다고 장계하였다. - 등극(登極)을 진하하였다. ○ 반종 5명과 격왜 20명을 줄인 후에 경접위관이 접대하였다.

8월. 차왜 귤우승(橘友勝),176) 봉진압물 1인, 반종 10명, 격왜

---

171) 평성승(平成勝) : 고천차랑병위(古川次郎兵衛)라고도 한다. 『宗氏實錄1 己亥年 10月』
172) 국휼(國恤) : 효종의 죽음을 가리킨다.
173) 서계 : 선문두왜(先文頭倭)가 지참한 서계는 동래 부사 및 부산 첨사에게 보내는 것이다. 『同文彙考 附編 卷1 陳賀』
174) 진하차왜(陳賀差倭) : 조선 국왕의 즉위를 축하하기 위해 건너온 차왜로 일본에서는 진하사(陳賀使)라 한다. 1650년 효종의 즉위를 축하하기 위해 차왜 평성륜(平成倫)과 등지승(藤智繩)이 건너온 이래 고종의 즉위를 축하하기 위해 파송된 1864년의 차왜 평화도(平和道)까지 총 11명이 건너왔다. 이 외에도 1623년 7월 고천우마조지차(古川右馬助智次)가 와서 덕천가광(德川家光)의 막부장군(幕府將軍) 취임을 알리고 통신사 파견을 요청하면서 아울러 인조의 즉위를 축하하기도 하였다. 『朝鮮通交大記 卷6 光雲院公』
175) 평성통(平成通) : 고천치우위문(古川治右衛門)이라고도 한다. 『宗氏實錄1 庚子年 1月』
176) 귤우승(橘友勝) : 『종씨실록(宗氏實錄)』 1 경자년 6월에 의하면 대마도주의 환도를 알리기 위해 온 차왜는 번희좌위문(番喜左衛門) 등성지(藤成之)였다. 한편 『도주고환차왜등록(島主告還差倭謄錄)』 경자년 8월 23일조에는 귤우승(橘友勝)으로 나온다.

40명이 서계를 가지고 대마도주가 섬으로 돌아온 것을 알리기 위해 나왔다고 장계하였다. - 반종 5명을 줄이고, 향접위관이 접대하였다.

9월. 차왜 평성우(平成友),[177] 봉진압물 1인, 시봉 1인, 반종 17명, 격왜 40명이 예조 참판 및 예조 참의와 동래 부사 및 부산 첨사에게 보내는 서계 및 별폭을 가지고, 유황(硫黃)과 관련한 회례사(回禮使)를 강호(江戶)에 들여보낸 것을 알리기 위해 나왔다[178]고 장계하였다. - 반종 4명을 줄인 후에 경접위관이 접대하였다. ○ 유황의 일은 구무조(求貿條)에 있으며, 회례사(回禮使)는 서계조(書契條)에 있다.

12월. 문위역관호행차왜(問慰譯官護行差倭) 등성지(藤成之),[179] 봉진압물 1인, 반종 8명, 격왜 40명이 서계[180]를 지참하고 나왔다고 장계하였다. - 반종 5명을 줄인 후에 향접위관[181]이 접대하였다.

신축년(1661, 현종 2) 10월. 동래 부사 이원정(李元禎) 때이다. 차왜 귤성반(橘成般), 봉진압물 1인, 시봉 1인, 반종 10명, 격왜 40명이 서계를 지참하고 왜관을 옮기는 일로 나왔다. - 다례

---

177) 평성우(平成友) : 고세신우위문(高勢新右衛門)이라고도 한다. 『宗氏實錄1 庚子年 8月』

178) 유황(硫黃)과 …… 나왔다 : 이 외에도 평성우(平成友)는 대마도 부중(府中)의 화재를 문위하기 위해 조선에서 내려준 쌀 300섬에 대하여 사례하였다. 이와 함께 어린 꾀꼬리〔黃鶯〕 등 29종의 무역을 요청하였다. 『宗氏實錄1 庚子年 8月』 『倭人求請膽錄 庚子年 10月 5日』

179) 등성지(藤成之) : 번희좌위문(番喜左衛門)이라고도 한다. 『宗氏實錄1 庚子年 6月』

180) 서계 : 『동문휘고』 부편(附編) 권7 고환(告還)에 예조 참의에게 보내는 서계와 답서가 기록되어 있다.

181) 향접위관 : 양산 군수(梁山郡守) 강호석(姜好奭)이 임명되었다. 『島主告還差倭膽錄 辛丑年 1月 5日』

(茶禮)와 별연(別宴)은 동래부에서 베풀었고, 하선연은 부산 첨사가 베풀었으며, 상선연은 건물(乾物)로 지급하였다. 부산성으로 왜관을 옮기는 일로 몇 년 동안 서로 양보하지 않고 자기의 의견을 견지하다가 그 뜻을 이루지 못하고, 계묘년(1663, 현종 4) 1월에 돌아갔다. 공(公)·사(公) 예단(禮單)은 사양하고 받지 않았다.

같은 달. 차왜 준지극(準之亟), 봉진압물 1인, 시봉 1인, 종왜 20명, 격왜 60명이 서계를 지참하고 왜관을 옮기는 문제로 나왔다고 장계하였다. ─ 종왜 7명과 격왜 10명을 줄인 후에 경접위관이 접대하기로 했으나, 접위관이 갑자기 사망한 까닭에 경상도 도사가 대신하여 접대를 행하였다. 계묘년 (1663, 현종 4) 1월에 돌아갈 때에 세 차례의 연향과 공·사 예단은 사양하고 받지 않았다.

임인년(1662, 현종 3) 6월. 차왜 평성공(平成供),**182)** 봉진압물 1인, 반종 7명, 격왜 40명이 서계**183)**를 지참하고 대마도주가 대마도로 돌아온 것을 알리기 위해 나왔다고 장계하였다. ─ 향접위관이 접대하였다.

계묘년(1663, 현종 4) 3월. 차왜 귤성진(橘成陳),**184)** 봉진압물 1인, 종왜 13명, 격왜 40명이 서계**185)**를 지참하고 문위역관**186)**의

---

182) 평성공(平成供) : 빈전원병위(濱田源兵衛)라고도 한다. 『宗氏實錄1 壬寅年 5月』

183) 서계 : 『동문휘고』 부편(附編) 권7 고환(告還)에 예조 참의와 동래 부사 및 부산 첨사에게 보내는 서계와 답서가 기록되어 있다.

184) 귤성진(橘成陳) : 정수미육좌위문(井手弥六左衛門)이라고도 한다. 『宗氏實錄1 癸卯年 2月』

185) 서계 : 『동문휘고』 부편(附編) 권27 참대(替代)에 예조 참의에게 보내는 서계와 답서가 기록되어 있다.

186) 문위역관 : 대마도주 평의진(平義眞)이 대마도에 돌아온 것을 문위하기 위해 파견된 김근행(金謹行)과 이진익(李震翼) 일행을 가리킨다. 『增正交隣志 卷6 問慰行』

호행 및 귤성반(橘成般)과 임무를 교대하기 위하여 나왔다고 장계하였다. - 종왜 13명 가운데, 1명은 봉진(封進)이고, 1명은 시봉이며, 10명은 반종인데, 1명을 줄인 후에 향접위관[187]이 접대하였다.

5월. "귤성진(橘成陳)이 데리고 온 반종의 수효를 등지승(藤智繩)의 예에 따라 5명으로 정하였습니다. 그런데 특별히 3명을 더한 것은 우대하는 뜻에서 나온 것인데도 그들이 요미(料米)를 더 얻으려는 욕심을 품고서 끝내 듣지 않고, 대마도로 돌아가겠다고 하기도 하고 동래부로 나가겠다고 하기도 하니, 그 정상이 대단히 통탄스럽습니다."라고 장계하였다.

회계하기를, "그 정상이 매우 통탄스러우나, 혹 난처한 일이 생길 우려가 있다면 지금 흔쾌히 허락하는 것이 나으니, 시봉 1인, 반종 2명을 더 정하여 접대하십시오." 하였다.

갑진년(1664, 현종 5) 윤6월. 도주환도고지차왜(島主還島告知差倭) 원성륜(源成倫),[188] 봉진압물 1인, 반종 7명, 격왜 40명이 서계[189]를 지참하고 나왔다고 장계하였다. - 반종 1명을 줄이고, 향접위관이 접대하였다.

9월. 동래 부사 안진(安縝) 때이다. 차왜 등성통(藤成通),[190]

---

187) 향접위관 : 울산 부사(蔚山府使) 전명룡(全命龍)이 임명되었다. 『島主告還差倭謄錄 癸卯年 8月 1日』
188) 원성륜(源成倫) : 흑목판좌위문(黑木判左衛門)이라고도 한다. 『宗氏實錄1 甲辰年 6月』
189) 서계 : 『동문휘고』 부편(附編) 권7 고환(告還)에 예조 참의와 동래 부사 및 부산 첨사에게 보내는 서계가 기록되어 있다.
190) 등성통(藤成通) : 『종씨실록(宗氏實錄)』1 계묘년 10월 조에 의하면 표주세(表主稅)라고도 하며, 신사사(伸謝使)로 현종 5년(1664)이 아닌 현종 4년 10월에 파견된 것으로 나와 있다.

봉진압물 1인, 시봉 1인, 반종 10명, 격왜 40명이 서계를 지참하고 울진(蔚珍)에 표류한 왜인을 들여보내 준 것에 회사(回謝)하는 일로 나왔으므로, 경접위관191)이 접대하였다.

을사년(1665, 현종 6) 1월. 차왜 귤성진(橘成陳), 봉진압물 1인, 시봉 1인, 반종 10명, 격왜 40명이 서계192)를 지참하고 도해역관을 호행(護行)하기 위해 나왔다193)고 장계하였다. - 향접위관194)이 접대하였다.

병오년(1666, 현종 7) 3월. 차왜 등성륜(藤成倫),195) 봉진압물 1인, 시봉 1인, 반종 10명, 격왜 40명이 서계를 지참하고 화천주(和泉州)에 표류한 왜인을 들여보내 준 것에 회사(回謝)하는 일로 나왔으므로, 반종 4명을 줄인 후에 향접위관196)이 세 차례의 연향을 베풀어 접대하고, 사예단(私禮單)은 줄여 지급하지 않았다고 장계하였다. - 회하는 없었다.

---

191) 경접위관 : 예조 정랑(禮曹正郎) 권두추(權斗樞)가 임명되었다. 『回謝差倭膽錄 乙巳年 1月 3日』
192) 서계 : 『동문휘고』 부편(附編) 권7 고환(告還)에 예조 참의에게 보내는 서계와 회답서가 기록되어 있다.
193) 도해역관을 …… 나왔다 : 현종 5년(1664) 대마도주가 대마도에 돌아온 것을 문위하기 위해 파견된 김근행(金謹行)과 변이표(卞爾標) 등을 호환(護還)해 왔다. 『增正交隣志 卷6 問慰行』
194) 향접위관 : 양산 군수(梁山郡守) 이운근(李雲根)이 임명되었다. 『島主告還差倭膽錄 乙巳年 1月 27日』
195) 등성륜(藤成倫) : 소림감우위문(小林勘右衛門)이라고도 하며, 신사사(伸謝使)로 파견되었다. 『宗氏實錄1 乙巳年 12月』
196) 향접위관 : 울산 부사(蔚山府使) 남천택(南天澤)이 임명되어 다례(茶禮)를 주관한 뒤 옥에 갇히게 되어 양산 군수(梁山郡守) 강복선(姜復先)이 별연(別宴) 이하의 연향을 주관하였다. 『回謝差倭膽錄 丙午年 3月 29日, 6月 19日』

6월. 차왜 등중차(藤重次),197) 봉진압물 1인, 반종 7명, 격왜 40명이 서계를 지참하고 대마도주가 대마도로 돌아온 것을 알리기 위해 나왔다고 장계하였다. - 반종 2명을 줄이고, 향접위관이 접대하였다.

8월. 차왜 귤성진(橘成陳), 봉진압물 1인, 시봉 1인, 반종 10명, 격왜 40명이 문위역관198)을 호행하기 위하여 서계를 지참하고 나왔으므로, 향접위관이 접대하였다.

같은 달. "장기(長鬐)에 표류한 왜인을 데려가는 차왜〔漂倭領去差倭〕 등성륜(藤成倫),199) 격왜 30명이 동래 부사 및 부산 첨사에게 보내는 서계를 지참하고 나왔습니다. 그런데 표류한 왜인을 들여보낸 뒤라면 회사차왜(回謝差倭)가 나오는 예는 있었으나 표류한 왜인을 데려가는 차왜가 나온 것은 일찍이 규례가 없으므로, 결코 접대하여 뒷날의 폐단이 되게 할 수는 없습니다."라고 장계하였다.

회계하기를, "전혀 접대하지 않는 것은 아주 야박할 것 같으므로, 왕래하는 두왜의 예에 따라 식량과 찬을 제급하십시오." 하였다.

정미년(1667, 현종 8) 2월. 동래 부사 이지익(李之翼) 때이다.

---

197) 등중차(藤重次) : 하전권좌위문(下田權左衛門)이라고도 한다. 『宗氏實錄1 丙午年 6月』
198) 문위역관 : 현종 7년(1666) 대마도주가 대마도에 돌아온 것을 문위하기 위해 파견된 김근행(金謹行)과 최유립(崔裕立) 등을 가리킨다. 『增正交隣志 卷6 問慰行』
199) 등성륜(藤成倫) : 빈전원병위(濱田源兵衛)라고도 하며 조선에 표류해 온 왜인을 데려가기 위해 나온 차왜로, 일본에서는 압표사(押漂使)라 하였다. 등성륜 일행이 데려가려는 왜인은 장기(長鬐)에 표류한 일본 백기주(伯耆州) 미자촌(米子村)에 사는 사람 21명과 삼척(三陟)에 표류한 은기주(隱岐州) 진호촌(津戸村)의 사람 1명 등이었다. 『宗氏實錄1 丙午年 7月』

차왜 등성공(藤成供),200) 봉진압물 1인, 시봉 1인, 반종 13명, 격 왜 55명과, 도선주(都船主) 1인, 반종 2명, 격왜 30명이 서계를 지참하고 아란타(阿蘭陀)의 나머지 무리201)를 데려가기 위해 나왔 다고 장계하였다. - 아란타에 관한 일은 잡조(雜條)에 보인다. ○ 격왜 15명을 줄인 후에 경접위관202)이 접대하였다.

같은 달. 차왜 귤성진(橘成陳), 봉진압물 1인, 시봉 1인, 반종 10명, 격왜 40명이 서계203)를 지참하고 문위역관을 호행하는 일204)로 나왔다고 장계하였다. - 향접위관205)이 접대하였다.

4월. 차왜 원행리(源幸利), 봉진압물 1인, 시봉 1인, 반종 10 명, 격왜 40명이 백지주(白只州)206)에서 표류한 왜인을 들여보내 준 것에 회사(回謝)하는 일로 서계를 지참하고 나왔다고 장계하였 다. - 향접위관이 접대하였다.207)

---

200) 등성공(藤成供) : 『종씨실록(宗氏實錄)』1 병오년 12월에는 귤성공(橘 成供)으로 나오며, 전도좌근우위문(田嶋左近右衛門)이라고도 한다.
201) 아란타(阿蘭陀)의 나머지 무리 : 효종 5년(1654) 제주도 대정현(大靜 縣)에 표류한 36명의 네덜란드인 중 16명이 생존해 있었는데, 현종 6년 (1665) 8명이 일본 오도(五島)로 도망하여 갔다. 이에 일본에서 차왜 등 성륜을 보내 생존해 있던 나머지 8명을 보내 주도록 요청하였다. 한편 당 시 네덜란드의 상선에는 56명이 승선해 있었고 그중 28명이 익사하였으 며, 나머지 인원 중 절반이 병으로 사망하여 16명이 생존해 있었다고 하 였다. 『顯宗實錄 7年 10月 23日』『顯宗改修實錄 7年 10月 23日, 8年 2月 26日』『宗氏實錄1 丙午年 12月』
202) 경접위관 : 수찬(修撰) 김석주(金錫冑)가 임명되었다. 『顯宗改修實錄 8 年 2月 26日』
203) 서계 : 『동문휘고』 부편(附編) 권7 고환(告還)에 예조 참의에게 보내 는 서계와 예조의 회답서가 기록되어 있다.
204) 문위역관을 호행하는 일 : 현종 7년(1666)에 파견된 문위역관 김근행 (金謹行) 일행의 호환(護還)을 말한다. 『增正交隣志 卷6 問慰行』
205) 향접위관 : 양산 군수(梁山郡守) 채지연(蔡之沇)이 임명되었다. 『島主 告還差倭謄錄 丁未年 3月 6日』
206) 백지주(白只州) : 백기주(白耆州)의 오기(誤記)인 듯하다.

무신년(1668, 현종 9) 1월부터 기유년(1669, 현종 10) 6월까지
는 등록(謄錄)이 유실되었기 때문에 초록(抄錄)에서 등서(謄書)하였
다.

무신년(1668, 현종 9) 1월. 차왜 평성상(平成尙), 208) 도선주 1
인, 시봉 1인, 반종 17명, 격왜 100명이 예조 참판에게 보내는
서계를 지참하고 나왔는데, 맡은 일은 말하지 않고 접위관과 김근
행(金謹行)을 내려보내 주기만을 요청하였고, 반종 2명을 줄였다
고 하였다. 경상도 도사가 접대하였다. - 다례(茶禮) 때에 비로소 잠
상(潛商)을 금단한 일209)로 나왔다고 말하였다.

3월. 차왜 평성목(平成睦)210)이 나머지 생존 남만인[蠻人]을 데
려가는 일로 나왔는데, 반종은 평성상의 예(例)에 따라 15명을 접
대할 것이니, 접위관을 속히 내려보내도록 해 달라고 장계하였다.
- 도선주·봉진·시봉 각 1인, 반종 15명, 격왜 70명을 경접위관이 접대
하였다.

5월. 도주환도고지차왜(島主還島告知差倭) 평우차(平友次)211)가 데
리고 온 반종은 병오년(1666, 현종 7) 차왜 등종차(藤種次)의 예에

---

207) 향접위관이 접대하였다 : 향접위관으로는 기장 현감(機張縣監) 송정렴
 (宋挺濂)이 임명되었으며, 반종 4명을 줄인 뒤에 접대하였다. 『回謝差倭
 謄錄 丁未年 閏4月 21日, 閏4月 29日』
208) 평성상(平成尙) : 평전소좌위문(平田所左衛門)이라고도 하며, 고위사
 (告僞使)로 파견되었다. 『宗氏實錄1 丁未年 8月』
209) 잠상(潛商)을 금단한 일 : 유황(硫黃), 조총(鳥銃), 도검(刀劍) 등의
 밀무역을 주도한 격우위문(格右衛門) 등 일당 16명을 붙잡아 처벌하였음
 을 알리는 것이었다. 『宗氏實錄1 丁未年 8月』
210) 평성목(平成睦) : 구화태랑좌위문(久和太郎左衛門)이라고도 하며, 압만
 사(押蠻使)로 파견되었다. 『宗氏實錄1 丁未年 11月』
211) 평우차(平友次) : 고천판윤(古川判允)이라고도 한다. 『宗氏實錄1 戊申
 年 4月』

따라 5명을 접대하였다고 장계하였다.212) 향접위관이 접대하였다.

7월. 차왜 평성상213)이 돌아가자마자 곧바로 나왔는데, 지참하고 온 서계를 내보이지 않으면서 말하기를, "회답서계(回答書契) 중에 약간 틀린 곳이 있어서 나왔습니다." 하였으며, "이번에는 별도로 접위관과 수역(首譯)이 와서 접대하는 일이 없었습니다." 하여, 서계를 보여 주기 전에는 다례를 가벼이 먼저 베풀 수 없음을 우리 쪽에서 이치를 들어 타일렀다고 장계하였다. - 10월 초록(抄錄) 중에, "서계를 받았고, 회답차왜가 돌아갈 때 연회상을 간단히 베풀어 위로하고 타일러 보냈다."고 하였다.

12월. 차왜 평성승(平成勝),214) 부관(副官) 1인, 봉진 1인, 시봉 2인, 반종 20명, 격왜 85명이 강호(江戶)의 분부를 받아 왜관 옮기는 문제215)를 재가 받는 일로 나와서 경접위관을 속히 내려보내 달라고 하였다. 반종을 15명으로 접대하는 일에 대해서는 다투어 줄였으며, 격왜는 15명을 줄였다. - 경접위관이 접대하였다.

기유년(1669, 현종 10) 10월. 동래 부사 정석(鄭晳) 때이다.

---

212) 도주환도고지차왜(島主還島告知差倭) …… 장계하였다 : 『동문휘고』 부편(附編) 권7 고환(告還)에 평우차(平友次)가 지참하고 온 예조 참의에게 보내는 서계와 예조의 회답서가 기록되어 있다.

213) 평성상 : 문유사(問由使)로 건너왔다. 『宗氏實錄1 戊申年 6月』

214) 평성승(平成勝) : 고천차랑병위(古川次郎兵衛)라고도 한다. 『宗氏實錄1 戊申年 10月』

215) 차왜 …… 문제 : 평성승은 예조 참판 및 예조 참의와 동래 부사 및 부산 첨사 등에게 보내는 서계를 지참하고 왔으며, 대마도의 대조선 관소(關所)를 좌수포(佐須浦)로 옮겼으므로 조선의 왜관을 좌수포와 왕래하기 쉬운 장소로 이전해 달라고 요청하였다. 이때 처음으로 부산성(釜山城)으로 이관을 고집하던 종래 요구를 바꾸었다. 『장순순, 조선 후기 왜관의 설치와 이관 교섭, 한일관계사연구 5, 1996』

차왜 귤성진(橘成陳),**216)** 봉진압물 1인, 시봉 1인, 반종 15명, 격왜 55명이 서계를 지참하고 유황(硫黃)을 잠상(潛商)하는 것을 미봉하기 위해 나왔다고 장계하였다. - 반종 5명과 격왜 15명을 줄인 후에 경접위관이 접대하였다.

경술년(1670, 현종 11) 3월. 차왜 평성상(平成尙),**217)** 도선주 1인, 봉진압물 1인, 시봉 1인, 반종 17명, 격왜 85명이 서계**218)** 를 지참하고 왜관을 옮기는 문제로 나왔다고 장계하였다. - 반종 2명과 격왜 15명을 줄이고, 경접위관이 접대하였다. 그런데 별연(別宴) 및 상선연(上船宴)과 아울러 공·사 예단을, '맡은 일을 아직 허락받지 못하여 편안히 받을 체면이 없다'는 이유로, 굳이 사양하고 받지 않았다.

7월. 도주환도고지차왜(島主還島告知差倭) 평정량(平政良),**219)** 봉진압물 1인, 반종 5명, 격왜 40명이 서계**220)**를 지참하고 나왔다고 장계하였다. - 향접위관이 접대하였다.

신해년(1671, 현종 12) 1월. 도해역관호행차왜(渡海譯官護行差倭) 귤성진(橘成陳), 봉진압물 1인, 시봉 1인, 반종 10명, 격왜 40명이 서계**221)**를 지참하고 나왔다고 장계하였다. - 향접위관**222)**이

---

216) 귤성진(橘成陳) : 정수미육좌위문(井手弥六左衛門)이라고도 한다. 『宗氏實錄1 己酉年 7月』

217) 평성상(平成尙) : 가성육지진(加城六之進)이라고도 한다. 『宗氏實錄1 己酉年 12月』

218) 서계 :『동문휘고』 부편(附編) 권26 쟁난(爭難)에 예조 참판 및 예조 참의와 동래 부사 및 부산 첨사에게 보내는 서계가 기록되어 있다.

219) 평정량(平政良) : 농감병위(瀧勘兵衛)라고도 한다. 『宗氏實錄1 庚戌年 4月』

220) 서계 :『동문휘고』 부편(附編) 권7 고환(告還)에 예조 참의에게 보내는 서계가 기록되어 있다.

221) 서계 :『동문휘고』 부편(附編) 권7 고환(告還)에 예조 참의에게 보내는 서계와 답서가 기록되어 있다.

접대하였다.

　5월. 차왜 평성태(平成太),223) 봉진압물 1인, 시봉 1인, 반종 15명, 격왜 70명과, 부관(副官)224) 1인, 시봉 1인, 반종 10명, 격왜 40명, 그리고 도선주(都船主)225) 1인, 반종 5명, 격왜 30명, 차왜의 군관왜(軍官倭) 25명, 통사왜(通事倭) 1인이 서계226)를 지참하고 왜관을 옮기는 문제로 나왔다고 장계하였다. - 반종의 수를 줄이라는 뜻으로 타일렀으나 끝내 듣지 않았다. 다례 및 하선연 때에 반종과 군관왜 등은 나와 앉지 않았고, 별연(別宴)·상선연(上船宴) 등의 세 차례 연향, 공·사 예단 등은 차왜 등이 왜관 옮기는 것을 허락하지 않은 것에 노하여 받지 않았으며, 회답서계 또한 받지 않고 갔다. 임자년(1672, 현종 13) 7월의 장계등록에 보인다.

　9월. 차왜 평중정(平重正),227) 봉진압물 1인, 반종 3명, 격왜 40명이 서계를 지참하고 표류한 사람들의 시신228)을 싣고 나왔다고 장계하였다. - 향접위관이 접대하였다.

　10월. 차왜 평성지(平成之),229) 봉진압물 1인, 시봉 1인, 반종

---

222) 향접위관 : 양산 군수(梁山郡守) 최진남(崔鎭南)이 임명되었다. 『島主告還差倭膽錄 辛亥年 1月 15日』
223) 평성태(平成太) : 진강병고(津江兵庫)라고도 한다. 『宗氏實錄1 辛亥年 2月』
224) 부관(副官) : 승려 현상(玄常)이다. 『宗氏實錄1 辛亥年 2月』
225) 도선주(都船主) : 사전안우위문(寺田案右衛門) 귤성정(橘成貞)이다. 『宗氏實錄1 辛亥年 2月』
226) 서계 : 『동문휘고』 부편(附編) 권26 쟁난(爭難)에 예조 참판 및 예조 참의와 동래 부사 및 부산 첨사에게 보내는 서계와 답서가 기록되어 있다.
227) 평중정(平重正) : 구화미오좌위문(久和彌五左衛門)이라고도 하며, 독표시사(禿漂屍使)로 나왔다. 『宗氏實錄1 辛亥年 6月』
228) 표류한 사람들의 시신 : 현종 12년(1671) 6월 대마도 조호포(藻戸浦)에 표류한 사람들 3명의 시신을 가리킨다. 『宗氏實錄1 辛亥年 6月』
229) 평성지(平成之) : 인위손우위문(仁位孫右衛門)이라고도 한다. 『宗氏實

15명, 격왜 70명이 서계230)를 지참하고서 왜관을 옮기는 문제로 나왔다고 장계하였다. - 한 가지 일로 인하여 두 차왜가 중복해서 온 것은 참으로 규정 이외의 일인 까닭에, 숙공(熟供)231)은 처음부터 거론하지 않은 채 다례 및 하선연을 간단히 베풀고 서계와 진상잡불(進上雜物)을 받았다. 그런데 차왜 일행이 왜관 옮기는 것을 허락하지 않은 것에 노하여 회답서계 및 회사 잡물(回賜雜物)을 끝내 받지 않았기 때문에, 돌아갈 때에 단지 약간의 쌀과 콩을 제급하였다. 쌀과 콩의 수량은 지급조(支給條)에 있다. ○ 임자년(1672, 현종 13) 7월의 장계등록에 보인다.

11월. "왜관을 옮기는 일로 앞의 차왜가 돌아가지 않았는데 뒤의 차왜가 중복해서 도착했으므로, '결코 서계를 받고 접대할 수는 없다'는 뜻을 뒤의 차왜 평성지(平成之)에게 여러 번 타일렀더니, 동 차왜가 말하기를, '교린(交隣)의 도리로 보건대 서계를 지참하고 온 사신에게 접대를 허락하지 않는다니, 무슨 말입니까. 서계는 바치지 않을 수 없고 회답도 받지 않을 수 없습니다. 이제부터는 종전처럼 굳게 막을 경우 마땅히 서울로 곧장 가서 서계를 바치고 회답을 받을 것입니다.' 하면서 함부로 날뛰고 성을 내니, 그 형세가 결코 서계를 도로 가지고 순순히 돌아갈 것 같지 않습니다. 지난 무신년(1668, 현종 9)에 차왜 평성상(平成尙)이 유황에 관한 회사(回謝)의 일로 나와서 일을 마치고 돌아갔다가 곧바로 서계를 고치는 일로 나왔으나, 접대한 일이 없었고 단지 다례(茶禮)만 베풀어 서계를 받았습니다. 이번에는 그때와 같지 않으니 그것을 원용하여 전례로 삼을 수 없습니다. 청컨대 해조로 하여금 명백히 지휘하게 해 주십시오."라고 장계하였다. - 두 차왜가 중복해

録1 辛亥年 6月』

230) 서계 :『동문휘고』부편(附編) 권26 쟁난(爭難)에 예조 참판 및 예조 참의와 동래 부사 및 부산 첨사에게 보내는 서계와 회답서가 기록되어 있다.

231) 숙공(熟供) : 익힌 음식으로 접대하는 것을 말한다.

서 온 사례이다.

예조에서 회계하기를, "이 일은 당초 이미 묘당(廟堂)에서 재가 받아 분부한 것이니, 청컨대 묘당으로 하여금 품처(稟處)하게 하십시오." 하였다. - 비변사에서 전후로 회계한 내용은 등서(謄書)한 곳이 없다.

같은 달. "차왜 평성지가 역관에게 말하기를, '우리들이 이곳에 온 지 오래되어 너무나도 답답한데, 돌아가 대마도주에게 보고해야 할 기일 또한 더욱 촉박합니다. 접위관이 비록 내려오지 않았지만, 지참한 서계를 동래 영감(東萊令監)에게 바치고 즉시 회답을 받아 들어가고자 합니다.' 하거늘, 역관 등이 말하기를, '아직 조정의 분부가 있기 전이므로 동래 영감이 임의로 서계를 받을 수 없습니다.' 하였습니다. 그러자 그들이 다시 재촉해서 돌아가려는 뜻을 누누이 말하며 그만두지 아니하였습니다. 그들이 돌아가 보고해야 함이 촉박하다는 말은 비록 실상을 알 수 없으나 그들이 이처럼 계속 요청하니, 감히 이러한 사정을 치계합니다." 하였다. - 장계등록에 나오며, 회하는 없었다.

같은 달. "비변사의 관문(關文)에 따라 차왜 평성지가 지참하고 온 서계는 다례를 베풀어 받을 생각이거니와, 이왕 서계를 받으면 별폭 또한 마땅히 받아야 할 것이고, 별폭을 받으면 규례대로 진상숙배(進上肅拜)한 후에 하선연(下船宴)을 행해야 할 것입니다. 단지 숙배만 행하고 연례를 베풀지 않는 것은 또한 몰인정하니, 간단히 베푸는 것이 어떻겠습니까? 오일숙공(五日熟供) 및 별연(別宴) 등에 관해서는 거론해서는 안 되나, 회답 서계를 내려 보낸 후에 상선연(上船宴)을 전혀 베풀지 않기는 어려우니, 어떻게 해야겠습니까? 식량과 찬은 평소 규례대로 지급한 수의 5분의 1

만을 지급할 생각입니다."라고 장계하였다. - 장계등록에 나오며, 회하는 없었다.

임자년(1672, 현종 13) 3월. 동래 부사 이하(李夏) 때이다. 지세포(知世浦)에 표류한 왜인을 들여보내 준 일에 회사(回謝)하는 표왜입송회사차왜(漂倭入送回謝差倭) 등성륜(藤成倫),232) 봉진압물 1인, 시봉 1인, 반종 10명, 격왜 40명이 서계를 지참하고 나왔다고 장계하였다. - 반종 4명을 줄인 후에 향접위관233)이 접대하였다.

4월. 도주환도고지차왜(島主還島告知差倭) 원조충(源調忠),234) 봉진압물 1인, 반종 5명, 격왜 40명이 서계를 지참하고 나왔다고 장계하였다. - 향접위관이 접대하였다.235)

같은 달. 문위역관호행차왜(問慰譯官護行差倭) 귤성진(橘成陳), 봉진압물 1인, 시봉 1인, 반종 10명, 격왜 40명이 서계를 지참하고 나왔다고 장계하였다. - 향접위관이 접대하였다.

12월. 이관차왜(移館差倭) 평성령(平成令),236) 봉진압물 1인,

232) 등성륜(藤成倫) : 중원전장(中原傳藏)이라고도 하며, 신사사(伸謝使)로 나왔다. 『宗氏實錄1 辛亥年 12月』
233) 향접위관 : 양산 군수(梁山郡守) 이박(李爆)이 임명되었다. 『回謝差倭 謄錄 壬子年 4月 1日』
234) 원조충(源調忠) : 흑목신장(黑木新藏)이라고도 하며, 고환사(告還使)로 나왔다. 『宗氏實錄1 壬子年 1月』
235) 향접위관이 접대하였다 : 함안 군수(咸安郡守) 이숙달(李叔達)이 임명되었다. 당초에 원조충이 문위역관호행차왜 귤성진과 함께 건너왔기 때문에 경상 감사로 양산 군수(梁山郡守) 유정휘(柳挺輝)를 차출하여 함께 접대하도록 하였다. 그러나 차왜들이 접위관이 한 명뿐이라는 이유로 다례일(茶禮日)의 교섭에 응하지 않자 함안 군수로 하여금 도주환도고지차왜 원조충을 접대하고 양산 군수는 문위역관호행차왜 귤성진을 접대하도록 하였다. 『島主告還差倭謄錄 壬子年 5月 6日, 5月 14日』

시봉 1인, 반종 17명, 격왜 80명과, 서기승왜(書記僧倭)237) 1인, 군관왜(軍官倭) 25인, 부관 1인, 시봉 1인, 반종 10명, 격왜 60명, 그리고 통사왜(通事倭)238) 1인, 도선주 1인, 반종 5명, 격왜 40명, 의왜(醫倭) 1인, 금도왜(禁徒倭)239) 4인 등이 예조 참판에게 보내는 서계를 지참하고 나왔다. - 서계왜 1인, 군관왜 25명, 부관의 반종왜 10명, 통사왜 1인, 도선주의 반종 5명, 의왜 1인, 금도왜 4인 등을 줄인 후에 경접위관이 접대하였다. 지급한 쌀과 콩 및 잡물은 수효를 줄여 지급하였는데, 지급조(支給條) 계축년(1673, 현종 14) 11월 이하에 상세히 나온다.

계축년(1673, 현종 14) 1월. 문위역관호행차왜240) 귤성진, 봉진압물 1인, 시봉 1인, 반종 10명, 격왜 40명이 서계241)를 지참하고 나왔다고 장계하였다. - 향접위관242)이 접대하였다.

---

236) 평성령(平成令) : 삼촌채녀(杉村宋女)라고도 한다. 평성령과 함께 온 부관은 평성친(平成親)이고, 도선주는 귤수정(橘秀政)이었다. 『宗氏實錄1 壬子年 9月』 『同文彙考 附編 卷26 爭難』
237) 서기승왜(書記僧倭) : 왜관 내에 있는 동향사(東向寺)에 거주하면서 두 나라 사이에 오가는 서계에 관한 일을 담당하는 왜인으로 정원은 1명이며, 3년마다 교체되었다. 『增正交隣志 卷2 書僧倭』
238) 통사왜(通事倭) : 숙종 19년(1693)에 처음으로 통역을 담당하기 위해 왜관에 상주하기 시작하였다. 정원은 2명이며 3년마다 교체되었다. 『增正交隣志 卷2 通事倭』
239) 금도왜(禁徒倭) : 일본에서는 횡목(橫目), 목부(目付) 등으로 부른다. 왜관에 배치된 금도왜의 종류와 인원수를 보면 도두금도(都頭禁徒) 1명, 도금도(都禁徒) 2명, 별금도(別禁徒) 4명, 중금도(中禁徒) 1명 등이며, 소금도왜(小禁徒倭) 10명은 정해진 수가 없었다. 『東萊府事例 倭館』
240) 문위역관호행차왜 : 문위역관 김근행(金謹行)과 정문수(鄭文秀) 등의 귀국을 호환(護還)한 것이므로 문위역관호환차왜이다.
241) 서계 : 『동문휘고』 부편(附編) 권7 고환(告還)에 예조 참의에게 보내는 서계와 답서가 기록되어 있다.
242) 향접위관 : 양산 군수(梁山郡守) 이박(李㷛)이 임명되었다. 『島主告還 差倭謄錄 癸丑年 1月 11日』

11월. 울산(蔚山)에 표류한 왜인243)을 들여보내 준 일에 회사 (回謝)하는 표왜입송회사차왜 평성우(平成友),244) 봉진 1인, 시봉 1인, 반종 10명, 격왜 40명이 서계를 지참하고 나왔다. 반종 2명 을 줄인 후에 향접위관245)이 접대하였다.

갑인년(1674, 숙종 즉위년) 10월. 동래 부사 어진익(魚震翼) 때이다. 왜관을 옮기는 것을 허락한 것246)에 대해 회사하는 차왜 평성근(平成近),247) 봉진압물 1인, 시봉 1인, 반종 20명, 격왜 60명, 도선주 1인, 반종 5명, 격왜 40명이 서계248)를 지참하고 나왔다. - 정관(正官)의 반종 4명, 도선주의 반종 5명 등을 줄인 후에 경접위관249)이 접대하였다.

차왜 귤성진(橘成陳), 봉진압물 1인, 시봉 1인, 반종 10명, 격왜 40명이 왜관을 옮기는 일로 서계를 지참하고 나왔다. - 차왜의 병이

---

243) 울산(蔚山)에 표류한 왜인 : 일본 찬주(濱州) 염포도(塩飽島)의 상민 (商民) 14명을 가리킨다. 『回謝差倭謄錄 癸丑年 12月 15日』
244) 평성우(平成友) : 고제신우위문(高勢新右衛門)이라고도 하며, 찬기주 (讚岐州)에서 표류해 온 왜인을 보내 준 것에 대한 신사사(伸謝使)로 나 왔다. 『宗氏實錄1 癸丑年 10月』
245) 향접위관 : 양산 군수(梁山郡守) 이박(李塼)이 임명되었다. 『回謝差倭 謄錄 癸丑年 11月 30日』
246) 왜관을 …… 것 : 현종 13년(1672) 왜관을 옮기는 문제로 온 평성령 (平成令)에게 현종 14년(1673) 9月 새로운 왜관터로 초량(草梁)을 결정 해 준 것을 말한다. 이로써 30년 동안 계속된 일본의 왜관 이전 요청은 마무리되었으며, 숙종 1년(1675) 초량 왜관의 신축 공사가 시작되었다. 『장순순, 조선 후기 왜관의 설치와 이관 교섭, 한일관계사연구 5, 1996』
247) 평성근(平成近) : 삼촌삼랑좌위문(杉村三郎左衛門)이라고도 한다. 『宗 氏實錄1 甲寅年 9月』
248) 서계 : 『동문휘고』 부편(附編) 권26 쟁난(爭難)에 예조 참판 및 예조 참의와 동래 부사 및 부산 첨사에게 보내는 서계와 답서가 기록되어 있다.
249) 경접위관 : 정언(正言) 유담후(柳譚厚)가 임명되었다. 『回謝差倭謄錄 甲寅年 12月 25日』

매우 위중하여 진상잡물(進上雜物)은 봉진압물로 하여금 숙배(肅拜) 때에
전납(傳納)하도록 허락하였으며, 차왜는 연향을 받지 못하고 돌아갔다.

을묘년(1675, 숙종 1) 2월, 조위차왜(弔慰差倭) 원성륜(源成
倫),250) 봉진압물 1인, 시봉 1인, 반종 10명, 격왜 40명이 서
계251)를 지참하고 나왔으므로, 경접위관이 접대하였다.

3월. 신관감동차왜(新館監董差倭) 평성위(平成爲),252) 도선주 1
인, 봉진압물 1인, 반종 6명, 격왜 40명, 공장(工匠) 및 역부왜
(役夫倭) 150명이 서계253)를 지참하고 나왔다고 장계하였다. - 이
일은 연례조(宴禮條)에 보인다. ○ 반종 3명을 줄인 후에 다례를 베풀었
고, 하선연은 부산 첨사가 설행하였으며, 상선연은 왜인의 간청으로 동래
부사도 가서 참석하였다.

5월. 진하차왜(陳賀差倭) 평성정(平成政),254) 봉진압물 1인, 시
봉 1인, 반종 17명, 격왜 40명, 도선주 1인, 반종 4명, 격왜 40
명이 서계255)를 지참하고 나왔다고 장계하였다. - 반종 5명과 격왜

---

250) 원성륜(源成倫): 흑목판좌위문(黑木判左衛門)이라고도 하며, 현종의
　　죽음을 조위하는 조문사(弔問使)로 나왔으며, 효종 즉위년(1649)에 인조
　　의 죽음을 조위한 차왜와 동일한 접대를 받았다. 『宗氏實錄1 乙卯年 2月』
251) 서계: 『동문휘고』 부편(附編) 권2 진위(陳慰)에 예조 참의에게 보내
　　는 서계와 답서가 기록되어 있다.
252) 평성위(平成爲): 좌치목공좌위문(佐治木工左衛門)이라고도 하며, 경영
　　사(經營使)로 나왔다. 『宗氏實錄1 乙卯年 2月』
253) 서계: 『동문휘고』 부편(附編) 권26 쟁난(爭難)에 예조 참의에게 보내
　　는 서계와 답서가 기록되어 있으며, 도선주는 등청익(藤淸益)이었다.
254) 평성정(平成政): 통구좌위문(樋口左衛門)이라고도 하며 숙종의 즉위
　　를 축하하기 위한 봉하사(奉賀使)로 나왔으며, 효종 즉위를 축하한 차왜
　　와 동일한 접대를 받았다. 『宗氏實錄1 乙卯年 4月』
255) 서계: 『동문휘고』 부편(附編) 권1 진하(陳賀)에 예조 참의에게 보내
　　는 서계와 답서가 기록되어 있다.

20명을 줄인 후에 다례는 접위관이 아직 내려오지 않았기 때문에 동래부에서 단독으로 베풀었고, 그 나머지 연례는 경접위관이 내려온 후에 설행하였다.

윤5월. 도주환도고지차왜(島主還島告知差倭) 원진열(源陳列),256) 봉진압물 1인, 반종 5명, 격왜 40명이 서계257)를 지참하고 나왔다고 장계하였다. - 향접위관이 접대하였다.

같은 달. 두왜 1인, 종왜 3명, 격왜 9명이 예조와 동래 부사 및 부산 첨사에게 보내는 서계를 지참하고 나왔다고 장계하였다. - 왜관에 머물러 있는 동안의 식량과 찬 및 바다를 건너는 데 필요한 식량을 후하게 제급하였다. ○ 이 왜인은 남경과 북경의 소식을 탐지하기 위하여 나왔다. ○ 잡조(雜條)에 보인다.

병진년(1676, 숙종 2) 5월. 장기(長鬐)에 표류한 왜인 2명을 들여보내 준 것에 회사(回謝)하기 위해 차왜 등직장(藤直長),258) 봉진압물 1인, 시봉 1인, 반종 10명, 격왜 40명이 서계를 지참하고 나왔다고 장계하였다. - 반종 4명을 줄인 후에 향접위관259)이 접대하였다.

10월. 동래 부사 이복(李馥) 때이다. 도선주 1인, 감역(監役) 1

---

256) 원진열(源陳列) : 기원평륙(箕原平六)이라고도 한다. 『宗氏實錄1 乙卯年 閏4月』
257) 서계 : 『동문휘고』 부편(附編) 권7 고환(告還)에 예조 참의에게 보내는 서계와 답서가 기록되어 있다.
258) 등직장(藤直長) : 백수목공병위(白水木工兵衛)라고도 하며, 신사사(伸謝使)로 나왔다.『宗氏實錄1 丙辰年 5月』
259) 향접위관 : 양산 군수(梁山郡守) 윤선(尹選)이 임명되었다. 『回謝差倭謄錄 丙辰年 6月 15日』

인, 봉진압물 1인 등이 앞서 나온 신관감동차왜(新館監董差倭), 도선주, 봉진압물과 교대하기 위해 나왔다고 장계하였다. - 회하는 없었다.

무오년(1678, 숙종 4) 윤3월. "새 왜관이 아직 다 완성되기 전에 표류한 사람을 데리고 오는 차왜[漂風人領來差倭]가 머지않아 올 것이라 하였습니다. 두 곳에서 응접하면 그 폐해를 헤아릴 수 없으므로, 관수왜(館守倭)로 하여금 '차왜를 보내지 말고 단지 통사왜(通事倭)로 하여금 거느리고 오도록 하라'는 뜻으로 대마도에 글을 보내도록 하였습니다. 그런데 이번에 차왜 귤정현(橘政賢) 및 봉진압물 등은 대마도에서 이미 뽑아 서계를 지참시켜 보내려 하다가, 관수왜의 사서(私書)로 인하여 차왜를 보내지 않고 단지 서계만 보냈으며, 표류한 사람은 금도왜(禁徒倭)로 하여금 데리고 오도록 하였습니다. 관수왜의 말 가운데에, '차왜에게 응당 지급할 물건은 한결같이 나왔을 때의 예(例)에 따라 지급해 주십시오.' 하는 말이 있으니, 다례와 연향, 그 밖에 요미(料米)와 콩, 일공잡물(日供雜物)은 마땅히 일일이 헤아려 지급할 생각이거니와, 규례대로 지급할 예단(禮單) 및 회답서계(回答書契) 등은 규례대로 내려보내 주십시오."라고 장계하였다.

회계하기를, "작년에 구송사(九送使)260)가 비록 나오지 않았어

---

260) 구송사(九送使) : 매년 조선에 오는 9차례의 송사[年例九送使]라는 의미이다. 조선 후기 일본과의 국교가 재개된 초기에는 연례송사(年例送使)의 도래시기가 결정되지 않았다. 1611년의 경우 19척이 동시에 입항(入港)하기도 했으며 결항(缺航)의 사례도 적지 않았다. 그러나 겸대(兼帶)제도의 시행 이후 세견제1선에서 제3선이 1월에 출항하고, 제4선과 이정암송사(以酊菴送使)가 2월에, 1특송사가 3월에, 평언삼송사(平彦三送使)·평의진송사(平義眞送使)·만송원송사(萬松院送使)가 6월에, 부특송사(副特送使)가 8월에 도래하는 체제가 마련되어 연례구송사가 도항하였으나, 평의진송사(平義眞送使)의 도서(圖書)가 종의진(宗義眞)의 사후

도 규례대로 지급하는 예단을 규례에 따라 마련하여 내려 보냈거니와, 지금 표류한 사람을 데리고 오는 차왜가 비록 나오지 않았지만, 각 연향과 예단 등의 물건을 작년의 예에 의거해 일체 등록(謄錄)에 따라 마련하도록 별단(別單)에 써넣으십시오."하였다.

7월. 환도고지차왜(還島告知差倭) 등충승(藤忠勝),[261] 봉진압물 1인, 반종 5명, 격왜 40명이 서계를 지참하고 나왔다고 장계하였다. - 향접위관이 접대하였다.

같은 달. 차왜 귤성진(橘成陳), 봉진압물 1인, 시봉 1인, 반종 10명, 격왜 40명 등이 문위역관을 호행(護行)하는 일로 서계를 지참하고 나왔다고 장계하였다. - 향접위관이 접대하였다.

같은 달. "차왜 귤성진의 말 가운데에 '새 왜관의 큰 공사가 이미 모두 완성되었기에 대마도주가 감격스러움을 이기지 못하여 일등 봉행(一等奉行)을 뽑아 보내어 감사의 뜻을 표하려 하니, 머지 않아 나올 것입니다.'라고 하였으니, 접대할 경접위관을 미리 차출하십시오."라고 장계하였다.
회계하기를, "해조로 하여금 미리 차출하도록 하십시오."하였다.

같은 달. 왜관을 옮긴 것을 사례하는 차왜〔移館致謝差倭〕 평진현(平眞顯),[262] 봉진압물 1인, 시봉 1인, 반종 20명, 격왜 60명과,

---

(1702) 반환되어 '연례8송사'라 통칭하게 되었다. 『長崎縣史 史料篇 1691 年 覺書』

261) 등충승(藤忠勝): 통구오좌위문(樋口五左衛門)이라고도 하며, 예조 참의에게 보내는 서계에는 등지흥(藤智興)으로 나온다. 『宗氏實錄1 戊午年 5月』『同文彙考 附編 卷7 告還』

262) 평진현(平眞顯): 삼촌이직(杉村伊織)이라고도 하며, 낙성신사사(落成

도선주 평행신(平幸信), 반종 5명, 격왜 40명이 예조 참판 및 예조 참의에게 보내는 서계와 동래 부사 및 부산 첨사에게 보내는 서계263)를 지참하고, 또한 동래 부사와 부산 첨사에게 보내는 서계의 별폭 각 1통을 가지고 나왔으므로, 이에 별도로 서계를 지참하고 온 연유를 물으니, 동 왜인 등이 이르기를, "왜관의 건물이 조속히 완성된 것은 모두 동래 부사 및 부산 첨사 두 영감이 지휘하고 힘을 기울인 덕분이므로, 대마도주가 매우 감사하게 생각하여 이처럼 별도의 서계로 사례하게 된 것입니다."라고 대답하였다고 장계하였다. – 반종 9명을 줄이고, 경접위관264)이 접대하였다. 하선연(下船宴)을 행한 후에 접위관이 뜻밖에 죽어서 별연(別宴) 이하는 새 접위관이 내려와 접대하였다.

회계하기를, "동래 부사 및 부산 첨사에게 보내는 규정 외의 서계와 별폭은 비록 전례가 없는 일이지만, 이는 왜관을 옮긴 일에 대하여 대마도주가 사례한 것에 지나지 않으므로 꼭 도로 돌려보낼 필요는 없습니다." 하였다.

기미년 (1679, 숙종 5) 1월. 문위역관호행차왜265) 귤성진(橘成陳), 봉진압물 1인, 시봉 1인, 반종 10명, 격왜 40명이 서계266)

伸謝使)로 나왔고, 아울러 문위역관을 호행(護行)하였다. 『宗氏實錄1 戊午年 6月』『同文彙考 附編 卷7 告還』

263) 예조 참판 …… 서계 : 『동문휘고』 부편(附編) 권7 고환(告還)에 예조 참의에게 보내는 서계와 답서가 기록되어 있다. 『회사차왜등록(回謝差倭謄錄)』 무오년 8월 17일 조에 예조 참판 및 예조 참의와 동래 부사 및 부산 첨사에게 보내는 서계, 그리고 동래 부사와 부산 첨사에게 각각 보내는 서계가 기록되어 있다.

264) 경접위관 : 사간(司諫) 김총(金璁)이 임명되었다. 『回謝差倭謄錄 戊午年 9月 22日』

265) 문위역관호행차왜 : 문위역관 김근행(金謹行), 박유년(朴有年) 일행을 호환(護還)해 왔으므로 문위역관호환차왜이다.

266) 서계 : 『동문휘고』 부편(附編) 권7 고환(告還)에 예조 참의에게 보내는 서계와 답서가 기록되어 있다.

를 지참하고 나왔다고 장계하였다. - 향접위관267)이 접대하였다.

10월. 화천주(和泉州)에 표류한 왜인을 돌려보내 준 것에 감사하는 표왜입송회사차왜(漂倭入送回謝差倭) 귤성자(橘成滋),268) 봉진압물 1인, 시봉 1인, 반종 8명, 격왜 40명이 서계를 지참하고 나왔다고 장계하였다. - 반종 2명을 줄인 후에 향접위관이 접대하였다.

같은 달. 표류한 제주(濟州) 사람 26명이 몰사한 연유를 알리기 위하여 차왜 등덕진(藤德辰), 봉진압물 1인, 반종 3명, 격왜 40명이 서계를 지참하고 나왔다269)고 장계하였다. - 향접위관이 접대하였다.

경신년(1680, 숙종 6) 7월. 동래 부사 조세환(趙世煥) 때이다. 도주환도고지차왜(島主還島告知差倭) 평상행(平尙行),270) 봉진압물 1인, 반종 5명, 격왜 40명이 서계271)를 지참하고 나왔다고 장

---

267) 향접위관 : 울산 부사 유담후(柳譚厚)가 임명되었으나, 유담후가 이미 경접위관을 지냈는데 다시 향접위관으로 왜인을 접대하면 왜인들이 경접위관과 향접위관이 차이가 없는 것으로 생각할 우려가 있다는 역관 김근행(金謹行)의 말에 의해, 영천 군수(永川郡守) 이사영(李思永)으로 바꾸었다. 그러나 이사영 역시 모친의 병으로 상경(上京)하였기 때문에 양산 군수 조헌경(曺憲卿)이 임명되었다. 『島主告還差倭謄錄 己未年 2月 26日, 10月 28日』

268) 귤성자(橘成滋) : 고천청우위문(古川淸右衛門)이라고도 한다. 『宗氏實錄1 己未年 7月』

269) 표류한 …… 나왔다 : 등덕진(藤德辰)은 고세여우위문(高勢與右衛門)이라고도 한다. 등덕진이 지참한 서계에 의하면, 제주에 거주하는 26명이 1월 24일 살마주(薩摩州) 증도(甑島) 지방에 표류하였는데 배가 부서져 26명이 모두 죽어 증도에 매장하였다고 한다. 『宗氏實錄1 己未年 9月』

270) 평상행(平尙行) : 『종씨실록(宗氏實錄)』 1 경신년 5월에는 앵정우조(櫻井友助) 귤홍십(橘弘十)이 고환사(告還使)로 파견되었다고 하였다.

271) 서계 : 『동문휘고』 부편(附編) 권7 고환(告還)에 평상행이 지참하고 온 예조 참의에게 보내는 서계와 답서가 기록되어 있다.

별차왜 133

계하였다. ― 향접위관272)이 접대하였다.

같은 달. "관수왜가 '관백의 죽음을 알리기 위해 관백신사고부차
왜(關白身死告訃差倭)273)로 봉행(奉行) 가운데 관품이 높은 사람
으로 인원을 갖추어 머지않아 나올 것이므로, 접대할 경접위관을
미리 차출하여 차왜가 나오는 즉시 내려보내도록 해야 할 것입니
다.' 하였습니다."라고 장계하였다.

회계하기를, "증급(贈給)해야 할 예단(禮單)은 차왜가 나온 후에
마련하고 경접위관은 해조로 하여금 차출하도록 하십시오." 하였다.

윤8월. 관백고부차왜(關白告訃差倭) 평상중(平常重),274) 도선주
등도중(藤度重), 봉진압물 1인, 시봉 1인, 반종 20명, 격왜 60명
이 예조 참판 및 예조 참의와 동래 부사 및 부산 첨사에게 보내는
서계275)를 지참하고, 아울러 새 관백276)이 대신 선 연유를 알리

---

272) 향접위관 : 울산 부사 김수오(金粹五)가 임명되었다. 『島主告還差倭謄
錄 庚申年 8月 12日』

273) 관백신사고부차왜(關白身死告訃差倭) : 관백의 죽음을 알리기 위해 파
견된 차왜로, 일본에서는 대부사(大訃使)라 칭한다. 1680년 덕천가강(德
川家綱), 1709년 덕천강길(德川綱吉), 1713년 덕천가선(德川家宣), 1716
년 덕천가계(德川家繼), 1787년 덕천가치(德川家治)의 죽음을 알리는 차
왜가 도항하였으며, 이 외에 1650년 덕천가광(德川家光), 1854년 덕천가
경(德川家慶), 1859년 덕천가정(德川家定), 1868년 덕천가무(德川家茂)
의 죽음을 알리는 고부 서계(告訃書契)가 『동문휘고』 부편(附編) 권5 고
부(告訃)와 부편(附編) 속고부(續告訃)에 남아 있는 것으로 보아 관백신
사고부차왜는 총 9차례 도항하였다.

274) 평상중(平常重) : 고천평병위(古川平兵衛)라고도 한다. 『宗氏實錄1 庚
申年 7月』

275) 서계 : 『동문휘고』 부편(附編) 권5 고부(告訃)에 예조 참판과 예조 참
의에게 보내는 서계와 답서가 기록되어 있다.

276) 새 관백 : 강호막부(江戸幕府) 제5대 장군(將軍) 덕천강길(德川綱吉)
로 제3대 장군 가광(家光)의 넷째 아들이다. 『도주고환차왜등록(島主告還
差倭謄錄)』에 의하면, 관백의 원자(元子)가 죽어 동생 관림공(館林公)이
8월 23일 동무장군(東武將軍 : 관백)이 되어 봉작(封爵)을 받았다고 한다.

는 일로 나왔다고 장계하였다. - 반종 6명을 다투어 줄인 후에 경접위
관277)이 접대하였다.

9월. "관수왜의 말 가운데에 '이번 비선(飛船) 편에 새 관백이
폐단 없이 작위를 받은 일로 고경차왜(告慶差倭)가 머지않아 나올
것이므로 접대할 경접위관을 미리 차출해야 할 것입니다.' 하였으
며, 또 '공무를 담당하고 있는 차왜 귤성진(橘成陳)을 갈아 치우고
그 대신 두 차왜를 뽑아 그들로 하여금 서로 왕래하도록 할 것입
니다. 그러므로 금번 문위역관호행차왜로 새로 뽑힌 전중선좌위문
(田中善左衛門)이라는 자가 이달 10일 사이에 나올 것입니다.' 하
였습니다."라고 장계하였다.

회계하기를, "새로운 관백이 봉작(封爵)한 경사를 알리는 것은
비록 전례가 없는 일이지만, 차왜가 서계를 지참하고 나온 뒤에
접대를 허락하지 않는 것 또한 곤란한 일이니, 접위관을 해조로
하여금 차출하여 내려보내도록 분부하십시오." 하였다.

같은 달. 관백고경차왜(關白告慶差倭)278) 평진현(平眞賢),279)
도선주 등정차(藤正次), 봉진압물 1인, 시봉 1인, 반종 16명, 격
왜 70명이 예조 참판 및 예조 참의와 동래 부사 및 부산 첨사에게
보내는 서계280)와 별폭을 지참하고 나왔으므로, 경접위관281)이

---

277) 경접위관 : 장령(掌令) 김두명(金斗明)이 임명되었다. 『告訃差倭謄錄
   庚申年 9月 22日』
278) 관백고경차왜(關白告慶差倭) : 관백의 승습(承襲)을 알리는 차왜로, 일
   본에서는 대경사(大慶使)라 한다. 제4대 장군(將軍 : 관백) 덕천가강(德川
   家綱)으로부터 제14대 장군 덕천가무(德川家茂)까지 관백 승습을 알리는
   차왜가 건너왔다. 이 외에 1624년에도 고천우마조지차(古川右馬助智次)가
   도항하여 인조의 즉위를 축하하면서 덕천가광(德川家光)의 승습을 알렸
   다. 『朝鮮通交大紀 卷6 光雲院公』
279) 평진현(平眞賢) : 평전직우위문(平田直右衛門)이라고도 한다. 『宗氏實
   錄1 庚申年 9月』

접대하였다고 장계하였다.

회계하기를, "전에 온 차왜 평상중이 부고를 알리고 경사를 알리는 두 일을 겸하여 맡았다고 자칭하여 진하(陳賀)의 예(例)를 원용하였으며 데리고 온 반종의 수 또한 진하 때의 예에 따라 접대를 허락하도록 명령하였는데, 이번 평진현 또한 경사를 알리기 위해 왔으니, 평상중이 겸하여 맡았다고 한 말은 분명 거짓으로 꾸며낸 것입니다. 접대를 허락한 반종은 마땅히 7명에 준해야 했을 것인데 2명만을 줄여 14명을 접대한 일은 매우 부당하거니와, 평진현은 이미 고경차왜(告慶差倭)이므로 전례대로 재가하여 16명을 접대하도록 허락하는 것이 마땅합니다. 이러한 뜻을 해조에 아울러 분부하십시오." 하였다.

같은 달. 차왜 귤성진과 교대하기 위하여 차왜 등성구(藤成久), 봉진압물 1인, 시봉 1인, 반종 10명, 격왜 40명이 서계[282]를 지참하고 문위역관을 호행(護行)하기 위하여 나왔다고 장계하였다. - 향접위관[283]이 접대하였다.

신유년(1681, 숙종 7) 6월. 동래 부사 남익훈(南益熏) 때이다. "관수왜의 말 가운데에 '대마도주가 강호(江戶)에 들어가니 관백이 귀국의 통신사를 요청하도록 곧바로 대마도주에게 섬으로 돌아갈 것을 명하였습니다. 그리하여 통신사청송차왜(通信使請送差倭)가

---

280) 서계:『동문휘고』 부편(附編) 권3 고경(告慶)에 예조 참판 및 예조 참의에게 보내는 서계와 답서가 있다.
281) 경접위관:병조 정랑(兵曹正郎) 이제(李磾)가 임명되었다. 『告訃差倭謄錄 庚申年 11月 4日』
282) 서계:『동문휘고』 부편(附編) 권27 참대(替代)에 예조 참의에게 보내는 서계와 답서가 기록되어 있다.
283) 향접위관:고성 현령(固城縣令) 심한필(沈漢弼)이 임명되었다. 『島主告還差倭謄錄 庚申年 10月 7日』

머지않아 바다를 건너 올 것이므로, 접대할 경접위관을 미리 뽑아야 할 것입니다.'하였습니다. 을미년(1655, 효종 6) 신사청래차왜(信使請來差倭)는 경상도 도사가 접대하였는데 이번에는 경접위관으로 접대해 달라고 하였으니, 경접위관과 경상도 도사 가운데 누가 접대해야 하는지에 관하여 빨리 재가하여 분부해 주십시오."라고 장계하였다.

회계하기를, "신사청래차왜를 접대하는 규정은 경접위관으로 하기도 하고 경상도 도사로 접대하기도 하는데, 이번 통신사의 파견 요청은 이미 새 관백이 습위(襲位)하였기 때문이니 정히 을미년(1655, 효종 6)의 전례와 같이 경상도 도사가 접대하도록 하십시오." 하였다.

또 계하(啓下) 내에, "경상 감사의 장계를 보니, 차왜가 나오는 시기가 식년시(式年試)의 시험 및 연분 복심(年分覆審)과 서로 겹쳐 장차 낭패스런 우환284)이 있을 것이라고 한다. 이왕 아울러 행하기 어렵다면 접위관을 서울에서 뽑아 보내도록 해조에 분부하라." 하였다.

7월. 통신사청송차왜 등일정(藤一政),285) 도선주 등성차(藤盛次), 봉진압물 1인, 시봉 1인, 반종 16명, 격왜 60명이 예조 참판 및 예조 참의와 동래 부사 및 부산 첨사에게 보내는 서계286)를 지참하고 나왔다. 반종 2명, 격왜 10명을 줄인 후에 경접위관287)이

---

284) 식년시(式年試)의 …… 우환 : 비변사는 과거 시험의 연분 복심을 도사(都事)가 주관하기 때문에 접위관을 아울러 담당할 수 없으므로 이번에는 경접위관을 보내도록 회계하였다. 『通信使謄錄3 辛酉年 7月 13日』
285) 등일정(藤一政) : 원오조(原五助)라고도 한다. 『宗氏實錄1 辛酉年 6月』
286) 서계 : 『동문휘고』부편(附編) 권8 통신(通信)에 예조 참판과 예조 참의에게 보내는 서계와 답서가 기록되어 있다. 이에 의하면 일본은 내년 7, 8월 사이에 통신사행이 강호(江戶)에 도착할 수 있도록 요청하였다.
287) 경접위관 : 병조 좌랑(兵曹佐郞) 윤덕준(尹德駿)이 임명되었다. 『通信

접대하였다.

9월. 도주환도고지차왜(島主還島告知差倭) 귤시이(橘時以),**288)**
봉진압물 1인, 반종 5명, 격왜 40명이 서계**289)**를 지참하고 나왔
으므로, 향접위관**290)**이 접대하였다.

같은 달. 문위역관호행차왜(問慰譯官護行差倭)**291)** 도산이직(陶
山以直),**292)** 봉진압물 1인, 반종 6명, 격왜 40명이 서계를 지참하
고 나왔는데, 문위역관 호행차왜는 재판차왜(裁判差倭)와는 다르
므로 반종 2명을 줄인 후에 향접위관**293)**이 접대하였다. - 재판의
호칭은 올해 7월에 시작되었다. 재판조(裁判條)에 함께 보인다.

임술년(1682, 숙종 8) 3월. 두왜 1인, 격왜 12명이 노인(路引)
을 지참하고 통신사호행차왜(通信使護行差倭)가 예조 참판에게 보

使謄錄3 辛酉年 8月 28日』

288) 귤시이(橘時以) : 기도이병위(幾度伊兵衛)라고도 한다. 『宗氏實錄1 辛
酉年 7月』

289) 서계 : 『동문휘고』 부편(附編) 권7 고환(告還)에 예조 참의의 답서가
기록되어 있다.

290) 향접위관 : 울산 부사 김수오(金粹五)가 임명되었다. 『島主告還差倭謄
錄 辛酉年 9月 15日』

291) 문위역관호행차왜(問慰譯官護行差倭) : 문위역관을 호행하기 위해 도
래한 차왜로, 현종 1년(1660) 12월 등성지(藤成之)가 처음이다. 이후 재
판차왜가 문위역관을 호행하기 시작하는 숙종 7년(1681)까지 11차례의
문위역관호행차왜가 도래하였다. 숙종 7년 이후에는 재판차왜가 문위역관
을 호행·호환하였다. 『홍성덕, 조선 후기 대일외교사절 문위행 연구, 국
사관논총 93집, 2000』

292) 도산이직(陶山以直) : 도산오일랑(陶山五一郎)이라고도 한다. 『宗氏實
錄1 辛酉年 7月』

293) 향접위관 : 양산 군수 조이한(趙爾翰)이 임명되었으나, 조이한이 재판
차왜 평성차(平成次)의 접위관이기 때문에 겸하기 어려워 밀양 부사(密陽
府使) 이효원(李孝源)으로 바뀌었다. 『島主告還差倭謄錄 辛酉年 9月 15
日, 9月 24日』

내는 서계를 지참하고 나온다는 연유를 알리기 위하여 나왔으므로, 식량과 찬을 약간 지급하였다고 장계하였다. - 회하는 없었다.

같은 달. 신사호행차왜(信使護行差倭) 평진행(平眞幸),**294)** 봉진 압물 1인, 시봉 2인, 반종 25명, 격왜 90명과 부관 평성상(平成尙), 시봉 1인, 반종 10명, 격왜 50명과 도선주 등성청(藤成淸), 격왜 40명이 예조 참판 및 예조 참의와 동래 부사 및 부산 첨사에게 보내는 서계를 지참하고 나왔다. - 그중에 정관 및 부관과 도선주 각 1인, 봉진 1인, 시봉 2인, 반종 16명, 격왜 70명만 경상도 도사가 접대하였다.

9월. 두왜 1인, 격왜 9명이 예조에 보내는 서계**295)**를 지참하고 통신사행이 무사히 섭진주(攝津州)에 도착한 연유를 알리기 위해 나왔으므로, 왜관에 머물러 있을 때의 식량과 찬을 제급하였다고 장계하였다. - 회하는 없었다.

10월. "관수왜가, '통신사 일행을 호행하기 위해 일등 봉행(一等奉行)이 나올 것이라 하니, 각별히 접대해야 한다는 뜻을 미리 알려 드립니다.' 하였습니다. 마땅히 평진행의 예(例)에 따라 경상도 도사가 접대해야 할 것 같은데, 연분 복심(年分覆審)과 상치되므로 해조로 하여금 품처하게 해 주십시오."라고 장계하였다.
회계하기를, "신사호행차왜는 마땅히 도사를 보내어 접대해야 하

---

294) 평진행(平眞幸) : 평전준인(平田隼人)이라고도 한다. 『宗氏實錄1 壬戌年 3月』
295) 서계 : 『동문휘고』 부편(附編) 권8 통신(通信)에 예조 참의와 동래 부사 및 부산 첨사에게 보내는 서계와 답서가 기록되어 있다. 이에 의하면 통신사 일행은 7월 8일 대마도를 출발하여 같은 달 26일 섭진주(攝津州)에 도착하였다고 한다.

는데, 마침 연분 복심과 서로 겹치게 되어 함께 행하기 어려운 형세이니, 따로 인근 읍의 수령 중에 관품이 높은 문관을 뽑아 보내야 한다는 뜻으로 분부하시고, 통신사가 돌아온 후에는 경접위관이 접대하도록 상께서 재가하십시오." 하였다.

11월. 신사호행차왜296) 평진행, 봉진압물 1인, 시봉 2인, 반종 25명, 격왜 90명과 도선주 1인, 격왜 40명이 서계297)를 지참하고 나왔다. 그 가운데 도선주와 정관 각 1인, 봉진과 시봉 각 1인, 반종 16명, 격왜 70명만 경접위관이 접대하였다.

계해년(1683, 숙종 9) 5월. 동래 부사 소두산(蘇斗山) 때이다. 약조(約條)를 논의하여 정하기 위해 두왜 1인, 격왜 9명과 매매 (買賣)를 담당하는 두왜 1인, 격왜 7명이 노인(路引)을 지참하고 나왔다. - 각각 쌀 17섬, 식량과 찬을 모두 헤아려 지급하였다.

6월. "통신사행을 대마도에 들여보낼 때에, 두 나라의 공무를 담당하는 차왜[兩國幹事差倭]가 왜관에 머무르는 기한을 정하는 일 및 한 명의 차왜가 나온 후에 곧 다른 차왜를 겹쳐서 보내지 말라는 문제를 대마도주와 의논하여 정하는 것이 매우 마땅하다는 연유를 임술년(1682, 숙종 8) 1월 동래 부사 남익훈(南益熏)의 재임 때에 비변사에 치계하였습니다. 비변사의 회계에 '이번 장계에서 진달한 바는 참으로 의견이 있으니, 사신(使臣)으로 하여금 그쪽에 도착한 후에 잘 타일러서 온당하게 타결한 다음 오라는 뜻으

---

296) 신사호행차왜 : 통신사 일행의 귀국을 호행하는 것이므로 통신사호환 차왜(通信使護還差倭)이다.
297) 서계 : 『동문휘고』 부편(附編) 권8 통신(通信)에 예조 참판 및 예조 참의에게 보내는 서계와 답서가 기록되어 있다.

로 분부하십시오.' 하였는데, 통신사가 돌아온 후에 이 일의 타결 여부를 원래 거론한 곳이 없었습니다. 오늘에 이르러 약조를 의논하여 정하기 위해 두왜가 나온 뒤에 동 왜인이, '연전(年前) 통신사행 때에 차왜를 줄이기를 요청하였는데, 저희들이 실제 주선하여 힘써 부응하였습니다. 지금 만약 서계를 지참하고 나오면 차왜가 폐를 끼치는 바가 헤아릴 수 없을 것 같아서 이에 서계를 빠뜨리고 왔으니, 또한 진실됨을 볼 수 있을 것입니다.' 한바, 스스로 그 공을 자랑하는 것입니다."라고 장계하였다. - 장계등록에 나오며, 회하는 없었다.

9월. 관백저군고부차왜(關白儲君告訃差倭)[298] 평무원(平茂元),[299] 봉진압물 1인, 시봉 1인, 반종 12명, 격왜 40명이 서계[300]를 지참하고 나온 연유를 치계하였다. 향접위관이 접대하였다.

회계하기를, "별차왜(別差倭)를 보내지 않는 일은 이미 새로 정한 약조[301] 가운데에 들어 있는데, 이번 고부차왜를 전적으로 보

---

[298] 관백저군고부차왜(關白儲君告訃差倭) : 관백의 저군의 죽음을 알리기 위해 건너온 차왜이다. 숙종 9년(1683) 9월 평무원(平茂元), 정조 4년 (1780) 2월 등영신(藤英信), 정조 16년(1792) 9월 등창방(藤昌方)의 도래 등 3차례의 사례가 있다.

[299] 평무원(平茂元) : 길하내장(吉賀內藏)이라고도 한다. 『宗氏實錄1 癸亥年 7月』

[300] 서계 : 『동문휘고』 부편(附編) 권5 고부(告訃)에 예조 참의와 동래 부사 및 부산 첨사에게 보내는 서계와 답서가 기록되어 있다.

[301] 새로 정한 약조 : 통신사행이 강호에서의 일정을 마치고 귀국하는 길에 대마도에 도착해서 교섭한 것으로, 규정 외에 별차왜를 더 보내는 일과 왜관의 경계를 정하여 7가지 조건을 푯말을 세워 왜인들에게 알리도록 하는 것이었다. 이에 대마도측은, 첫째 규정 이외의 사자(使者)는 보내지 않겠지만 표류인(漂流人)의 호송은 경중의 구별을 두어야 한다는 것, 둘째 약조를 준수하도록 신칙하겠다는 것, 셋째 매매에 관한 일로 5가지를 제시한 것은 다 양쪽을 좋게 하자는 뜻이며, 대관(代官)은 그 수를 반으로 줄이겠다는 것 등 세 조목으로 이루어진 봉행왜인(奉行倭人)의 연명서를 보냈다. 『洪禹載, 東槎錄』

낸 것은 그 까닭을 알 수 없거니와 약조를 정한 초기부터 먼저 스스로 약조를 어기니 실로 성신(誠信)의 도리가 아닙니다. 또한 이것은 생각 밖의 일이니, 여러 구례(舊例)를 살펴 다만 그 서계를 받고 식량과 찬을 헤아려 지급하며 회답서계를 문위관 일행에게 부쳐 보내시는 것이 마땅합니다. 그러나 혹 그 사이에 다른 사정이 없지 않을 것이니, 역관으로 하여금 차왜를 내보낸 이유를 먼저 탐문하도록 분부하는 것이 어떻겠습니까?"하였다. - 새로 정한 약조는 임술약조(壬戌約條)에 보인다.

10월. "관백저군고부차왜가 약조를 어기고 나온 이유를 관수(館守)에게 꾸짖어 물으니, '저군(儲君)의 죽음을 알리는 것은 두 나라의 돈독한 관계상 하지 않을 수 없는 일이며, 강호(江戶)로부터 전적으로 죽음을 알리기 위하여 온 것이므로, 대마도주가 예(例)에 따라 보낸 것에 비할 수 없습니다.' 하였는데, 말하는 기색이 불순하여 전혀 이쪽 말을 들을 것 같지 않았습니다."라고 장계하였다.

회계하기를, "별차왜를 보낸 것은 이미 약조 외의 일이니, 마땅히 엄히 배척하여 물리쳐 보내야 합니다. 그런데 저들이 이미 고부(告訃)를 칭하였으니, 이는 항상 있는 일이 아닙니다. 나온 뒤에 줄곧 물리치는 것 또한 인호(隣好)하는 의리에 어긋나니, 이번에는 잠시 전례대로 접대하고 이후에는 다시 잘못된 전례를 답습하지 말라는 뜻을 재차 역관들로 하여금 엄한 말로 타일러 보내게 하십시오."하였다.

갑자년(1684, 숙종 10) 6월. 동래 부사 박치도(朴致道) 때이다. "도주환도고지차왜(島主還島告知差倭) 등성통(藤成通),[302] 봉

---

302) 등성통(藤成通): 『종씨실록(宗氏實錄)』1 을축년 4월에 의하면, 등성통은 빈전이좌위문(濱田伊左衛門)이라고도 하며, 숙종 10년이 아닌 숙종

진압물 1인, 반종 5명, 격왜 40명 등이 서계를 지참하고 나왔는데, 통신사가 파견되었을 때 약조한 것 가운데에, 별차왜(別差倭)가 나오는 것을 허락하지 않는다는 뜻을 명백히 써서 기록하였으므로, 이번 보지차왜(報知差倭)는 규정 외의 사절이라고 하였습니다. 이에 동 왜인이 말하기를, '이번 보지차왜는 진실로 약조를 정할 때의 별차왜에 비할 바가 아니며, 단지 본국의 무사함과 대마도주의 환도(還島)를 알리고 또한 귀국에 문안을 여쭙기 위해 온 것이니, 귀국의 도리로는 거절해서는 안 됩니다.' 하였습니다. 그런데 이 일은 마땅히 약조에 근거하여 접대를 허락하지 않아야 하며, 지참하고 온 서계도 마땅히 베껴서 올려 보내서는 안 될 것 같습니다."라고 장계하였다. - 병인년(1686, 숙종 12) 9월에 비로소 접대를 허락하여, 향접위관[303])이 접대하였다.

을축년(1685, 숙종 11) 9월. 동래 부사 유지발(柳之發) 때이다. "관수왜(館守倭)가 말하기를, '통신사행 때에 정한 약조 가운데 도주환도고지차왜를 일찍이 별도로 거론하지 않은 일은 대마도주가 강호(江戶)에 가서 관백을 뵙고 이듬해에 환도하여 무사히 대마도에 돌아왔다는 뜻을 귀국에 보고하고 또 안녕하다는 소식에 감사하면서 전하는 것이므로, 이것은 바꿀 수 없는 규정입니다. 그런데 이번 고환차왜(告還差倭)를 규정 외의 차왜라 하면서 접대하는 것이 부당하다고 하니, 이 일은 마땅히 변통해야 할 것입니

11년 4월에 고환사(告還使)로 파견되었다. 대마도주는 숙종 8년(1682) 7월 통신사 일행과 함께 강호(江戶)로 출발한 뒤 그 해 10월 다시 대마도로 돌아왔다. 그리고 숙종 10년 4월 다시 참부(參府)할 때까지 대마도에 머물러 있었다. 대마도주가 다시 환도한 것은 숙종 11년 4월의 일이다. 따라서 도주환도고지차왜 등성통의 도항은 숙종 11년에 이루어진 것이다. 『宗氏家寶略』

303) 향접위관 : 울산 부사 장진(張瑱)이 임명되었다. 『島主告還差倭謄錄 丙寅年 9月 7日』

다.'하거늘, 신이 답하기를, '약조 가운데에 별차왜를 보내지 말라는 일이 명백히 쓰여 있으니, 고환차왜와 별차왜는 차이가 없다.'하고 속히 돌아가도록 엄히 신칙하였습니다."라고 장계하였다.

회계하기를, "고환차왜를 접대하는 일은 이미 엄히 막았는데, 이번에 그들의 억지 요청에 따라 접대를 허락함으로써 이후에 더욱더 끊임없이 그러한 마음이 생기는 폐단을 증가하게 해서는 안 됩니다." 하였다.

병인년(1686, 숙종 12) 7월. 동래 부사 이항(李沆) 때이다. 전에 나왔던 도주환도고지차왜를 규정 외의 차왜라 하여 접대를 허락하지 않았는데, 재판(裁判)이 그 일로 서찰 1통을 지어 바쳤기에 동 서찰을 베껴 비변사에 올려 보낸다고 장계하였다.

회계하기를, "고환차왜가 해를 넘기고 돌아가지 않아 일이 난처하니, 우선 접대를 허락하도록 하십시오." 하였다.

정묘년(1687, 숙종 13) 6월. 도주환도고지차왜 귤원중(橘元重),304) 봉진 1인, 반종 3명, 격왜 40명이 서계305)를 지참하고 나왔으므로, 향접위관306)이 접대하였다.

같은 달. 고환차왜가 데리고 온 반종은 바로 5명이었으나 3명으로 문정(問情)하였으니, 훈도(訓導)와 별차(別差) 등이 살피지 못한 죄를 마땅히 경책(警責)해야 한다고 장계하였다.

---

304) 귤원중(橘元重) : 산천증우위문(山川增右衛門)이라고도 한다. 『宗氏實錄』 丁卯年 4月』
305) 서계 : 『동문휘고』 부편(附編) 권7 고환(告還)에 예조 참의에게 보내는 서계와 답서가 기록되어 있다.
306) 향접위관 : 고성 현령(固城縣令) 양정주(楊廷晝)가 임명되었다. 『島主告還差倭謄錄 丁卯年 7月 30日』

회계하기를, "반종 2명의 예단(禮單)을 더 마련하여 내려보내십시오." 하였다.

기사년(1689, 숙종 15) 6월. 동래 부사 박신(朴紳) 때이다. 도주환도고지차왜 평성원(平成元),[307] 봉진압물 1인, 반종 5명이 서계[308]를 지참하고 나오면서, 또한 인삼의 무역을 허락해 달라는 일로 예조와 동래 부사 및 부산 첨사에게 보내는 서계를 함께 지참하고 나왔으므로, 향접위관[309]이 접대하였다. – 인삼에 관한 문제는 개시조(開市條)에 보인다.

7월. "조위차왜(弔慰差倭) 등태행(藤泰幸),[310] 봉진압물 1인, 시봉 1인, 반종 10명, 격왜 40명이 서계[311]를 지참하고 나왔는데, 관수왜가 경접위관으로 접대해 주기를 요청하였습니다. 그러나 규례에 의거하여 향접위관으로 접대하는 것이 정당합니다."라고 장계하였다.

회계하기를, "조위에 대한 의주(儀註)는 갑자년(1684, 숙종 10)의 예에 따라 마련하되 깨끗이 베껴서 차비역관(差備譯官)이 가지고 가도록 하십시오." 하였다. – 국휼(國恤)[312]을 조위한 것이다.

---

307) 평성원(平成元) : 길하병우위문(吉賀兵右衛門)이라고도 한다. 『宗氏實錄1 己巳年 4月』
308) 서계 : 『동문휘고』 부편(附編) 권7 고환(告還)에 예조 참의에게 보내는 서계와 답서가 기록되어 있다.
309) 향접위관 : 창원 부사(昌原府使) 이사익(李四翼)이 임명되었다. 『島主告還差倭謄錄 己巳年 7月 10日』
310) 등태행(藤泰幸) : 중원육좌위문(中原六左衛門)이라고도 한다. 『宗氏實錄1 己巳年 5月』
311) 서계 : 『동문휘고』 부편(附編) 권2 진위(陳慰)에 예조 참의에게 보내는 서계와 답서가 기록되어 있다.
312) 국휼(國恤) : 숙종 14년(1688) 8月에 사망한 대왕대비(大王大妃) 장렬왕후(莊烈王后)의 죽음을 가리킨다.

신미년(1691, 숙종 17) 6월. 동래 부사 이형상(李衡祥) 때이다. 도주환도 고지차왜 등광충(藤光忠),313) 봉진압물 1인, 반종 5명이 서계314)를 지참하고 나왔으므로, 향접위관315)이 접대하였다.

임신년(1692, 숙종 18) 9월. 동래 부사 김홍복(金洪福) 때이다. "관수왜가, '대마도주가 우경(右京)316)에게 도주의 자리를 물려주었는데, 막중한 대사를 귀국에 알리지 않을 수 없습니다. 그러므로 일등 봉행(一等奉行)이 예조 참판에게 보내는 서계를 지참하고 장차 나올 것이라는 일을 알리기 위해 두왜가 선문(先文)317)을 지참하고 나올 것입니다.' 하였습니다. 별차왜의 파견을 금지할 것을 임술년(1682, 숙종 8)의 통신사행 때에 논의하여 정하였으므로, 이번에 봉행차왜(奉行差倭)가 나온다는 말은 근거가 없어 관수왜와 재판(裁判)을 꾸짖고 타일렀습니다. 이에 동 왜인 등이 말하기를, '피차에 경조(慶弔)하는 일에 대해서 별도로 사신을 뽑아 보내지 않을 수 없으며, 또한 강호(江戶)의 명령을 받아 전례대로 사신을 뽑아 보낸 것입니다. 이는 임술약조 때에 분명하게 정한 것이니, 이번 차왜가 오는 것이 어찌 약조에 위배됨이 있겠습니까.' 하였습니다."라고 장계하였다.
　회계하기를, "대마도주가 물러나고 우경이 뒤를 이은 것은 그들 대마도 전체의 경사라 할 것이므로 보통 때의 사례와는 다르므로,

---

313) 등광충(藤光忠) : 서산소좌위문(西山小左衛門)이라고도 한다. 『宗氏實錄 1 辛未年 4月』
314) 서계 : 『동문휘고』 부편(附編) 권7 고환(告還)에 예조 참의에게 보내는 서계와 답서가 기록되어 있다.
315) 향접위관 : 영천 군수(永川郡守) 장진(張瑱)이 임명되었다. 『島主告還差倭謄錄 辛未年 7月 12日』
316) 우경(右京) : 대마도주 종의진(宗義眞)의 아들 종의륜(宗義倫)을 말한다.
317) 선문(先文) : 차왜가 도항해 오는 날짜를 알려주는 것으로, 보통 선문을 지참한 두왜[先文頭倭]를 가리킨다.

경접위관을 차출하시고 차비역관을 가려 뽑아 내려보내십시오." 하였다.

11월. 동래 부사 손만웅(孫萬雄) 때이다. "대마도주가 물러난 것을 통보하는 봉행차왜318) 평진행(平眞幸),319) 봉진 1인, 시봉 2인, 반종 16명, 격왜 70명과 부선(副船) 도선주 1인 등이 예조 참판과 예조 참의에게 보내는 서계320)를 지참하고 나왔습니다. 전례를 살펴보니, 임술년 통신사행 때에 차왜가 데리고 온 원역(員役)을 이미 아울러 접대하는 것을 허락하였으므로 이번 차왜의 원역도 전례대로 접대를 허락하지 않을 수 없습니다. 서계 중에 도선주의 '주(主)'자가 빠져 있으므로 서계를 고쳐서 바쳐야 한다는 뜻으로 타일렀습니다. 접위관을 재촉하여 내려보내 주십시오."라고 장계하였다.

회계하기를, "이번에 온 차왜가 우두머리 봉행[首奉行]이라고 칭하면서 도선주 1인, 시봉 1인, 반종 2명을 더 데리고 나왔는데, 임술년 통신사행 때에 이미 막지 않았으므로 차왜들이 이로써 전례를 삼아 접대하기를 요구하는 것도 근거가 있습니다. 장계에 따라 모두 접대하도록 하시고, 경접위관을 수일 내에 내려보내도록

---

318) 대마도주가 …… 봉행차왜 : 도주퇴휴고지차왜(島主退休告知差倭)를 말한다. 도주퇴휴고지차왜는 대마도주가 자리에서 물러나 쉬는 일을 알리기 위해 도래하는 차왜로, 일본에서는 퇴휴사(退休使)라고 한다. 평진행 이래 헌종 9년(1843)까지 모두 5차례 파견되어 왔다. 이 가운데 종의진(宗義眞)은 숙종 28년(1702)에 다시 섭정(攝政)에서 물러남에 따라 두 번에 걸쳐 퇴휴차왜(退休差倭)가 도래하였다.

319) 평진행(平眞幸) : 평전준인(平田隼人)이라고도 한다. 이때 함께 건너온 도선주는 평전무좌위문(平田茂左衛門)이고 봉진은 택전원팔(澤田源八)이다. 숙종 18년(1692) 11월 22일부터 이듬해 2월 19일까지 왜관에 체류하였다. 『宗氏實錄1 壬申年 7月』 『參判度數覺』

320) 서계 : 『동문휘고』 부편(附編) 권4 고경(告慶)에 예조 참판 및 예조 참의와 동래 부사 및 부산 첨사에게 보내는 서계와 답서가 기록되어 있다.

하십시오." 하였다.

계유년(1693, 숙종 19) 1월. "대차왜(大差倭) 평진행(平眞幸)이
말하기를, '일등 봉행(一等奉行)이 나올 때에 규례상 당상·당하
역관을 차비역관으로 뽑아 보내었는데 이번에는 단지 당하 역관을
보냈으니 자못 후대하는 뜻이 없습니다. 수역(首譯) 안동지(安同
知)로 하여금 아울러 연회에 참석하도록 해 주십시오. 그렇지 않
으면 서울에 있는 당상 역관을 청해 와야 할 것입니다.' 하였는데,
이는 근거가 없지 않습니다."라고 장계하였다.

회계하기를, "수역 안신휘(安愼徽)가 지금 동래부에 머물고 있으
니, 그로 하여금 겸찰(兼察)하도록 하라고 분부하는 것이 마땅합
니다." 하였다.

3월. 새 대마도주가 구도주(舊島主)의 습유(拾遺)의 직을 이어
받았으므로, 우두머리 봉행 평성정(平成政)이 그 일을 아뢰기 위
하여 곧 나올 것임을 알리는 선문두왜(先文頭倭)가 나왔다고 장계
하였다.

회계하기를, "구도주가 물러나고 우경(右京)이 도주의 직을 계승
하였으니, 한 차왜를 정하여 고경(告慶)하는 것은 진실로 해로울
것이 없습니다. 그들이 이미 두 일로 나누고 전례를 끌어다 대니
접대하지 않을 수 없습니다. 경접위관과 차비역관을 각각 따로 가
려 뽑으시고, 연향과 예단 또한 규례대로 거행하십시오." 하였다.

4월. "신도주승습고경차왜(新島主承襲告慶差倭) 평성정, 321) 봉

---

321) 평성정 : 통구좌위문(樋口左衛門)이라고도 한다. 함께 건너온 도선주
는 소도손병위(小嶋孫兵衛)이고, 봉진은 삼포정우위문(三浦貞右衛門)이다.
숙종 19년 4월 28일부터 7월 5일까지 왜관에 체류하였다. 『宗氏實錄1 癸

진 1인, 시봉 2인, 반종 16명, 격왜 70명과 부선(副船) 도선주 1
인이 예조 참판과 예조 참의에게 보내는 서계[322] 및 별폭과 동래
부사와 부산 첨사에게 보내는 서계 및 별폭을 지참하고 나왔습니
다. 접위관을 해조로 하여금 재촉하여 내려보내게 해 주십시오."라
고 장계하였다. - 장계등록에 나오며, 회하는 없었다.

7월. 동래 부사 성관(成瓘) 때이다. "새 대마도주의 도서(圖書)
의 개주(改鑄)를 요청하는 봉행차왜(奉行差倭)가 배를 타고 바람
을 기다리고 있음을 알리는 선문두왜가 나올 것이라 합니다. 매번
일등 봉행이 나온다는 말을 칭하는데 참으로 근거 없는 것이어서,
봉행차왜는 나올 수 없다는 뜻으로 엄하게 꾸짖고 타일렀으나, 모
(某) 차왜 중에 도서를 청하여 받는 일로 계속 나올 것 같으니,
접위관을 미리 차출하는 것이 어떻겠습니까?"라고 장계하였다.
　회계하기를, "대마도주가 교체된 것은 한 가지 일인데, 세 가지
일로 나누어 차왜가 계속 연이어 나오는 것은 참으로 지극히 근거
가 없는 일입니다. 그러나 우리들의 도리에 있어서는 구례대로 접
대하지 않을 수 없으니, 접위관 및 차비역관을 속히 차출하도록
하십시오." 하였다.

8월.　도주환도고지차왜(島主還島告知差倭)　원용정(源庸貞),[323]
봉진 1인, 반종 5명이 서계[324]를 지참하고 나왔으므로, 향접위

　　酉年 1月』『參判度數覺』
　322) 예조 참판과 …… 서계 : 『동문휘고』 부편(附編) 권4 고경(告慶)에 예
　　조 참판과 예조 참의에게 보내는 서계와 답서가 기록되어 있다.
　323) 원용정(源庸貞) : 호견이병위(好見伊兵衛)라고도 한다. 『宗氏實錄1 癸
　　酉年 4月』
　324) 서계 : 『동문휘고』 부편(附編) 권7 고환(告還)에 예조 참의에게 보내
　　는 서계와 답서가 남아 있다.

관325)이 접대하였다.

9월. 죽도(竹島)에서 붙잡힌 두 사람을 데려오는 일로 봉행차왜가 배를 타고 바람을 기다리고 있다는 일을 알리는 선문두왜가 나왔다고 장계하였다.

회계하기를, "이른바 죽도에서 붙잡혔다는 일은 일전에 경상 감사의 장계 가운데 '울산(蔚山)의 뱃사람 두 명326)이 울릉도(鬱陵島)에 떠내려가 왜인에게 붙잡혔다.'고 한 것인 듯합니다. 그런데 그 섬은 우리나라의 땅입니다. 따라서 간혹 우리 뱃사람이 왕래하더라도 원래 일본이 금할 수 있는 것이 아닙니다. 결코 봉행차왜를 접대해서는 안 된다는 뜻으로 관수왜에게 엄하게 꾸짖고 타이르도록 하십시오." 하였다. - 죽도에 관한 것은 울릉도조(鬱陵島條)에 보인다.

10월. "도서개청차왜(圖書改請差倭)327) 평진현(平眞顯),328) 봉진 1인, 시봉 2인, 반종 16명, 격왜 70명과 부선 도선주 1인 등이 예조 참판 및 예조 참의에게 보내는 서계와 동래 부사 및 부산 첨사에게 보내는 서계329)를 지참하고 나왔습니다. 새 도서(圖書)

---

325) 향접위관 : 고령 현감(高靈縣監) 김수담(金壽聃)이 임명되었다. 『島主告還差倭謄錄 癸酉年 8月 19日』

326) 울산(蔚山)의 뱃사람 두 명 : 울산에 사는 박어둔(朴於屯)과 안용복(安龍福)을 가리킨다. 『肅宗實錄 20年 2月 23日』

327) 도서개청차왜(圖書改請差倭) : 대마도주가 사망하거나 퇴휴(退休)한 경우 기존에 사용하던 도서를 새로 선 대마도주의 도서로 바꾸어 달라고 요청하기 위해 도래한 차왜로, 일본에서는 도서사(圖書使)라고 한다. 효종 9년(1658) 승습한 종의진(宗義眞)의 도서를 요청한 평지우(平智友) 이래 13차례 파견되었다.

328) 평진현(平眞顯) : 삼촌채녀(杉村采女)라고도 한다. 함께 건너온 도선주는 소천시좌위(小川市左衛)이고, 봉진은 수야좌오우위문(水野左五右衛門)이다. 숙종 19년(1693) 10월 2일부터 12월 13일까지 체류하였다. 『宗氏實錄1 癸酉年 8月』 『參判度數覺』

를 해조로 하여금 정밀하게 만들어 접위관과 함께 내려보내게 해 주십시오."라고 장계하였다.

회계하기를, "접위관을 보내고, 도서는 해조로 하여금 매우 정밀히 주조하게 하여 다시 개주(改鑄)를 요청하는 근심이 없도록 하십시오." 하였다.

11월. "죽도에서 붙잡힌 어민을 데리고 오는 봉행차왜 귤진중(橘眞重),330) 봉진 1인, 시봉 2인, 반종 16명, 격왜 70명과 부선 도선주 1인이 예조 참판 및 예조 참의에게 보내는 서계와 동래 부사 및 부산 첨사에게 보내는 서계331)를 지참하고 나왔습니다. 우리나라 사람 2명이 붙잡힌 사건은 묻지 않을 수 없으므로 내보내 달라는 뜻을 말하였더니, 접위관을 만날 때에 데리고 나올 것이라 하면서 붙잡힌 사람들을 인도하지 않았습니다. 그 정상이 근거가 없으나, 이번 일의 형세로 볼 때 동 차왜를 접대하지 않을 도리가 없을 것 같으니, 묘당(廟堂)으로 하여금 품처하게 해 주십시오."라고 장계하였다.

회계하기를, "봉행차왜가 이미 나왔으니 교린(交隣)하는 도리상 접대하지 않을 수 없으므로 접위관을 차출하여 내려보내십시오. 어민들이 빈번이 무릉도(武陵島) 및 다른 섬에 왕래하여 큰 대나무를 베거나 또한 복어(鰒魚)를 잡는다고 합니다. 비록 일절 금단하기는 어렵지만, 저들이 이미 엄한 법령을 세워 금단한다고 말하

---

329) 서계 : 『동문휘고』 부편(附編) 권4 고경(告慶)에 예조 참판 및 예조 참의와 동래 부사 및 부산 첨사에게 보내는 서계와 답서가 기록되어 있다.

330) 귤진중(橘眞重) : 다전여좌위문(多田與左衛門)이라고도 한다. 함께 건너온 도선주는 내산향좌위문(內山鄕左衛門)이고, 봉진은 사기여사우위문(寺崎與四右衛門)이다. 숙종 19년 (1693) 11월 1일부터 이듬해 1월 3일까지 왜관에 체류하였다. 『宗氏實錄1 癸酉年 9月』『參判度數覺』

331) 서계 : 『동문휘고』 부편(附編) 권26 쟁난(爭難)에 예조 참판 및 예조 참의와 동래 부사 및 부산 첨사에게 보내는 서계와 답서가 기록되어 있다.

니, 우리나라도 도리상 금하지 않을 수 없습니다. 지금부터 각별히 신칙하여 이들로 하여금 가벼이 나올 수 없도록 하시고, 접위관 또한 이러한 뜻으로 말을 만들어 대답하는 것이 좋겠다고 전교하십시오." 하였다.

같은 달. "대차왜 평진행의 시봉 2인 중의 1인은, 재판(裁判)이 우리나라의 폐단을 없애기 위해 차왜와 서로 의논하여 줄였는데, 이를 주선한 훈도와 별차의 공을 포상해야 할 것입니다."라고 장계하였다.
회계하기를, "훈도와 별차에게는 본 아문(衙門)으로 하여금 시상하도록 하십시오." 하였다.

갑술년(1694, 숙종 20) 3월. "근래에 돌아간 봉행차왜 귤진중(橘眞重)이 다시 재가 받아야 할 일이 있어 재차 나오기 위해 선문(先文)을 보내왔다고 하였습니다. 소위 재가 받을 일은 무엇인지 알 수 없으나, 다시 불화를 일으키려고 하니, 정상이 매우 해괴합니다."라고 장계하였다.
회계하기를, "답서를 받고 돌아간 뒤에 다시 나온 것은 참으로 규정에 없는 일이니, 상례(常例)에 따라 접대할 수 없습니다. 우선 나오기를 기다려, 다시 계품(啓稟)하여 재가 받도록 분부하십시오." 하였다.

윤5월. 동래 부사 한명상(韓命相) 때이다. "죽도(竹島) 사건에 대한 회답서계를 고쳐 주기를 요청하는 차왜 귤진중, 봉진 1인, 시봉 1인, 반종 16명, 격왜 70명과 부선 도선주 1인이 예조 참판 및 예조 참의에게 보내는 서계와 동래 부사 및 부산 첨사에게 보내는 서계332)를 지참하고 나왔습니다. 전에 보낸 서계333) 중에

'울릉(蔚陵)'이라는 두 글자를 그들이 매우 듣기 싫어하여 여러 차
례 다투었는데, 이번에 또 나와 감히 삭제해 주기를 요청하니, 정
상이 매우 나쁘므로 마땅히 접대할 수 없다는 뜻으로 엄하게 꾸짖
고 타일렀습니다. 서계의 등본(謄本)은 규례대로 올려 보냅니다."
라고 장계하였다. - 같은 달, 접위관 및 수역(首譯)을 뽑아 보내 접대
하라는 내용의 관문(關文)이 도착하였다.

을해년(1695, 숙종 21) 2월. 동래 부사 이희룡(李喜龍) 때이
다. "차왜 귤진중(橘眞重)이 나온 것은 전적으로 이전의 서계 중에
'울릉'이라는 두 글자의 삭제를 요청하기 위해서입니다. 그런데 서
계를 고쳐 받게 됨에 미쳐서는 '울도(蔚島)'라는 글자를 삭제하지
않았을 뿐만 아니라 죽도(竹島)까지도 아울러서 함께 우리나라 지
방에 귀속하였으니, 서계를 고치고자 한 그들의 본래 뜻이 허사가
된 것입니다. 울릉도를 둘러싼 다툼은 지금 시작된 것이 아니라
이미 전부터 있었던 일이었기 때문에, 동 서계를 물리치지 않고
순순히 받았고, 뒤 서계의 회답을 은근한 말로 써 주기를 원하였

---

332) 서계 : 『동문휘고』 부편(附編) 권26 쟁난(爭難)에 예조 참판 및 예조
참의와 동래 부사 및 부산 첨사에게 보내는 서계와 답서가 기록되어 있다.

333) 전에 보낸 서계 : 당시 예조에서 보낸 서계에, "폐방(弊邦)에서 어민을
금지, 단속하여 외양(外洋)에 나가지 못하도록 했으니, 비록 우리나라의
울릉도일지라도 또한 아득히 멀리 있는 이유로 마음대로 왕래하지 못하게
했는데, 하물며 그 밖의 섬이겠습니까? 지금 이 어선(漁船)이 감히 귀경
(貴境)의 죽도에 들어가서 번거롭게 거느려 보내도록 하고, 멀리서 서신
(書信)으로 알리게 되었으니, 이웃 나라와 교제하는 정의(情誼)는 실로
기쁘게 느끼는 바입니다. 바다 백성이 고기를 잡아서 생계(生計)로 삼으
니 물에 떠내려가는 근심이 없을 수 없지마는, 국경을 넘어 깊이 들어가
서 난잡하게 고기를 잡는 것은 법으로서도 마땅히 엄하게 징계하여야 할
것이므로, 지금 범인(犯人)들을 형률에 의거하여 죄를 과(科)하게 하고,
이후에는 연해(沿海) 등지에 과조(科條)를 엄하게 제정하여 이를 신칙하
도록 할 것입니다." 하였다. 『국역 숙종실록 20年 2月 23日』 『同文彙考
附編 卷26 爭難 禮曹參判答書』

습니다. 그러나 뒤 서계의 회답을 지금 다시 왕복하는 것은 일의
형세상 번거로워서 써 주지 않았을 뿐만 아니라, 바친 서계와 별
폭 또한 되돌려 주었으니 참으로 절박합니다. 이 일을 평계로 왜
관에 오래 머물러 있으면서 돌아가지 않고 있습니다. 기왕에 저들
이 끝내 순응하지 않을 것임을 알면서 바로 아뢰지 않아 일의 기
미를 잘못되게 한다면 참으로 황공한 일이니, 묘당으로 하여금 지
휘하게 해 주십시오."라고 장계하였다. - 장계등록에 나오며, 회하는
없었다.

　　같은 달. 도주신사고부차왜(島主身死告訃差倭) 및 신도주승습고
경차왜(新島主承襲告慶差倭)가 머지않아 나올 것이라는 일로 선문
두왜(先文頭倭)가 나왔는데, 새 도주 차랑(次郎)은 나이가 어려 그
아버지 종의진(宗義眞)이 섭정(攝政)한다고 하였다고 장계하였다.
- 회하는 없었다.

　　같은 달. 귤진중이 돌아가지 않았다고 다시 장계하였다.
　　회계하기를, "왜인이 고집부리는 데 난처해하고 우리나라가 강요
하기 어려움을 걱정하면서 그들의 요청이 허락되지 않은 적이 없
었다고 말하는 것은 해괴한 일입니다. 동래 부사를 추고(推考)하
십시오." 하였다. - 귤진중의 마지막 조항의 일은 울릉도조에 보인다.

　　3월. "도주신사고부차왜 평성친(平成親),[334] 시봉 1인, 봉진압
물 1인, 반종 13명, 격왜 50명이 예조와 동래 부사 및 부산 첨사
에게 보내는 서계를 지참하고 나왔는데, 대마도주가 죽음에 임하
였을 때 남긴 서계와 별폭도 지참[335]하고 왔습니다. 데리고 온 반

---

334) 평성친(平成親) : 기도이우위문(幾度伊右衛門)이라고도 한다. 『宗氏實
　　　錄1 甲戌年 12月』

종과 격왜의 수가 전에 비하여 지나치게 많았으므로 꾸짖고 타일러 줄여서 반종 7명, 격왜 30명으로 인원수를 정했으며, 또한 향접위관으로 접대하는 일을 잘 처리하였습니다."라고 장계하였다.

회계하기를, "전에 평의성(平義成)이 죽었을 때 또한 서계와 별폭을 바친 전례가 있으나, 그때 회례(回禮)한 물품은 본가(本價)와 비교하고 숫자를 맞추어서 회례를 마련하였습니다. 이번에도 이대로 거행하시고, 차왜의 원역(員役)에 대해서는 정해진 인원수에 따라 예단(禮單)을 마련하도록 하십시오."하였다.

같은 달. 고부차왜(告訃差倭)가 조위역관(弔慰譯官)을 조속히 차출하여 초여름에는 들여보내 달라고 하였다고 장계하였다.

회계하기를, "조위역관을 뽑아 보내십시오."하였다.

6월. 관수왜가 도주섭정차왜(島主攝政差倭)가 나올 것이라고 한 일에 대해서는 마땅히 고경차왜(告慶差倭)와 함께 경접위관을 내려보내 접대해야 할 것이라고 장계하였다.

회계하기를, "섭정차왜는 비록 전례가 없으나, 봉행차왜가 나왔을 때 경접위관을 뽑아 보내어 접대한 일이 전후로 한두 번이 아니었으니, 동 접위관 및 차비역관을 장계대로 차출하십시오."하였다.

같은 달. "도주섭정대차왜(島主攝政大差倭)336) 평진주(平眞周),337)

---

335) 예조와 …… 지참 : 『동문휘고』 부편(附編) 권6 고부(告訃)에 예조 참의와 동래 부사 및 부산 첨사에게 보내는 서계와 답서, 그리고 대마도주 평의륜(平義倫)의 유서(遺書)가 기록되어 있다.

336) 도주섭정대차왜(島主攝政大差倭) : 숙종 19년(1693) 9월 대마도주 종의륜(宗義倫)이 강호(江戶)에서 죽음에 따라 종의방(宗義方)이 9세의 어린 나이에 뒤를 이었으므로, 24대 도주 종의진(宗義眞)이 섭정한 사실을 알리기 위해 건너온 차왜로 일본에서는 재임사(再任使)라 하였다. 『宗氏家譜略』

봉진압물 1인, 시봉 1인, 반종 17명, 격왜 70명과 도선주 1인이 예조 참판 및 예조 참의에게 보내는 서계와 동래 부사 및 부산 첨사에게 보내는 서계를 지참하고 나왔습니다. 동래부에 올린 서계**338)**의 초본을 보니, 구도주 종의진(宗義眞)이 섭정한 뒤에 아명(兒名) 언만(彦滿)의 도서(圖書)를 사용하고자 한다고 하였는데, 사체가 마땅하지 않으므로 종의진의 관명(官名)을 새긴 도서를 다시 내려보내 사용하도록 하는 것이 어떻겠습니까?"라고 장계하였다.

회계하기를, "접위관과 차비역관을 속히 보내도록 하시고, 도서 문제는 서계의 등본(謄本)을 본 후에 사리에 따라 질문하여 대답을 들은 연후에 보고하게 함이 마땅할 것입니다. 이렇게 하지 않고 곧바로 내려 보냄으로써 서계를 바치기 전에 종의진의 도서를 지레 요청하게 되면 심사숙고하는 뜻이 전혀 없게 되니, 우선 서계를 바치기를 기다린 후에 처분하는 것이 마땅합니다." 하였다.

병자년(1696, 숙종 22) 6월. 도주환도고지차왜(島主還島告知差倭) 등규충(藤規忠),**339)** 봉진 1인, 반종 5명이 서계**340)**를 지참하고 나왔으므로, 향접위관**341)**이 접대하였다.

---

337) 평진주(平眞周) : 고천장인(古川藏人)이라고도 한다. 함께 건너온 도선주는 평전승우위문(平田勝右衛門)이고, 봉진은 신궁십우위문(神宮十右衛門)이다. 숙종 21년(1695) 6월 19일부터 9월까지 부산에 체류하였다. 『宗氏實錄1 甲戌年 12月』『參判度數覺』

338) 서계 : 『동문휘고』 부편(附編) 권4 고경(告慶)에 언만(彦滿)의 도서를 계속 시용하게 해 달라고 요청하는 서계와 동래 부사의 답서가 기록되어 있다.

339) 등규충(藤規忠) : 내야일랑좌위문(內野一 郎左衛門)이라고도 한다. 『宗氏實錄1 丙子年 4月』

340) 서계 : 『동문휘고』 부편(附編) 권7 고환(告還)에 예조 참의에게 보내는 서계와 답서가 기록되어 있다.

341) 향접위관 : 영일 현감(迎日縣監) 양형운(楊亨運)이 임명되었다. 『島主告還差倭謄錄 丙子年 7月 11日』

무인년(1698, 숙종 24) 3월. 동래 부사 박권(朴權) 때이다. 관사를 준공한 후에도 왜관에 머물러 있던 왜인 등을 관문(關文)에 따라 꾸짖고 타일러 돌아가게 하였다고 장계하였다. - 회하는 없었다.

임오년(1702, 숙종 28) 2월. 동래 부사 박태항(朴泰恒) 때이다. "조위차왜(弔慰差倭) 평유정(平惟政),342) 봉진 1인, 반종 3명, 격왜 40명이 예조에 보내는 서계와 동래 부사 및 부산 첨사에게 보내는 서계343)를 지참하고 나왔는데, 원역(員役)은 갑자년(1684, 숙종 10)과 기사년(1689, 숙종 15)344) 두해에 비하여 시봉 1인, 반종 7명을 줄여 데리고 왔습니다. 표차왜(漂差倭)의 예(例)345)로 향접위관이 접대하였습니다."라고 장계하였다.

회계하기를, "조위(弔慰)346)에 대한 의주(儀註)를 기사년의 예에 따라 깨끗이 베껴서 내려보내도록 분부하십시오." 하였다.

---

342) 평유정(平惟政) : 하전권좌위문(下田權左衛門)이라고도 하며, 조위사(弔慰使)로 파견되었다. 『宗氏實錄1 辛巳年 12月』
343) 서계 : 『동문휘고』 부편(附編) 권2 진위(陳慰)에 예조 참의와 동래 부사에게 보내는 서계와 답서가 기록되어 있다.
344) 갑자년과 기사년 : 갑자년에는 현종비(顯宗妃)인 명성대비(明聖大妃)의 죽음을 조문하기 위해 진위사(陳慰使) 평성광(平成廣)이 5월에 봉진압물 1인, 시봉 1인, 반종 10명, 격왜 40명 등과 함께 나왔다. 평성광의 업무는 원래 재판차왜(裁判差倭) 등성구(藤成久)와 교대하기 위한 것이었으며, 아울러 조위(弔慰)와 표류민을 데리고 오는 임무를 띠고 있었다. 『弔慰差倭謄錄 甲子年 5月 18日』 기사년에는 인조(仁祖)의 계비(繼妃) 장렬왕후(莊烈王后)의 죽음을 조위하기 위해 등태행(藤泰幸) 등이 건너왔다.
345) 표차왜(漂差倭)의 예(例) : 표차왜는 정관·압물 각 1인, 반종 3명, 격왜 40명이 접대를 받았고, 왜관에 머무르는 기간은 55일이었으며, 지공은 세견 제1선과 같았다. 그러나 조위차왜의 경우 왜관에 머무르는 기간은 60일이었다. 『增正交隣志 卷2 弔慰差倭, 漂人領來差倭』
346) 조위(弔慰) : 숙종(肅宗)의 계비(繼妃) 인현왕후(仁顯王后)의 죽음을 조위하는 것이다.

같은 달. "대마도주 평의방(平義方)이 이미 장성하여 구도주(舊島主)가 물러나 쉰다는 일을 알리기 위해 대차왜(大差倭)가 승선(乘船)할 것이라는 일로 선문두왜가 나왔다고 하니, 경접위관을 차출하는 문제를 즉시 품처하게 해 주십시오."라고 장계하였다.

회계하기를, "예조로 하여금 규례대로 거행하도록 하십시오." 하였다.

3월. 구도주 평의진(平義眞)의 퇴휴를 알리는 차왜〔退休告知差倭〕 평진련(平眞連),347) 도선주 1인, 봉진 1인, 시봉 1인, 반종 16명, 격왜 70명이 예조 참판 및 예조 참의에게 보내는 서계와 동래 부사 및 부산 첨사에게 보내는 서계 등을 지참하고 나왔는데, 임신년(1692, 숙종 18)의 식례(式例)에 비하여 시봉 2인 중 1인을 줄여 데리고 왔다고 장계하였다.

회계하기를, "경접위관을 수일 내에 보내도록 하십시오." 하였다.

4월. 도주의 승습(承襲)을 알리는 차왜와 도서(圖書)를 청하는 차왜를 따로 보내지 말고 겸하여 한 차례만 보내도록 하라고 퇴휴고지차왜에게 여러 번 타일렀으나, 끝내 따르지 않았다고 장계하였다.

회계하기를, "저들이 고집하면 다시 막지 말라는 뜻으로 분부하는 것이 좋겠습니다." 하였다.

6월. 도주승습고경차왜(島主承襲告慶差倭)의 선문두왜가 나왔다고 장계하였다.

---

347) 구도주 …… 평진련(平眞連) : 평진련은 통구좌좌위문(樋口佐左衛門)이라고도 한다. 퇴휴고지차왜(退休告知差倭)를 일본에서는 고체사(告遞使)라 하였다. 『宗氏實錄1 辛巳年 12月』

회계하기를, "경접위관을 미리 차출하십시오." 하였다.

7월. 대마도주 평의방의 승습고경차왜[348] 평진장(平眞長), 도선주 1인, 봉진 1인, 시봉 1인, 반종 16명, 격왜 70명이 예조와 동래 부사 및 부산 첨사에게 보내는 서계[349]를 지참하고 나왔으므로, 접위관을 속히 내려보내 달라고 장계하였다.
　회계하기를, "경접위관을 수일 내에 내려보내십시오." 하였다.

9월. 도주환도고지차왜(島主還島告知差倭) 평항충 (平恒忠),[350] 봉진 1인, 반종 5명이 서계[351]를 지참하고 나왔으므로, 향접위관이 접대하였다.

10월. "신도주도서개청차왜(新島主圖書改請差倭)가 머지않아 꼭 나올 것이라 하고, 구도주 평의진의 신사고부차왜(身死告訃差倭) 평이련(平以連),[352] 봉진 1인, 시봉 1인, 반종 13명, 격왜 50명이 예조에 보내는 구도주의 유서(遺書) 및 별폭(別幅)과 신도주가 예조에 보내는 서계와 동래 부사 및 부산 첨사에게 보내는 서계[353]를 지참하고 나왔습니다. 그들이 데리고 온 인원수가 많았기

---

348) 대마도주 평의방의 승습고경차왜 : 정관은 삼촌사인(杉村舍人) 평진장(平眞長), 도선주는 심견탄우위문(深見彈右衛門), 봉진은 고목미차우위문(古木弥次右衛門)이었으며, 숙종 28년(1702) 8월 4일부터 11월 16일까지 체류하였다. 『參判度數覺』

349) 서계 : 『동문휘고』 부편(附編) 권4 고경(告慶)에 예조 참판 및 예조 참의에게 보내는 서계와 답서가 기록되어 있다.

350) 평항충(平恒忠) : 고기선우위문(高崎仙右衛門)이라고도 한다. 『宗氏實錄1 壬午年 5月』

351) 서계 : 『동문휘고』 부편(附編) 권7 고환(告還)에 예조 참의에게 보내는 서계와 답서가 기록되어 있다.

352) 평이련(平以連) : 『종씨실록(宗氏實錄)』 2 임오년 8월에는 중정무좌위문(中庭茂左衛門) 평정신(平貞信)이 임명된 것으로 기록되어 있다.

353) 구도주의 …… 서계 : 『동문휘고』 부편(附編) 권6 고환(告還)에 구도주

때문에 줄이도록 꾸짖고 타이르니, 동 차왜와 관수왜(館守倭) 등
이 같이 앉아서 말하기를 '이 뜻을 대마도에 통보하였는바, 을해년
(1695, 숙종 21)의 전례에 따라 반종 6명을 줄여 7명으로 정하고
격왜는 20명을 줄여 30명으로 정하지만, 봉진(封進)은 유물(遺物)
의 진상이 있어서 줄일 수 없으니, 은덕을 베풀어 주기 바랍니다.'
하였습니다. 이에 다시 꾸짖어 타이르기를, '만약 무술년(1658,
효종 9)의 예에 따라 수를 줄이지 않으면, 결코 아뢰어 고할 수
없다.' 하니, 차왜가 머리를 가로 저으면서 듣지 않았습니다. 을해
년의 예에 따라 수를 줄이는 것이 사리에 맞으므로, 이번 일은 마
땅히 규례대로 접대할 것입니다."라고 장계하였다.

회계하기를, "도서차왜(圖書差倭)를 접대하는 것은 이미 전례가
있으므로 경접위관과 차비역관을 미리 차출하십시오. 구도주의 고
부(告訃)에 대해서는 비록 무술년과 을해년에 행한 규례가 있지만,
이것은 현임 도주의 상(喪)이므로 규례에 따라 접대한 것입니다.
지금 평의진은 이마 도주의 자리에서 물러나 그 아들이 승습하였으
니 무술년과 을해년의 사례에 비할 수 없거늘, 그들의 요구를 막지
못하고 이렇게 치계(馳啓)한 것은 일 처리가 매우 마땅치 않습니
다. 엄하게 꾸짖어 기어코 돌아가도록 해야 할 것입니다." 하였다.

같은 달. 신도서개청차왜(新圖書改請差倭)[354] 평방직(平方直),
도선주 1인, 봉진 1인, 시봉 1인, 반종 16명, 격왜 70명이 예조
와 동래 부사 및 부산 첨사에게 보내는 서계[355]를 지참하고 나왔

(舊島主) 종의진(宗義眞)이 바치는 서계와 신도주(新島主) 종의방(宗義
方)이 예조 참의에게 보낸 서계와 답서가 기록되어 있다.
354) 신도서개청차왜(新圖書改請差倭) : 정관은 평전주계(平田主計) 평방직
(平方直)이었으며, 도선주는 가뢰수지개(加瀨狩之介) 평정직(平正直), 봉
진은 선교우병위(船橋右兵衛)로, 숙종 28년(1702) 10월 16일부터 이듬해
2월 14일까지 왜관에 체류하였다. 『參判度數覺』『同文彙考 附編 卷4 告慶』

으므로, 새 도서를 해조로 하여금 정밀하게 만들어 내려보내게 해 달라고 장계하였다.

회계하기를, "도서를 해조로 하여금 정밀하게 만들도록 하시고, 경접위관을 수일 내에 내려보내십시오." 하였다.

같은 달. 구도주신사고부차왜(舊島主身死告訃差倭)에게 돌아가라는 뜻으로 꾸짖고 타일렀는데, 미처 회보(回報)를 받기 전에 방금 도착한 비변사의 관문(關文)에 "반드시 돌려보낼 필요는 없으며 회답서를 작성하도록 판하(判下)하였다." 하였으므로, 향접위관이 접대하였다.

계미년(1703, 숙종 29) 3월. "바다를 건너다 물에 빠져 죽은 사람의 시신356)을 가지고 온 차왜〔渡海渰死屍身領來差倭〕평방명(平方命),357) 반종 3명, 봉진 1인, 격왜 30명 등이 서계358)는 지참하였으나 별폭(別幅)은 없이 나왔는데, 이왕에 별폭을 지참하지 않았기에 봉진(封進)의 수를 줄였습니다. 영래차왜(領來差倭)인 만큼 접대와 식량의 지급 여부를 묘당으로 하여금 품처하게 해 주십시오."라고 장계하였다. 향접위관이 접대하였다.

---

355) 서계 : 『동문휘고』 부편(附編) 권4 고경(告慶)에 예조 참판과 예조 참의에게 보내는 서계와 답서가 기록되어 있다.

356) 바다를 …… 시신 : 숙종 29년(1703) 2월 15일 부산을 출발한 뒤 대마도의 악포(鰐浦) 70여 리를 남겨두고 바람을 만나 파선당한 문위역관 한천석(韓天錫) 일행 중 12명의 시신을 가리킨다. 당시 문위역관 일행은 113명으로 편성되었으며 500섬의 쌀이 실려 있었다고 한다. 『宗氏家寶略義倫君』 『宗氏實錄2 癸未年 2月』 『分類紀事大網5』

357) 평방명(平方命) : 기도육우위문(幾度六右衛門)이라고도 하며, 고닉사(告溺使)로 파견되었다. 『宗氏實錄2 癸未年 2月』

358) 서계 : 『동문휘고』 부편(附編) 권7 고환(告還)에 예조 참의와 동래 부사 및 부산 첨사에게 보내는 서계와 답서가 기록되어 있다.

갑신년(1704, 숙종 30) 6월. 동래 부사 이무(李懋) 때이다. 도주환도고지차왜(島主還島告知差倭) 원행승(源幸勝), 봉진 1인, 반종 5명이 서계359)를 지참하고 나왔으므로, 규례대로 향접위관이 접대하였다.

을유년(1705, 숙종 31) 5월. 동래 부사 황일하(黃一夏) 때이다. "관수왜가, '관백(關白)이 연로한데도 아들이 없어 장차 물러나 쉬려고 그 형의 아들을 저군(儲君)으로 삼았기 때문에, 이를 알리기 위하여 대차왜가 머지않아 나올 것입니다.' 하였으니, 경접위관과 차비역관을 미리 차출하는 일을 묘당으로 하여금 품처하게 해 주십시오."라고 장계하였다.

회계하기를, "일찍이 임신년(1692, 숙종 18)에 대마도주가 우경(右京)에게 전위(傳位)한 일로 차왜가 나왔을 때 경접위관을 보내어 접대하였으니, 이번 관백의 전위를 알리는 차왜를 접대하는 데에도 마땅히 경접위관을 보내야 할 것입니다. 그런데 '장차 물러나 쉬려고 한다'는 것은 말이 분명하지 않으므로, 다시 관수왜에게 물어본 뒤에 계품(啓稟)하도록 하십시오." 하였다.

같은 달. 이번 차왜가 나올 계획은 오로지 후사(後嗣)를 정하였다는 경사를 알리기 위한 것인데, '장차 하려고 한다[將欲]'는 말은 왜인들이 '관백의 나이가 60을 넘었고 이미 후계자를 정하였으니 머지않아 전위하고 물러나 쉴 것'으로 생각했기 때문에 말한 것이라고 하였다고 장계하였다.

회계하기를, "관백이 후사를 정한 후에 만일 고경(告慶)한 전례가 있으면 접위관을 뽑아 보내지 않을 수 없습니다. 그런데 지금

---

359) 서계 : 『동문휘고』 부편(附編) 권7 고환(告還)에 예조 참의에게 보내는 서계와 답서가 기록되어 있다.

까지 이러한 예가 없었고 또한 후에 폐단이 될 수 있으므로, 우선 막으시고 그들이 답하는 바를 살핀 뒤에 시행하도록 하십시오. 그리하여 진실로 대신(大臣)들이 아뢴 바와 같으면, 이런 뜻을 다시 관수왜에게 힐문하도록 하십시오." 하였다.

6월. 관수왜가, "전전(前前) 관백이 처음으로 전(前) 관백을 낳았을 때 또한 아들을 얻었다고 고경(告慶)한 전례가 있었습니다." 하였다고 장계하였다.

회계하기를, "이번에 후사를 정한 것은 아들을 낳은 것과 다름없으니 왜인들이 사신을 보내어 고경하는 것은 이상할 것이 없으므로, 경접위관을 차출하여 내려보내고, 지지난 임오년(1642, 인조 20) 아들을 낳았을 때의 예에 따라 접대하도록 하십시오." 하였다.

7월. 관백입저군고경차왜(關白立儲君告慶差倭)[360] 평진홍(平眞弘), 봉진 1인, 시봉 1인, 도선주 1인, 반종 16명, 격왜 70명이 예조 참판 및 예조 참의에게 보내는 서계와 동래 부사 및 부산 첨사에게 보내는 서계[361]를 지참하고 왔는데, 원역(員役)의 인원수가 임오년(1642, 인조 20)[362]에 비하여 증가하였기 때문에 꾸짖고 타일렀더니, 경신년(1680, 숙종 6)의 예[363]를 억지로 끌어대

---

360) 관백입저군고경차왜(關白入儲君告慶差倭) : 입저사(立儲諸) 또는 조선건저사(朝鮮建儲使)라고 하며, 정관인 평진홍은 삼촌뢰모(杉村賴母)라고도 한다. 함께 건너온 도선주는 다전반병위(多田半兵衛) 귤종덕(橘種德)이고, 봉진은 대포전육(大浦傳六)이다. 『宗氏實錄2 乙酉年 3月』『參判度數覺』

361) 서계 : 『동문휘고』 부편(附編) 권3 고경(告慶)에 예조 참판 및 예조 참의와 동래 부사 및 부산 첨사에게 보내는 서계와 답서가 기록되어 있다.

362) 임오년 : 관백이 아들을 얻은 경사를 알리기 위해 고경차왜를 파견하였는데, 정관 평성행(平成幸) 외에 봉진 1인, 시봉 1인, 반종 3명, 격왜 40명으로 구성되었다.

363) 경신년의 예 : 관백고경차왜(關白告慶差倭) 평진현(平眞賢)이 파견되었는데, 평진현 외에 도선주 1인, 봉진압물 1인, 시봉 1인, 반종 16명,

면서 다투어 듣지 않았다고 장계하였다.

회계하기를, "이번 차왜가 데려온 인원이 비록 임오년에 비하여 많다고 해도 마땅히 근래 경신년의 예에 따라 접대를 허락하시고, 그들이 바라는 바에 모자라지 않도록 하시며, 접위관을 속히 내려보내십시오." 하였다.

병술년(1706, 숙종 32) 6월. 도주환도고지차왜(島主還島告知差倭) 등성만(藤盛滿), 봉진 1인, 반종 5명이 서계364)를 지참하고 나왔으므로, 향접위관이 접대하였다.

무자년(1708, 숙종 34) 5월. 동래 부사 한배하(韓配夏) 때이다. 도주환도고지차왜 원심상(源諶尙), 봉진 1인, 반종 5명이 서계365)를 지참하고 나왔으므로, 향접위관이 접대하였다.

기축년(1709, 숙종 35) 7월. 동래 부사 권이진(權以鎭) 때이다. "관백신사고부차왜(關白身死告訃差倭) 평진치(平眞致),366) 봉진 1인, 시봉 1인, 반종 16명, 도선주 1인, 격왜 70명이 예조 참판 및 예조 참의와 동래 부사 및 부산 첨사에게 보내는 서계367)를

격왜 70명으로 구성되었다.

364) 서계 : 『동문휘고』 부편(附編) 권7 고환(告還)에 예조 참의에게 보내는 서계와 답서가 기록되어 있다.

365) 서계 : 『동문휘고』 부편(附編) 권7 고환(告還)에 예조 참의에게 보내는 서계와 답서가 기록되어 있다.

366) 평진치(平眞致) : 『참판도수각(參判度數覺)』에 의하면, 평진치는 통구내기(樋口內記)라고도 한다. 이때 함께 건너온 도선주는 일궁우우위문(一宮又右衛門) 등정칙(藤政則)이고, 봉진은 선교충우위문(船橋忠右衛門)으로, 강호막부(江戶幕府) 제5대 장군 덕천강길(德川綱吉)의 죽음을 알리기 위해 나와서, 숙종 35년(1709) 7월 16일부터 11월 15일까지 왜관에 체류하였다.

367) 서계 : 『동문휘고』 부편(附編) 권5 고부(告訃)에 예조 참판 및 예조

지참하고 나왔는데, 경신년(1680, 숙종 6)의 예에 따라 반종 14
명, 격왜 60명을 줄인 뒤에 접대하겠다고 장계하였다.

회계하기를, "경접위관을 보내고 경신년의 예에 따라 접대하도록
하십시오." 하였다.

8월. "관수왜가, '신관백승습고경차왜(新關白承襲告慶差倭)가 머
지않아 나올 것입니다.' 하고, 또 말하기를 '구관백조위역관(舊關白
弔慰譯官)을 보내 주십시오.' 하였습니다. 승습고경(承襲告慶)은
이미 전례가 있고, 경신년 관백의 죽음에 대한 조위는 대마도주가
대마도에 돌아온 것을 알려온 후에 도주를 문위하는 편에 아울러
시행하였습니다. 그런데 이번에는 아직 대마도에서 도주의 귀환을
알리기 전인데 조위를 칭하면서 바다를 건너가는 것은 매우 가벼
운 처사이므로, 역관들로 하여금 다시 관수왜에게 탐문하도록 하
였습니다."라고 장계하였다.

회계하기를, "경접위관을 차출해 두고, 조위역관을 파견하는 일
또한 전례가 있으니, 아울러 해조로 하여금 거행하도록 하십시오."
하였다.

9월. 관백승습고경차왜**368)** 평륜구(平倫久), 봉진 1인, 시봉 1
인, 반종 16명, 도선주 1인, 격왜 70명이 서계**369)**를 지참하고 나

참의에게 보내는 서계와 답서가 기록되어 있다.
368) 관백승습고경차왜 : 덕천가선(德川家宣)이 강호막부(江戶幕府) 제6대
　　장군으로 취임한 경사를 알리는 차왜로, 정관인 평륜구(平倫久)는 삼촌삼
　　랑좌위문(杉村三郞左衛門)이라고도 한다. 함께 온 도선주는 송포의우위문
　　(松浦義右衛門) 송포정경(松浦禎卿)이고, 봉진은 도거장병위(嶋居長兵衛)
　　이다. 숙종 35년(1709) 9월 9일부터 12월 26일까지 왜관에 체류하였다.
　　『參判度數覺』『同文彙考 附編 卷3 告慶』
369) 서계 : 『동문휘고』 부편(附編) 권3 고경(告慶)에 예조 참판 및 예조
　　참의에게 보내는 서계와 답서가 기록되어 있다.

왔으므로, 경접위관이 접대하였다.

　같은 달, 도주고환차왜(島主告還差倭) 원기차(源紀次),**370)** 봉진 1인, 반종 5명이 서계**371)**를 지참하고 나왔으므로, 향접위관이 접대하였다.

　경인년(1710, 숙종 36) 6월, "통신사청래대차왜(通信使請來大差倭)**372)** 평진련(平眞連), 봉진 1인, 시봉 1인, 도선주 1인, 반종 16명, 격왜 70명이 예조 참판 및 예조 참의에게 보내는 서계**373)**와 동래 부사 및 부산 첨사에게 보내는 서계를 지참하고 나왔습니다. 전례를 살펴보니, 반종 14명과 격왜 50명으로 접대하였고, 차비역관으로 당하 역관 두 사람이 내려와 접대하였습니다. 그런데 이번 차왜는 반종과 격왜를 더 데리고 왔으며, 당상 · 당하 역관을 보내 달라고 요청하니, 신유년(1681, 숙종 7)의 전례에 위배됩니다. 이에 차왜를 꾸짖고 타일러 일이 적절히 처리되기를 기다린 후에 계문(啓聞)할 생각입니다."라고 장계하였다.
　회계하기를, "접위관을 속히 내려보내시고, 일체 신유년의 예에

────────────────

370) 원기차(源紀次) : 토전심오좌위문(土田甚五左衛門)이라고도 한다. 함께 온 봉진은 좌좌목단우위문(佐佐木丹右衛門)이다. 『告還使記錄』
371) 서계 : 『동문휘고』 부편(附編) 권7 고환(告還)에 예조 참의에게 보내는 서계와 답서가 기록되어 있다.
372) 통신사청래대차왜(通信使請來大差倭) : 통신사행 파견을 요청하기 위해 온 차왜로, 일본에서는 조선고빙사(朝鮮告聘使) 또는 수빙사(修聘使)라고 한다. 정관 평진련(平眞連)은 통구좌좌위문(樋口佐左衛門)이라고도 하며, 함께 온 도선주는 기도여일우위문(幾度與一右衛門) 평수경(平守經)이고, 봉진은 패강신오병위(貝江新五兵衛)이다. 숙종 36년(1710) 6월 5일부터 9월 2일까지 왜관에 체류하였다. 『參判度數覺』 『宗氏實錄 2 癸酉年 4月』
373) 서계 : 『동문휘고』 부편(附編) 권9 통신(通信)에 예조 참판과 예조 참의에게 보내는 서계와 답서가 기록되어 있다.

따라 접대함이 마땅할 것입니다." 하였다.

같은 달. 통신사청래차왜와 반종 14명, 격왜 50명을 신유년의
예에 따라 적절히 접대하였다고 장계하였다. - 회하는 없었다.

신묘년(1711, 숙종 37) 1월. 신사호행대차왜(信使護行大差倭)
의 선문(先文)이 나왔다고 하여 등록(謄錄)을 살펴보니, 호행차왜
가 나올 때에는 경상도 도사가 접대하였으므로 전례에 따라 거행
하겠다고 장계하였다.

회계하기를, "임술년(1682, 숙종 8) 비변사의 복계(覆啓)에 의
하면, 경접위관을 차출하지 않고 향접위관이 접대하도록 하였는
데, 인근 고을에 합당한 사람이 없으면 도사를 향접위관으로 정하
라는 윤허가 있었습니다. 그러다가 그대로 도사가 접대하였습니
다. 이번도 이에 따라 거행하십시오." 하였다.

3월. "통신사호행대차왜(通信使護行大差倭)374) 평방직(平方直),
봉진 1인, 시봉 2인, 반종 16명, 도선주 1인, 격왜 70명이 예조
참판 및 예조 참의와 동래 부사 및 부산 첨사에게 보내는 서계375)
를 지참하고 나왔습니다. 접위관은 회하(回下)를 기다려 요청할 생
각이며, 차왜의 원역은 임술년(1682, 숙종 8)에 비하여 부관 1인
을 줄여 나왔습니다."라고 장계하였다. 경상도 도사가 접대하였다.

---

374) 통신사호행대차왜(通信使護行大差倭) : 일본에서는 영빙사(迎聘使)라고
    한다. 정관 평방직(平方直)은 평전준인(平田隼人)이라고도 하며, 함께 온
    도선주는 길천육랑좌위문(吉川六郎左衛門) 평상성(平尙誠)이고, 봉진은
    승정변우위문(勝井弁右衛門)이다. 숙종 37년(1711) 2월 26일부터 6월
    27일까지 왜관에 체류하였다. 『參判度數覺』『宗氏實錄2 辛卯年 正月』
375) 서계 :『동문휘고』부편(附編) 권9 통신(通信)에 예조 참판과 예조 참
    의에게 보내는 서계와 답서가 기록되어 있다.

임진년(1712, 숙종 38) 2월. 동래 부사 이정신(李正臣) 때이다. 신사호환대차왜(信使護還大差倭)[376] 평륜지(平倫之), 봉진 1인, 시봉 2인, 반종 16명, 도선주왜(都船主倭) 1인, 격왜 70명이 예조 참판 및 예조 참의와 동래 부사 및 부산 첨사에게 보내는 서계[377]와 별폭을 지참하고 나왔다. 시봉 2인 중에 1인은 임술년(1682, 숙종 8)의 예에 따라 꾸짖고 타일러 줄이고, 경접위관이 접대하였다.

3월. "관품(官品)이 높은 비선(飛船)의 두왜 1인이 동래 부사와 부산 첨사에게 보내는 서계를 지참하고 나왔습니다. 동 왜인의 말 중에, '대마도주가 통신사선(通信使船)이 부서진 것을 걱정하여 이 글을 보냈습니다.' 하였으므로, 동 서계를 받아서 올려 보냅니다. 전례에 공적인 일로 나온 두왜는 비록 접대하지 않더라도 약간의 식량과 찬을 제급한 규례가 있기 때문에, 참작하여 제급하겠습니다."라고 장계하였다. - 회하는 없었다.

12월. 동래 부사 이명준(李明浚) 때이다. "관수왜의 말 중에, '관백이 지난 10월에 갑자기 죽어 저군(儲君)[378]이 승습하였는데 나이가 어리기 때문에 우두머리 집정[首執政] 및 미장주(尾長州)의 태수 등이 족친(族親)인 연고로 잠시 섭정하고 있으며, 고부(告訃)·고경(告慶) 대차왜가 내년 봄과 여름 사이에 연이어 올

---

376) 신사호환대차왜(信使護還大差倭) : 정관 평륜지(平倫之)는 대포충좌위문(大浦忠左衛門)이라고도 하며, 함께 온 도선주는 중원전장(中原傳藏), 봉진은 대포이병위(大浦伊兵衛)이다. 숙종 38년(1712) 2월 26일부터 6월 11일까지 왜관에 체류하였다. 『參判度數覺』

377) 서계 : 『동문휘고』 부편(附編) 권9 통신(通信)에 예조 참판과 예조 참의에게 보내는 서계와 답서가 기록되어 있다.

378) 저군(儲君) : 덕천가선(德川家宣)의 4남 덕천가계(德川家繼)로 11살의 나이에 제7대 장군에 올랐다.

것입니다.'하였습니다."라고 장계하였다. - 회하는 없었다.

　계사년(1713, 숙종 39) 2월. "관백신사고부대차왜(關白身死告訃
大差倭)**379)** 평진장(平眞長), 봉진 1인, 시봉 2인, 반종 16명, 도
선주 1인, 격왜 70명이 예조 참판 및 예조 참의에게 보내는 서
계**380)**와 동래 부사 및 부산 첨사에게 보내는 서계 등을 지참하고
나왔습니다. 기축년(1709, 숙종 35)에 온 고부차왜는 시봉 1인,
반종 14명, 격왜 60명의 접대를 허락하였는데, 이번 차왜가 이보
다 더 데리고 온 것은 매우 놀랄 만한 일이니, 역관들을 엄히 타
일러 그 인원수를 줄인 후에 이어 치계할 생각입니다. 경접위관을
속히 내려보내 주십시오."라고 장계하였다.
　회계하기를, "차왜 원역(員役)의 인원수는 기축년의 예에 따라
접대하고 그 밖에는 꾸짖고 타일러 줄이는 것이 마땅합니다. 접위
관을 내려보내도록 분부하십시오." 하였다.

　같은 달. 대차왜가 데리고 온 원역 중에 반종 2명, 시봉 1인,
격왜 10명은 타일러 줄였다고 장계하였다. - 회하는 없었다.

　5월. 신관백승습고경대차왜(新關白承襲告慶大差倭) 평륜구(平倫
久), 봉진 1인, 시봉 1인, 반종 16명, 도선주 1인, 격왜 70명이
서계**381)**를 지참하고 나왔으므로, 경접위관과 차비역관 등을 속히

---

379) 관백신사고부대차왜(關白身死告訃倭大差倭) : 제6대 장군 덕천가선(德川
　家宣)의 죽음을 알리는 차왜로, 평진장(平眞長)은 삼촌채녀(杉村采女)이
　고, 도선주는 우삼동오랑(雨森東五郎), 봉진은 고목미차우위문(高木弥次右
　衛門)이다. 숙종 39년(1713) 2월 18일부터 5월 6일까지 왜관에 체류하
　였다. 『參判度數覺』『宗氏實錄2 壬辰年 11月』
380) 서계 : 『동문휘고』 부편(附編) 권5 고부(告訃)에 예조 참판 및 예조
　참의에게 보내는 서계와 답서가 기록되어 있다.
381) 서계 : 『동문휘고』 부편(附編) 권3 고경(告慶)에 예조 참판 및 예조

내려보내 달라고 장계하였다. - 회하는 없었다.

갑오년(1714, 숙종 40) 5월. 도주환도고지차왜(島主還島告知差倭) 등원정(藤元貞), 봉진 1인, 반종 5명이 서계382)를 지참하고 나왔으므로, 향접위관이 접대하였다.

같은 달. "별도로 보낸 사신〔別送使〕 정관(正官) 등친진(藤親陳), 봉진 1인, 시봉 1인, 반종 10명, 격왜 40명이 예조와 동래 부사 및 부산 첨사에게 보내는 서계와 별폭을 지참하고 나왔는데, 언천대(彦千代)383)의 도서(圖書)를 환납(還納)하기 위해 왔다고 하였습니다. 도서의 경우 으레 다른 사신 편에 부쳐 보내었는데 별도로 사신을 보낸 것은 옳지 않다고 꾸짖고 타이르니, 동 왜인 이 말하기를, '언천대는 대마도주의 아들로 도서를 받고 미처 사신 을 보내기 전에 불행히도 죽었기 때문에 도서를 환납하려 했는데, 재판(裁判)이 이미 귀국에 나갔고 문위역관 또한 이미 돌아가서 부득이하게 별도로 사신을 정해 도서를 지참하고 나온 것입니다.' 하였습니다. 전례를 준수하지 않고 별도로 차왜를 보낸 정상은 놀 라운 일이지만, 전혀 접대하지 않는 것은 오랑캐를 대하는 도리에 있어서 또한 몰인정한 것이니, 지참하고 온 서계는 먼저 등본(謄本)을 올려 보냅니다."라고 장계하였다.
회계하기를, "별도로 차왜를 보낸 것은 매우 놀라운 일이나 접대

참의에게 보내는 서계와 답서가 기록되어 있다. 한편 같은 책에는 평륜구 (平倫久)가 병신년(1716)에 온 것으로 기록되어 있으나, 계사년(1713)의 오기(誤記)로 생각된다.

382) 서계 : 『동문휘고』 부편(附編) 권7 고환(告還)에 예조 참의에게 보내 는 서계와 답서가 기록되어 있다.

383) 언천대(彦千代) : 대마도주 종의방(宗義方)의 큰아들로, 숙종 31년 (1705)에 태어나 숙종 39년(1713)에 사망하였다.

를 허락하지 않는 것은 과연 몰인정한 것이니, 이번에는 우선 표차왜(漂差倭)를 접대한 사례를 이용하도록 하되, 후에 전례로 삼지 말라는 뜻으로 엄히 타이르십시오. 그리고 회답서 중에 또한 이러한 뜻을 언급하시는 것이 마땅할 것입니다. 이와 같이 분부하십시오." 하였다. - 향접위관이 접대하였다.

병신년(1716, 숙종 42) 6월. 동래 부사 한중희(韓重熙) 때이다. 도주환도고지차왜 평상익(平常益), 봉진 1인, 반종 5명이 서계384)를 지참하고 나왔으므로, 향접위관이 접대하였다.

7월. "관백신사고부대차왜(關白身死告訃大差倭)의 선문두왜가 나와서 경접위관과 당상·당하 차비역관을 내려보내 주기를 요청한다고 하므로, 새 관백의 성명을 물으니, '성은 원(源)이고 이름은 길종(吉宗)인데, 이것은 기이주(紀伊州)의 태수로 있을 때의 성명입니다. 이미 관백의 뒤를 이었으니 혹 개명(改名)하는 일이 없지 않을 것이므로, 이후에 마땅히 다시 알려 드리겠습니다.' 하였습니다." 라고 장계하였다.
회계하기를, "경접위관 및 역관 등을 미리 차출하도록 분부하십시오." 하였다.

9월. "관백신사고부대차왜385) 평진련(平眞連), 봉진 1인, 시봉

---

384) 서계: 『동문휘고』 부편(附編) 권7 고환(告還)에 예조 참의에게 보내는 서계와 답서가 기록되어 있다.
385) 관백신사고부대차왜: 강호막부(江戶幕府) 제7대 장군 덕천가계(德川家繼)의 죽음을 알리는 차왜로, 정관 평진련(平眞連)은 통구좌좌위문(樋口佐左衛門)이라고도 하며, 함께 온 도선주는 호전선조(戶田仙助) 등부자(藤富資), 봉진은 선교충우위문(船橋忠右衛門)이다. 숙종 42년(1716) 9월 10일부터 12월 25일까지 왜관에 체류하였다. 『參判度數覺』 『宗氏實錄 2 丙申年 7月』 『同文彙考 附編 卷5 告訃』

1인, 반종 16명, 도선주 1인, 격왜 70명이 서계[386]를 지참하고
나왔습니다. 고부차왜의 경우 반종 14명, 격왜 60명을 데리고 오
기로 이미 규례를 정했는데, 이번에 데리고 온 반종 16명과 격왜
70명은 전례를 크게 어겼기 때문에, 차왜를 꾸짖어 전례대로 인원
수를 줄인 후에 접대를 적절히 하였습니다."라고 장계하였다. - 회
하는 없었다.

같은 달. 신관백승습고경차왜의 선문두왜가 나왔으므로, 경접위
관과 당상·당하 차비역관을 보내 달라고 장계하였다.
회계하기를, "해조에 분부하여 규례대로 뽑아 보내십시오." 하였다.

11월. 신관백고경대차왜[387] 평방직(平方直), 봉진 1인, 시봉 2
인, 반종 16명, 도선주 1인, 격왜 70명이 서계[388]를 지참하고 나
왔는데, 시봉 2인 중 1인을 꾸짖어 줄였다고 장계하였다.
회계하기를, "경접위관을 속히 내려보내십시오." 하였다.

같은 달. "관수왜의 말 가운데에, '새 관백이 자리를 이은 후에
마땅히 휘(諱)를 고쳐야 할 듯한데, 관백이 미천하였을 때의 칭호
를 귀하게 되었다고 해서 바꾸어서는 안 된다고 여겨, 전과 같이
길종(吉宗)이란 이름을 사용하기로 하였다.'고 하였습니다."라고

---

386) 서계:『동문휘고』부편(附編) 권5 고부(告訃)에 예조 참판 및 예조
　　참의에게 보내는 서계와 답서가 기록되어 있다.
387) 신관백고경대차왜 : 강호막부(江戶幕府) 제8대 장군 덕천길종(德川吉
　　宗)의 즉위를 알리는 차왜로 일본에서는 대경사(大慶使)라고 한다. 정관
　　평방직(平方直)은 평전준인(平田隼人)이라고도 하며, 도선주는 고뢰택병
　　위(高懶宅兵衛) 평정자(平政資), 봉진은 대포륙우위문(大浦陸右衛門)이다.
　　숙종 42년(1716) 11월 12일부터 이듬해 2월 25일까지 왜관에 체류하였
　　다.『參判度數覺』『宗氏實錄2 丙申年 9月』『同文彙考 附編 卷3 告慶』
388) 서계:『동문휘고』부편(附編) 권3 고경(告慶)에 예조 참판 및 예조 참
　　의에게 보내는 서계와 답서가 기록되어 있다.

장계하였다. - 회하는 없었다.

무술년(1718, 숙종 44) 1월. 동래 부사 조영복(趙榮福) 때이다. 도주환도고지차왜(島主還島告知差倭) 등무종(藤茂種),**389)** 봉진 1인, 반종 5명이 서계**390)**를 지참하고 나왔으므로, 향접위관이 접대하였다.

같은 달. "통신사청래차왜(通信使請來差倭)**391)** 평륜지(平倫之), 봉진 1인, 시봉 1인, 반종 16명, 도선주 1인, 격왜 70명 등이 서계**392)**를 지참하고 나왔습니다. 등록을 살펴보니, 신유년(1681, 숙종 7)의 청래차왜에 대해서는 단지 반종 14명과 격왜 50명만을 접대하였고, 또한 당하 역관 두 사람이 와서 접대하였으며, 신묘년(1711, 숙종 37)의 청래차왜에 대해서는 반종 16명과 격왜 70명을 데리고 왔으며 또한 당상·당하 역관을 청하였지만 동래부의 장문(狀聞)에 따라 신유년의 예에 의거하여 접대를 허락하였습니다. 이번 차왜가 잘못된 예를 끌어들이는 것은 실로 매우 부당하니, 데리고 온 원역의 인원수를 줄일 것이며 모두 당하 역관으로 접대한다는 뜻으로 꾸짖고 타일렀습니다."라고 진달(陳達)하였다.

회달(回達)**393)**하기를, "대차왜에 대한 접대는 이미 두 해의 전

---

389) 등무종(藤茂種) : 중원감병위(中原勘兵衛)라고도 한다. 『告還使記錄』
390) 서계 : 『동문휘고』 부편(附編) 권7 고환(告還)에 예조 참의에게 보내는 서계와 답서가 기록되어 있다.
391) 통신사청래차왜(通信使請來差倭) : 통신사행을 요청하기 위해 파견된 차왜로, 평륜지(平倫之)는 대포충좌위문(大浦忠左衛門)이라고도 하며, 도선주는 삼촌이우위문(杉村伊右衛門) 평정영(平貞英), 봉진은 강구원오(江口源吾)이다. 숙종 44년(1718) 1월 23일부터 5월 20일까지 왜관에 체류하였다. 『宗氏實錄2 丁酉年 10月』 『參判度數覺』 『同文彙考 附編 卷9 通信』
392) 서계 : 『동문휘고』 부편(附編) 권9 통신(通信)에 예조 참판 및 예조 참의와 동래 부사 및 부산 첨사에게 보내는 서계와 답서가 기록되어 있다.
393) 회달(回達) : 대리(代理)하는 왕세자에게 하문(下問)하였던 일을 논의

례가 있으므로 이번에 바꾸는 것은 부당하니 다시 꾸짖어 막도록
하고, 접위관은 내려보내십시오. 관백이 새로 서면 으레 통신사를
요청하니 우선 접위관이 다시 보고하기를 기다려 차출하십시오."
하였다.

2월. 대차왜가 데리고 온 원역은 신묘년의 예에 따라 반종 14
명, 격왜 50명으로 하는 것이 타당하다고 타일렀으며, 역관은 당
하관으로 접대하는 것이 또한 사리에 맞다고 진달하였다. - 회하는
없었다.

3월. "대차왜가, 당하 역관으로 접대를 허락한 것은 을미년
(1715, 숙종 41)의 예와 어긋난다고 하면서 당상 역관을 보내 달
라고 고집한 지 이미 열흘이 지나, 아직 다례(茶禮)를 행하지 않
았으니 일이 매우 난처합니다. 당상 역관 최상집(崔尙㠅)이 마침
공작미(公作米)의 수표(手標)를 마감하는 일로 내려와 머무르고
있으므로, 계사년(1713, 숙종 39) 이형남(李亨男)의 예에 따라
최상집으로 하여금 그대로 머물러 접대하도록 하였습니다."라고 진
달하였다. - 회하는 없었다.

기해년(1719, 숙종 45) 1월. 동래 부사 서명연(徐命淵) 때이
다. 통신사행 때의 미진한 절목(節目)을 해조에 올려 보낸다고 진
달하였다. - 회하는 없었다.

같은 달. "관수왜의 말 가운데에, '신도주승습고경대차왜(新島主
承襲告慶大差倭)가 지금 승선하여 바람을 기다리고 있다는 것을
_____

하여 상주(上奏) 하는 것을 말한다. 묘당에서 왕에게 상주하는 것은 회계
(回啓)라고 한다.

알리는 선문두왜가 나올 것입니다.'하니, 경접위관과 당상·당하
차비역관 각 1원(員)을 미리 차출하고, 통신사행의 미진한 절목을
논의하여 정하기 위해 통신사행에 차출한 당상 역관 중 1인을 이
번 대차왜의 차비역관으로 아울러 뽑아 내려보내주십시오."라고 훈
도(訓導)와 별차(別差)의 수본(手本)을 근거로 급히 진달하였다.

회달하기를, "경접위관은 미리 차출하시고, 당상 차비역관은 도
해역관(渡海譯官)으로 하여금 겸찰(兼察)하도록 하십시오." 하였다.

같은 달. "통신사호행대차왜(通信使護行大差倭)의 선문두왜가 나
왔다고 관수왜가 말하였습니다. 호행차왜는 경상도 도사가 접대하
며, 차비역관은 없으므로 묘당으로 하여금 품처하게 하여 경상도
에 분부함으로써 차왜가 나오는 즉시 와서 접대할 수 있도록 해
주십시오."라고 진달하였다.

회달하기를, "도사가 접대하는 것은 이미 전례가 있으니, 장계에
서 청한대로 거행하라는 뜻으로 분부하십시오." 하였다.

같은 달. 신도주 평의성(平義誠)의 승습고경대차왜[394] 평진련
(平眞連)이 나왔으므로, 경접위관을 내려 보낼 것을 재촉하였다.
구도주 평의방(平義方)의 신사고부차왜(身死告訃差倭)[395]가 나왔

---

394) 승습고경대차왜 : 대마도주 평의성의 승습을 알리기 위해 나온 차왜
로, 일본에서는 고습사(告襲使)라고 한다. 정관 평진련(平眞連)은 통구좌
좌위문(樋口佐左衛門)이라고도 하며, 도선주는 기원다칠(箕原多七) 등친
진(藤親陳)이고, 봉진은 가납미태랑(加納彌太郎)이다. 숙종 45년(1719)
1월 25일부터 4월 15일까지 왜관에 체류하였다. 한편 『동문휘고』 부편
(附編) 권4 고경(告慶)에 예조 참판과 예조 참의에게 보내는 서계와 답서
가 기록되어 있다. 『宗氏實錄2 己亥年 1月』 『參判度數覺』

395) 신사고부차왜(身死告訃差倭) : 정관은 일궁조좌위문(一宮助左衛門)이고,
봉진은 소전촌미칠(小田村彌七)이다. 『告訃使記錄』 『동문휘고』 부편(附編)
권6 고부(告訃)에 구도주(舊島主) 종의방(宗義方)이 유물(遺物)을 바치는
서계와 신도주(新島主) 종의성(宗義誠)이 예조 참의에게 보내는 서계와 답

으므로, 향접위관이 접대하였다.

2월. 통신사호행대차왜[396]가 나왔으므로, 경상도 도사가 접대하였다.

4월. "고경대차왜의 상선연(上船宴)은 이미 건물(乾物)로 지급하였습니다. 차왜가 병 때문에 먼저 돌아갔으므로 도선주의 승선(乘船)은 반드시 머물러 기다릴 필요가 없을 뿐더러, 상선연을 한 후에는 으레 떠나야 하므로 동래부를 지금 막 출발하여 상경합니다."라고 접위관이 급히 진달하였다. - 회하는 없었다.

5월. 대마도주가 대마도로 돌아왔으므로 전례대로 마땅히 차왜를 보내어 섬에 돌아온 것을 알려야 하는데, 근래에 대마도주의 사신이 연이어 나와서 헤아릴 수 없이 많은 폐를 끼쳤기 때문에 나오지 않는다고 하였다고 진달하였다. - 회하는 없었다.

7월. 비변사가 회달하여 내린 관문(關文)에 따라 고환차왜(告還差倭)의 파견 중지를 요청하는 것은 옳지 않다는 뜻을 관수왜에게 분부하였더니, 황공하게 느끼면서 사신을 보내겠다고 하였다고 진달하였다. - 회하는 없었다.

서가 기록되어 있다.

396) 통신사호행대차왜 : 통신사행을 호위해 가기 위해 나온 차왜로, 일본에서는 조선영빙사(朝鮮迎聘使)라고 한다. 정관은 삼촌채녀(杉村采女) 평진장(平眞長)이고, 도선주는 송포의우위문(松浦儀右衛門) 송포의(松浦儀)이며, 봉진은 대포이병위(大浦伊兵衛)이다. 숙종 45년(1719) 2월 21일부터 6월 6일까지 왜관에 체류하였다. 『동문휘고』부편(附編) 권9 통신(通信)에 예조 참판과 예조 참의에게 보내는 서계와 답서가 기록되어 있다. 『宗氏實錄2 己亥年 1月』『參判度數覺』

같은 달. 도주환도고지차왜(島主還島告知差倭) 귤연정(橘延政)**397)** 이 나왔으므로, 향접위관이 접대하였다.

경자년(1720, 숙종 46) 1월. 동래 부사 정형익(鄭亨益) 때이 다. "신사호환대차왜(信使護還大差倭)**398)** 평륜구(平倫久)가 이미 나왔는바, 접위관 및 차비역관 등을 속히 차출하여 내려보내 주십 시오. 시봉 1인은 바로 전례이니, 더 데리고 온 1인은 담당 역관 으로 하여금 꾸짖고 타일러 줄이게 할 생각입니다."라고 진달하였 다.

회달하기를, "경상도 도사가 접대하는 것은 일찍이 전례가 있었 습니다. 그러나 임술년(1682, 숙종 8)에 경상도 도사가 연분 간 심(年分看審)**399)** 때문에 접대할 수 없어서, 인근 수령 중에 관품 이 높은 문관(文官)을 뽑아 보내었습니다. 그 후 통신사를 인견 (引見)할 때에 경접위관을 차출하도록 하교(下敎)하셨고, 신묘년 (1711, 숙종 37) 통신사가 돌아왔을 때 또한 경접위관을 뽑아 보 냈습니다. 일이 변방의 정세와 관계된 것이어서 본조에서 함부로 처리하기 어려우니, 묘당으로 하여금 품처하게 하십시오." 하였다.

---

397) 귤연정(橘延政) : 『종씨실록(宗氏實錄)』 2 기해년 2월에 의하면, 귤연 정은 대탑심태랑(大塔甚太郎)이라고도 한다. 『동문휘고』 부편(附編) 권7 고환(告還)에 예조 참의에게 보내는 서계와 답서가 기록되어 있다.

398) 신사호환대차왜(信使護還大差倭) : 통신사행의 귀국을 호위하며 함께 나온 차왜로, 일본에서는 조선송빙사(朝鮮送聘使)라고 한다. 정관은 삼촌 삼랑좌위문(杉村三郎左衛門) 평륜구(平倫久)이고, 도선주는 내야일랑좌위문 (內野一郎左衛門)이며, 봉진은 대포이조(大浦伊助)이다. 숙종 46년(1720) 1월 7일부터 4월까지 왜관에 체류하였다. 『동문휘고』 부편(附編) 권9 통신 (通信)에 예조 참판과 예조 참의에게 보내는 서계와 답서가 기록되어 있다. 『宗氏實錄2 己亥年 12月』 『參判度數覺』

399) 연분 간심(年分看審) : 그해 농사의 풍흉(豐凶)에 따라 토지를 상상 (上上)에서 하하(下下)까지 아홉 등급으로 나누는 연분구등제(年分九等 制)가 있는데, 이를 위해 자세히 조사하는 것을 말한다.

회달에 의해 내려 보낸 관문(關文)에, "경접위관을 보내는 것은 근래의 전례가 되었으니, 이번에도 근래의 전례에 따라 차출하도록 하라." 하였다.

9월. 관수왜가, "조위차왜(弔慰差倭)가 머지않아 나올 것이므로, 경접위관을 미리 차출해야 할 것입니다."라고 하였다고 진달하였다. - 장계등록에 나오며, 회하는 없었다.

10월. 동래 부사 윤석래(尹錫來) 때이다. 관수왜가, "진하대차왜(陳賀大差倭)가 머지않아 나올 것이므로, 경접위관과 당상·당하 차비역관을 미리 차출해야 할 것입니다."라고 하였다고 장계하였다.
회계하기를, "규례대로 차출하십시오." 하였다.

같은 달. 조위차왜(弔慰差倭) 평신풍(平信豐)**400)**이 나왔으므로 접위관을 속히 내려보내 달라고 장계하였다.
회계하기를, "경접위관을 속히 내려보내십시오." 하였다.

같은 달. 관수왜가, "도서청개대차왜(圖書請改大差倭)가 나오는 일로 선문두왜가 나오니, 접위관과 당상·당하 차비역관 각 1원(員)을 미리 차출해야 할 것입니다."라고 하였다고 장계하였다.
회계하기를, "신도주가 승습(承襲)하고 도서를 고쳐 달라고 요청하는 것은 전례가 있는 일이므로, 접위관을 차출하도록 해조에 분부하십시오." 하였다.

---

400) 평신풍(平信豐) : 내야권병위(內野權兵衛)라고도 하며, 숙종(肅宗)의 죽음을 조위하기 위해 왔다. 『동문휘고』 부편(附編) 권2 진위(陳慰)에 예조 참의에게 보내는 서계와 답서가 기록되어 있다. 『宗氏實錄2 庚子年 8月』

같은 달. 진하대차왜(陳賀大差倭)401) 평진주(平眞周)가 나오고, 신도주도서청개대차왜(新島主圖書請改大差倭)402) 평륜지(平倫之)가 나왔는데, 전례를 어기고 모두 시봉 2인을 데리고 왔기 때문에, 역관들로 하여금 차왜 등에게 꾸짖고 타일러 시봉 1인을 줄이도록 하였다고 장계하였다.

회계하기를, "접위관을 보내기로 이미 재가하였으니, 속히 내려 보내십시오." 하였다.

신축년(1721, 경종 1) 윤6월. 전서관왜(典書官倭)가 나왔는데, 관수왜가, "이른바 전서관(典書官)403)이라는 것은 지위가 높은 왜인으로서, 초목(草木), 금수(禽獸), 어별(魚鱉), 약재(藥材) 등의 형색(形色)과 명칭 등을 자세히 배우기 위하여 강호(江戶)의 분부를 받아 대마도에서 특별히 정하여 보낸 것입니다."라고 하여, 단지 땔나무와 숯만 지급하였다고 장계하였다. - 잡조(雜條)에 보인다. 회하는 없었다.

---

401) 진하대차왜(陳賀大差倭) : 경종(景宗)의 즉위를 축하하기 위해 나온 차왜로, 정관 평진주(平眞周)는 고천장인(古川藏人)이라고도 하며, 도선주는 우삼동오랑(雨森東五郎)이고, 봉진은 매야일랑우위문(梅野一郎右衛門)이다. 경종 즉위년(1720) 10월 24일부터 이듬해 3월 13일까지 왜관에 체류하였다. 한편 『동문휘고』 부편(附編) 권1 진하(陳賀)에 예조 참의에게 보내는 서계와 답서가 기록되어 있다. 『宗氏實錄2 庚子年 9月』『參判度數覺』

402) 신도주도서청개대차왜(新島主圖書請改大差倭) : 대마도주 종의성(宗義誠)의 도서(圖書)를 발급 받기 위해 나온 차왜로, 일본에서는 도서사(圖書使)라고 한다. 대포충좌위문(大浦忠左衛門) 평륜지(平倫之)가 정관으로 임명되었고, 통구오좌위문(樋口五左衛門) 통구광(樋口匡)이 도선주, 도거장병위(嶋居長兵衛)가 봉진으로 임명되었다. 한편 『동문휘고』 부편(附編) 권4 고경(告慶)에 예조 참판 및 예조 참의에게 보내는 서계와 답서가 기록되어 있다. 『宗氏實錄2 庚子年 9月』『參判度數覺』

403) 전서관(典書官) : 전서관은 서사(書司)의 차관(次官)을 가리킨다. 서사는 일본의 영제(令制)에 규정된바, 후궁십이사(後宮十二司)의 하나로서 내전(內典), 경적(經籍), 지묵(紙墨) 등을 관장하였다고 한다.

임인년(1722, 경종 2) 5월. 도주환도고지차왜 등원창(藤元昌)**404)** 이 나왔으므로, 향접위관이 접대하였다.**405)**

갑진년(1724, 경종 4) 2월. 동래 부사 박내정(朴乃貞) 때이다. 도주환도고지차왜 귤전구(橘全久)**406)**가 서계**407)**를 지참하고 나왔으므로, 향접위관이 접대하였다.

6월. 동래 부사 윤유(尹游) 때이다. 대마도주가, 왜인들이 배를 댈 때 우리나라 연해 변민(邊民) 등과 밀무역〔潛商〕을 하므로 우리나라에서 각별히 금단(禁斷)해 주기를 청하기 위해, 별도로 정한 차왜〔別定差倭〕통구광(桶口匡)**408)**이 서계**409)**를 지참하고 나왔으나, 규정 외의 차왜이기 때문에 서계를 받지 않았다고 장계하였다. - 장계등록에 나오며, 회하는 없었다.

11월. 동래 부사 조석명(趙錫命) 때이다. "조위차왜(弔慰差倭)가 머지않아 나올 것이므로 경자년(1720, 숙종 46)의 예에 따라 접위관과 차비역관을 미리 차출해야 할 것이라고 하였습니다. 동 차

---

404) 등원창(藤元昌) : 번십병위(番十兵衛)라고도 한다. 함께 온 봉진은 조유원조(鳥遊源助)이다. 『告還使記錄』

405) 도주환도고지차왜 …… 접대하였다 : 『동문휘고』 부편(附編) 권7 고환(告還)에 예조 참의에게 보내는 서계와 답서가 기록되어 있다.

406) 귤전구(橘全久) : 산천치오우위문(山川治五右衛門)이라고도 한다. 함께 온 봉진은 평산우우위문(平山又右衛門)이다. 『告還使記錄』

407) 서계 : 『동문휘고』 부편(附編) 권7 고환(告還)에 예조 참의에게 보내는 서계와 답서가 기록되어 있다.

408) 통구광(桶口匡) : 통구오좌위문(樋口五左衛門)이라고도 하며, 고사사(告事使)로 건너왔다. 『宗氏實錄2 甲辰年 5月』

409) 서계 : 『동문휘고』 부편(附編) 권25 변금(邊禁)에 예조 참의와 동래 부사 및 부산 첨사에게 보내는 서계와 답서가 기록되어 있다. 이 서계에 의하면, 일본인들과 밀무역을 한 조선의 지역으로 초량(草梁), 다대(多大), 가덕(加德), 옥포(玉浦), 지세(智世) 등을 거론하고 있다.

왜의 접대는 이미 전례가 있으므로 접위관과 차비역관을 미리 차출하는 문제를 묘당으로 하여금 품처하게 해 주십시오."라고 치계하였다.

회계하기를, "이미 전례가 있으므로 접위관과 차비역관을 해조와 해원으로 하여금 차출하여 내려보내도록 하십시오." 하였다.

12월. 조위차왜 평방량(平方亮)410)이 서계411)를 지참하고 나왔으므로, 경접위관을 속히 내려보내 달라고 장계하였다. - 회하는 없었다.

을사년(1725, 영조 1) 2월. 진하대차왜(陳賀大差倭)412) 평성희(平誠熙)가 서계413)를 지참하고 나왔으므로, 경접위관이 접대하였다.

3월. 진하차왜의 시봉 1인은 경자년(1720, 경종 1)의 예에 따라서 감하였다고 장계하였다. - 회하는 없었다.

6월. 관수왜가, "현 관백의 아들을 금년 1월에 저사(儲嗣)414)로

---

410) 평방량(平方亮) : 삼촌대도(杉村帶刀)라고도 하며, 경종(景宗)의 죽음을 조위하기 위해 조위사(弔慰使)로 파견되었다. 『宗氏實錄2 甲辰年 10月』
411) 서계 : 『동문휘고』 부편(附編) 권2 진위(陳慰)에 예조 참의에게 보내는 서계와 답서가 기록되어 있다.
412) 진하대차왜(陳賀大差倭) : 영조(英祖)의 즉위를 축하하기 위해 온 차왜로, 고천도서(古川圖書) 평성희(平誠熙)와 도선주 월상우위문(越常右衛門), 봉진 칠오삼권팔(七五三權八) 등이 영조 1년(1725) 2월 20일부터 6월 13일까지 왜관에 체류하였다. 『宗氏實錄2 甲辰年 11月』 『參判度數覺』
413) 서계 : 『동문휘고』 부편(附編) 권1 진하(陳賀)에 예조 참의에게 보내는 서계와 답서가 기록되어 있다.
414) 저사(儲嗣) : 일본 강호막부(江戶幕府) 장군 덕천길종(德川吉宗)의 장남을 가리키는데, 어렸을 때 이름은 장복환(長福丸)이다. 영조 21년(1745)에 제9대 장군이 되었다.

세웠는데, 관백의 명령을 받아 귀국에 이 사실을 통보하기 위해 고경대차왜(告慶大差倭)가 머지않아 나올 것임을 알리는 선문두왜가 나왔으니, 경접위관과 당상·당하 차비역관 각 1인을 미리 차출해야 할 것입니다."라고 하였다고 장계하였다.

회계하기를, "관백입사고경대차왜(關白立嗣告慶大差倭)가 나온 후에 경접위관이 접대하는 것은 이미 전례가 있으니, 이에 따라 거행하도록 하십시오." 하였다.

같은 달. 관백입저고경대차왜(關白立儲告慶大差倭)⁴¹⁵⁾ 평방직(平方直)이 서계⁴¹⁶⁾를 지참하고 나왔다고 장계하였다.

회계하기를, "접위관과 차비역관을 해조와 해원으로 하여금 속히 내려보내도록 하십시오." 하였다.

11월. 동래 부사 이중협(李重協) 때이다. 도주환도고지차왜 등조숭(藤朝崇)⁴¹⁷⁾이 나왔다고 장계하였다.⁴¹⁸⁾ 향접위관이 접대하였다.

병오년(1726, 영조 2) 4월. 신금대차왜(申禁大差倭)⁴¹⁹⁾ 평진장

---

415) 관백입저고경대차왜(關白立儲告慶大差倭) : 관백이 저군(儲君)을 세운 것을 알리기 위해 나온 차왜로, 정관은 평천준인(平田隼人) 평방직(平方直)이고, 도선주는 평전원선(平田圓膳) 평방태(平方泰)이며, 봉진은 천부신칠(川部新七)이다. 영조 1년(1725) 6월 25일부터 10월 18일까지 왜관에 체류하였다. 『宗氏實錄2 乙巳年 5月』『參判度數覺』『同文彙考 附編 卷3 告慶』

416) 서계 : 『동문휘고』 부편(附編) 권3 고경(告慶)에 예조 참판과 예조 참의에게 보내는 서계와 답서가 기록되어 있다.

417) 등조숭(藤朝崇) : 대도압좌위문(大島壓左衛門)이라고도 한다. 『告還使記錄』

418) 도주환도고지차왜 …… 장계하였다 : 『동문휘고』 부편(附編) 권7 고환(告還)에 예조 참의에게 보내는 서계와 답서가 기록되어 있다.

419) 신금대차왜(申禁大差倭) : 일본에서는 신금사(申禁使)라고 하며, 인삼(人蔘)을 몰래 무역하다 발각된 사례가 있음을 들어 잠상(潛商)을 금지해

(平眞長), 도선주·봉진압물·시봉 각 1인, 반종 15명, 격왜 70명
이 수목선(水木船)·견선(槕船)·각선(脚船)을 거느리고 예조 참
판 및 예조 참의와 동래 부사 및 부산 첨사에게 보내는 서계[420]를
지참하고 나왔는데, 규정 외의 차왜라고 꾸짖고 접대를 허락하지
않았다고 장계하였다.

회계하기를, "왜인이 교묘한 명목을 만들어 규정 외로 나왔으니,
일이 참으로 나쁘다 할 것입니다. 엄하게 물리치고 접대하지 말도
록 하십시오." 하였다.

7월. "신금대차왜 평진장에게 삼가 회계에 의하여 내려 보낸 관
문(關文)으로 꾸짖고 타일렀더니, 관백의 명이라고 칭하면서 순순
히 돌아가려 하지 않습니다. 묘당으로 하여금 품처하게 해 주십시
오."라고 장계하였다.

회계에, "약조를 준수하지 않은 것은 매우 놀라운 일입니다. 전
례대로 돌아가도록 엄하게 꾸짖고, 만일 혹 오랫동안 머물러 있을
경우에는 담당 역관들도 논죄(論罪)하십시오." 하였다.

9월. "만송원송사(萬松院送使)의 상선연(上船宴)을 파한 후에 관
수왜가 신을 보고 말하기를, '대차왜 평진장이 나온 지 이제 근 1

달라고 요청하기 위해 나온 차왜이다. 정관은 삼촌채녀(杉村釆女) 평진장
(平眞長)이고, 도선주는 삼촌이우위문(杉村伊右衛門) 평정영(平貞英)이다.
영조 2년(1726) 3월 30일부터 이듬해 3월 17일까지 왜관에 체류하였다.
현존하는 서계에 의하면 대마도인 석교칠(石橋七), 좌하인(佐賀人) 희야
차(嬉野次), 평호인(平戶人) 금진장(今津長), 대도인(大島人) 선가덕(船家
德) 등이 계묘년(1723) 9월과 10월, 갑진년(1724) 2월과 6월에 조선에
건너와 인삼을 밀무역하였다고 한다. 『宗氏實錄2 丙午年 3月』『參判度數
覺』『同文彙考 附編 卷25 邊禁』

420) 서계 : 『동문휘고』 부편(附編) 권25 변금(邊禁)에 예조 참판 및 예조
참의와 동래 부사 및 부산 첨사에게 보내는 서계와 답서가 기록되어 있다.

년이 되었음에도 접대를 허락하지 않았으므로, 그 소식이 강호(江戸)에 전해져 관백이 크게 놀랐습니다. 도주가 이제 곧 참근(參覲)하기 위해 갈 것인데, 이러한 사실을 아뢸 수 없습니다. 바라건대 접대를 허락해 주시어 도주로 하여금 강호의 꾸지람을 면하게 해 주십시오.' 하여, 모름지기 번거롭게 하지 말고 속히 돌아가야 할 것이라고 답하였습니다."라고 장계하였다.

회계하기를, "차왜가 누누이 간청하는데, 성신(誠信)으로 이웃 나라와 사귀는 도리상 한결같이 엄하게 배척하는 것은 마땅하지 않으니, 이번에는 특별히 접대를 허락하시고, 이후 크고 작은 모든 일을 한결같이 약조에 따라 재판(裁判)에 부쳐 보내게 하십시오." 하였다.

12월. 동래 부사 이의천(李倚天) 때이다. "잠상신금대차왜(潛商申禁大差倭)의 접위관인 경상도 도사가 성주(星州)에서 급히 양산군(梁山郡)에 이르렀는데 차비역관이 내려오지 않았다 하여 감영(監營)으로 되돌아감으로써, 사신으로 온 왜인으로 하여금 누누이 요청하게 하였습니다. 차비역관 등을 이미 차출한 뒤에 이처럼 질질 끌고 있으니, 너무나 놀라운 일입니다. 죄상을 해당 관청으로 하여금 품처하게 한 후 하루속히 내려보내게 해 주십시오."라고 장계하였다.

회계하기를, "역관은 일이 끝나기를 기다려 해당 관청으로 하여금 죄를 묻게 하시고, 도사는 이조(吏曹)로 하여금 재촉하게 하여 하루 이틀 내에 주야로 달려 내려가도록 하십시오." 하였다.

정미년(1727, 영조 3) 1월. "예조의 관문(關文)에, 차왜의 접위관으로 경상도 도사를 속히 동래부에 내려보내도록 할 것이라고 한 데 대해서는 이제 막 복계(覆啓)하였습니다. 그러나 과거를 볼 기일이 임박하여 구애받을 일이 많은데다 더구나 증광 감시(增廣監試)의 초시(初試)를 보는 도회소(都會所)가 상주목(尙州牧)으로 정해졌다고 합니다. 동래까지의 거리가 제법 멀어 실로 왕래하며 겸행할 방도가 없습니다. 전에 도사의 유고(有故)로 인하여 경접위관을 뽑아 보낸 예가 근래에 많으니, 이번에도 그 전례에 따라 접위관을 이조로 하여금 구전(口傳)421)으로 차출하도록 하고, 하루 이틀 내에 하직 인사하고 동래부로 내려가게 함으로써 접대할 수 있도록 해 주십시오."라고 입계(入啓)하여 윤허를 받았다.

7월. 대마도주환도고지차왜 등안고(藤安高)가 나왔다고 장계하였다.422) - 향접위관이 접대하였다.

기유년(1729, 영조 5) 6월. 동래 부사 민응수(閔應洙) 때이다. 도주환도고지차왜 대강안평(大江安平)423)이 나왔다고 장계하였다.424) - 향접위관이 접대하였다.

경술년(1730, 영조 6) 12월. 동래 부사 정언섭(鄭彦燮) 때이다. "조위차왜 등방소(藤方紹)425)가 나왔으므로, 향접위관으로 규례에 따라 접대할 것을 도신(道臣)에게 보고하였습니다. 그러나 차왜가 관품이 높다는 이유로 을사년(1725, 영조 1)의 예에 따라

---

421) 구전(口傳) : 3품 이하의 관원을 선임할 때 이조(吏曹)나 병조(兵曹)에서 낙점(落點)을 거치지 않고 뽑아 쓰는 것을 말한다.
422) 대마도주환도고지차왜 …… 장계하였다 : 『동문휘고』 부편(附編) 권7 고환(告還)에 예조 참의에게 보내는 서계와 답서가 기록되어 있다.
423) 대강안평(大江安平) : 중원수야조(中原狩野助)라고도 한다. 『告還使記錄』
424) 도주환도고지차왜 …… 장계하였다 : 『동문휘고』 부편(附編) 권7 고환(告還)에 예조 참의에게 보내는 서계와 답서가 기록되어 있다.
425) 등방소(藤方紹) : 표주선(俵主膳)이라고도 한다. 『宗氏實錄2 庚戌年 10月』

경접위관으로 접대해 달라고 요청하기에, 훈도와 별차로 하여금 엄한 말로 거절하도록 하였습니다."라고 장계하였다.426) – 국휼(國恤)427)을 조위한 것이다. 회하는 없었다.

신해년(1731, 영조 7) 4월. 신도주가 승습(承襲)한 후의 고경대차왜(告慶大差倭)가 배를 타고 바람을 기다리고 있다고 관수왜에게 알리는 선문(先文)이 도착하였다고 하므로, 접대할 경접위관 및 차비역관을 규례대로 차출해야 하며, 연례(宴禮)에 줄 공·사예단과 잡물을 해조와 본도로 하여금 전례대로 거행하게 해야 한다고 장계하였다. – 회하는 없었다.

같은 달. 경술년(1730, 영조 6) 11월 6일에 죽은 구도주의 고부차왜(告訃差倭)428) 등영통(藤英通)이, 평의성(平義誠)이 죽음에 임하여 작성한 서계429) 및 유물(遺物)을 함께 가지고 나왔다고 장계하였다. – 향접위관이 접대하였다.

5월.   신도주승습고경대차왜(新島主承襲告慶大差倭)430)   평성일

---

426) 조위차왜 …… 장계하였다:『동문휘고』 부편(附編) 권2 진위(陳慰)에 예조 참의에게 보내는 서계와 답서가 기록되어 있다.
427) 국휼(國恤): 경순왕대비(敬純王大妃) 어씨(魚氏)의 죽음을 가리킨다.
428) 고부차왜(告訃差倭): 대마도주 종의성(宗義誠)의 죽음을 알리는 차왜로, 정관 등영통은 빈전원좌위문(浜田源左衛門)이라고도 하며, 봉진은 청야시지윤(靑野市之允)이다.『告訃使記錄』
429) 서계:『동문휘고』 부편(附編) 권6 고부(告訃)에 구도주(舊島主) 평의성의 유물(遺物)을 바치는 서계와 신도주(新島主) 종방희(宗方熙)가 예조 참의에게 보내는 서계와 답서가 기록되어 있다.
430) 신도주승습고경대차왜(新島主承襲告慶大差倭): 대마도주 종방희(宗方熙)의 승습을 알리기 위해 온 차왜로, 정관은 삼촌중(杉村仲) 평성일(平誠一)이며, 도선주는 송본원좌위문(松本源左衛門) 등겸웅(藤兼雄)이고, 봉진은 선반우위문(扇半右衛門)이다. 영조 6년(1730) 4월 28일부터 9월 3일까지 왜관에 체류하였다.『參判度數覺』『同文彙考 附編 卷4 告慶』

(平誠一)이 이미 나왔으므로, 경접위관을 속히 내려보내 달라고 장계하였다.**431)**

회계하기를, "접위관을 이조(吏曹)로 하여금 미리 차출하도록 하여 즉시 내려보내십시오."하였다.

8월. 도주환도고지차왜 귤청직(橘淸直)**432)**이 서계**433)**를 지참하고 나왔다고 장계하였다. - 향접위관이 접대하였다.

9월. 신도주도서개청대차왜(新島主圖書改請大差倭)가 배를 타고 바람을 기다리고 있다고 관수왜에게 알리는 선문두왜가 도착하여, 접대할 경접위관 및 차비역관을 미리 뽑아야 할 것이라고 하였다고 장계하였다. - 회하는 없었다.

10월. 도서개청대차왜**434)** 평진봉(平眞峯)이 서계**435)**를 지참하고 나왔으므로, 접위관을 속히 내려보내고, 새 도주의 도서(圖書)는 해조로 하여금 정밀하게 만들어 내려보내게 해 달라고 장계하였다. - 장계등록에 나오며, 회하는 없었다.

---

431) 신도주승습고경대차왜(新島主承襲告慶大差倭) …… 장계하였다 : 『동문휘고』 부편(附編) 권4 고경(告慶)에 예조 참판과 예조 참의에게 보내는 서계와 답서가 기록되어 있다.

432) 귤청직(橘淸直) : 조전풍태부(早田豐太夫)라고도 한다. 『告還使記錄』

433) 서계 : 『동문휘고』 부편(附編) 권7 고환(告還)에 예조 참의에게 보내는 서계와 답서가 기록되어 있다.

434) 도서개청대차왜 : 대마도주 종방희(宗方熙)의 도서(圖書)를 요청한 차왜로, 정관은 통구손좌위문(樋口孫左衛門) 평진봉(平眞峯)이며, 도선주는 하촌태랑좌위문(河村太郎左衛門) 등도현(藤道賢), 봉진은 좌좌목이좌위문(佐佐木伊左衛門)이다. 영조 7년(1731) 10월 5일부터 이듬해 2월 4일까지 왜관에 체류하였다. 『圖書使記錄』 『參判度數覺』 『同文彙考 附編 卷4 告慶』

435) 서계 : 『동문휘고』 부편(附編) 권4 고경(告慶)에 예조 참판과 예조 참의에게 보내는 서계와 답서가 기록되어 있다.

임자년(1732, 영조 8) 10월. 관수왜가 말하기를, "경술년(1730, 영조 6)에 도주 평의성(平義誠)이 죽은 후에 그 아들은 나이가 어리기 때문에 과연 승습하지 못했고, 그 동생 평방희(平方熙)를 우선 권찰(權察)로 삼았습니다. 평방희 및 미일(彌一)은 모두 강호(江戶)에 있었는데, 관백(關白)이 미일의 용모를 보고 특별히 가상하게 여겨 4품 대부(大夫)의 직위를 내리고 이름을 의여(義如)로 바꾸어 후일 승습할 수 있는 바탕을 만들었습니다. 평방희가 병약해서 여러 차례 직책을 사양하자 관백이 부득이 그 말을 따라 평방희를 특별히 민부대보(民部大輔)의 직에 제수한 후에 물러나 쉬도록 하였고, 미일이 곧바로 승습하였습니다. 이는 진실로 저희 섬의 막대한 경사이기 때문에 비선(飛船)을 타고 고경대차왜(告慶大差倭)가 머지않아 나올 것입니다." 하였다고 장계하였다. - 회하는 없었다.

12월. 구도주(舊島主) 평방희가 물러났음을 알리는 퇴휴고지차왜(退休告知差倭)가 머지않아 나올 것이라고 관수왜에게 알리는 선문두왜가 도착하여, 접위관 및 차비역관을 미리 차출해야 할 것이라고 하였다고 장계하였다.

회계하기를, "구도주가 물러난 후에 고지차왜의 봉행(奉行)이 나온 것은 이미 전례가 있는 일이므로, 접위관과 차비역관을 미리 뽑아 대기하도록 하십시오." 하였다.

계축년(1733, 영조 9) 1월. 구도주 평방희(平方熙)가 물러났음을 알리는 퇴휴고지차왜436) 평륜지(平倫之)가 나왔으므로, 접대할

---

436) 퇴휴고지차왜 : 정관 평륜지(平倫之)는 대포충좌위문(大浦忠左衛門)이며, 도선주는 평전원오사랑(平田源五四郎) 평원춘(平元春)이고, 봉진은 지전운평(志田運平)이다. 영조 9년(1733) 1월 16일부터 7월까지 왜관에

경접위관과 차비역관을 속히 내려보내 달라고 장계하였다.**437)** – 회하는 없었다.

새 도주가 승습했다는 경사를 알리는 봉행대차왜〔新島主承襲告慶奉行大差倭〕**438)**가 머지않아 나올 것이라고 관수왜에게 알리는 선문두왜가 도착하였으니, 접대할 경접위관과 차비역관을 미리 차출해야 한다고 장계하였다.

회계하기를, "고경차왜(告慶差倭)가 나올 것이니, 접위관과 차비역관을 미리 차출하십시오." 하였다.

6월. 동래 부사 정내주(鄭來周) 때이다. 대마도주 평의여(平義如)가 강호(江戶)에서 대마도로 돌아왔음을 알리는 환도고지차왜(還島告知差倭) 평정형(平正衡)**439)**이 서계**440)**를 지참하고 나왔다고 장계하였다. – 향접위관이 접대하였다.

같은 달. 문위역관**441)**을 호행하는 재판차왜(裁判差倭) 평방경

체류하였다. 『參判度數覺』 『同文彙考 附編 卷4 告慶』

437) 구도주 …… 장계하였다 : 『동문휘고』 부편(附編) 권4 고경(告慶)에 예조 참판과 예조 참의에게 보내는 서계와 답서가 기록되어 있다.

438) 새 …… 봉행대차왜 : 대마도주 종의여(宗義如)의 습위(襲位)를 알리는 차왜로, 정관 평성태(平誠泰)는 평전장감(平田將監)이라고도 하며, 도선주는 가성육지진(加城陸之進) 평정영(平正英)이고, 봉진은 다전감지개(多田勘之介)이다. 영조 9년(1733) 3월 21일부터 8월 4일까지 체류하였다. 한편 『동문휘고』 부편(附編) 권4 고경(告慶)에 예조 참판 및 예조 참의에게 보내는 서계와 답서가 기록되어 있다. 『告襲使記錄』 『參判度數覺』

439) 평정형(平正衡) : 고기칠좌위문(高崎七左衛門)이라고도 한다. 『告還使記錄』

440) 서계 : 『동문휘고』 부편(附編) 권7 고환(告還)에 예조 참의에게 보내는 서계와 답서가 기록되어 있다.

441) 문위역관 : 대마도주 평방희(平方熙)의 퇴휴와 평의여(平義如)의 습위(襲位)를 문위하기 위해 파견된 김현문(金顯門), 박춘서(朴春瑞) 일행을 가리킨다.

(平方敬)이 서계를 지참하고 나왔다고 장계하였다. - 향접위관이 접
대하였다.

10월. 대마도에서 나온 비선(飛船)의 두왜가, '새 도주가 승습한
후에 도서를 바꾸어 주기를 청하는 대차왜가 머지않아 나올 것'이
라고 하면서 선문(先文)을 가지고 나왔으므로, 접위관 및 차비역
관을 미리 차출하여 내려보내 달라고 장계하였다.
　회계하기를, "이미 전례가 있으니, 접대할 접위관과 차비역관을
미리 차출하십시오." 하였다.

같은 달. 도주가 승습한 후에 도서개청대차왜442) 평진장(平眞
長)이 나왔으므로, 경접위관 및 차비역관을 속히 내려보내 달라고
장계하였다.443) - 회하는 없었다.

을묘년(1735, 영조 11) 5월. 동래 부사 최명상(崔命相) 때이
다. 도주환도고지차왜 등직량(藤直亮),444) 봉진압물 1인, 반종 5명
등이 서계445)를 지참하고 나왔다고 장계하였다. - 향접위관이 접대하
였다.

정사년(1737, 영조 13) 6월. 동래 부사 오명서(吳命瑞) 때이

---

442) 도서개청대차왜 : 정관은 삼촌채녀 (杉村采女) 평진장(平眞長)이고, 도
　선주는 춘일귀죽우위문(春日龜竹右衛門) 등정교(藤政敎)이며, 봉진은 대
　포이병위(大浦伊兵衛)이다. 영조 9년(1733) 10월 17일부터 이듬해 1월
　29일까지 왜관에 체류하였다. 『參判度數覺』 『同文彙考 附編 卷4 告慶』
443) 도주가 …… 장계하였다 : 『동문휘고』 부편(附編) 권4 고경(告慶)에 예
　조 참판 및 예조 참의에게 보내는 서계와 답서가 기록되어 있다.
444) 등직량(藤直亮) : 백수만우위문(白水萬右衛門)이라고도 한다. 함께 온
　봉진압물은 소천정오랑(小川貞五郎)이다. 『告還使記錄』
445) 서계 : 『동문휘고』 부편(附編) 권7 고환(告還)에 예조 참의에게 보내
　는 서계와 답서가 기록되어 있다.

다. "대마도주 평의여(平義如)가 대마도에 돌아온 것을 알리는 환도고지차왜(還島告知差倭) 평성령(平盛令),**446)** 봉진압물 1인, 반종 5명이 서계**447)**를 지참하고 나왔다고 장계하였다. - 향접위관이 접대하였다.

윤9월. "관수왜 평방태(平方泰)가 말하기를, '관백이 손자를 얻은 경사가 있어서 장차 대차왜를 내보낼 터인데, 선문두왜가 머지 않아 분명 나올 것이므로 귀국은 마땅히 문위역관을 보내는 거조가 있어야 할 것입니다.' 하여, 전례를 널리 살펴보니, 지지난 임오년(1642, 인조 20)에 관백이 아들을 얻어 경사를 알린 일이 있었고, 을유년(1705, 숙종 31)에 저군(儲君)을 세워 경사를 알린 일이 있었으며, 을사년(1725, 영조 1)에 또한 저군을 세워 경사를 알린 일이 있었으나, 손자를 얻어 경사를 알린 일은 원래 없었습니다. 임오년 이후에 아들과 손자를 얻은 일이 없지 않을 텐데 한번도 알리지 않다가 이제 갑자기 손자를 얻은 경사를 알린다고 말하는 것은 매우 괴이하고 놀라운 일입니다. 그래서 훈도(訓導)로 하여금 관수왜에게 묻도록 하니, 동 왜인이 말하기를, '관백이 임금이 되어 누대를 이어오면서 아들을 얻으면 경사를 알렸고, 혹 승습 전에 아들을 얻고 승습한 후에 저군을 세우면 경사를 알렸습니다. 또한 대대로 아들이나 손자에게 전위할 수 없어서 동생이나 조카에게 전위하였다가, 이번 관백이 만년에 원씨(源氏) 8대 만에 다행히도 손자를 얻었습니다. 이는 실로 드문 일로 막대한 경사이기 때문에 관백이 도주로 하여금 특별히 대차왜를 보내게 하여 귀

---

446) 평성령(平盛令) : 삼촌좌내(杉村佐內)라고도 한다. 함께 온 봉진은 원태랑좌위문(源太郎左衛門)이다. 『告還使記錄』
447) 서계 : 『동문휘고』 부편(附編) 권7 고환(告還)에 예조 참의에게 보내는 서계와 답서가 기록되어 있다.

국에 경사를 알리고자 한 것입니다.' 하였습니다. 8대 만에 처음 손자를 얻었다는 말은 아마 사실인 듯한데, 이미 장손(長孫)이고 또한 8대 만에 처음 있는 일이니, 경사를 알리려는 것은 그 형세상 이상한 일은 아닙니다. 그러나 약조에 없는 일이어서 감히 함부로 의논하지 못하겠으므로, 묘당으로 하여금 품처하게 해 주십시오." 라고 장계하였다.

회계하기를, "왜국(倭國)이 경사를 알린 것은 불과 세 차례에 지나지 않았으니, 첫째는 관백이 아들을 얻었을 때이고, 둘째는 관백이 저군을 세웠을 때입니다. 손자를 얻은 경사를 알린 것은 일찍이 전례가 없었는데, 동래 부사가 능히 막지 못하였으니 참으로 온당치 못합니다. 훈도와 별차가 꾸짖고 타이르지 못한 것은 더욱 통탄스럽습니다. 그러나 밖에서 서로 의논해 보았더니 여러 당상관들은 모두 '이 일을 의당 시행해야 할 것 같으니, 처음부터 흔쾌히 허락하는 것이 나을 것이다.'라고 하였습니다. 손자를 얻은 후에 경사를 알리는 것은 괴이한 일이 아니니, 대차왜가 오기를 기다려 을사년(1725, 영조 1)의 예에 따라 접대하도록 하십시오." 하였다.

무오년(1738, 영조 14) 1월. 동래 부사 구택규(具宅奎) 때이다. "비선(飛船)을 타고 나온 두왜가 말하기를, '관백생손고경차왜(關白生孫告慶差倭)의 선문(先文)을 가지고 왔으므로 접대할 경접위관 및 당상·당하 차비역관 각 1원(員)을 미리 뽑아 두어야 할 것입니다.' 하였습니다. 마땅히 임오년(1642, 인조 20)에 아들을 얻은 경사를 알린 일의 전례를 인용하여 처리하는 것이 합당할 것 같은데, 묘당으로 하여금 품지(稟旨)하여 분부하게 해 주십시오."라고 장계하였다.

회계하기를, "당초에 을사년(1725, 영조 1)의 예를 거론한 것은 달리 의거할 만한 전례가 없었기 때문입니다. 임오년의 예로 말하자면 이는 아들을 얻은 경사를 알린 것인데, 아들을 얻은 것과 손자를 얻은 것은 명목과 실제가 다르므로 더욱이 전례를 원용할 수 없습니다. 단지 접대하는 절목을 편의에 따라 본떠 사용할 뿐입니다. 서로 다른 전례를 끌어들이는 것은 부당하니, 반드시 모년(某年)에 의거하라는 뜻으로 분부하십시오."하였다.

회계에, "경접위관, 차비역관 등을 모두 해조와 해원으로 하여금 규례대로 차출하여 대기시키도록 하십시오."하였다.

3월. 관백생손고경대차왜(關白生孫告慶大差倭)[448] 평방직(平方直), 봉진 압물 1인, 시봉 2인, 반종 16명이 서계[449]를 지참하고 나왔으므로, 경접위관 및 차비역관 등을 속히 내려보내 줄 것이며, 대차왜가 나올 때 단지 시봉 1인만 데려올 수 있는데 이번에 2인을 데리고 온 것은 실로 규정 밖의 일이므로, 1인을 줄인 후에 다시 계문(啓聞)할 생각이라고 장계하였다.

회계에, "고경차왜(告慶差倭)가 시봉 1인을 데리고 오는 것은 이미 전례가 되었으니, 1인에 대해서는 다시 동래부로 하여금 엄히 꾸짖고 타일러 수를 줄이도록 하고, 접위관 및 차비역관은 속히 내려보내십시오."라고 하였다.

---

448) 관백생손고경대차왜(關白生孫告慶大差倭) : 관백(關白)이 손자 덕천가치(德川家治)를 얻은 것을 알리기 위해 온 차왜로, 일본에서는 경탄사(慶誕使)라고 한다. 정관은 평전준인(平田隼人) 평방직이고, 도선주는 소야육랑군우위문(少野六郎君右衛門) 등정태(藤正泰)이며, 봉진은 선반우위문(扇半右衛門)이다. 영조 14년(1738) 3월 7일부터 7월 29일까지 왜관에 체류하였다. 도중에 평방직이 사망하여, 평성일(平誠一)이 업무를 대신하였다. 『參判度數覺』『同文彙考 附編 卷3 告慶』

449) 서계 : 『동문휘고』 부편(附編) 권3 고경(告慶)에 예조 참판 및 예조 참의와 동래 부사 및 부산 첨사에게 보내는 서계와 답서가 기록되어 있다.

같은 달. "관백생손고경대차왜 평방직이 시봉 2인을 데리고 왔기 때문에 훈도와 별차로 하여금 1인을 줄이라는 뜻으로 차왜를 엄히 신칙하게 하니, 훈도와 별차가 말하기를, '전후의 곡절을 바로 고하지 않을 수 없습니다. 대차왜가 시봉 2인을 데리고 온 것은 전례가 있습니다. 일찍이 계유년(1693, 숙종 19)에 대차왜가 연이어 나왔는데, 그때 훈도 변정욱(卞廷郁)과 별차 송유양(宋裕養)이 재판차왜(裁判差倭)와 상의하여 대차왜의 시봉 1인을 우선 임시로 줄여서 특별히 가자(加資)의 은전을 입었습니다. 그런데 다음에 온 대차왜가 시봉 2인을 데리고 와 담당 역관이 1인을 줄이도록 다투었으나 줄일 수 없자, 사단이 생길까 두려워하여 임의대로 함께 연향에 참석하도록 하였습니다. 단 예단(禮單)과 공궤(供饋)의 비용은 훈도와 별차가 자비로 충당하여 구차하게 일이 없기를 바랐는데, 마침내 잘못된 규례가 되어 오늘에 이르렀습니다. 이때 이후로부터 대차왜가 나왔다는 장문(狀聞)을 할 때마다 혹 시봉 1인이라고 수본(手本)에 쓰거나, 2인이 나왔는데 1인은 꾸짖고 타일러 줄였다는 식으로 장문하였으니, 한때 재량으로 줄였다는 것은 생색을 내려는 계책에서 나온 것입니다.' 하였습니다. 담당 역관은 사사로이 접대를 하고, 변방의 신하는 오히려 국가가 알지 못하는 오랑캐와 연향에서 상대하며 술잔을 주고받으니, 이것은 너무나도 놀라운 일입니다. 이미 그 실상을 알았으므로 숨기고 불문에 부치는 것은 결코 옳지 않습니다. 이제 계유년(1693, 숙종 19)으로부터 족히 46년이란 시일이 흘렀으니, 비록 이 문제를 다투고자 해도 그들이 순순히 따를 리가 없습니다. 흔쾌히 시봉 2인을 접대한 구례(舊例)를 따름으로써 싸움의 실마리를 없애고 조정이 기만당한 수치를 이웃 나라에 알려지지 않게 하는 것이 쾌활하고 정대할 것 같습니다. 묘당으로 하여금 품지하여 분부하게 해 주십시오."라고 장계하였다.

회계하기를, "막고자 하면 모욕당할 것 같고 허락하고자 하면 규정 밖의 일이니, 매우 난처합니다. 변방의 신하된 도리로는 스스로 그 힘을 헤아려 편리한 쪽으로 쟁집(爭執)하거나, 그렇지 않으면 차라리 잘못된 예를 따라 위엄을 보이는 것이 더 나을 것입니다. 전후의 변방 신하는 마땅히 죄를 논해야 할 것이나, 조정이 단지 시봉을 1인으로 알아 온 것이 거의 50년이 되었으니, 지금 변방의 신하가 어찌 시봉을 2인이라고 하겠습니까. 동래 부사는 무겁게 추고(推考)하고, 계문(啓聞)을 다시 내려보내어 다시는 시봉의 일로 번거롭게 하지 않도록 하고, 전후의 동래 부사와 접위관은 그대로 두도록 하십시오." 하였다.

같은 달. "관수왜가, 대차왜 평방직은 술을 좋아하여 담병(痰病)이 있는 사람인데 오늘 모여서 술을 마시다가 가슴에 담이 막혀 유시(酉時)에 죽었다고 하였습니다. 대차왜가 이미 죽었으므로, 경접위관과 차비역관을 우선 내려보내지 말라는 뜻을 예조와 사역원에 분부하소서. 등록(謄錄)을 살펴보니, 신해년(1671, 현종 12) 12월에 왜관을 옮기는 일로 나온 차왜 평성태(平成太)가 죽은 후에 그 부관들이 목판 3립(立)과 시신을 염할 수 있는 기구를 얻고자 하였고, 또한 백방주(白方紬) 1필(匹), 백저포(白苧布) 2필, 유둔(油芚) 2부(部), 소금 1섬[石]을 구한 까닭에 목판, 방주, 소금은 동래부에서 구하여 지급하였고, 저포(苧布)와 유둔은 사예단(私禮單) 중에서 지급해 달라는 장문(狀聞)이 있었습니다. 예조의 계하(啓下) 관문(關文)에는, '평성태의 죽음에 대한 부물(賻物)로 백미 10섬, 백목면(白木綿) 15필, 백면주(白綿紬) 5필, 유둔 3부, 청밀(淸蜜) 5말[斗], 참기름[眞油] 5말, 호도 7말, 잣 7말, 곶감[乾柿] 7접(貼)을 경상도에서 마련하여 들여보내도록 하고, 부용향(芙蓉香) 10자루, 납촉(蠟燭) 1쌍은 해조에서 갖추어 내려 보낸다.'하였으며, 비변사(備邊司)의 계하 관문에는 '접위관은 도로 올라오도록 하고, 부관 등이 되돌아갈 때 서계를 전하는 것과 연향을 베푸는 등의 일은 별도로 향접위관을 정하여 접대하라.'고 하였습니다. 금번의 차왜 평방직은 나온 지가 얼마 되지 않아서 접위관은 아직 내려보내지 않았고, 서계를 바치는 것과 연향을 베푸는 등의 일이 모두 거행되기 전에 차왜가 죽었으니, 지금 거행해야 할 여러 행사의 절목(節目)을 평성태가 죽었을 때의 예를 원용하는 것은 부당합니다. 그러므로 훈도와 별차에게 분부하여 그들로 하여금 번거롭게 요청하는 폐단이 없도록 해야 할 것입니다."라고 장계하였다. - 장계등록에 나오며, 회하는 없었다.

4월. "비선을 타고 나온 두왜가, '고경대차왜 평방직을 대신하여 바꿔 정해진 대차왜의 선문을 가지고 왔습니다.'하였습니다. 대차왜가 서계를 바치기 전에 죽었기 때문에 부물(賻物)의 유무를 다시 탐지해 보니, 관수왜 등이 감히 부물의 일을 말하지 못한 채 오늘 이미 시신을 실어 보냈습니다."라고 장계하였다. - 회하는 없었다.

5월. 죽은 대차왜를 대신하여 평성일(平誠一)450)이, 고쳐 쓴 서계를 지참하고 나왔으므로, 경접위관과 차비역관을 속히 내려보내 달라고 장계하였다. - 장계등록에 나오며, 회하는 없었다.

6월. "고경대차왜(告慶大差倭) 평성일의 다례(茶禮)를 이달 2일로 정하여 베푼 후에 시봉의 일로 서로 꾸짖고 타이르는 일이 있었습니다. 신(臣) 구택규(具宅奎)가 당초에 장계를 올려 논한 것은 비록 나라의 체모를 소중히 여겨 덮어 둘 수 없다는 뜻에서였

---

450) 평성일(平誠一) : 삼촌중(杉村仲)이라고도 한다. 『告慶誕使記錄』

지만, 문비(問備)를 받음에 이르러서는 황송하고 부끄러웠습니다. 신 또한 어리석음과 편협함으로 인하여 죄과를 저질렀음을 뉘우칩니다. 이미 경솔하게 장문(狀聞)한 후, 이어 담당 역관으로 하여금, '시봉에게 음식을 접대하는 것과 회례(回禮)하는 물품 등을 전례대로 사사로이 마련하는 것이나, 연회에 나가 국가가 접대를 허락하지 않은 오랑캐와 술잔을 주고받으며 마시는 것은 일의 체모를 크게 손상시키는 것이니, 임오년(1642, 인조 20) 아들을 얻은 경사를 알렸을 때의 예에 따라 1인만 연향에 참석하도록 하라.'는 뜻으로 분부하였습니다. 담당 역관이 여러 가지로 대차왜를 꾸짖고 타이른바, 동 왜인이 참으로 그렇다고 하면서, 마땅히 변통하는 방도가 있으니 시봉 1인이 병을 칭하여 연향에 참석하지 않을 것이라고 하였는데, 다례 때 과연 참석하지 않았습니다. 비록 흔쾌히 줄이는 데에는 미흡하였지만 정해진 규례를 폐단 없이 행하였습니다."라고 접위관과 동래 부사가 연명으로 장계하였다. - 회하는 없었다.

기미년(1739, 영조 15) 6월. 동래 부사 정형복(鄭亨復) 때이다. 도주환도고지차왜(島主還島告知差倭) 평상창(平尙昌),**451)** 봉진 압물 1인, 반종 5명 등이 서계**452)**를 지참하고 나왔다고 장계하였다. - 향접위관이 접대하였다.

9월. 동래 부사 박사창(朴師昌) 때이다. "관수왜가 말하기를, '작년에 문위역관 김정균(金鼎均)과 박춘서(朴春瑞) 등이 파선운명(破

---

451) 평상창(平尙昌) : 평전원오사랑(平田源五四郎)이라고도 한다. 함께 온 봉진은 중원오조(中原五助)이다. 『告還使記錄』
452) 서계 : 『동문휘고』 부편(附編) 권7 고환(告還)에 예조 참의에게 보내는 서계와 답서가 기록되어 있다.

船殞命)453)에 대한 일로 명을 받들고 가서 대마도 봉행(奉行)에게 힘써 타일렀으나, 대마도주가 강호(江戶)에 있었기 때문에 변통하지 못하고 돌아왔습니다. 대마도주가 환도(還島)한 후에 김정균이 재판차왜의 차비역관으로 내려와 다시 힘을 다해 재판차왜의 통보에 대해 말하여, 대마도의 비선(飛船)이 나오는 편에 마침내 회보(回報)가 있었습니다. 파선운명에 대한 일을 여러 해 미해결인 채로 고집부리는 것은 화목한 기운을 해칠 수 있으니, 지금부터 표류한 사람이 운명하면 차왜를 보내고, 단지 배만 부서졌을 때에는 다른 사행에 순부(順付)하는 것으로 정식(定式)을 삼았습니다.' 하였습니다. 또 관수왜가 1통(通)의 수표(手標)를 쓰고 도서(圖書)를 찍어 직접 전달하였는데, 거기에 '영구적인 정식으로 삼아 준행할 것'이라 하였는바, 이는 두 역관이 나라를 위해 힘을 다하여 이룬 결과입니다. 격려하는 도리가 없어서는 안 될 것 같으나, 아래에서 감히 우러러 청할 수 없습니다."라고 장계하였다. - 수표는 약조(約條)에 보인다.

회계하기를, "문위역관 등이 나라를 위해 힘을 다하여 이처럼 폐단을 없앴으니, 진실로 매우 가상합니다. 그러나 이후로 영원히 준행하기로 한 것은 또한 기필할 수 없으므로, 가벼이 논상(論賞)을 의논하기 어려우니, 우선 일이 진행되는 것을 살펴 다시 의논하여 처리하도록 하십시오. 수표는 동래부에 보관하도록 하여 후에 상고하는 데 증거를 삼도록 하십시오." 하였다.

---

453) 파선운명(破船殞命) : 임술년(1682, 숙종 8)에 통신사가 연례송사 외에는 별도로 차왜를 보내지 않도록 한 약조 중 파선운명한 경우의 차왜 파견에 대한 문제이다. 파선운명을 대마도에서 파선(破船)과 운명(殞命)으로 나누어 각각 1사(使)로 파견함에 따라 파선과 운명을 나누어 2사(使)로 파견하지 말라는 교섭이다. 문위역관으로 파견된 김정균과 박춘서 등은 대마도와의 교섭을 통해 표류민의 배가 부서진 경우에는 다른 사행 편에 순부(順付)하고 표류민이 운명(殞命)한 경우에만 사신을 보내기로 약정하였다. 『이훈, 조선 후기 표류민과 한일관계, 국학자료원, 2000』

신유년(1741, 영조 17) 6월. 동래 부사 김석일(金錫一) 때이다. 도주환도고지차왜 등신구(藤信久),454) 봉진압물 1인, 반종 5명이 서계455)를 지참하고 나왔다고 장계하였다. - 향접위관이 접대하였다.

계해년(1743, 영조 19) 윤4월. 동래 부사 정이검(鄭履儉) 때이다. 환도고지차왜 귤창범(橘昌帆),456) 봉진압물 1인, 반종 5명이 서계457)를 지참하고 나왔다고 장계하였다. - 향접위관이 접대하였다.

을축년(1745, 영조 21) 6월. 동래 부사 역적 심악(沈鐟) 때이다. 환도고지차왜 등신구(藤信久),458) 봉진압물 1인, 반종 5명이 서계459)를 지참하고 나왔다고 장계하였다. - 향접위관이 접대하였다.

11월. "관수왜가, '관백(關白)이 지난 8월에 연로하여 물러났는데 전부터 조정(朝廷)에 고달(告達)하는 예가 있었으므로, 대차왜가 머지않아 나올 것이니 경접위관과 당상·당하 차비역관 각 1원(員)을 미리 차출해야 할 것이라는 선문두왜가 이번 비선 편에 나왔습니다.' 하였습니다. 등록을 살펴보니, 임신년(1692, 숙종 18)

---

454) 등신구(藤信久) : 평전원칠(平田源七)이라고도 한다. 함께 온 봉진은 포택우우위문(蒲澤宇右衛門)이다. 『告還使記錄』
455) 서계 : 『동문휘고』 부편(附編) 권7 고환(告還)에 예조 참의에게 보내는 서계와 답서가 기록되어 있다.
456) 귤창범(橘昌帆) : 길촌좌오우위문(吉村佐五右衛門)이라고도 한다. 함께 온 봉진은 도산택좌위문(陶山宅左衛門)이다. 『告還使記錄』
457) 서계 : 『동문휘고』 부편(附編) 권7 고환(告還)에 예조 참의에게 보내는 서계와 답서가 기록되어 있다.
458) 등신구(藤信久) : 월치병위(越治兵衛)라고도 한다. 함께 온 봉진은 포전일랑우위문(浦田一郎右衛門)이다. 『告還使記錄』
459) 서계 : 『동문휘고』 부편(附編) 권7 고환(告還)에 예조 참의에게 보내는 서계와 답서가 기록되어 있다.

에 대마도주 평의진(平義眞)이 물러났고, 임오년(1702, 숙종 28)에 평의진이 다시 물러났으며, 계축년(1733, 영조 9)에 평방희(平方熙)가 물러났는데, 이때마다 모두 차왜가 나와서 조정에 고달한 일이 있었습니다. 그러나 관백이 물러난 것을 알리기 위해 차왜가 나온 일은 여러 등록을 살펴보았으나 당초 기재된 바가 없습니다. 이 일은 처음 생긴 것으로 전례가 없으므로 관수왜에게 꾸짖어 물으니, 관수왜가 말하기를, '여러 등록을 살펴보니 관영(寬永) 원년 갑자년(1624, 인조 2)[460]에 관백 수충(秀忠)이 물러난 뒤에 대차왜가 나와서 조정에 고달하였고, 수충의 큰 아들 가광(家光)이 승습(承襲)한 후에 고경대차왜(告慶大差倭)가 연이어 나왔습니다. 지금 이 관백이 물러난 것이 지난 8월이었는데, 새 관백은 곧 물러난 관백의 큰아들로 관직은 우대장(右大將)이라 칭하고 이름은 관백을 승습한 후에 으레 개명(改名)하기 때문에 아직 정확히 알지 못합니다.' 하였습니다. 관수왜가 말한바, 갑자년에 관백 수충이 물러난 뒤 대차왜가 나왔다고 한 것은 우리나라에 있어서는 천계(天啓) 갑자년(1624, 인조 2)의 일입니다. 갑자년에 동래 부사가 올린 장계등록은 오래되어 유실되었고, 임신년(1632, 인조 10)에 동래 부사 홍립(洪雯)이 올린 장계등록 중에 '왜인이, 「옛 관백 원수충(源秀忠)이 1월 그믐 사이에 죽어 새 관백 원가광(源家光)이 관백의 지위를 이은 지 이미 10년이 되었습니다.」하였습니다.'라고 나와 있습니다. 이로써 보건대 원수충이 물러났다는 것은 의심할 수 없지만, 당시 차왜가 나왔는지의 여부는 확인할 근거가 없습니다. 대마도주가 물러났을 경우 차왜가 와서 알리는 것을 이미 허락하였으므로, 관백이 물러난 것을 와서 알리는 것을 허락하지

---

460) 관영(寬永) 원년 갑자년 : 본문에는 관문(寬文) 원년 갑자년으로 되어 있으나, 관문 원년은 현종 2년 신축년(1661)이므로, 관영 원년의 오기(誤記)이다.

않기는 어렵습니다. 근거할 만한 전례가 없어서 변방의 신하가 감히 마음대로 처리할 수 없으니, 접대를 해야 할지의 여부를 묘당으로 하여금 품처하게 해 주십시오."라고 장계하였다.

비변사의 회계에, "예조(禮曹)와 승문원(承文院)에도 역시 천계 갑자년의 등록이 없는데, '도주고휴차왜(島主告休差倭)를 접대하도록 이미 허락하였으므로 관백이 물러난 것을 알리는 차왜를 접대하지 않기 어렵다.'고 한 것은 진실로 동래 부사가 진달한 바와 같으니 규례대로 접대하도록 하시고, 경접위관 또한 해조에서 차출하도록 하십시오. 앞으로 또한 승습고경차왜(承襲告慶差倭)가 올 것이며 통신사행까지 있을 것입니다. 경접위관 두 일행에 모두 당상 역관 1인을 뽑아 보내고 대비해야 하는데, 지금 왜역 당상(倭譯堂上)은 단지 한 사람이 있을 뿐입니다. 현태익(玄泰翼)은 작년에 운송 감독[運監]에 관한 범죄를 밝힌 공이 있고, 박상순(朴尙淳)은 사람됨이 가장 뛰어나므로 품계를 올릴 만하니, 이 두 역관을 먼저 가자(加資)하도록 하십시오."하였다.

예조의 회계에, "관백이 물러나고 그 아들을 세웠으니 고휴대차왜(告休大差倭)가 머지않아 나올 것이므로, 경접위관을 미리 차출하여 규례대로 접대하도록 하십시오. 관백고휴차왜(關白告休差倭)는 전례로서 근거할 만한 글이 없지만, 생각건대 관백고부고경차왜(關白告訃告慶差倭) 및 도주퇴휴고지차왜(島主退休告知差倭)를 접대할 때 회례단(回禮單)을 마련한 전례가 있으므로, 마땅히 고부차왜(告訃差倭)를 접대할 때에도 그것에 준하여 마련해야 할 것 같으니, 묘당으로 하여금 품처하도록 해 주십시오."하였다.

해조에서 추후에 도착한 관문(關文)에, "관백이 물러난 것을 알린 전례는 잃어버려 이미 근거할 만한 것이 없고, 도주가 물러난 것을 알린 전례는 너무 가벼우므로, 마땅히 관백의 죽음을 알리는 차왜[關白告訃差倭]461)의 전례를 대략 본떠 참작하여 마련해야 할 것 같다." 하였다.

병인년(1746, 영조 22) 1월. 비변사에 올린 동래부의 보장(報狀)462) 내에, "'관백고휴차왜(關白告休差倭)를 접대한 전례는 이미 근거할 만한 것이 없고, 도주가 물러난 것을 알린 전례는 너무 가벼우므로, 마땅히 관백고부차왜(關白告訃差倭)의 예를 대략 본떠 참작하여 마련하라.'고 한, 예조에서 계하(啓下)받아 내려 보낸 관문(關文)이 전에 이미 도착하였습니다. 그런데 관백고부차왜는 정관, 도선주, 봉진압물, 시봉 각 1인과 반종 14명, 격왜 60명으로 구성되었고, 도주퇴휴차왜(島主退休差倭)는 정관, 도선주, 봉진압물, 시봉의 경우 고부차왜(告訃差倭)와 같은데, 반종 2명, 격왜 10명을 더 데리고 왔습니다. 관백고부차왜의 예로 접대한다면 도주퇴휴차왜를 접대한 예와 비교해 볼 때 반종 2명, 격왜 10명을 더하게 되어 앞으로 차왜가 나온 후에 반드시 시비를 야기할 실마리가 될 것이니, 사례를 헤아려 신속히 변통해 주십시오." 하였다.

회제(回題)463)하기를, "이번 차왜 일행에 대한 접대 절차를 고부차왜의 전례를 대략 본떠 하라고 한 것은 그 접대의 후함과 박함을 이르는 것이며, 원역(員役)의 많고 적음에 관해서는 마땅히 그 전례에 따라 접대할 뿐이다. 고부차왜의 전례에 관한 이야기는 발언하지 않도록 할 것이며, 그들에게는 고부(告訃)의 전례가 없다는 것으로 접대를 하지 않을 수 없으니, 참고하여 헤아려 시행하도록 하라." 하였다.

---

461) 관백의 …… 차왜 : 원문에는 관백고휴차왜(關白告休差倭)로 되어 있으나 앞뒤의 내용으로 보아 관백고부차왜(關白告訃差倭)의 오기로 판단된다.
462) 보장(報狀) : 어떤 사실을 하급 관청이 상급 관청에게 알려 보고하는 공문을 가리킨다.
463) 회제(回題) : 하급 관청이 올린 보고문에 대해 상급 관청이 내리는 지령(指令)을 가리킨다.

3월. 관백퇴휴고지차왜(關白退休告知差倭)**464)** 정관 평성태(平誠泰), 도선주 1인, 봉진압물, 시봉 2인, 반종 16명, 격왜 70명 등이 서계**465)**를 지참하고 나왔는데, 시봉 1인을 꾸짖고 타일러 줄인 뒤에 경접위관이 접대하였다.

회계하기를, "이번 대차왜의 원역(員役)의 인원수는 도주고휴차왜(島主告休差倭)와 조금도 가감이 없다고 하는데, 관백이 물러난 일을 알리는 것은 도주가 물러난 일을 알리는 것에 비하여 중요하니, 데리고 온 사람들의 수가 서로 같은 데 대해서는 말로 고집하거나 거역하고 물리치는 단서가 없을 것 같으므로, 나온 인원수대로 모두 접대하도록 하십시오." 하였다.

같은 달. 신관백승습고경대차왜(新關白承襲告慶大差倭)가 머지않아 나올 것이라는 일로 선문두왜가 나왔다고 하니, 접대할 경접위관 및 차비역관을 미리 차출해야 할 것이라고 장계하였다. - 장계등록에 나오며, 회하는 없었다.

윤3월. 관백승습고경대차왜**466)** 정관 1인, 도선주 1인, 봉진압물

---

464) 관백퇴휴고지차왜(關白退休告知差倭) : 관백 덕천길종(德川吉宗)이 관백의 자리에서 물러난 것을 알리기 위해 온 차왜로, 일본에서는 손위사(遜位使)라고 한다. 정관은 평전장감(平田將監) 평성태(平誠泰)이고, 도선주는 통구총좌위문(樋口惣左衛門) 평치원(平致遠)이며, 봉진은 대포구랑좌위문(大浦九郎左衛門)이다. 영조 22년(1746) 2월 1일부터 5월 28일까지 왜관에 체류하였다. 『參判度數覺』『同文彙考 附編 卷3 告慶』

465) 서계 :『동문휘고』부편(附編) 권3 고경(告慶)에 예조 참판 및 예조 참의와 동래 부사 및 부산 첨사에게 보내는 서계와 답서가 기록되어 있다.

466) 관백승습고경대차왜 : 관백 덕천가중(德川家重)의 즉위를 알리기 위해 온 차왜로, 일본에서는 대경사(大慶使)라고 한다. 정관은 천정여좌위문(淺井與左衛門) 등성구이고, 도선주는 대도압공위문(大嶋壓公衛門) 평정리(平正利)이며, 봉진은 교변풍좌위문(橋辺豐左衛門)이다. 영조 22년(1746) 3월 27일부터 8월 22일까지 왜관에 체류하였다. 『參判度數覺』『同文彙考 附編 卷3 告慶』

1인, 시봉 2인, 반종 16명 등이 서계467)를 지참하고 나왔는데, 규정 외로 나온 시봉 1인을 꾸짖고 타일러 줄인 뒤에 경접위관이 접대하였다.

회계하기를, "고경차왜가 이미 나왔으므로 접대할 경접위관을 속히 내려보내십시오." 하였다.

12월. 동래 부사 홍중일(洪重一) 때이다. "관수왜가 말하기를, '통신사를 보내 줄 것을 요청하는 대차왜〔信使請來大差倭〕가 머지않아 나올 것입니다.' 하였습니다. 차왜가 나오면 규례대로 접대하지 않을 수 없으니, 경접위관 및 당상·당하 역관을 미리 차출하십시오."라고 장계하였다. - 장계등록에 나오며, 회하는 없었다.

정묘년(1747, 영조 23) 2월. 도주환도고지차왜(島主還島告知差倭) 평원춘(平元春),468) 봉진압물 1인, 반종 5명 등이 서계469)를 지참하고 나왔으므로, 향접위관이 접대하였다.

같은 달. "신사청래대차왜(信使請來大差倭)470) 평여항(平如恒), 도선주왜 평구경(平久經), 봉진압물 1인, 시봉 2인, 반종 16명,

---

467) 서계 : 『동문휘고』 부편(附編) 권3 고경(告慶)에 예조 참판과 예조 참의에게 보내는 서계와 답서가 기록되어 있다.
468) 평원춘(平元春) : 진강좌근우위문(津江左近右衛門)이라고도 한다. 함께 온 봉진은 영뢰미차우위문(永瀨彌次右衛門)이다. 『告還使記錄』
469) 서계 : 『동문휘고』 부편(附編) 권7 고환(告還)에 예조 참의에게 보내는 서계와 답서가 기록되어 있다.
470) 신사청래대차왜(信使請來大差倭) : 관백 덕천가중(德川家重)의 즉위를 축하하기 위한 통신사행의 파견을 요청하기 위해 온 차왜로, 일본에서는 수빙사(修聘使)라고 한다. 정관은 고천주전(古川主典) 평여항(平如恒)이고, 도선주는 삼촌대도(杉村帶刀) 평구경(平久經)이며, 봉진은 아비류태랑팔(阿比留太郎八)이다. 영조 23년(1747) 2월 16일부터 6월 16일까지 왜관에 체류하였다. 『參判度數覺』『同文彙考 附編 卷9 通信』

격왜 36명 등이 서계[471])를 지참하고 나왔습니다. 시봉 1인을 꾸짖고 타일러 줄였거니와 반종 2명 및 격왜 20명 또한 더 데리고 왔습니다. '차비역관 중 당상관 1원(員)은 시임 당상(時任堂上)인 훈도(訓導) 신영래(愼榮來)로 하여금 겸행(兼行)하게 하고, 더 데리고 온 반종과 격왜 등을 줄이는 일은 담당 역관으로 하여금 꾸짖고 타이르게 할 것입니다. 더 데리고 온 반종과 격왜를 줄이고 당상 훈도가 서울에서 내려오면 참으로 다행이겠지만, 조정의 처분에 달려 있을 따름입니다.'라는 훈도와 별차(別差) 등의 수본(手本)이 있었던바, 서울에 있는 당상 역관 또한 억지로 청하지 않으니, 마땅히 훈도 신영래로 하여금 전례대로 겸찰(兼察)하도록 하고, 동 차비역관은 모두 당하관으로 뽑아 보내도록 하며, 반종 14명과 격왜 50명에게 지급할 연향과 예단 및 잡물을 마련하여 내려보내 주십시오."라고 장계하였다. - 장계등록에 나오며, 회하는 없었다.

9월. 동래 부사 김상중(金尙重) 때이다. 통신사행을 호행할 대차왜〔通信使護行大差倭〕가 머지않아 나올 것이라는 일로 선문(先文)을 지참한 두왜가 나왔다고 장계하였다. - 장계등록에 나오며, 회하는 없었다.

10월. 통신사호행대차왜[472]) 평방칙(平方則), 도선주 1인, 봉진 압물 1인, 시봉 2인, 반종 16명, 격왜 70명 등이 서계[473])를 지참

---

471) 서계 : 『동문휘고』 부편(附編) 권9 통신(通信)에 예조 참판과 예조 참의에게 보내는 서계와 답서가 기록되어 있다.

472) 통신사호행대차왜 : 정관 평방칙(平方則)은 대포병좌위문(大浦兵左衛門)이라고도 하며, 함께 온 도선주는 송포찬치(松浦讚治) 송수경(松守經)이며, 봉진은 구정이좌위문(久井伊左衛門)이다. 영조 23년(1747) 9월 29일부터 이듬해 2월 9일까지 왜관에 체류하였다. 『參判度數覺』 『同文彙考 附編 卷9 通信』

473) 서계 : 『동문휘고』 부편(附編) 권9 통신(通信)에 예조 참판 및 예조

하고 나왔으므로, 경상도 도사로 하여금 규례대로 접대하도록 하고, 당상 차비역관은 훈도가 겸찰하도록 하였다고 장계하였다. - 회하는 없었다.

무진년(1748, 영조 24) 윤7월. 동래 부사 민백상(閔百祥) 때이다. 신행호환대차왜(信行護還大差倭)474) 평방태(平方泰), 봉진압물 1인, 시봉 2인, 반종 16명, 격왜 70명과 도선주 평지성(平之誠) 등이 서계475)를 지참하고 나왔다고 장계하였다. - 시봉 1명을 줄인 후에 경접위관이 접대하였다.

신미년(1751, 영조 27) 윤5월. 동래 부사 조재민(趙載敏) 때이다. 도주환도고지차왜(島主還島告知差倭) 청원정칙(淸原貞則),476) 봉진압물 1인, 반종 5명, 격왜 40명이 서계477)를 지참하고 나왔다고 장계하였다. - 향접위관이 접대하였다.

6월. "퇴휴와 경사를 알리기 위한 차왜가 와서 구관백 원길종(源吉宗)478)이 죽었다는 소식을 관수왜에게 전하였다고 하니, 일이

참의에게 보내는 서계와 답서가 기록되어 있다.

474) 신행호환대차왜(信行護還大差倭) : 영조 24년(1748)에 파견된 통신사 행을 호위하고 돌아온 차왜로, 정관은 평전직우위문(平田直右衛門) 평방태(平方泰)이고, 도선주는 삼포기지윤(三浦磯之允)이며, 봉진은 좌등항우위문(佐藤恒右衛門)이다. 영조 24년(1748) 8월 12일부터 11월까지 왜관에 체류하였다. 『參判度數覺』

475) 서계 : 『동문휘고』 부편(附編) 권9 통신(通信)에 예조 참판 및 예조 참의에게 보내는 서계와 답서가 기록되어 있다.

476) 청원정칙(淸原貞則) : 죽삼칠좌위문(竹森七左衛門)이라고도 한다. 함께 온 봉진은 전도칠좌위문(畑島七左衛門)이다. 『告還使記錄』

477) 서계 : 『동문휘고』 부편(附編) 권7 고환(告還)에 예조 참의에게 보내는 서계와 답서가 기록되어 있다.

478) 원길종(源吉宗) : 강호막부(江戶幕府)의 제8대 장군으로 덕천길종(德川吉宗)을 가리킨다.

마땅히 고부(告訃)에 해당됩니다. 훈도와 별차로 하여금 관수왜를 정탐하도록 하였더니 관수왜가 말하기를, '대마도의 중론(衆論)이 이미 귀국에 퇴휴와 경사를 알렸지만 일이 고부에 해당하므로, 무엇보다 강호(江戶)의 분부에 따라 장차 거행할 것입니다.' 하였습니다. 동래부에서 올린 임신년(1632, 인조 10) 동래 부사 홍립(洪霙)의 장계등록을 살펴보니, 구관백 원수충(源秀忠)이 죽은 뒤에 부고를 알리는 서계를 가지고 차왜 귤성공(橘成供)이 나왔다고 하므로, 이번에도 마땅히 이 전례를 따라 고부하는 일이 있어야 할 것입니다. 그때는 관백이 죽은 후 50일 동안 관수왜 등이 공사(公事)를 하지 않거나 연향(宴享)을 베풀지 않는 일이 없었는데, 이번은 처음 있는 일입니다. 이것은 그들 나라의 의례와 문화가 전에 비하여 조금 나아진 데 연유한 것 같거니와, 고부차왜가 나오기를 기다려 즉시 아뢸 생각입니다."라고 장계하였다. - 회하는 없었다.

9월. 동래 부사 신위(申暐) 때이다. "물러난 구관백의 죽음을 알리는 대차왜〔退休舊關白身死告訃大差倭〕가 나올 것이라는, 관수왜에게 보내는 선문(先文)을 지참한 두왜가 나왔다고 하므로, 등록(謄錄)을 살펴보니 임신년(1632, 인조 10)에 구관백의 죽음을 알리는 차왜〔舊關白身死告訃差倭〕가 나왔으나 접대한 일이 없이 단지 서계만을 받아 예조로 올려 보냈습니다. 지금 갑자기 경접위관의 접대를 요청하는 것은 규정 밖의 일이라고 훈도와 별차로 하여금 관수왜를 꾸짖고 타이르게 했더니, 관수왜가 말하기를, '그때는 두 나라가 통화(通和)의 약조를 맺은 지 얼마 되지 않았기에 실로 경접위관으로 접대한 예가 없었던 것입니다. 그 후 임오년(1642, 인조 20)과 신묘년(1651, 효종 2) 등에는 관백이 아들을 얻은 것479)과 관백의 고부(告訃)480) 등의 일로 와서 경접위관을 청한 까닭에, 그것이 그대로 전례가 되었습니다.' 하였습니다. 그리하여 다시 훈도와 별차로 하여금 꾸짖고 타이르게 하기를, '이것은 현직에 있는 관백을 이르는 것이지 물러난 관백을 말한 것은 아니다.' 하니, 동 왜인이 다시 말하기를, '이미 관백이라 한 이상 어찌 현직과 물러난 구관백을 구별하겠습니까. 또한 우리 대마도 태수의 경우에도 죽었음을 부고하면 오히려 접대한 전례가 있었는데, 하물며 30여년을 성심으로 통화(通和)하다가 죽은 구관백의 부고를 할 경우이겠습니까.' 하였다고 수본(手本)하였습니다. 그러므로 동래부에서 전후로 올린 등록을 살펴보니, 기유약조 이후 간간이 구청(求請)이나 구무(求貿)를 칭하면서 별도로 보낸 두왜가 서계를 지참하고 나온 경우는 있었지만 조정에서 규정 밖의 일이라 하여 접대를 허락하지 않았고, 을해년(1635, 인조 13)에 이르러 유천조흥(柳川調興)과 현방(玄昉) 등의 도서(圖書)와 의관(衣冠)을 바치는 일로 차왜 평지우(平智友)가 나왔을 때, 동 왜인의 지위가 높다고 하며 접대를 특별히 요청하였기에, 처음으로 향접위관을 뽑아 접대하도록 하였습니다. 향접위관의 명칭이 이때 시작된 것입니다. 임신년과 신묘년에 관백이 아들을 얻은 일과 관백의 부고를 알리는 일로 나왔을 때, 비로소 경접위관이 당상·당하 역관을 거느리고 가서 접대하였는데, 경접위관의 명칭은 이때 시작되었습니다. 무술년(1718, 숙종 44)에 이르러 관백고부고경(關白告訃告慶)과 도주퇴휴고경(島主退休告慶) 차왜가 왔을 때 모두 경접위관을 보내어 접대하였습니다. 이번에 구관백 원길종(源吉宗)이 물러난 것을 알리는 차왜 또한 경접위관으로 접대해야 합니다. 그리고 부고하는 것을 막기 어려우니 어떻게 해야겠습니까? 묘당으로 하

---

479) 관백이 아들을 얻은 것 : 인조 19년(1641)에 관백 덕천가광(德川家光)이 장남 가강(家綱)을 낳은 것을 말한다.
480) 관백의 고부(告訃) : 효종 1년(1650)에 사망한 덕천가광의 죽음을 말한다.

여금 고금의 사례를 참작하여 하나를 택해 분부하게 해 주십시오."
라고 장계하였다.

회계하기를, "임신년의 관백신사차왜(關白身死差倭)는 비록 접대
한 일이 없었으나 그것은 접위관이 생기기 전의 예이므로, 이로써
전례를 삼는 것은 마땅치 않습니다. 을축년(1745, 영조 21) 관백
퇴휴차왜(關白退休差倭)는 이미 접대를 허락하였으므로, 이번 고
부차왜(告訃差倭)를 접대하지 않기는 어려우니, 을축년의 전례에
따라 접위관을 뽑아 보내는 것이 마땅할 것입니다." 하였다.

임신년(1752, 영조 28) 3월. 물러난 관백 원길종(源吉宗)의 죽
음을 알리는 대차왜481) 등여조(藤如照), 봉진압물 1인, 시봉왜(侍
奉倭) 2인, 반종왜(伴從倭) 16명이 서계482)를 지참하고 나왔다고
장계하였다. - 시봉 1인은 꾸짖고 타일러 줄였고, 경접위관이 접대하였
다.

회계하기를, "고부대차왜가 이미 나왔으므로, 경접위관 및 차비
역관 등을 수일 내로 서둘러 내려보내십시오." 하였다.

9월. "관수왜가, 폐주(弊州)의 태수(太守)가 승습한 경사를 알리
는 대차왜〔承襲告慶大差倭〕가 머지않아 나올 것이므로 경접위관
및 당상·당하 차비역관 각 1원(員)을 미리 차출해야 한다고 하였
습니다. 동 차왜의 접대는 이미 전례가 있으니, 접대할 경접위관
및 차비역관을 미리 차출해야 합니다."라고 장계하였다. - 장계등록

---

481) 물러난 …… 대차왜 : 정관 등여조(藤如照)는 영목시지진(鈴木市之進)이
라고도 하며, 도선주는 전도이좌위문(畑島伊左衛門) 평정명(平政明)이고,
봉진은 좌호문우위문(佐護文右衛門)이다. 영조 28년(1752) 2월 28일부터
8월까지 왜관에 체류하였다. 『參判度數覺』『同文彙考 附編 卷5 告訃』
482) 서계 : 『동문휘고』 부편(附編) 권5 고부(告訃)에 예조 참판 및 예조
참의와 동래 부사 및 부산 첨사에게 보내는 서계와 답서가 기록되어 있다.

에 나오며, 회하는 없었다.

같은 달. "대마도주 평의번(平義蕃)의 승습고경대차왜[483] 정관 평여민(平如敏), 도선주 1인, 봉진압물 1인, 시봉 2인, 반종 16명, 격왜 70명이 서계[484]를 지참하고 나왔습니다. 시봉 1인을 꾸짖고 타일러 줄이고, 견선(橇船)[485]과 각선(脚船)[486]은 규정 밖이어서 꾸짖어 돌려보냈습니다."라고 장계하였다. - 경접위관이 접대하였다.

계유년(1753, 영조 29) 2월. 신도주 평의번(平義蕃)의 도서청개대차왜(圖書請改大差倭)가 머지않아 나올 것이라는 일로 선문두왜가 나왔다고 장계하였다. - 장계등록에 나오며, 회하는 없었다.

같은 달. 대마도주환도고지차왜(對馬島主還島告知差倭) 평영행(平榮行),[487] 봉진압물 1인, 반종 5명, 격왜 40명이 서계[488]를

---

483) 대마도주 평의번(平義蕃)의 승습고경대차왜 : 대마도주 평의번의 승습을 알리기 위해 온 차왜로, 정관은 다전감물(多田監物) 평여민(平如敏)이고, 도선주는 암기희좌위문(岩崎喜左衛門) 평기전(平基專)이며, 봉진은 교변풍좌위문(橋辺豊左衛門)이다. 영조 28년(1752) 3월 17일부터 8월 29일까지 왜관에 체류하였다. 『參判度數覺』 『同文彙考 附編 卷4 告慶』

484) 서계 : 『동문휘고』 부편(附編) 권4 고경(告慶)에 예조 참판과 예조 참의에게 보내는 서계와 답서가 기록되어 있다.

485) 견선(橇船) : 견인선(牽引船)을 가리킨다. 사자(使者)가 승선하는 배는 대선(大船)이기 때문에 역풍(逆風)을 만나거나 또는 바람이 없을 때에는 자유롭게 움직이지 못하므로 본선(本船)을 끄는 견인선이 필요하였다. 그러나 연례송사에는 견선이 허락되지 않았다.

486) 각선(脚船) : 사자(使者)가 승선한 배로부터 육지에 오르거나, 육지에서 승선할 때에 옮겨 타는 배이다. 견선과 같이 연례송사에는 허락되지 않았다.

487) 평영행(平榮行) : 고삼서암(古森恕菴)이라고도 한다. 함께 온 봉진은 원여길랑(原如吉郎)이다. 『告還使記錄』

488) 서계 : 『동문휘고』 부편(附編) 권7 고환(告還)에 예조 참의에게 보내

지참하고 나왔다고 장계하였다. - 향접위관이 접대하였다.

3월. 대마도주 평의여(平義如)의 죽음을 알리는 고부차왜(告訃差倭) 등리경(藤利經), 봉진압물 1인, 시봉 1인, 반종 7명, 격왜 30명이 평의여가 죽음에 임하여 예조에 보낸 서계, 별폭(別幅), 잡물, 백은(白銀) 500매(枚)와, 신도주 평의번이 예조에 보내는 고부 서계(告訃書契) 1통과 동래 부사 및 부산 첨사에게 보내는 고부 서계 1통을 가지고 나왔다고 장계하였다.**489)** - 향접위관이 접대하였다.

같은 달. "새 대마도주 평의번이 승습한 후 도서(圖書)를 요청하는 대차왜**490)** 평여련(平如連), 봉진압물 1인, 시봉 2인, 반종 16명, 격왜 70명이 서계**491)**를 지참하고 나왔는데, 시봉 1인을 꾸짖고 타일러 줄였고 경접위관이 접대하였습니다. 이른바 도서는 해조로 하여금 각별히 정밀하게 만들어 내려보내게 해 주십시오."라고 장계하였다.

회계하기를, "경접위관을 내려보내고, 도서는 해조로 하여금 정밀하게 만들어 내려보내도록 하십시오." 하였다.

갑술년(1754, 영조 30) 1월. 동래 부사 임상원(林象元) 때이

는 서계와 답서가 기록되어 있다.
489) 대마도주 ······ 장계하였다 : 『동문휘고』 부편(附編) 권6 고부(告訃)에 구도주(舊島主) 종의여(宗義如)가 유물(遺物)을 바치는 서계와 신도주(新島主) 종의번(宗義蕃)이 예조 참의에게 보내는 서계와 답서가 기록되어 있다.
490) 도서(圖書)를 요청하는 대차왜 : 정관은 통구봉전(樋口縫殿) 평여련(平如連)이며, 도선주는 내야권병위(內野權兵衛) 평정구(平政久)이고, 봉진은 일궁총좌위문(一宮惣左衛門)이다. 영조 29년(1753) 3월 17일부터 8월 29일까지 왜관에 체류하였다. 『參判度數覺』 『同文彙考 附編 卷4 告慶』
491) 서계 : 『동문휘고』 부편(附編) 권4 고경(告慶)에 예조 참관 및 예조 참의에게 보내는 서계와 답서가 기록되어 있다.

다. 판장관왜(判掌官倭)가 매매(賣買)하는 일로 나왔는데, 우리로서는 접대할 비용이 없고 또한 그들로 하여금 되돌아가도록 한 예도 없었다고 장계하였다. - 회하는 없었다.

7월. 도주환도고지차왜(島主還島告知差倭) 등량구(藤亮久),[492] 봉진 1인, 반종 5명, 격왜 40명 등이 서계[493]를 지참하고 나왔으므로, 규례대로 향접위관이 접대하였다.

병자년(1756, 영조 32) 6월. 동래 부사 이유신(李裕身) 때이다. 대마도주 평의번(平義蕃)의 환도고지차왜(還島告知差倭)[494] 정관 1인, 봉진압물 1인, 반종 5명, 격왜 40명 등이 서계[495]를 지참하고 나왔으므로, 향접위관이 접대하였다고 진달하였다. - 회하는 없었다.

무인년(1758, 영조 34) 1월. 동래 부사 조엄(趙曮) 때이다. 정축년(1757, 영조 33) 2월의 국휼(國恤)[496] 조위차왜(弔慰差倭) 정관 평태정(平太正), 반종 3명, 봉진 1인, 격왜 40명과 정축년 3월의 국휼[497] 조위차왜 평구량(平久亮), 봉진 1인, 시봉 1인, 반

---

492) 등량구(藤亮久) : 선월승좌위문(船越勝左衛門)이라고도 한다. 함께 온 봉진은 길전기우위문(吉田幾右衛門)이다. 『告還使記錄』
493) 서계 : 『동문휘고』 부편(附編) 권7 고환(告還)에 예조 참의에게 보내는 서계와 답서가 기록되어 있다.
494) 환도고지차왜(還島告知差倭) : 정관은 좌치준조(佐治隼助) 평위고(平爲高)이며, 봉진은 좌좌목좌병위(佐佐木左兵衛)이다. 『告還使記錄』『同文彙考 附編 卷7 告還』
495) 서계 : 『동문휘고』 부편(附編) 권7 고환(告還)에 예조 참의에게 보내는 서계와 답서가 기록되어 있다.
496) 정축년 2월의 국휼(國恤) : 정성왕후(貞聖王后) 서씨(徐氏)의 죽음을 가리킨다.
497) 정축년 3월의 국휼 : 대왕대비 김씨(金氏)의 죽음을 가리킨다.

종 10명, 격왜 40명 등이 각각 서계[498])를 지참하고 나왔으므로, 신사년(1701, 숙종 27)과 경술년(1730, 영조 6)의 전례에 따라 거행하였으며, 향접위관이 접대하였다고 진달하였다. - 회하는 없었다.

경진년(1760, 영조 36) 12월. 동래 부사 홍명한(洪名漢) 때이다. 관백퇴휴대차왜(關白退休大差倭)[499]) 원여장(源如長), 도선주 1인, 시봉 1인, 봉진 1인, 반종 16명, 격왜 70명 및 동 대차왜의 선문두왜 등이 함께 나왔다고 진달하였다.

회하(回下)하기를, "퇴휴차왜가 이미 나왔으므로 접대할 경접위관을 속히 내려보내도록 하라." 하였다.

같은 달. 새 관백이 승습했다는 경사를 알리는 대차왜[新關白承襲告慶大差倭]가 머지않아 나올 것이라는 일로 선문두왜가 나왔으므로, 접대할 경접위관 및 차비역관을 미리 뽑아야 할 것이라고 진달하였다.

회하하기를, "경접위관을 뽑아 내려보내 접대하는 것은 이미 전례가 있으니, 이에 따라 거행하도록 해조에 분부하도록 하라." 하였다.

신사년(1761, 영조 37) 2월. 신관백승습고경대차왜[500]) 평번우

---

498) 서계 : 『동문휘고』 부편(附編) 권2 진위(陳慰)에 예조 참의에게 보내는 서계와 답서가 기록되어 있다.

499) 관백퇴휴대차왜(關白退休大差倭) : 관백 덕천가중(德川家重)이 관백의 자리에서 물러난 일을 알리기 위해 온 차왜로, 일본에서는 손위사(遜位使)라고 한다. 정관은 소야전선(小野典膳) 원여장(源如長)이고, 도선주는 통구미오좌위문(樋口彌五左衛門) 평여기(平如基)이며, 봉진은 고천반병위(古川半兵衛)이다. 영조 36년(1760) 12월 7일부터 이듬해 7월 5일까지 왜관에 체류하였다. 『參判度數覺』 『同文彙考 附編 卷3 告慶』

500) 신관백승습고경대차왜 : 덕천가치(德川家治)가 강호막부(江戶幕府) 제10대 장군으로 취임한 것을 알리기 위해 온 차왜로, 일본에서는 대경사

(平蕃祐), 도선주 1인, 봉진 1인, 시봉 2인, 반종 16명, 격왜 70명 등이 서계501)를 지참하고 나왔는데, 규정 이외로 온 시봉 1인을 꾸짖고 타일러 줄였다.

5월. 대마도주환도고지차왜 도산수의(陶山守儀),502) 봉진 1인, 반종 5명, 격왜 40명 등이 서계503)를 지참하고 나왔으므로, 향접위관이 접대하였다고 진달하였다. - 회하는 없었다.

9월. 동래 부사 권도(權噵) 때이다. 물러나 쉬고 있던 관백 원가중(源家重)이 금년 6월에 죽어서, 조정에 전달(轉達)하기 위해 고부대차왜가 머지않아 나올 것이라는 일로 선문두왜가 나왔다고 진달하였다.

회하하기를, "접위관 및 당상·당하 역관을 뽑도록 하라." 하였다.

11월. "물러나 쉬고 있던 관백 원가중의 죽음을 알리는 대차왜〔退休關白源家重身死告訃大差倭〕504) 등여향(藤如鄕), 봉진압물 1

(大慶使)라고 한다. 정관은 삼촌채녀(杉村采女) 평번우(平蕃佑)이며, 도선주는 중정작좌위문(中庭作左衛門) 등번뢰(藤蕃賴)이고, 봉진은 구정이좌위문(久井伊左衛門)이다. 영조 37년(1761) 2월 4일부터 7월 11일까지왜관에 체류하였다. 『參判度數覺』 『同文彙考 附編 卷3 告慶』

501) 서계 : 『동문휘고』 부편(附編) 권3 고경(告慶)에 예조 참판 및 예조 참의에게 보내는 서계와 답서가 기록되어 있다.

502) 도산수의(陶山守儀) : 도산대조(陶山大助)라고도 한다. 함께 온 봉진은 팔목치개(八木治介)이다. 『告還使記錄』

503) 서계 : 『동문휘고』 부편(附編) 권7 고환(告還)에 예조 참의에게 보내는 서계와 답서가 기록되어 있다.

504) 물러나 …… 대차왜 : 강호막부(江戶幕府) 제9대 장군 덕천가중(德川家重)의 죽음을 알리기 위해 온 차왜로, 일본에서는 대부사(大訃使)라고 한다. 정관은 표평마(俵平磨) 등여향(藤如鄕)이며, 도선주는 세엽일랑좌위문(笹葉一郞左衛門) 평보도(平保道)이고, 봉진은 대포구랑좌위문(大浦九郞左衛門)이다. 영조 37년(1761) 11월 3일부터 이듬해 2월 9일까지 왜관에 체류하였다. 『參判度數覺』 『同文彙考 附編 卷5 告訃』

인, 시봉 2인, 반종왜 12명, 격왜 60명 등이 서계505)를 지참하고 나왔는데, 시봉 1인을 꾸짖고 타일러 줄였습니다. 예조 참의에게 보내는 서계 중에 승하(昇遐)의 '하(遐)'자를 '가(假)'자로 써 왔는데 이미 강희(康熙) 기축년(1709, 숙종 35)의 전례도 있었기에 동 서계의 등본을 올려 보냅니다."라고 장계하였다.

임오년(1762, 영조 38) 3월. 통신사청래대차왜(通信使請來大差倭)가 머지않아 나올 것이라는 일로 선문두왜가 나왔다고 장계하였다.
회하하기를, "접위관과 차비역관을 뽑도록 하라." 하였다.

4월. "통신사청래대차왜506) 평여방(平如房), 도선주 1인, 반종, 격왜 등이 나오다가 경상우도에 표착하였습니다. 등록을 살펴보니 신유년(1681, 숙종 7)에는 당하 역관 2원이 접대하였고, 경인년(1710, 숙종 36) 초에는 당하 역관을 뽑아 보냈으나 차왜가 당상 역관으로 접대하는 것이 아니라면서 끝내 다례(茶禮)를 받지 않은 까닭에 당상 훈도를 장청(狀請)하여 임무를 보게 하였습니다. 무술년(1718, 숙종 44)과 정묘년(1747, 영조 23)에는 공무로 내려온 당상 역관이나 당상 훈도가 임무를 맡았으므로, 당상 역관을

---

505) 서계 : 『동문휘고』 부편(附編) 권5 고부(告訃)에 예조 참판 및 예조 참의에게 보내는 서계와 답서가 기록되어 있다.
506) 통신사청래대차왜 : 강호막부 제10대 장군 덕천가치(德川家治)의 즉위를 축하하기 위한 통신사행의 파견을 요청하기 위해 온 차왜로, 일본에서는 수빙사(修聘使)라고 한다. 정관은 도웅팔좌위문(嶋雄八左衛門) 평여방(平如房)이며, 도선주는 대포익지진(大浦益之進) 평경일(平敬一)이고, 봉진은 사기장좌위문(寺崎庄左衛門)이다. 영조 38년(1762) 4월 12일부터 8월 1일까지 왜관에 체류하였다. 『參判度數覺』 한편 『동문휘고』 부편(附編) 권9 통신(通信)에 예조 참판과 예조 참의에게 보내는 서계와 답서가 기록되어 있다.

차비역관으로 삼아 거행하는 것이 이미 규례가 되었습니다. 그런
데 이번에는 훈도와 이곳에 있는 역관이 모두 당상이 아니므로 차
비역관을 차출할 때 묘당으로 하여금 품처하게 해 주십시오."라고
장계하였다.

같은 달. 통신사청래대차왜의 배가 왜관으로 돌아와 정박하였
다. 정관왜 평여방(平如房), 도선주왜 평경일(平敬一), 봉진압물 1
인, 시봉 2인, 반종 16명, 격왜 70명 등이 나왔는데, 시봉 1인,
반종 2명, 격왜 20명은 전에 비하여 더 데리고 왔기 때문에 꾸짖
고 타일러 줄였다.

6월. 대마도주 평의번(平義蕃)의 퇴휴고지대차왜(退休告知大差
倭)가 머지않아 나올 것이라는 일로 선문두왜가 나왔다고 장계하
였다.
회하하기를, "모든 일은 요청한 바에 따라 해조에 분부하라." 하
였다.

8월. 도주퇴휴고지대차왜(島主退休告知大差倭)[507] 평여민(平如
敏), 봉진 1인, 시봉 2인, 반종 16명 등이 서계[508]를 지참하고
나왔으므로, 경접위관과 차비역관을 속히 내려보내 달라는 일과
시봉 1인을 꾸짖고 타일러 줄인 일을 장계하였다. - 회하는 없었다.

---

507) 도주퇴휴고지대차왜(島主退休告知大差倭) : 대마도주 종의번(宗義蕃)이
물러난 것을 알리기 위해 온 차왜로, 일본에서는 퇴휴사(退休使)라고도
한다. 정관은 다전감물(多田監物) 평여민(平如敏)이며, 도선주는 진강좌근
우위문(津江佐近右衛門) 평원춘(平元春)이고, 봉진은 대포미삼좌위문(大浦
彌三左衛門)이다. 영조 38년(1762) 8월 2일부터 이듬해 1월 11일까지
왜관에 체류하였다. 『參判度數覺』『同文彙考 附編 卷4 告慶』
508) 서계 : 『동문휘고』 부편(附編) 권4 고경(告慶)에 예조 참판 및 예조
참의에게 보내는 서계와 답서가 기록되어 있다.

같은 달. 도주승습고경대차왜(島主承襲告慶大差倭)가 머지않아 나올 것이라는 일로 선문두왜가 나왔다고 장계하였다.

회하하기를, "전례에 따라 시행하라." 하였다.

10월. 동래 부사 정만순(鄭晩淳) 때이다. 대마도주 평의창(平義暢)의 승습고경대차왜509) 원여장(源如長), 봉진 1인, 시봉 2인, 반종 16명, 격왜 70명이 서계510)를 지참하고 나왔는데, 더 데리고 온 시봉 1인을 꾸짖고 타일러 줄였다고 장계하였다.

회하하기를, "접위관과 차비역관을 속히 내려보내라." 하였다.

12월. 도주환도고지차왜(島主還島告知差倭) 귤주덕(橘周德), 봉진 1인, 반종왜 5명, 격왜 40명이 서계를 지참하고 나왔으므로, 향접위관이 접대하였다.

계미년(1763, 영조 39) 2월. 통신사호행대차왜(通信使護行大差倭)가 머지않아 나올 것이라는 일로 선문두왜가 나왔는데, 호행대차왜의 경우 경상도 도사가 접대하는 것은 이미 전례가 있었다고 장계하였다.

회하하기를, "전례에 따라 거행하라." 하였다.

5월. 통신사호행대차왜511) 등여향(藤如鄕), 도선주 1인, 봉진 1

---

509) 승습고경대차왜 : 일본에서는 고습사(告襲使)라고 한다. 정관은 소야전선(小野典膳) 원여장(源如長)이며, 도선주는 야촌청우위문(野村清右衛門) 등직중(藤直中)이고, 봉진은 소도우좌위문(小嶋宇左衛門)이다. 영조 38년(1762) 10월 14일부터 이듬해 3월까지 왜관에 체류하였다. 『參判度數覺』 『同文彙考 附編 卷4 告慶』

510) 서계 : 『동문휘고』 부편(附編) 권4 고경(告慶)에 예조 참판 및 예조 참의에게 보내는 서계와 답서가 기록되어 있다.

511) 통신사호행대차왜 : 통신사행을 호위해 가기 위해 온 차왜로, 일본에

인, 시봉 2인, 반종 16명, 격왜 70명이 서계512)를 지참하고 나왔
는데, 이 대차왜의 시봉 2인은 규례대로 접대를 허락하였고, 통신
사가 승선하는 기일은 8월에서 9월 사이에 있을 것 같다고 하였다
고 장계하였다.

회하하기를, "차왜가 가지고 온 서계 중에는 비록 '6월'이라고 써
넣었으나, 통신사가 승선해야 할 기한이 물려진다는 차왜의 글은
확실하여 의심할 바가 없다. 동래 부사로 하여금 담당 역관을 신
칙하여 기한이 물려진다는 확실한 소식을 속히 탐문하여 보고하도
록 하라." 하였다.

8월. "관수왜의 말 가운데에, '관백이 아들을 얻은 경시를 알리
는 대차왜[關白生子告慶大差倭]가 머지않아 나올 것입니다.' 하였
는데, 숭덕(崇德) 임오년(1642, 인조 20)에 관백이 아들을 얻은
경사를 알린 전례가 있었고, 건륭(乾隆) 무오년(1738, 영조 14)
에 관백이 손자를 얻은 경사를 알린 전례가 있었습니다. 일의 체
모상 마땅히 규례대로 접대해야 할 것이므로, 접위관 및 차비역관
을 미리 뽑아 보내야 할 것입니다."라고 장계하였다.

회하하기를, "장청(狀請)한 대로 시행하라." 하였다.

11월. "관백생자고경대차왜513) 정관 평번상(平蕃常), 도선주 1

서는 영빙사(迎聘使)라고도 한다. 정관은 표평마(俵平麿) 등여향(藤如鄉)
이며, 도선주는 조강일학(朝岡一學) 기번실(紀蕃實)이고, 봉진은 소림등장
(小林藤藏)이다. 영조 39년(1763) 5월 11일부터 9월 22일까지 왜관에
체류하였다. 『參判度數覺』『同文彙考 附編 卷9 通信』
512) 서계 : 『동문휘고』 부편(附編) 권9 통신(通信)에 예조 참판 및 예조
참의에게 보내는 서계와 답서가 기록되어 있다.
513) 관백생자고경대차왜 : 관백이 아들을 얻었다는 소식을 알리기 위해 온
차왜로, 일본에서는 경탄사(慶誕使)라고 한다. 정관은 고뢰병고(高瀨兵庫)
평번상(平蕃常)이며, 도선주는 좌치군오(佐治軍吾) 평위선(平爲善)이고,

인, 봉진 1인, 시봉 2인, 반종 16명, 격왜 70명이 서계514)를 지
참하고 나왔는데, 서계 중에 외람된 문자가 있어 등본(謄本)을 물
리쳤으며, 시봉 1인을 줄였습니다. 접위관은 서계를 고쳐 오는 것
을 기다려 내려보내 주십시오."라고 장계하였다.

회하하기를, "접위관은 앞서 동래부에서 장청한 대로 묘당으로
하여금 품정(稟定)하여 뽑아 두게 하였다가 그 서계 등본이 올라
오기를 기다려 내려 보낼 것이다." 하였다.

갑신년(1764, 영조 40) 6월. 동래 부사 송문재(宋文載) 때이다.
통신사호환대차왜(通信使護還大差倭)515) 평번우(平蕃祐), 도선주
1인, 봉진 1인, 시봉 2인, 반종 16명, 격왜 70명이 서계516)를 지
참하고 나왔는데, 시봉 1인을 꾸짖고 타일러 줄였다.

을유년(1765, 영조 41) 4월. 동래 부사 강필리(姜必履) 때이다.
새 도주의 도서를 고쳐 달라고 요청하는 대차왜〔新島主圖書改請大
差倭〕가 머지않아 나올 것이라는 일로 선문두왜가 나왔으므로, 접
위관과 차비역관을 미리 뽑아 보내 달라고 장계하였다.

회하하기를, "그대로 시행하라." 하였다.

봉진은 좌백충우위문(佐伯忠右衛門)이다. 영조 39년(1763) 11월 3일부터
윤11월 26일까지 왜관에 체류하였다. 『參判度數覺』 『同文彙考 附編 卷3
告慶』

514) 서계 : 『동문휘고』 부편(附編) 권3 고경(告慶)에 예조 참판 및 예조
참의에게 보내는 서계와 답서가 기록되어 있다.

515) 통신사호환대차왜(通信使護還大差倭) : 통신사행을 호위해 돌아온 차
왜로, 일본에서는 송빙사(送聘使)라고도 한다. 정관은 삼촌채녀(杉村采女)
평번우(平蕃祐)이며, 도선주는 대포익지진(大浦益之進)이고, 봉진은 인위
이우위문(仁位伊右衛門)이다. 영조 40년(1764) 6월 22일부터 윤12월 21
일까지 왜관에 체류하였다. 『參判度數覺』

516) 서계 : 『동문휘고』 부편(附編) 권9 통신(通信)에 예조 참판 및 예조
참의에게 보내는 서계와 답서가 기록되어 있다.

6월. "대마도주 평의창(平義暢)의 도서청개대차왜517) 평번장(平蕃長), 도선주왜 1인, 봉진압물왜 1인, 시봉 2인, 반종 16명, 격왜 70명이 서계518)를 지참하고 나왔는데, 시봉 1인을 꾸짖고 타일러 줄였습니다. 접위관을 속히 내려보내 주십시오."라고 장계하였다.

회하하기를, "접위관은 벌써 하직 인사하고 떠났으며, 도서는 해조로 하여금 각별히 정밀하게 만들어 속히 내려보내도록 하라." 하였다.

병술년(1766, 영조 42) 10월. "바다를 건너다 빠져 죽은 사람들519)에게 줄 부의(賻儀) 및 제전(祭奠)과 살아 돌아온 사람에게 지급할 단자(單子)와 물종(物種)을 차왜 송수보(松守保), 봉진 1인, 반종 3명, 격왜 30명이 서계와 함께 가지고 왔습니다. 금번의 차왜는 이미 계미년(1703, 숙종 29)의 전례520)가 있으며 그들이 애통하고 슬퍼하는 후의(厚誼)로 와서 조위(弔慰)의 예를 표하였으니 마땅히 접대를 허락해야 할 것입니다. 단자 9통은 모두 1장

---

517) 도서청개대차왜 : 일본에서는 도서사(圖書使)라고 한다. 정관은 평전제(平田齊) 평번장(平蕃長)이며, 도선주는 청류선우위문(靑柳善右衛門) 등직청(藤直淸)이고, 봉진은 중천원병위(中川夗兵衛)이다. 영조 41년 (1765) 6월 1일부터 9월 12일까지 왜관에 체류하였다. 『參判度數覺』 『同文彙考 附編 卷4 告慶』
518) 서계 : 『동문휘고』 부편(附編) 권4 고경(告慶)에 예조 참판 및 예조 참의에게 보내는 서계와 답서가 기록되어 있다.
519) 바다를 …… 사람들 : 덕천가치(德川家治)가 아들을 낳은 것과 대마도주의 퇴휴(退休)와 승습(承襲)을 문위하기 위해 대마도에 가던 중 배가 침몰되어 사망한 역관 현태익(玄泰翼), 이명윤(李命尹), 현태형(玄泰衡) 등 일행 93명을 가리킨다. 『宗氏家寶略 義暢君』 『增正交隣志 卷6 問慰行』
520) 계미년의 전례 : 대마도주 평의방(平義方)의 환도(還島)와 구도주 평의진(平義眞)의 죽음을 문위하기 위해 대마도로 향하던 중 파선하여 몰살된 역관 한천석(韓天錫), 박세량(朴世亮) 일행을 가리킨다. 『宗氏家寶略 義倫君』 『增正交隣志 卷6 問慰行』

에 베껴 비변사에 올려 보냈고, 차왜의 접대 및 부의 물품을 받아 나누어 지급하는 것이 마땅한지 여부와 치제(致祭)를 허락할 것인 지의 여부를 모두 묘당으로 하여금 품처하게 해 주십시오."라고 장계하였다.

회하하기를, "차왜가 부의 물품을 가지고 온 것은 인호(隣好)의 뜻에서 나온 것이고, 또 계미년의 전례도 있으므로, 향접위관으로 접대하는 것과 부의 물품을 나누어 지급하는 것은 마땅히 그대로 좋아서 거행하도록 하고, 치제의 일은 사체(事體)상 온당치 못한 점이 있으므로 결코 허락할 수 없다." 하였다.

병술년(1766, 영조 42) 11월. 동래 부사 엄린(嚴璘) 때이다. "바다를 건너다 빠져 죽은 사람 등에게 부의 물품을 가지고 온 차 왜 송수보(松守保)는 계미년의 전례에 따라 다례(茶禮)를 행하지 않고 하선연(下船宴)과 상선연(上船宴)의 두 차례 연향만 행하였습 니다. 하선연을 향접위관 양산 군수(梁山郡守)가 주관하였으며, 그 때 진상(進上)이 없었기 때문에 숙배(肅拜)하지 않고 곧바로 연향 청으로 가서 조문하고 부의하였는데, 모두 차왜의 말대로 시행하였 고 음악을 연주하지 않았습니다. 차왜가 바친 서계 2통은 예조에 올려 보냈으며, 부의 물품은 즉시 받아 단자를 검사하여 빠져 죽은 사람들의 부모 및 살아 돌아온 사람들에게 각각 나누어 줄 생각입 니다."라고 장계하였다. - 회하는 없었다.

무자년(1768, 영조 44) 2월. 대마도주환도고지차왜(對馬島主還 島告知差倭) 등정지(藤正之),521) 봉진 1인, 반종 5명이 서계522)를

---

521) 등정지(藤正之) : 서천신륙(西川新六)이라고도 한다. 함께 온 봉진은 좌백요우위문(佐伯要右衛門)이다. 『告還使記錄』
522) 서계 : 『동문휘고』 부편(附編) 권7 고환(告還)에 예조 참의에게 보내

지참하고 나왔으므로, 규례대로 접대하였다.

신묘년(1771, 영조 47) 11월. 동래 부사 박사눌(朴師訥) 때이다. 대마도주환도고지차왜 평친량(平親良), 봉진 1인, 반종 5명, 격왜 40명이 서계523)를 지참하고 나왔으므로, 향접위관이 접대하였다.

병신년(1776, 영조 52) 3월. 동래 부사 김제행(金悌行) 때이다. 구도주 평의번의 죽음을 알리는 차왜〔舊島主平義蕃身死告訃差倭〕524) 귤창신(橘暢信), 봉진 1인, 시봉 1인, 반종 7명이 신(新)·구(舊) 대마도주의 서계525)를 지참하고 나왔으므로, 임오년(1702, 숙종 28) 평의진(平義眞)의 고부(告訃)한 전례에 따라 향접위관이 접대하였다고 장계하였다.

11월. 동래 부사 유당(柳戇) 때이다. 국휼(國恤)526) 조위차왜(弔慰差倭)527) 평태년(平太年), 봉진 1인, 시봉 1인, 반종 10명, 격왜 40명이 서계528)를 지참하고 나왔으므로, 경접위관이 접대하였다.

는 서계와 답서가 기록되어 있다.
523) 서계 : 『동문휘고』 부편(附編) 권7 고환(告還)에 예조 참의에게 보내는 서계와 답서가 기록되어 있다.
524) 구도주 …… 차왜 : 일본에서는 고부사(告訃使)라고 한다. 정관 귤창신(橘暢信)은 하내팔좌위문(河內八左衛門)이라고도 하며, 봉진은 원전번좌위문(原田繁左衛門)이다. 『告訃使記錄』
525) 서계 : 『동문휘고』 부편(附編) 권6 고부(告訃)에 구도주(舊島主) 평의번(平義蕃)이 유물(遺物)을 바치는 서계와 신도주(新島主) 종의창(宗義暢)이 예조 참의에게 보내는 서계와 답서가 기록되어 있다.
526) 국휼(國恤) : 영조의 죽음을 가리킨다.
527) 조위차왜(弔慰差倭) : 일본에서는 조위사(弔慰使) 또는 조례사(弔禮使)라고 한다. 정관 평태년(平太年)은 진강고지조(津江庫之助)라고도 하며, 봉진은 평산희삼랑(平山喜三郎)이다. 『弔慰記錄』
528) 서계 : 『동문휘고』 부편(附編) 권2 진위(陳慰)에 예조 참의에게 보내

12월. 진하차왜(陳賀差倭)529) 등여태(藤如泰), 봉진 1인, 시봉 2인, 반종 16명, 격왜 70명이 서계530)를 지참하고 나왔는데, 시봉 1인, 격왜 10명, 견선(樟船), 각선(脚船)을 꾸짖고 타일러 줄였고, 경접위관이 접대하였다.

정유년(1777, 정조 1) 9월. 대마도주환도고지차왜(對馬島主還島告知差倭) 귤직신(橘直信), 봉진 1인, 반종 5명, 격왜 40명이 서계531)를 지참하고 나왔으므로, 향접위관이 접대하였다.

무술년(1778, 정조 2) 10월. 동래 부사 이치중(李致中) 때이다. 대마도주승습고경대차왜(對馬島主承襲告慶大差倭)의 선문을 지참한 두왜가 나온 일을 장계한 후에, 예조의 계하(啓下)한 관문에 따라 '먼저 죽음을 알린 후에 경사를 알리라'는 뜻으로 관수왜에게 꾸짖고 타일렀다고 장계하였다. - 회하의 내용은 고경차왜(告慶差倭)가 나왔다는 조문에 보인다.

기해년(1779, 정조 3) 2월. 대마도주승습고경대차왜532) 원번안

는 서계와 답서가 기록되어 있다.

529) 진하차왜(陳賀差倭) : 일본에서는 진하사(陳賀使)라고 한다. 정관은 표토좌(俵土佐) 등여태(藤如泰)이며, 도선주는 미목좌병위(味木左兵衛)이고, 봉진은 송원미태랑(松原彌太郎)이다. 정조 즉위년(1776) 12월 25일부터 이듬해 4월 22일까지 왜관에 체류하였다. 『參判度數覺』

530) 서계 : 『동문휘고』 부편(附編) 권1 진하(陳賀)에 예조 참의에게 보내는 서계와 답서가 기록되어 있다.

531) 서계 : 『동문휘고』 부편(附編) 권7 고환(告還)에 예조 참의에게 보내는 서계와 답서가 기록되어 있다.

532) 대마도주승습고경대차왜 : 대마도주 종의공(宗義功)의 승습을 알리기 위해 온 차왜로, 일본에서는 고습사(告襲使)라고 한다. 정관은 소야육랑우위문(小野六郎右衛門) 원번안(源蕃安)이며, 도선주는 일궁총좌위문(一宮惣左衛門) 평정구(平政久)이고, 봉진은 아비류총사랑(阿比留惣四郎)이다. 정조 3년(1779) 2월 18일부터 6월 12일까지 왜관에 체류하였다. 『參判

(源蕃安), 도선주 1인, 봉진 1인, 시봉 2인, 반종 16명, 격왜 70명이 서계533)를 지참하고 나왔으므로, 경접위관을 속히 내려보내 달라고 장계하였다.

해조에서 회계하기를, "지난번에 먼저 죽음을 알린 후에 경사를 알리라는 뜻으로 따지면서 꾸짖고 타일렀는데, 차왜를 내보낸 것은 너무도 놀랍습니다. 전례대로 시행할 수 없으니 묘당으로 하여금 품처하게 해 주십시오." 하였다.

비변사(備邊司)에서 회계하기를, "먼저 경사를 알린 차왜를 접대하는 것은 이미 수차례 행한 전례가 있고 지금 이미 차왜가 나온 뒤여서 형세가 한결같이 서로 고집하기 어려우므로, 접위관을 뽑아 보내는 등의 일을 분부하여 거행하십시오." 하였다.

같은 달. 구대마도주 평의창(平義暢)의 죽음을 알리는 차왜534) 귤조직(橘調直), 봉진 1인, 시봉 1인, 반종 7명, 격왜 30명 등이 구도주의 유물(遺物), 서계 및 현 도주의 고부 서계(告訃書契)535)를 지참하고 나왔으므로, 향접위관이 접대하였다.

8월. "대마도주 평의공(平義功)의 도서청수대차왜(圖書請受大差倭)536) 원창공(源暢恭), 도선주 1인, 봉진 1인, 시봉 2인, 반종

度數覺』『同文彙考 附編 卷4 告慶』
533) 서계 :『동문휘고』부편(附編) 권4 고경(告慶)에 예조 참판 및 예조 참의에게 보내는 서계와 답서가 기록되어 있다.
534) 구대마도주 …… 차왜 : 일본에서는 고부사(告訃使) 또는 고상사(告喪使)라고도 한다. 정관은 빈전견외(浜田見隈) 귤조직(橘調直)이며, 봉진은 굴강기좌위문(堀江幾左衛門)이다.『告喪使記錄』
535) 구도주의 …… 고부 서계(告訃書契) :『동문휘고』부편(附編) 권6 고부(告訃)에 구도주 평의창(平義暢)이 유물(遺物)을 바치는 서계와 신도주 종의공(宗義功)이 예조 참의에게 보내는 서계와 답서가 기록되어 있다.
536) 도서청수대차왜(圖書請受大差倭) : 일본에서는 도서사(圖書使)라고 한다. 정관은 호전좌근(戶田左近) 원창공(源暢恭)이며, 도선주는 다전행좌위

16명, 격왜 70명 등이 서계[537]를 지참하고 나왔는데, 시봉 1인을 꾸짖어 줄였습니다. 경접위관을 내려보내는 일과 도서를 만들어 보내는 일 등을 해조로 하여금 거행하게 해 주십시오."라고 장계하였다.

경자년(1780, 정조 4) 2월. "'차왜 등영신(藤英信), 봉진 1인, 시봉 1인, 종왜 6명, 격왜 30명 등이 관백의 저군(儲君)이 죽었음을 알리는 일로 서계[538]를 지참하고 나왔습니다. 강희(康熙) 계해년(1683, 숙종 9) 고부차왜가 왔을 때 다시는 보내지 말라는 뜻으로 엄히 타일렀는데 감히 이 전례를 원용하고, 또 계미년(1763, 영조 39)에 경사를 알린 저군이 지금 이미 죽었으니 고부(告訃)할 수 있다고 하였습니다. 그러나 본부(本府 동래부)에서 감히 함부로 처리할 수 없어, 서계의 등본은 물리쳐 받지 않았습니다. 접대를 허용할지의 여부를 묘당으로 하여금 품처하게 해 주십시오."라고 장계하였다.

회계하기를, "차왜가 이미 나왔으니 구례(舊例)에 따라 거행하도록 분부하십시오." 하였다.

임인년(1782, 정조 6) 2월. 동래 부사 이병모(李秉模) 때이다. "관백이 저군을 세웠다는 경사를 알리는 대차왜〔關白立儲告慶大差倭〕가 머지않아 나올 것이라고 알리는 선문(先文)이 이미 나왔다

문(多田幸左衛門) 귤홍작(橘弘作)이고, 봉진은 상천정우위문(上川定右衛門)이다. 정조 3년(1779) 8월 4일부터 12월 22일까지 왜관에 체류하였다. 『參判度數覺』『同文彙考 附編 卷4 告慶』

537) 서계 : 『동문휘고』 부편(附編) 권4 고경(告慶)에 예조 참판 및 예조 참의에게 보내는 서계와 답서가 기록되어 있다.

538) 서계 : 『동문휘고』 부편(附編) 권5 고부(告訃)에 예조 참의에게 보내는 서계와 답서가 기록되어 있다.

고 관수왜가 말하였습니다. 차왜를 접대하는 것은 이미 전례가 있으니, 경접위관 및 차비역관 등을 미리 차출하는 일을 묘당으로 하여금 품지(稟旨)하여 분부하게 해 주십시오."라고 장계하였다.

7월. "관백입저고경대차왜[539] 평창태(平暢泰), 도선주 1인, 시봉 2인, 봉진 1인, 반종 16명, 격왜 70명 등이 서계[540]를 지참하고 나왔는데, 시봉 1인을 꾸짖어 줄이고 견선(樑船)과 각선(脚船)을 되돌려 보냈습니다. 접대할 경접위관 및 차비역관 등을 예조와 사역원으로 하여금 속히 내려보내게 해주십시오."라고 장계하였다.

병오년(1786, 정조 10) 11월. 동래 부사 홍문영(洪文泳) 때이다. 관백의 죽음을 알리는 차왜[關白身死告訃差倭]가 머지않아 나올 것이라는 일로 선문두왜가 이미 나왔으니, 차왜를 접대할 경접위관 및 당상·당하 차비역관을 미리 뽑아 차왜가 나오기를 기다려 즉시 내려보내고, 접대할 때에 줄 연향 예단 및 잡물을 해조로 하여금 전례를 살펴 마련하여 내려보내게 해 달라고 장계하였다.

정미년(1787, 정조 11) 3월. 동래 부사 이경일(李敬一) 때이다. "관백 원가치(源家治)[541]의 신사고부대차왜(身死告訃大差倭)[542] 등

---

539) 관백입저고경대차왜 : 일본에서는 입저사(立儲使)라고 한다. 정관은 전도감물(田嶋監物) 평창태(平暢泰)이며, 도선주는 진강언우위문(津江彦右衛門) 등비단(藤裴崀)이고, 봉진은 아비류무병위(阿比留武兵衛)이다. 정조 6년(1782) 7월 1일부터 11월 5일까지 왜관에 체류하였다. 『參判度數覺』『同文彙考 附編 卷3 告慶』

540) 서계 : 『동문휘고』 부편(附編) 권3 고경(告慶)에 예조 참판 및 예조 참의에게 보내는 서계와 답서가 기록되어 있다.

541) 원가치(源家治) : 강호막부(江戸幕府) 제10대 장군 덕천가치(德川家治)를 가리키며 덕천가중(德川家重)의 장남이다. 아명(兒名)은 죽천대(竹千代)이고, 원호(院號)는 준명원(浚明院)이다. 영조 36년(1760)에 장군이 되었으며, 정조 10년(1786) 9월 8일 사망하였다.

번경(藤蕃卿), 봉진압물왜 1인, 도선주왜 1인, 시봉왜 2인, 반종왜 16명, 격왜 60명이 서계[543])를 지참하고 나왔으므로, 접대할 경접위관 및 당상·당하 차비역관 등을 해조로 하여금 속히 내려보내도록 해 주십시오. 차왜가 규정 이외로 데리고 온 견선과 각선 및 시봉 1인과 반종 2명을 속히 되돌려 보내라는 뜻으로 꾸짖고 타일렀습니다."라고 장계하였다.

5월. 관백승습고경대차왜(關白承襲告慶大差倭)가 머지않아 나올 것이라는 일로 선문두왜가 지금 이미 나왔으므로, 접대할 경접위관 및 차비역관 등을 미리 차출하는 일과 접대할 때에 줄 연향 예단 및 잡물을 규례대로 거행하는 일을 아울러 묘당과 사역원으로 하여금 품지(稟旨)하여 분부하게 해 달라고 장계하였다.

7월. "관백승습고경차왜[544]) 평창상(平暢常), 봉진압물왜 1인, 도선주왜 1인, 시봉 2인, 반종 16명, 격왜 70명 등이 서계[545])를 지참하고 나왔는데, 규정 이외로 데리고 온 시봉 1인 및 견선과

---

542) 신사고부대차왜(身死告訃大差倭) : 일본에서는 대부사(大訃使)라고도 한다. 정관은 표군좌위문(俵郡左衛門) 등번경(藤蕃卿)이며, 도선주는 제등관좌위문(齊藤官左衛門) 등경명(藤敬明)이고, 봉진은 소도우좌위문(小嶋宇左衛門)이다. 정조 11년(1787) 3월부터 7월 12일까지 왜관에 체류하였다. 『參判度數覺』『同文彙考 附編續 告訃』

543) 서계 : 『동문휘고』 부편속(附編續) 고부(告訃)에 예조 참판 및 예조 참의와 동래부사 및 부산 첨사에게 보내는 서계와 답서가 기록되어 있다.

544) 관백승습고경차왜 : 강호막부(江戸幕府) 제11대 장군 덕천가제(德川家齊)의 즉위를 알리기 위해 온 차왜로, 일본에서는 대경사(大慶使)라고 한다. 정관은 평전준인(平田隼人) 평창상(平暢常)이며, 도선주는 하내칠우위문(河內柒右衛門) 귤신현(橘信賢)이고, 봉진은 상천군우위문(上川郡右衛門)이다. 정조 11년 7월 5일부터 10월 29일까지 왜관에 체류하였다. 『參判度數覺』『同文彙考 附編續 告慶』

545) 서계 : 『동문휘고』 부편속(附編續) 고경(告慶)에 예조 참판 및 예조 참의와 동래 부사 및 부산 첨사에게 보내는 서계와 답서가 기록되어 있다.

각선을 속히 들여보내라는 뜻으로 다시 더 꾸짖고 타일렀습니다. 접대할 경접위관 및 차비역관 등을 해조로 하여금 내려보내게 해 주십시오."라고 장계하였다.

무신년(1788, 정조 12) 9월. "비선(飛船)이 나온 후에 관수왜의 말 가운데에, '바다를 건너 되돌아온 후546)에 마땅히 사신을 보내어 통신사를 요청해야 하지만, 강호(江戶)가 불이 나서 모두 타버린데다 또 흉년을 만나 국력이 탕진되어 접대할 수 없게 되었습니다. 끝내 말하지 않을 수 없으나, 일의 체모로 헤아리건대 또한 서계를 순부(順付)하여 보낼 수도 없어서, 대마도의 우두머리 봉행〔首奉行〕을 불러들여 별도로 정한 대차왜가 나오게 되었습니다. 그러므로 선문두왜가 지금 다시 나왔습니다.' 하였는데, 규정 이외의 별차왜를 보내지 말라는 일은 임술약조에 실려 있으니 결코 지금에 와서 위반할 수 없으며, 이번 사자의 명칭은 규정에 없는 것입니다. 비록 이웃 나라와 화호(和好)한다 해도 진실로 용인하여 접대하기 어렵습니다. 선문두왜를 즉시 되돌려 보내고, 대차왜 또한 보내지 말라는 뜻으로 관수왜에게 각별히 꾸짖고 타일렀습니다."라고 장계하였다.

10월. 동래 부사 김이희(金履禧) 때이다. "통신사행의 파견을 물려 정하기를 알리는 대차왜〔通信使退定告知大差倭〕547) 평창주(平暢住),548) 봉진 1인, 시봉 2인, 도선주 1인, 반종 16명, 격왜 70

---

546) 바다를 …… 후 : 정조 11년(1787)에 온 관백승습고경대차왜 평창상(平暢常)이 되돌아간 것을 말한다.
547) 통신사행의 …… 대차왜 : 일본에서는 연빙사(延聘使)라고 한다. 정관은 고천도서(古川圖書) 평창주(平暢住)이며, 도선주는 대포좌위문(大浦左衛門)이고, 봉진은 중전토비지개(重田土肥之介)이다. 정조 12년(1788) 10월 27일부터 이듬해 5월 10일까지 왜관에 체류하였다. 『參判度數覺』

명 등이 서계549)를 지참하고 나와 경상우도에 표류하였다가 왜관으로 돌아와 말하기를, '신사청래대차왜(信使請來大差倭)를 마땅히 내보내야 할 것이나, 저희 나라에 마침 흉년이 들고 또 화재를 만나 물력(物力)이 탕진되어 접대할 방도가 없어서 잠시 통신사의 파견을 물려 정하고자 하는데, 서계를 순부하여 보내는 것은 소홀하고 가벼움을 면할 수 없어 저희들이 뽑혀 나온 것입니다.' 하였습니다. 전례가 없는 사신의 명칭으로서 약조에 어긋나는 것이므로 규정 이외라고 꾸짖고 서계를 받지 않으니, 동 왜인이 말하기를, '세 번 지난 계사년(1653, 효종 4)에 통신사 파견을 물리기를 요청하는 뜻을 사신을 보내 알렸는데, 저희들의 명칭도 내빙(來聘)을 미룬다는 뜻이니, 앞의 사례가 근거가 될 수 있지 않겠습니까. 잘 진달하여 접대를 허락해 주십시오.' 하였습니다. 이에 답하기를, '성신(誠信)으로 교린(交隣)한다 함은 삼가 약조를 지키는 것뿐이다.' 하고 즉시 돌아가라는 뜻으로 꾸짖고 타일렀습니다. 등록(謄錄)을 살펴보니, 세 번 지난 계사년에 별차왜 등성방(藤成方)이 나왔을 때 비변사에서 회하(回下)한 관문 내에, '이번 차왜는 통신사를 요청할 것이라는 소식을 미리 알리는 것에 지나지 않으며, 내년에 반드시 통신사 파견을 거듭 요청하는 일이 있을 것이다. 이번은 경상도 도사가 삼도연(三度宴)을 베풀어 접대하라.' 하였습니다. 계사년의 차왜를 규정 이외로 접대한 것은 먼 지방을 위무하려는 큰 뜻에서 나온 것이며, 그 후 임술년(1682, 숙종 8)에는 별차왜를 보내지 않고 서계를 순부하여 보내도록 새로이 약조를 정하였습니다. 그러니 금번의 이 차왜가 전례가 있다고 하면

---

548) 평창주(平暢住) : 『동문휘고』 부편속(附編續) 통신(通信)에는 평창왕(平暢往)으로 나오는데, 오기(誤記)로 판단된다.

549) 서계 : 『동문휘고』 부편속(附編續) 통신(通信)에 예조 참판 및 예조 참의와 동래 부사 및 부산 첨사에게 보내는 서계와 답서가 기록되어 있다.

서 약조를 어기고 나온 것은 너무도 놀라운 일입니다. 가지고 온 서계를 물리쳐 받지 않고, 훈도와 별차로 하여금 이치를 들어 꾸짖고 타일러 반드시 돌아가게 하도록 엄히 신칙할 생각입니다."라고 장계하였다.

기유년(1789, 정조 13) 2월. "규정 이외의 대차왜는 계사년(1653, 효종 4)의 전례가 있으며, 관백이 특별히 보낸 사신이므로 대마도주의 사신과는 다르다고 하면서, 접대 받기를 희망하고 돌아갈 생각을 하지 않습니다. 여러 가지로 꾸짖고 타일러 속히 되돌아가도록 하라고 훈도와 별차에게 다시 엄히 신칙하였습니다."라고 장계하였다.

신해년(1791, 정조 15) 5월. 동래 부사 유강(柳烔) 때이다. 대마도주환도고지차왜 등칙정(藤則定),550) 봉진 1인, 반종 5명, 격왜 40명 등이 서계551)를 지참하고 나왔으므로, 규례대로 접대하였다.

11월. "의빙대차왜(議聘大差倭)가 나올 것이라는 일로 선문두왜가 나왔습니다. 관수왜가 말하기를, '강호(江戶)로부터 회신사행의 파견을 의논하기 위해 의빙사(議聘使)를 특별히 정하여 내보낼 것입니다.' 하므로, 규정 이외의 사신을 보내는 것은 부당하다고 꾸짖으니, 동 왜인이 말하기를, '강호의 명령은 대마도주가 정지할 수 있는 것이 아닙니다.' 하였습니다. 그런데 무신년(1788, 정조

---

550) 등칙정(藤則定) : 용전육좌위운(龍田六左衛門)이라고도 한다. 함께 온 봉진은 장사감좌위문(庄司勘左衛門)이다. 『告還使記錄』
551) 서계 :『동문휘고』부편속(附編續) 고환(告還)에 예조 참의와 동래 부사 및 부산 첨사에게 보내는 서계와 답서가 기록되어 있다.

12) 통신사행을 물리기를 청하는 차왜〔信使請退差倭〕는 규정 이외의 사신이었으나 조정에서 변방을 회유한다는 뜻에서 특별히 접대를 허락하였으니, 조만간에 통신사를 요청하러 올 때에는 마땅히 전례와 같이 거행할 것입니다. 그러나 지금 또 교묘한 명색(名色)을 만들어 감히 규정 이외의 차왜를 보내려고 계획하는 것은 사체로 헤아리건대 만만부당하니, 선문두왜를 즉시 되돌려 보내고 대차왜를 결코 보내서는 안 된다는 뜻으로 꾸짖고 타일렀습니다."라고 장계하였다.

12월. "통신사행 문제를 의논해 정하기 위한 대차왜〔通信使議定大差倭〕552) 평창상(平暢常), 봉진 2인, 도선주 1인, 반종 12명, 격왜 70명 등이 서계553)를 지참하고 나와서 말하기를, '연이은 흉년으로 갑자기 나라를 다스리기 어려워서 다시 연기해 주기를 고합니다. 이웃 나라와의 우호를 해칠까 두려우나, 힘써 간편함을 좇아 통신사가 강호(江戶)에 들어가지 않고 본주(本州 대마도)에 도착하여 국왕의 명을 전한다면 때에 맞추어 예를 행하고 여러 가지로 비용을 절약할 수 있을 것입니다. 별도로 대차왜를 보내 보고드리고 협의하도록 강호로부터 분부를 받아 저희들이 뽑혀 나온 것이니, 경접위관과 차비역관을 속히 내려보내 접대해 주시기 바랍니다.' 하였습니다. 교린(交隣)한 이래 관백의 승습을 축하하는 것은 바꿀 수 없는 규례였는데, 정미년(1787, 정조 11) 관백이

---

552) 통신사행 …… 대차왜 : 일본에서는 의빙사(議聘使)라고 한다. 정관은 정조 12년(1788) 연빙사(延聘使)로 온 평창상(平暢常)이 다시 임명되었으며, 도선주는 중전토비지개(重田土肥之介)이고, 봉진은 아비류총사랑(阿比留惣四郞)이다. 정조 15년(1791) 12월 9일부터 정조 19년(1795) 1월 23일까지 왜관에 체류하였다. 『參判度數覺』

553) 서계 : 『동문휘고』 부편속(附編續) 통신(通信)에 예조 참판 및 예조 참의와 동래 부사 및 부산 첨사에게 보내는 서계와 답서가 기록되어 있다.

승습한 이후 무신년(1788, 정조 12)에 흉년과 화재를 이유로 들면서 특별히 차왜를 보내 통신사 파견을 물려주기를 요청하니, 전례가 없는 일이었지만 조정에서 특별히 변방을 회유한다는 큰 뜻으로 사신의 접대를 허락하고 그 요청을 받아 주었습니다. 그런데 그때 애당초 파견을 뒤로 물리는 기한을 정하지 않았으니 통신사 요청의 더디고 빠름은 오로지 나라를 다스리는 것이 어떠하냐에 달려 있기 때문이었습니다. 지금 또 의빙(議聘)이라는 교묘한 명목을 만들어 규정 이외의 차왜를 보내니, 너무나 놀라운 일입니다. 통신사가 국서를 받들어 강호에 들어가 친히 관백에게 국왕의 명을 전하는 것은 그 예제(禮制)가 존엄하고 중하여 약조에 엄히 밝혀 두었습니다. 흉년이 계속되어 경비를 절약한다고 칭하면서 감히 통신사가 대마도에서 국왕의 명을 전하기를 요청하는 것은 진실로 교린한 이래로 듣고 본 적이 없는 일입니다. 사체(事體)를 존중하고 약조를 엄하게 하는 방도에 있어 이번에 온 차왜를 한때라도 용인하여 접대하는 것은 결코 부당하므로, 담당 역관을 엄히 신칙하여, 이치를 들어 준엄하게 꾸짖어 되돌아가게 하라고 할 생각인데, 일이 변방의 정세에 관계된 것이므로 먼저 치계합니다." 하였다.

임자년(1792, 정조 16) 7월. 동래 부사 윤필병(尹弼秉) 때이다. 관백이 아들을 얻은 경사를 알리는 대차왜[關白生子告慶大差倭]가 머지않아 나올 것이라는 일로 선문두왜가 이미 나왔으니, 접대할 경접위관 및 차비역관 등과 연향 예단 및 공·사 예단 등의 물건을 규례대로 거행하도록 해조로 하여금 품지(稟旨)하여 분부하게 해달라고 장계하였다.

8월. 관백생자고경대차왜554) 귤공구(橘功久), 도선주 1인, 봉진압물 1인, 시봉 2인, 반종 16명, 격왜 70명 등이 서계555)를 지참하고 관백이 지난해 7월 15일 아들을 얻은 경사를 알리기 위해 나왔으므로, 경접위관 및 차비역관 등을 해조로 하여금 재촉하여 내려보내게 해 달라고 장계하였다.

9월. 관백의 저군이 죽었음을 알리는 차왜〔關白儲君身死告訃差倭〕 등창방(藤昌方), 봉진압물 1인, 시봉 1인, 반종 6명, 격왜 30명 등이 서계556)를 지참하고 나왔으므로, 강희(康熙) 계해년(1683, 숙종 9)과 건륭(乾隆) 경자년(1780, 정조 4)의 전례에 따라 접대를 허락하였다고 장계하였다.

다음과 같이 첩보(牒報)하였다. "규정 이외의 차왜 평창상(平暢常)이 통신사 파견 문제를 의논하여 정한다고 칭하면서 신해년(1791, 정조 15) 12월에 방자하게 나온 것은 극히 교활하였으므로, 엄한 말로 물리쳐 속히 되돌아가게 하였다는 뜻을 전 동래 부사 재임 때에 이미 치계하였습니다. 그런데 비용을 줄인다고 칭하면서 통신사가 대마도에서 국왕의 명을 전하기를 감히 요청한 것은 너무도 경악스러운 것이어서, 동래 부사가 부임한 이후에 엄한 말로 명령을 전하고 여러 번 꾸짖고 타일렀습니다. 그런데도 강호(江戶)의 명령이라 하면서 4년이 지나도록 되돌아갈 뜻이 없이 오늘에 이르기까지 불쌍히 여겨 주기를 구걸하는데, 접대를 허락해 주기를 바라지 않고 오직 서계를 바치고 회답을 받고자 할 뿐이었

<hr>

554) 관백생자고경대차왜 : 정관은 대삼번우위문(大森繁右衛門) 귤공구(橘功久)이며, 도선주는 복도작병위(福嶋作兵衛)이고, 봉진은 조천서개(早川恕介)이다. 정조 17년(1793) 8월 10일부터 이듬해 10월 17일까지 왜관에 체류하였다. 『參判度數覺』
555) 서계 : 『동문휘고』 부편속(附編續) 고경(告慶)에 예조 참판 및 예조 참의와 동래 부사 및 부산 첨사에게 보내는 서계와 답서가 기록되어 있다.
556) 서계 : 『동문휘고』 부편속(附編續) 고부(告訃)에 예조 참의와 동래 부사 및 부산 첨사에게 보내는 서계와 답서가 기록되어 있다.

습니다. 등록(謄錄)을 살펴보니, 옹정(雍正) 갑진년(1724, 영조 즉위년)에 규정 이외의 차왜 통구광(樋口匡)이 잠상(潛商)을 금지하는 일로 서계를 지참하고 나와서 해를 넘기도록 고집하자, 조정이 접대를 허락하지 않는 대신 서계에 회답하고 식량과 찬을 간단히 지급하였습니다. 이번 차왜는 평범한 규정 이외의 사행으로 논할 수 없으니, 사체를 존중하고 약조를 엄하게 하는 도리에 있어 단연코 한결같이 물리쳐야 마땅합니다. 그런데 교활한 말로 불쌍히 여겨 주기만을 바라는 태도가 개가 꼬리를 흔드는 모양과 같으니, 꾸짖고 타이르는 말도 의례적인 얘기가 되어 한갓 입만 아플 뿐입니다. 지난해 나온 고경차왜(告慶差倭)는 자신이 먼저 온 차왜와 맡은 일은 비록 다르지만 주군을 위한 마음은 같다고 하였습니다. 그러나 번거롭히고 괴롭히기는 먼저 나온 차왜의 말과 꼭 같았으며, 일을 마친 지 오래되었음에도 끝내 되돌아가지 않았습니다. 두 차왜가 모두 왜관에 머물러 있는 것은 이전에는 없었던 바입니다. 먼저 나온 자를 쫓아 보내지 못했고 뒤에 온 자 또한 머물러 있으니, 동래 부사가 직무를 유기한 죄는 황송하여 처벌을 기다립니다." 이와 같은 내용으로 3월에 비변사에 보고하였다.

7월에 내려온 회송(回送) 가운데에, "그들이 불쌍히 여겨 주기를 바란다는 말은 그 목적이 관리를 보내어 접대를 허락하는 데 있지 않고 단지 답서를 받아 돌아가기를 원하는 것이다. 그러니 이번 일은 허락할 수 없다는 뜻으로 답서를 보내면 피차의 정을 통함에 해롭지 않고 약조의 엄함을 보이는 것이다. 동 서계는 해조에 올려 보내어 답서를 만들어 보내도록 하되, 서계를 바치는 것은 마땅히 순부(順付)하는 전례를 따를 것이며 별폭(別幅)은 받아서는 아니 된다. 모름지기 이 뜻을 잘 알아서 약조에 어긋나지 않도록 할 것이다." 하였다.

이에 "방금 도착한 비변사의 관문에서 말한 내용에 따라 의빙차왜(議聘差倭) 평창상이 가져온 서계와 별폭 중에 별폭은 물리쳐 받지 않고, 원래의 서계 3통만 순부하는 전례에 따라 받아서 감봉(監封)하여 올려 보내니, 즉시 답서를 내려보내 주십시오."라는 내용으로 8월에 예조 및 비변사에 보고하고, 서계는 전서(傳書)하여 순영(巡營)에 보고하였다.

회하한 예조계목(禮曹啓目)에, "동래 부사가 첩정(牒呈)에서 운운한 데 대한 동 회답서계(回答書契)와 동래 부사 및 부산 첨사가 답한 초고(草稿)에 대한 회답서계는 승정원(承政院)으로 하여금 전후에 보고한 장계와 원래의 서계를 살핀 다음 말을 만들어 작성하게 하고 별도로 금군(禁軍)을 정해 내려보내라고 아울러 분부하는 것이 어떻겠습니까?" 하니, 그대로 윤허한다고 하였다.

비변사에서 계하(啓下)한 관문 내에, "의빙서계(議聘書契)의 회답은 지금 작성하게 하였는데, 건너온 사신이 규정 이외여서 접대를 허락하지 않았으니 별폭도 전례에 따라 받기 어렵습니다. 그런 까닭에 가져온 서계를 취할 때에 별폭은 받지 않음으로써, 예가 아니면 받지 않는 의리를 드러냈습니다. 그러나 전례를 살펴보니, 접대를 허락하지 않은 때에도 혹 별폭을 받은 전례가 있었습니다. 서로 우호 하는 도리에 있어서 반드시 그들로 하여금 가지고 온 것을 다시 가지고 가도록 할 필요가 없을 듯하므로, 즉시 수신(守臣)으로 하여금 일체 받도록 하고 바다를 건너갈 때 필요한 식량 또한 제급(題給)함으로써, 엄히 해야 할 곳에는 준엄하게 하고 배려해야 할 곳에는 살펴 배려하는 뜻을 그들로 하여금 알게 하심이 어떻겠습니까?" 하니, 상이 이르기를, "아뢴대로 하라." 하였다.

을묘년(1795, 정조 19) 5월. 동래 부사 윤장렬(尹長烈) 때이다. 관백이 저군을 세웠다는 경사를 알리는 대차왜[關白立儲告慶大差倭]가 머지않아 나올 것이라는 일로 선문두왜가 나왔으므로, 경접위관 및 차비역관을 미리 뽑아 두고, 증급할 연향 예단 및 잡물을 해조로 하여금 전례를 살펴 마련하게 해 달라고 장계하였다.

6월. 관백입저고경대차왜[557] 평창조(平暢朝), 봉진압물왜 1인, 시봉왜 2인, 반종왜 16명, 도선주왜 1인, 격왜 70명 등이 서계[558]를 지참하고 나왔으므로, 접대할 경접위관 및 차비역관을 속히 내려보내 달라고 장계하였다.

경신년(1800, 순조 즉위년) 11월. 동래 부사 한치응(韓致應) 때이다. 조위차왜(弔慰差倭)가 머지않아 나올 것이므로, 병신년(1776, 정조 즉위년)의 예에 따라 경접위관 및 차비역관을 미리 뽑아 보낼 일을 묘당으로 하여금 품지(稟旨)하여 분부하도록 하고, 차왜에게 증급할 연향 예단 및 잡물을 또한 해조로 하여금 전례를 살펴 마련하게 해 달라고 장계하였다.

12월. "조위차왜[559] 원신광(源信廣), 봉진압물왜 1인, 시봉왜 2인, 반종왜 10명, 격왜 40명이 서계[560]를 지참하고 나왔으므로, 접대할 경접위관 및 당상·당하 차비역관 등을 예조로 하여금 속히 내려보내도록 해 주십시오. 진하차왜(陳賀差倭)가 머지않아 나

---

557) 관백입저고경대차왜 : 정관은 통구미농(樋口美濃) 평창조(平暢朝)이며, 도선주는 평전주전(平田主田)이고, 봉진은 중천요조(中川要助)이다. 정조 19년(1795) 6월 21일부터 10월 1일까지 왜관에 체류하였다. 『參判度數覺』
558) 서계 :『동문휘고』부편속(附編續) 고경(告慶)에 예조 참판 및 예조 참의와 동래 부사 및 부산 첨사에게 보내는 서계와 답서가 기록되어 있다.
559) 조위차왜 : 정조(正祖)의 죽음을 조위하기 위해 온 차왜로, 정관은 영목구미우위문(鈴木久米右衛門) 원신광(源信廣)이며, 봉진은 굴강인좌위문(堀江仁左衛門)이다. 『弔禮使記錄』
560) 서계 :『동문휘고』부편속(附編續) 진위(陳慰)에 예조 참의와 동래 부사 및 부산 첨사에게 보내는 서계와 답서가 기록되어 있다.

올 것이라는 일로 선문두왜가 지금 이미 나왔으니, 접위관 및 차비역관을 묘당으로 하여금 품지하여 분부하도록 하고, 차왜에게 증급할 연향 예단 및 잡물을 해조로 하여금 마련하게 해 주십시오."라고 장계하였다.

신유년(1801, 순조 1) 2월. "진하대차왜[561] 평공가(平功加), 봉진압물 1인, 도선주 1인, 시봉 2인, 반종 16명, 의왜(醫倭) 1인, 격왜 70명이 서계[562]를 지참하고 나왔는데, 견선과 각선은 꾸짖고 타일러 줄였습니다. 경접위관과 차비역관을 속히 내려보내 주십시오."라고 장계하였다.

6월. 대마도주환도고지차왜(對馬島主還島告知差倭) 등기(藤起),[563] 봉진 1인, 반종 5명, 격왜 40명이 서계[564]를 지참하고 나왔으므로, 향접위관이 접대하였다.

을축년(1805, 순조 5) 6월. 동래 부사 정만석(鄭晚錫) 때이다. 조위차왜[565] 귤상행(橘尙行)이 서계[566]를 지참하고 나왔으므로,

---

561) 진하대차왜 : 순조(純祖)의 즉위를 축하하기 위해 온 차왜로, 정관은 삼촌주세(杉村主稅) 평공가(平功加)이며, 도선주는 조강요(朝岡要)이고, 봉진은 대포희평치(大浦喜平治)이다. 순조 1년(1801) 2월 26일부터 6월 6일까지 왜관에 체류하였다. 『參判度數覽』

562) 서계 : 『동문휘고』 부편속(附編續) 진하(陳賀)에 예조 참의와 동래 부사 및 부산 첨사에게 보내는 서계와 답서가 기록되어 있다.

563) 등기(藤起) : 소전위개(小田衛介)라고도 한다. 함께 온 봉진은 소전여사랑(小田與四郎)이다. 『告還使記錄』

564) 서계 : 『동문휘고』 부편속(附編續) 고환(告還)에 예조 참의에게 보내는 서계와 답서가 기록되어 있다.

565) 조위차왜 : 대왕대비 김 씨의 죽음을 조위하기 위해 온 차왜로, 정관은 국분여일병위(國分與一兵衛) 귤상행(橘尙行)이고, 봉진은 도산평조(陶山平助)이다. 『弔慰使記錄』

566) 서계 : 『동문휘고』 부편속(附編續) 진위(陳慰)에 예조 참의와 동래 부

규례대로 향접위관이 접대하였다고 장계하였다.

11월. 통신사청래차왜(通信使請來差倭)567) 평공재(平功載)가 서계568)를 지참하고 나왔는데, 등본을 살펴보니 '기사년(1809, 순조 9) 봄쯤에 폐주(弊州)에서 맞이할 것'이라는 등의 말로 방자하게 요청하니, 너무나도 놀라워 결코 접대를 허락할 수 없다는 뜻으로 담당 역관으로 하여금 꾸짖고 타이르도록 하였다고 장계하였다.

회하 내에, "'변신(邊臣)이 더욱 엄하게 꾸짖고 타일러 접대를 허락하지 않은 것은 실로 고집할 일이지만, 다만 통신사를 요청하기 위해 온 것은 나름대로 명색(名色)이 있으니 규정 이외의 사신과는 다르다고 생각됩니다. 그러므로 접대를 허락하되 그 말을 이행시킴에 힘써 우리들의 도리를 다할 뿐이며, 어찌 이처럼 서로 고집할 필요가 있겠습니까. 전례대로 접대를 허락하도록 분부하는 것이 어떻겠습니까?'라고 아뢰니, 상이 이르기를, '아뢴 대로 하라.'고 전교하였다. 경접위관 및 역관을 뽑아 보내는 일은 굳이 등문(登聞)하기를 기다릴 필요는 없으므로, 지금 초기(草記)하여 규례대로 뽑아 속히 내려보내야 마땅하니, 이 뜻 또한 모두 알아야 할 것이다." 하였다.

병인년(1806, 순조 6) 3월. 동래 부사 오한원(吳翰源) 때이다. 회계(回啓)에 의해 내려 보낸 관문에 의거하여 '통신사청래차왜의

사 및 부산 첨사에게 보내는 서계와 답서가 기록되어 있다.

567) 통신사청래차왜(通信使請來差倭) : 일본에서는 수빙사(修聘使)라고 한다. 정관은 고천도서(古川圖書) 평공재(平功載)이며, 도선주는 가납향좌위문(加納鄉左衛門)이고, 봉진은 팔목구좌위문(八木九左衛門)이다. 순조 5년(1805) 11월 2일부터 이듬해 1월 29일까지 왜관에 체류하였다. 『參判度數覺』

568) 서계 : 『동문휘고』 부편속(附編續) 통신(通信)에 예조 참관 및 예조 참의에게 보내는 서계와 답서가 기록되어 있다.

접대를 허락하는 것'을 전령(傳令)을 보내 널리 알리고, 서계와 별폭은 등본(謄本)을 만들어 올려 보낸다고 장계하였다.

5월. "신사청래차왜(信使請來差倭) 평공재(平功載)의 하선 다례(下船茶禮)를 베풀었습니다. 그런데 나중에 올린 강정관(講定官)과 훈도 및 별차의 수본(手本) 내에, '도선주왜(都船主倭) 등격(藤格)이 저희들을 만나고자 하면서 말하기를, 「전에 이미 기사년(1809, 순조 9)의 통신사행을 논의하여 정했다는 말이 있었는데, 어찌된 것입니까?」하기에, 「이것은 흉악한 역관배들이 꾸민 일로, 거의 모두 주살되었으니, 지금은 논할 바도 못 된다. 서계를 국왕에게 올려 보내고 조정의 처분만을 기다릴 뿐이다.」라는 뜻으로 답하고 엄한 말로 거절하고 곧바로 나왔습니다. 그때 옛 관수왜 원창명(源暢明)이 논의해 정한 절목(節目) 2장을 내보였는데, 그것은 흉악한 역관배들이 위조한 것이었습니다. 너무 놀라워 처음에는 차마 보지 못하다가 이치를 들어 꾸짖고 타이르니, 원창명이 말하기를, 「이와 같이 한다면, 대마도가 장차 멸망한 후에야 그칠 것입니다.」라고 하면서 돌연 얼굴색을 바꾸고 문을 걸어 잠그는 바람에 저희들도 화를 내며 나왔습니다.'라고 되어 있었습니다. 수본에 의거해서 다시는 번거롭게 하지 말라는 뜻으로 명령하고 신칙하였습니다."라고 장계하였다.

6월. "'동 차왜의 예단 다례(禮單茶禮)를 25일로 정하였는데, 회답서계(回答書契)는 그들이 추측한 것과 크게 차이가 나니 결코 받을 수 없다 하면서 온갖 독설을 늘어놓았습니다. 이에 이것은 조정에서 내려 보낸 것인데 어찌 감히 거절하여 받지 않는가 하니, 동 왜인이 답하기를, 「이 일이 이루어지지 않으면 우리 대마도는 반드시 망합니다. 우리 섬이 망하게 되면 우리들 또한, 홀로

살아갈 수 없습니다.」하면서 시종 발악하였습니다. 우리들이 화
를 내면서 임소(任所)로 되돌아오니 여러 왜인들 41명이 임소까지
쫓아와 공갈을 늘어놓되 못하는 말이 없었습니다. 이에 여러 모로
꾸짖고 타일러 되돌아가도록 하였습니다.'라고 담당 역관 등이 수
본(手本)으로 올렸습니다. 금번의 차왜가 서계의 중요함을 인식하
지 않고 제멋대로 받지 않은 것은 참으로 통악스러운 일이니, 담
당 역관 등을 붙잡아 엄히 곤장을 치고 그들로 하여금 다시 더욱
꾸짖고 타이르게 함으로써 동 서계와 예단을 반드시 들여보내 지
급하게 할 생각입니다."라고 장계하였다.

7월. "동 차왜가 허용된 기한이 이미 찼는데도 서계를 끝내 순
순히 받지 않음으로써, 상선연(上船宴)이 이로 인해 연기되어 격
식에 크게 어긋나게 되었습니다. 이에 담당 역관을 특별히 신칙하
여 왜인들을 반복해서 꾸짖고 타이르게 하였지만, 끝내 '맡은바 일
이 이루어지지 않아 우리 섬이 반드시 망할 것'이라는 말을 계속
제멋대로 지껄이니, 참으로 놀랍습니다. 훈도와 별차를 다시 엄히
곤장을 쳤으나, 이는 모두가 신이 모욕을 막지 못해 생긴 일이니,
황공한 마음으로 대죄(待罪)합니다."라고 장계하였다.

8월. "당년조(當年條) 제1·2·3선 송사왜(送使倭)의 하선연(下
船宴)을 베풀 때 통신사청래차왜의 도선주 등격이 통사왜(通事倭)
를 보내 연향이 끝난 후에 보기를 청하기에, 송사(送使)의 연향례
와 차왜가 맡은 일은 각기 다르니 상견하는 것은 부당하다는 뜻으
로 엄히 거절하였습니다. 연향례를 마치자마자 동 도선주왜가 벌써
나와 대청 위에 서있으면서 재삼 보기를 요청하니, 지척에서 상대
하는 지경이어서 부득불 상면하였습니다. 앞의 연향 석상에서도 이
처럼 접견하는 전례가 없지 않았기에 담당 역관으로 하여금 그 온

연유를 묻게 하니, 동 왜인이 말하기를, '저희들이 맡은 임무가 순순히 이루어지지 않아서 귀국의 서계도 가지고 갈 수 없게 되었습니다. 간사한 역관배들이 써 준 서계를 이미 강호(江戶)에 보냈는데, 지금 갑자기 일이 성사되지 못하였다는 이야기가 또 동무(東武)569)에 진달되면 대마도가 중간에서 말을 바꾸어 관백을 기만한 것이 되어버리니, 죄가 어느 지경에 이를지 알 수 없습니다.' 하면서 공손한 말로 애걸하였습니다. 이에 '통신사가 반드시 강호에 가는 것은 원래 옛 조목이 있는데, 지금 간사한 역관배들의 위조한 서계를 끌어다가 주장하는 근거로 삼는 것은 부당하다. 양국이 기만당한 연유를 강호에 전달하는 것에 무슨 불가함이 있다고 함부로 나와 번거로이 떠들어대는가. 참으로 무엄하다. 다시는 이 같은 짓을 하지 말라.'는 뜻으로 꾸짖고 타일러 보냈습니다. 일이 변방의 정세에 관한 것이어서 즉시 장문(狀聞)합니다."라고 장계하였다.

9월. 대마도주환도고지차왜가 서계570)를 지참하고 나왔으므로, 규례대로 접대하였다고 장계하였다.

정묘년(1807, 순조 7) 2월. 통신행청래차왜(通信行請來差倭)의 도선주왜가 대마도주의 글을 받기 위해 대마도에 들어갔다가 3월에 바로 다시 나왔다고 장계하였다.

6월. 관수왜의 하선연(下船宴)을 베푼 후에 도선주가 여러 왜인 수삼백 명을 데리고 또 함부로 나와 만나보기를 청하면서, 대마도

---

569) 동무(東武) : 강호막부(江戶幕府)의 정이대장군(征夷大將軍)을 가리키는 말로, 조선에서는 통상 관백(關白)이라고 불렀다.
570) 서계 : 『동문휘고』 부편속(附編續) 고환(告還)에 예조 참의에게 보내는 서계와 답서가 기록되어 있으며, 정관은 귤홍화(橘弘和)이다.

는 반드시 망할 것이라는 말로 한결같이 번거롭고 요란하게 하므로, 속히 되돌아가라는 뜻으로 엄한 말로 꾸짖고 타일렀다고 장계하였다.

7월. 별일대관왜(別一代官倭)가 나왔으므로 그 온 연유를 물으니, 동 왜인의 말 가운데, "신사청래차사(信使請來差使)가 온 지 이미 3년이 다 되었는데 처분을 받지 못하였으니, 이것은 반드시 잘 전달되지 않았기 때문이라고 생각되어 그 동정을 살피기 위해 왔습니다." 하였으므로, 더욱 심히 원통하여 엄하게 타이르고 꾸짖었다고 장계하였다.

9월. 동 차왜에게 예단 다례(禮單茶禮)를 베풀고 서계 및 예단을 지급하였는데 도선주왜는 또 되돌아갔으며, 차왜는 돌아갈 뜻이 없다고 장계하였다.

계유년(1813, 순조 13) 5월. 동래 부사 조정철(趙貞喆) 때이다. 도주퇴휴고지차왜(島主退休告知差倭)571)가 나왔으므로, 경접위관 및 차비역관을 속히 내려보내 달라고 장계하였다.

7월. 동래 부사 홍수만(洪秀晩) 때이다. 도주승습고경대차왜(島主承襲告慶大差倭)572) 등창규(藤昌規)가 나왔으므로, 경접위관 및

---

571) 도주퇴휴고지차왜(島主退休告知差倭) : 대마도주 종의공(宗義功)이 물러난 것을 알리기 위해 온 차왜로, 일본에서는 퇴휴사(退休使)라고도 한다. 정관은 전도좌근우위문(田嶋左近右衛門) 평공경(平功敬)이며, 도선주는 영목시병(鈴木矢柄)이고, 봉진은 길야작좌위문(吉野作左衛門)이다. 순조 13년(1813) 5월 9일부터 8월 19일까지 왜관에 체류하였다. 『參判度數覺』 한편 『동문휘고』 부편속(附編續) 고경(告慶)에 예조 참판 및 예조 참의와 동래 부사 및 부산 첨사에게 보내는 서계와 답서가 기록되어 있다.
572) 도주승습고경대차왜(島主承襲告慶大差倭) : 대마도주 종의질(宗義質)의

차비역관을 속히 내려보내 달라고 장계하였다.

갑술년(1814, 순조 14) 4월. 구도주신사고부차왜(舊島主身死告
計差倭) 등정득(藤定得)이 나왔으므로, 향접위관이 접대하였다.573)

같은 달. 신도주도서청수차왜(新島主圖書請受差倭)574) 원창렴(源
昌廉)575)이 나왔으므로, 접위관 및 차비역관을 속히 내려보내 주
고, 도서를 정밀하게 만들어 내려보내 달라고 장계하였다.

10월. 관백이 손자를 보았다는 경사를 알리는 차왜[關白生孫告
慶差倭]576) 평공경(平功敬)이 나왔으므로, 접위관 및 차비역관을

승습을 알리기 위해 온 차왜로, 정관은 원택우위문(原宅右衛門) 등창규
(藤昌規)이며, 도선주는 좌치승좌위문(佐治勝左衛門)이고, 봉진은 좌등여
좌위문(佐藤與左衛門)이다. 순조 13년(1813) 7월 5일부터 11월 30일까
지 왜관에 체류하였다.『參判度數覺』한편『동문휘고』부편속(附編續) 고
경(告慶)에 예조 참판 및 예조 참의와 동래 부사 및 부산 첨사에게 보내
는 서계와 답서가 기록되어 있다.

573) 구도주신사고부차왜(舊島主身死告計差倭) …… 접대하였다 :『동문휘고』
부편속(附編續) 고부(告訃)에 구도주(舊島主) 종의공(宗義功)이 유물(遺
物)을 바치는 서계와 신도주(新島主) 종의질(宗義質)이 예조 참의에게 보
내는 서계와 답서가 기록되어 있다.

574) 신도주도서청수차왜(新島主圖書請受差倭) : 신대마도주 종의질(宗義質)
의 도서를 요청하기 위해 온 차왜로, 일본에서는 도서사(圖書使)라고 한
다. 정관은 소야직위(小野直衛) 원창렴(源暢廉)이며, 도선주는 길촌직위
(吉村直衛) 귤창년(橘昌年)이고, 봉진은 장류등우위문(長留藤右衛門)이다.
순조 14년(1814) 4월 1일부터 7월 30일까지 왜관에 체류하였다.『參判
度數覺』한편『동문휘고』부편속(附編續) 고경(告慶)에 예조 참판 및 예
조 참의와 동래 부사 및 부산 첨사에게 보내는 서계와 답서가 기록되어
있다.

575) 원창렴(源昌廉) :『참판도수각(參判度數覺)』에는 원창렴(源暢廉)으로
나온다.

576) 관백이 …… 차왜 : 일본에서는 고탄사(告誕使)라고 한다. 정관은 전도
좌근우위문(田嶋左近右衛門) 평공경(平功敬)이며, 도선주는 아도다중(兒嶋
多仲)이고, 봉진은 전도여오랑(畑嶋與五郞)이다. 순조 14년(1814) 10월

속히 내려보내 달라고 장계하였다.

을해년(1815, 순조 15) 6월. "관백의 손자가 죽었다는 부고를
알리는 차왜〔關白孫身死告訃差倭〕**577)** 등직명(藤直明)이 나왔는데,
관백의 손자를 고부(告訃)하는 것은 전례가 없는 일이어서 담당
역관으로 하여금 꾸짖고 타이르게 하니, 차왜가 답하기를, '이전에
다행히 요절한 적이 없어 비록 그 전례는 없으나, 적통의 후사가
서로 잇는 것은 나라의 큰 근본이라 다른 자손은 비록 십수 명이
나고 죽어도 어찌 그 연유를 고할 필요가 있겠습니까.' 하였습니
다. 접대를 허락할 것인지 품처해 주십시오."라고 장계하였다.

회하 내에, "관백의 손자를 고부한 것은 이미 경자년(1780, 정
조 4)의 전례가 있으니, 우선 접대를 허락할 것이다. 향접위관이
접대하도록 하라." 하였다.

정축년(1817, 순조 17) 7월. 동래 부사 조봉진(曺鳳振) 때이다.
"환도고지차왜(還島告知差倭)**578)** 원중구(源中矩)와 도해청래재판왜
(渡海請來裁判倭) 등공일(藤功一)이 나와서 말하기를, '관백의 손자
가 죽고, 대마도주가 승습(承襲)하였으며, 지금 또 대마도로 돌아
왔습니다. 이 세 건의 일은 각각 서계를 작성하였으니, 당상 역관

11일부터 이듬해 1월 8일까지 왜관에 체류하였다. 『參判度數覺』 한편 『동
문휘고』 부편속(附編續) 고경(告慶)에 예조 참판 및 예조 참의와 동래 부
사 및 부산 첨사에게 보내는 서계와 답서가 기록되어 있다.
577) 관백의 …… 차왜 : 일본에서는 대부사(大訃使)라고 한다. 정관은 청류
치좌위문(靑柳治左衛門) 등직명(藤直明)이며, 봉진은 평산신장(平山新藏)
이다. 『弔喪使記錄』 한편 『동문휘고』 부편속(附編續) 고부(告訃)에 예조
참의에게 보내는 서계와 답서가 기록되어 있다.
578) 환도고지차왜(還島告知差倭) : 고환사(告還使)라고 한다. 정관은 좌좌
목다문(佐佐木多門) 원중구(源中矩)이며, 봉진은 내야무좌위문(內野武左衛
門)이다. 『告還使記錄』 한편 『동문휘고』 부편속(附編續) 고환(告還)에 예
조 참의에게 보내는 서계와 답서가 기록되어 있다.

2원, 당하 역관 1원을 곧 뽑아 보내 주소서. 구도주의 도서(圖書)를 환납합니다.' 하였습니다. 동 도서는 전 별차(別差) 김조경(金祖慶)에게 주어 올려 보냅니다."라고 장계하였다.

신사년(1821, 순조 21) 6월. 동래 부사 이덕현(李德鉉) 때이다. "대마도주가 승습(承襲)한 초기에 강호(江戶)에 들어갔다 대마도로 돌아온 일은, 한번 차왜를 정하여 알린 후에 다시는 사신을 보내지 말고 서계를 부쳐 보내도록 기사년(1809, 순조 9) 도해역관[579]이 갔을 때에 약정하였는데, 정축년(1817, 순조 17)에 이미 차왜를 보내왔습니다. 금번 고환 서계(告還書契)[580]는 오는 배편에 가지고 왔기에 받아서 올려 보냅니다."라고 장계하였다.

10월. 조위차왜[581]가 왜관에 도착하였으므로, 향접위관이 접대하였다고 장계하였다. – 정관 1인, 봉진 1인, 시봉 1인, 반종 10명, 격왜 40명이다.

갑신년(1824, 순조 24) 4월. 동래 부사 이규현(李奎鉉) 때이다. 계미년(1823, 순조 23) 몫의 언만송사(彦滿送使)[582]가 나왔는데, 동 도서(圖書)는 계미년 12월에 지급하였으니[583] 갑신년부터 나오

---

579) 도해역관 : 통신사행의 역지통신(易地通信) 문제를 논의하기 위해 파견된 역관 현의순(玄義洵), 최석(崔昔), 변문규(卞文圭) 일행을 가리킨다.
580) 고환 서계(告還書契) : 『동문휘고』 부편속(附編續) 고환(告還)에 예조 참의에게 보내는 서계와 답서가 기록되어 있다.
581) 조위차왜 : 왕대비 김씨의 죽음을 조위하기 위해 온 차왜로, 정관은 통구태랑병위(樋口太郎兵衛)이며 봉진은 영뢰리병위(永瀬理兵衛)이다. 『弔慰使記錄』 한편 『동문휘고』 부편속(附編續) 진위(陳慰)에 예조 참의에게 보내는 서계와 답서가 기록되어 있다.
582) 언만송사(彦滿送使) : 대마도주 종의질(宗義質)의 큰아들 언만(彦滿)이 보낸 사선(使船)으로, 순조 23년 도서(圖書)를 지급받았다.
583) 동 도서(圖書)는 …… 지급하였으니 : 순조 22년(1822) 대마도주 종의

는 것이 당연하므로 꾸짖고 타일러 물리쳤다고 장계하였다.

질(宗義質)이 큰아들 언만(彦滿)에게 도서를 발급해 주도록 요청하였고, 이듬해 12월 조정에서 도서를 주조하여 지급하였다. 『동문휘고』 부편속 (附編續) 고경(告慶)에 도서 발급을 요청하기 위해 예조 참의 및 동래 부 사와 부산 첨사에게 보낸 서계와 답서가 기록되어 있다.

규외 規外 격식을 위반한 것을 아울러 부기하였다.

신해년(1611, 광해군 3) 11월. 동래 부사 조존성(趙存性) 때이다. 왜 소선(小船) 1척이 원신안(源信安)의 사후선(伺候船)584)이라 칭하면서 도서(圖書)를 지참하지 않고 나왔는데, 규정 이외의 배이기 때문에 선창(船滄)에 들어와 정박하는 것을 허락하지 않고 왜관 앞바다에 배를 머물러 대도록 하였다고 장계하였다. - 회하(回下)는 없었다.

임자년(1612, 광해군 4) 2월. 동래 부사 성진선(成晉善) 때이다. 왜선(倭船)이 왔는데, 대마도주가 예조에 바친 서계(書契)에 도서(圖書)를 찍지 않아서 물리치고 받지 않았다고 장계하였다. - 회하는 없었다.

4월. 두왜(頭倭) 1인, 격왜(格倭) 11명이 일본국왕(日本國王)이 요구하는 최상품의 백저포(白苧布) 및 신응(神鷹) 등의 물건을 구청(求請)하기 위해 평의지(平義智)의 서계 1통을 지참하고 나왔는데, 세견선(歲遣船)이 연이어 나오는데도 순부(順付)하지 않고 규정 이외의 배를 내보냈으니, 매우 부당한 일이라는 연유를 장계하였다. - 회하는 없었다.

---

584) 사후선(伺候船) : 문안(問安)을 드리는 배를 의미한다. 수직왜인(受職倭人) 원신안(源信安)이 수직왜인의 경우 본인이 직접 내조(來朝)해야 하는 규정을 어기고 보냈기 때문에 붙인 것이다.

6월. 왜선 1척이 규정 이외로 나왔는데, 상물(商物)을 실으려 한다고 칭하니, 대마도주가 별도로 보낸 서계를 받을 것인지의 여부를 지휘해 달라고 장계하였다.

7월. 위 항목의 규정 이외의 배에 대해서는 예조에서 내린 관문(關文)에 따라 서계를 받아서 올려 보냈다.

10월. "특송선(特送船)이 나올 때, 부선(副船)이라 칭하면서 2척의 배가 약조를 어기고 나왔습니다. 참으로 부당하여 결코 접대를 허락할 수 없다는 뜻으로 여러 번 꾸짖고 타일렀더니, 동 왜인이 말하기를, '저희들이 성심으로 멀리서 왔는데, 부선을 접대하지 않으면 대마도주가 실망할 것입니다. 원컨대 접대를 허락해 달라고 장계를 올려주십시오.' 하였습니다. 접대585)를 허락할 것인지의 여부를 결정하여 분부해 주십시오."라고 장계하였다. - 회하는 없었다.

계축년(1613, 광해군 5) 2월. 동래 부사 이창정(李昌庭) 때이다. "언삼(彦三)586)이 해마다 세견선 1척을 보내어 왕래하게 하고 있는데, 웅만(熊滿)587)의 옛 규례라고 범연히 칭하면서 또 배 1척을 보내왔습니다. 규정 이외의 일이어서 참으로 놀라우니, 접대를 어떻게 해야겠습니까?"라고 장계하였다.

---

585) 접대 : 부선(副船)에 대해서는 광해군 5년(1613) 3월에 급료를 지급하고 전례(前例)로 삼지 말도록 결정하였다. 『東萊接倭事目 癸丑年 3月』
586) 언삼(彦三) : 평언삼(平彦三)을 가리킨다. 평언삼은 대마도주 종의성(宗義成)의 아들 종의성(宗義盛)의 아명(兒名)으로 신해년(1611, 광해군 3)에 도서(圖書)를 지급 받았다.
587) 웅만(熊滿) : 임신약조가 체결된 당시의 대마도주인 종의성(宗義盛)의 손자로 아명도서(兒名圖書)를 지급 받아 세견선 3척을 보냈다. 『나카무라 히데타카(中村榮孝), 16세기 조선의 대일약조(對日約條) 갱정(更定), 일선관계사(日鮮關係史)의 연구, 길천홍문관(吉川弘文館), 1969, 일본』

3월. "예조의 회계(回啓)에 의한 관문(關文) 내에, '언삼이 보낸 사선(使船)은 임자년(1612, 광해군 4) 몫 1척이 왔다 간 후에 또 1척을 보냈으니, 참으로 이치에 없는 일이다. 그들이 이미 한결같이 굳게 거절하니, 이미 나온 배를 되돌려 보내는 것도 어렵다. 따라서 계축년(1613, 광해군 5) 몫의 사선으로 시행하여 접대하라.' 하였습니다. 그런데 이 관문에 의거하여 계축년 몫의 사선으로 접대를 허락하면, 우리에게는 후일의 걱정거리가 없지 않을 것이고 그들도 순순히 듣고 따르기 어려울 것 같으니, 예조로 하여금 다시 의논하여 재가를 받은 다음 회하(回下)하게 해 주십시오." 라고 장계하였다. - 장계등록에 나오며, 회하는 없었다.

같은 달. "특송 2선의 선주(船主)588) 또한 규정 이외입니다. 만일 처음부터 명백히 따져서 정하지 않으면 후일의 폐단이 말도 못하게 많을 것이니, 속히 결정하여 회하해 주십시오."라고 장계하였다. - 장계등록에 나오며, 회하는 없었다.

같은 달. "기유약조를 체결할 때 특송선 3척, 세견선 17척 도합 20척으로 결정하였으니, 특송선에는 원래 부선(副船)이 없었습니다. 그런데 지금 규정을 어기고 나온 배의 수가 3척이나 됩니다. 만일 처음부터 결정하지 않고 모두 접대하면 후일의 폐단을 막기 어려울 것이니, 예조로 하여금 재가를 받아서 속히 회하하게 해 주십시오."라고 장계하였다. - 장계등록에 나오며, 회하는 없었다.

8월. 동래 부사 윤수겸(尹守謙) 때이다. "피로인(被擄人)을 태워 온 배를 접대하는 것은 약조에 위배되는 것이므로, 엄한 말로 거

---

588) 특송 2선의 선주(船主) : 제2특송사가 규정 이외로 데리고 온 부선(副船)의 선주를 가리킨다.

절해야 마땅합니다. 그러나 이미 피로인을 데리고 왔다〔刷還〕는 것을 명목으로 삼는 이상 그들에게도 명분은 있는 것입니다. 이에 신이 감히 마음대로 처리할 수 없어 조정의 분부를 기다립니다."라고 장계하였다. - 장계등록에 나오며, 회하는 없었다.

9월. "특송 3선이 다례(茶禮)를 받지 않고 규정 이외의 부선(副船) 또한 되돌아가지 않으니, 참으로 난처합니다. 앞의 부선의 일을 속히 결정하여 분부해 주십시오."라고 장계하였다. - 장계등록에 나오며, 회하는 없었다.

10월. "피로인을 태워 온 배의 두왜는 규정 이외인데 쇄환인(刷還人)을 싣고 왔다고 칭하면서 접대해 주기를 바라니, 참으로 교활합니다. 전일 쇄환인을 데리고 온 차왜를 조정(朝廷)이 비록 접대를 허락했으나, 이 왜인을 만약 또 접대하면 후일의 폐단이 헤아릴 수 없을 것입니다. 좋은 쪽으로 처리해 주십시오."라고 장계하였다. - 장계등록에 나오며, 회하는 없었다.

갑인년(1614, 광해군 6) 7월. "계축년 몫의 특송제1선의 다례(茶禮)를 베풀 때 규정 이외로 건너온 부선주(副船主)에 대해서는 서계와 진상(進上) 물건을 바치는 데 참석하지 못하도록 하였습니다. 그런데 5일 숙공(熟供) 때에는 참여하겠다고 말하기에 이치를 들어 단호하게 꾸짖었더니, 동 왜인이 말하기를, '이번 다례 때에는 서계 바치는 것을 서둘러서 비록 참석할 수 없었으나, 부선주도 똑같이 대마도주가 뽑아 보낸 자이니 5일 숙공 때부터는 기어코 참석할 것입니다.' 하면서, 끝까지 고집하였습니다. 이 일을 어떻게 처리해야겠습니까?"라고 장계하였다. - 장계등록에 나오며, 회하는 없었다.

병인년(1626, 인조 4) 12월. 동래 부사 유대화(柳大華) 때이다. 대마도주의 차왜 귤성차(橘成次), 격왜 10명이 예조와 동래 부사 및 부산 첨사에게 보내는 서계와 별폭을 지참하고 나왔으나, 규정 이외의 사선이어서 우선 접대를 허락하지 않았다고 장계하였다. - 회하는 없었다.

정묘년(1627, 인조 5) 2월. "전라도 발포(鉢浦)에 사는 표류인을 데리고 온 표인영래차왜(漂人領來差倭) 평성구(平成久)가 서계589)를 지참하고 나왔는데, 규정 이외의 사선이었습니다. 그러나 우리나라 표민(漂民)에게 대마도주가 식량을 지급하고 호송하여 왔으니, 그 마음이 갸륵하여 구례(舊例)에 따라 식량과 찬을 약간 지급하였습니다."라고 장계하였다. - 회하는 없었다.

같은 달. 일본에 붙잡혀 간 여인을 싣고 온 배의 두왜에게, 우리나라 사람을 싣고 온 마음이 가상하여, 비록 규정 이외의 사선이지만 식량과 찬을 약간 지급하였다고 장계하였다. - 회하는 없었다.

임신년(1632, 인조 10) 2월. 동래 부사 홍립(洪雲) 때이다. 선발한 도해역관(渡海譯官)을 보내는 일을 중지하도록 하였고, 치하 서계(致賀書契)를 차왜 구위문(久衛門)이 가져와서 바쳤으나 동 사선은 규정 이외이므로 속히 돌아가도록 꾸짖고 타일렀다고 장계하였다. - 회하는 없었다.

---

589) 서계 : 『동문휘고』 권29 표풍(漂風)에 예조 참의 및 동래 부사와 부산 첨사에게 보내는 서계와 답서가 기록되어 있다. 이 서계에 의하면 차왜 평성구(平成久)가 데리고 온 표민은 전라도 홍양포(興陽浦)에 거주하는 김희호(金希浩) 등 20명이었다.

12월. 동래 부사 이홍망(李弘望) 때이다. 약재(藥材)를 싣고 온 차왜 귤성전(橘成全)은 비록 규정 이외이나, 오로지 약재를 위해 나왔으니 접대해야 마땅할 것 같아 불러서 만난 뒤에 다례를 베풀고 돌아가게 하였다고 장계하였다.[590] - 회하는 없었다.

갑술년(1634, 인조 12) 11월. "비선(飛船)을 타고 온 두왜가 지참하고 온 서계 중에 '우리 집사(執事)의 의유(議諭)를 받들어 등지승(藤智繩)을 뽑아 보내 귀조(貴曹)에 품계(稟啓)하려고 합니다. 그리하여 먼저 비선을 보냅니다.' 하였는데, 규정 이외로 나온 것이므로 수책(水柵) 밖에 정박하도록 하였습니다."라고 장계하였다. - 장계등록에 나오며, 회하는 없었다.

같은 달. 위의 서계는, 예조에서 내린 관문(關文)에 따라 이치에 의거하여 회답서계를 만들기 위해, 예조에 받들어 올린다고 장계하였다. - 회하는 없었다.

12월. "위의 서계에 대한 회답을 왜인에게 주면서 꾸짖고 타일러 말하기를, '당초 약조를 맺을 때 아뢸 일이 있으면 서계를 갖추어 세견선 편에 순부(順付)하도록 하였다. 이번에 비선을 내보낸 것은 약조에 위배되므로 회답하는 글 내용도 이와 같다.' 하니, 왜인이 답하기를, '약조가 비록 이와 같으나, 일이 급한데 어떻게 세견선을 기다리느라 지체하겠습니까.' 하였습니다."라고 장계하였다. - 회하는 없었다.

을해년(1635, 인조 13) 1월. "대마도주의 차왜 귤성구(橘成久)

---

590) 약재(藥材)를 …… 장계하였다 : 조선에서 구청(求請)한 약재(藥材)를 가지고 왔기 때문에 특별히 접대를 허락받을 수 있었다.

와 유천조흥(柳川調興)의 차왜 융영(隆永) 등이 나왔으나, 서계와 노인(路引)을 지참하지 않고 단지 겉면에 도서(圖書)를 찍은 대마도주와 유천조흥의 사서(私書)만 가져왔기에, 규정 이외로 나온 것이라고 꾸짖었습니다. 이어 나온 사정을 물으니, 동 왜인이 말하기를, '대마도주와 유천조흥의 사이가 벌어져 지금 다투고 있으므로, 결말이 날 때까지 잠시 연례송사(年例送使)를 보내지 않겠습니다.' 하였습니다. 등지승(藤智繩)이 얼마 전에 되돌아갔는데 또 차왜를 보냈으니, 왜의 정세를 헤아리기 어렵습니다. 이에 다시 상세히 탐문하도록 할 생각입니다."라고 장계하였다. - 회하는 없었다.

같은 달. "위의 두 차왜가 말하기를, '저희들이 오면서 조정에 보내는 서계와 동래 부사 및 부산 첨사에게 보내는 노인을 지참하지 않은 것은 단지 귀국 조정이 세견선을 보내지 않은 것에 대해 의아하게 생각할까 염려되었기 때문입니다. 그리하여 왜관에 알려 조정에 그 사실을 전달하고자 온 것입니다. 이제 이미 왜관에 알렸으므로, 다시 머물러 있을 일이 없습니다.' 한 뒤에 되돌아갔습니다."라고 장계하였다. - 회하는 없었다.

병자년(1636, 인조 14) 4월. 동래 부사 정양필(鄭良弼) 때이다. 비선 1척이 나왔는데, 노인을 지참하지 않아 격식에 어긋나므로 꾸짖고 타일러 되돌려 보냈다고 장계하였다. - 회하는 없었다.

5월. 왜선 1척이 '대마도 부중(府中)의 민가 300여 가구가 불이 나서 다 타버렸습니다.'라고 하면서 노인을 지참하고 왔으나, 겉면에 쓴 문자가 전례와 다르므로 그 잘못을 엄히 꾸짖고 되돌려 보냈다고 장계하였다. - 회하는 없었다.

6월. "차왜 평성기(平成起), 반종 1명, 격왜 15명이 동래 부사에게 보내는 노인과 별지(別紙) 각 1통을 가지고 통신사행이 배에 오르는 기일을 탐지하기 위해 나왔다고 하였는데, 별지에 도서(圖書)를 찍지 않아 격식에 어긋납니다. 어떻게 해야겠습니까?"라고 장계하였다.

회계(回啓)하기를, "별도로 예를 갖추어 접대할 필요는 없고, 왕래하는 보통의 차왜를 접대하는 예(例)에 따라 접대하십시오. 아무것도 쓰여 있지 않은 별지는 결코 받을 수 없으며, 통신사행이 배에 오르는 기일은 9월 18일입니다. 이러한 뜻으로 말하여 보내도록 하십시오."하였다.

무인년 (1638, 인조 16) 8월. "차왜 귤성습(橘成拾), 격왜 9명이 전일에 대군(大君)이 입수한 매가 모두 죽었고 또 중국의 물화도 없으므로, 매와 야학(野鶴)을 무역하여 들여보내라는 뜻을 왜관에 머무르고 있는 대관(代官)[591]에게 알리기 위해 왔다고 칭하면서, 노인(路引)을 지참하고 나왔습니다. 이에 노인만을 받아 올려 보내고, 차왜는 규정 이외의 사신이라 꾸짖고 접대를 허락하지 않았습니다."라고 장계하였다. - 회하는 없었다.

기묘년(1639, 인조 17) 5월. 동래 부사 이민환(李民寏) 때이다. 왜 소선(小船) 1척, 격왜 4명이 노인을 지참하지 않고 나왔으므로, 역관(譯官)으로 하여금 규정 이외라고 꾸짖게 하였다고 장계하였다. - 회하는 없었다.

을미년(1655, 효종 6) 2월. 동래 부사 정창주(鄭昌胄) 때이다.

---

591) 대관(代官) : 공·사 무역의 매매교섭이나 결재, 조선 정부가 지급하는 각종 잡물의 수령 및 재촉 등을 담당한 대마도의 관리이다.

"이정암(以酊菴)이 보낸 사선의 환래선(還來船)592)이 지참한 노인은 대마도주의 도서(圖書)를 찍지 않고 이정암의 도서를 찍어 왔습니다. 전례와 달랐기 때문에 그 연유를 물으니, 새로 온 장로(長老)가 일을 잘 알지 못하여 생긴 일이라고 하였습니다. 이는 일부러 그렇게 한 일은 아닌 것 같아서, 매우 꾸짖은 후에 전례대로 받았습니다."라고 장계하였다. - 회하는 없었다.

병신년(1656, 효종 7) 1월. 동래 부사 한진기(韓震琦) 때이다. 제2특송 1호선이 다시 건너왔는데,593) 규정 이외의 일이어서 앞으로 이와 같은 일이 없도록 하라고 준엄하게 꾸짖었다고 장계하였다. - 회하는 없었다.

3월. 평언삼(平彦三)의 사선이 1년에 두 번 건너왔는데, 규정 이외의 일이므로 노인(路引)을 받지 않았고, 속히 돌려보내라는 뜻으로 관수왜(館守倭)에게 엄히 신칙하였다고 장계하였다. - 회하는 없었다.

병오년(1666, 현종 7) 8월. 동래 부사 안진(安縝) 때이다. 장기(長鬐)에 표류한 왜인을 데려가는 일로 차왜 등성륜(藤成倫)이 나왔는데, 표류한 왜인을 데려가는 차왜가 나오는 것은 규정 이외의 일이기 때문에 돌아갈 때 식량과 찬만 약간 지급했다고 장계하였

---

592) 환래선(還來船) : 재도선(再渡船)이라고도 한다. 대마도에서 무역량의 증대를 위해 도모한 것으로, 사신이 왜관에 머물러 있는 사이에 노인(路引)을 지참하고 대마도를 다시 왕래하는 배를 가리킨다.
593) 다시 건너왔는데 : 특송 2선의 정관(正官)이 왜관에 체류하는 사이 사선(使船)은 대마도를 또 한 번 갔다 왔다는 의미이다. 이를 재도선(再渡船) 또는 환래선(還來船)이라 하며, 대마도가 무역량을 늘리기 위해 취한 방법의 하나이다.

다. - 회하는 없었다.

신해년(1671, 현종 12) 10월. 동래 부사 정석(鄭晢) 때이다.
"차왜 평성지(平成之)가 왜관을 옮기는 일로 서계를 지참하고 나왔
는데, 앞서 나온 차왜594)가 돌아가기 전에 뒤의 차왜가 또 겹쳐서
나온 것은 규정 이외의 일이므로 다례를 간략하게 베풀어 서계를
받았습니다. 그런데 이미 서계를 받았으면서 숙배(肅拜)를 허락하
지 않은 것은 너무 매정하므로, 하선연(下船宴)을 간단히 베풀었
으며 돌아갈 때 쌀과 콩을 약간 지급하였습니다."라고 장계하였다.
- 회하는 없었다. ○ 쌀의 수량은 지급조(支給條)에 나와 있다.

병인년(1686, 숙종 12) 윤4월. 동래 부사 이항(李沆) 때이다.
"병인년 몫의 1특송사의 수목선(水木船)의 노인(路引) 앞면에 '각
도 각관 방어소 첨족하(各道各官防禦所僉足下)'라고 쓴 것이 전례
와 달라, 물리쳐 받지 않았다고 장계하였다. - 회하는 없었다.

기묘년(1699, 숙종 25) 5월. 동래 부사 조태동(趙泰東) 때이다.
병자년(1696, 숙종 22) 몫의 세견제1선의 송사 수목선이 다시 건
너왔는데, 규정 이외의 일이어서 노인을 받지 않았으며, 되돌아가
라는 뜻으로 꾸짖고 타일렀다고 장계하였다. - 회하는 없었다.

임오년(1702, 숙종 28) 7월. 동래 부사 박태항(朴泰恒) 때이다.
도주승습고경차왜(島主承襲告慶差倭)의 이른바 각선(脚船)과 견선
(椂船)은 규정 이외의 배이므로, 되돌려 보내라는 뜻으로 꾸짖고
타일렀다고 장계하였다. - 회하는 없었다.

---

594) 앞서 나온 차왜 : 왜관의 이관(移館) 교섭을 위해 5월에 나온 차왜 평
성태(平成太)를 가리킨다. 『倭館移建謄錄 辛亥年 5月 21日』

계사년(1713, 숙종 39) 2월. 동래 부사 이명준(李明浚) 때이다. 관백신사고부차왜(關白身死告訃差倭) 수목선의 노인 앞면에 '각도 각관 방어소(各道各官防禦所)'라고 쓴 것이 격식에 어긋났으므로 고쳐서 바치도록 하였고, 견선과 각선 또한 규정 이외의 배이므로 되돌려 보내라는 뜻으로 관수왜에게 꾸짖고 타일렀다고 장계하였다. - 회하는 없었다.

병신년(1716, 숙종 42) 9월. 동래 부사 한중희(韓重熙) 때이다. 고부대차왜(告訃大差倭)의 각선은 규정 이외의 배이므로 노인을 받지 않았으며, 들여보내라는 뜻으로 꾸짖고 타일렀다고 장계하였다. - 회하는 없었다.

경자년(1720, 숙종 46) 10월. 동래 부사 윤석래(尹錫來) 때이다. 진하조위(陳賀弔慰) 및 도서개청대차왜(圖書改請大差倭) 등의 견선과 각선은 하나같이 규정 이외의 배이므로, 속히 들여보내도록 하였다고 장계하였다. - 회하는 없었다.

갑진년(1724, 경종 4) 6월. 동래 부사 윤유(尹游) 때이다. "별차왜(別差倭) 통구광(桶口匡)이 규정 이외의 사절로 나왔습니다. 맡은 일을 탐문하였더니, 연해(沿海) 여러 곳의 잠상(潛商)을 금지하는 한 가지 일이라고 말하였습니다. 별차왜를 보내지 말라는 것은 이미 임술약조(壬戌約條)에 정해져 있는데, 재판(裁判) 편에 순부(順付)하지 않고 약조를 어기면서 규정 이외로 나왔으니, 매우 부당한 일입니다. 속히 되돌아가라는 뜻으로 훈도(訓導)와 별차(別差)로 하여금 각별히 엄하게 배척하게 하였는데도, 동 왜인이 끝내 깨닫지 못하고 반드시 서계를 바치고야 말겠다고 하였습니다. 저 왜인이 이처럼 굳게 버티면서 돌아가지 않으니, 참으로 통분스럽습니다."라고 장계하였다.

8월. "비변사(備邊司)에서 회계(回啓)한 관문에 따라 훈도와 별차로 하여금 규정 이외로 나온 것을 꾸짖도록 하고 서둘러 돌아가도록 하였더니, 별차왜가 말하기를, '차라리 칼을 맞아 죽을지언정 도주의 죄인이 되고 싶지는 않습니다. 잠상을 금하도록 요청하는 것은 역시 양국에 모두 마땅한 바인데, 예상치 못한 우환을 막고자 별도로 서계를 작성하여 특별히 사신을 정해 보냈다면 이는 보통의 별사(別使)에 비할 바가 아닙니다. 그런데 규정 이외의 사신이라 하여 접대를 허락하지 않고 서계를 받지 않으니, 비록 죽을지언정 돌아가기 어렵습니다.' 하였습니다. 차왜가 버티면서 하는 말은 잠상을 금하도록 요청하는 한 가지 일에 지나지 않지만, 칼을 맞아 죽겠다는 등의 말로 공갈하는 것은 정상이 교활하고 사악합니다. 서계 중에 아울러 열거한 말은 표문(標文)이 없는 자를 붙잡아 관수(館守)에게 보내 달라는 것에 지나지 않으니 또한 별다른 사건이 아니므로 결코 접대할 수 없습니다. 그런데 훈도와 별차의 꾸지람과 타이름에도 동요하는 기세가 없으니, 묘당(廟堂)으로 하여금 좋은 쪽으로 지휘하게 해 주십시오."라고 장계하였다.

회계하기를, "훈도와 별차의 꾸지람과 타이름에도 동요하는 기세가 없다는 등의 말은 변방을 관장하는 신하로서의 체모를 아주 잃은 것입니다. 훈도와 별차 등은 오로지 왜인에게 잘 보이기를 구한 나머지 교활한 왜인의 '칼을 맞아 죽겠다'는 말을 거론하며 공갈하는 계책을 쓰는 데까지 이르렀으니, 매우 통분스럽습니다. 동래 부사는 우선 추고(推考)하고, 훈도와 별차는 잡아다 신문하여 정죄(定罪)하십시오." 하였다.

을사년(1725, 영조 1) 4월. 동래 부사 조석명(趙錫命) 때이다.

"별차왜 통구광(桶口토)이 잠상(潛商)을 금지하는 일로 규정 이외의 사신으로 나왔기에, 여러 번 꾸짖고 타일렀으나 줄곧 웅크리고 앉아서 끝내 돌아가지 않고 있습니다. 왜관에 온 지 1년 동안 날로 더욱 덤비며 따지므로 접대를 허락하지 않았더니, 장차 대차왜(大差倭)가 나올 것이라고 말하는 등, 정상이 너무도 가증스럽습니다. 이 일은 변방의 정세에 관련된 것이니, 묘당으로 하여금 품지(稟旨)하여 지휘하게 해 주십시오."라고 장계하였다.

회계하기를, "이미 잠상을 금지하기 위해서라고 칭하였으니, 일이 변금(邊禁)에 관련된 것으로 가볍지 않고 중대합니다. 지금 우선 서계를 받아 올리게 하고 식량과 찬을 제급하도록 하십시오." 하였다.

8월. 동래 부사 이중협(李重協) 때이다. "차왜 통구광이, '가져온 서계는 이미 진상 별폭(進上別幅)이 있으니, 반드시 동래 영감이 베푸는 연향 때 영감에게 바칠 것이며 담당 역관에게 건넬 수 없습니다.' 하였습니다. 원래의 서계를 훈도와 별차를 거치지 않고 신에게 직접 바치겠다고 한 것은 그 의도에 접대를 희망하는 계책이 없지 않은 듯합니다. 서계를 받은 후에는 회사(回賜)와 회답하는 거조가 있어야 마땅할 것 같고, 또한 참작하여 접대하는 도리도 없을 수 없지만, 이것은 규정에 없어 후일의 폐단과 관계되므로, 접대하는 일을 어떻게 할 것인지 묘당으로 하여금 품지하여 지휘하게 해 주십시오."라고 장계하였다.

회계하기를, "차왜의 서계는 동래 부사가 연례송사를 접대하기 위해 왜관에 나아갈 때 재판(裁判)으로 하여금 영솔하여 바치도록 하십시오. 이미 서계를 받았으면 별폭 또한 받아야 하고 또한 대략 회례(回禮)도 있어야 하니, 차왜에게 식량과 찬을 헤아려 지급하도록 하시는 것이 마땅합니다." 하였다. - 12월에 되돌아갈 때 지급한 식량과 찬의 수량은 지급조(支給條)에 나와 있다.

병오년(1726, 영조 2) 4월. "대차왜 평진장(平眞長), 도선주 1인, 봉진·시봉 각 1인, 반종 15명, 격왜 70명이 잠상(潛商)을 금지하도록 요청한다고 칭하면서 예조 참판 및 예조 참의와 동래 부사 및 부산 첨사에게 보내는 서계와 별폭을 지참하고 나왔는데, 규정 이외라고 꾸짖었으나 돌아갈 뜻이 없습니다. 수목선, 견선, 각선 또한 규정 이외이므로 아울러 배척하였으나, 그들이 한결같이 악독한 심술을 부리니 정상이 매우 원통합니다."라고 장계하였다.

회계하기를, "약조에 없는데 약조를 어기면서 나온 것은 참으로 가증스러우니, 엄한 말로 물리치고 접대하지 말도록 하십시오. 나머지 규정 이외로 나온 배도 모두 돌려보내도록 하는 것이 마땅합니다." 하였다.

10월. 차왜의 간청으로 인하여 "조정에서 일시 접대를 허락한다. 이후로는 전례로 삼지 말도록 하라."는 비변사의 관문(關文)이 도착하였다.

정미년(1727, 영조 3) 윤3월. 동래 부사 이의천(李倚天) 때이다. "순천(順天)에 사는 백성 7명이 대마도에 표류하였는데 배가 부서졌다고 하면서 차왜 등정승(藤政勝)이 표류인을 데리고 왔습니다. 배가 부서져 사람이 죽었을 경우에만 차왜를 정하여 오도록 명백히 약조595)하였는데, 왜인이 배가 부서진 것과 사람이 죽은 것을

---

595) 약조 : 숙종 8년(1682) 통신사행 때에 정한 별차왜 파견 금지에 관한 임술약조를 말한다. 이 중 표류민의 송환에 대하여 배가 부서지고 사람이 사망한 경우에 차왜를 보내도록 하였는데, 이를 배가 부서지거나 사람이

두 건으로 나누어 차왜를 정해 보낸 일은 전혀 근거가 없습니다. 이에 여러 번 타일렀으나 끝내 돌아갈 뜻이 없으니, 교활한 왜인의 정상은 참으로 가증스럽습니다."라고 장계하였다.

회계하기를, "교묘하게 명목을 만들어 약조를 어기면서 나오니, 참으로 놀라운 일입니다. 엄히 배척하여 돌려보내도록 하십시오." 하였다.

8월. 동래 부사 조영세(趙榮世) 때이다. "순천에 사는 표류인을 데리고 온 차왜는 약조를 어기고 규정 이외로 나온 것이어서 여러 번 꾸짖고 타일렀으나 한결같이 왜관에 머물러 있으면서 아직 돌아가지 않으니, 그 정상이 매우 가증스럽습니다. 그러나 그들이 이미 빈손으로 돌아가는 것을 수치스럽게 생각하여 처음에는 위협하다가 끝에는 간청하면서 끝까지 이기려고 힘쓰니, 반드시 희망을 버리고 순순히 돌아갈 리가 없을 것입니다."라고 장계하였다.

회계하기를, "차왜가 몇 달 동안 왜관에 머물러 있으면서 죽을 각오로 다투니, 이러한 때는 국체(國體)를 해칠 수 있습니다. 그리고 우리나라의 표류인을 데리고 왔으니, 계속 거절하는 것은 너무 몰인정합니다. 기사년(1689, 숙종 15)과 병신년(1716, 숙종 42)의 전례에 따라 특별히 접대를 허락하십시오." 하였다.

기유년(1729, 영조 5) 윤7월. 동래 부사 이광세(李匡世) 때이다. "올해 몫의 만송원송사(萬松院送使)의 다례(茶禮)를 파한 후에 순천의 표류민을 데리고 온 차왜가 소망을 진술하고자 하였으나 끝내 만나 주지를 않으니, 또 다시 통사왜(通事倭)를 보내 거듭 간청하였는데 그 행동이 괴팍하였습니다. 통사왜가 왕복하는 것 또한

사망한 경우로 나누어 이해하고 각각 표차왜를 보내어 두 나라 사이에 외교적인 문제가 발생하였다.

전례가 많았기 때문에 와서 고하도록 허락하니, 차왜가 말하기를, '병신년(1716, 숙종 42)의 표차왜는 결국 서계의 개찬(改撰)을 허락받아 살아 돌아갈 수 있었는데, 저는 홀로 관대한 은혜를 입지 못하여 3년 동안 체류하고 있으니 끝내 다른 나라의 귀신이 될 것입니다. 병신년의 예(例)에 따라 서계를 고쳐 주십시오.' 하였습니다. 이에 규정 이외의 사신을 접대한 것은 이미 조정의 특별한 은혜이며 병신년에 개찬을 허락한 것은 지나치게 너그러운 은전이었거니와, 이번에 또다시 나온 것은 사리에 부당하니 속히 돌아가라고 엄한 말로 물리쳤습니다. 그런데 차왜가 죽을 각오로 돌아가지 않으면서 몇 년 동안 머물러 있으니, 그 정상이 매우 통분스럽습니다. 병신년에 그러했던 것처럼 만일 끝내 막을 수 없을 경우라면 차라리 일찍 변통해 주는 것이 나으니, 묘당으로 하여금 품지하여 지휘하게 해 주십시오."라고 장계하였다.

회계하기를, "차왜가 3년 동안 머물러 있는 것은 반드시 서계를 고쳐 받으려고 죽기를 각오하면서 돌아가지 않는 것입니다. 처음에 막은 것은 도리가 진실로 그러했기 때문입니다만, 종전부터 입으로 허락한 일을 계속 거절하여 끝내 난처한 지경에 이르는 것은 오히려 지금 개찬을 허락하는 것만 못합니다. 특별히 서계를 고쳐 지급하도록 하십시오." 하였다.

신해년(1731, 영조 7) 5월. 동래 부사 정언섭(鄭彦燮) 때이다. 고경대차왜(告慶大差倭)의 견선과 각선이 모두 규정 이외의 배이므로, 노인(路引)을 받지 않았고, 속히 돌려보내라는 뜻으로 관수왜를 꾸짖고 타일렀다고 장계하였다. - 회하는 없었다.

계축년(1733, 영조 9) 3월. "부산의 표류민 김두필(金斗必) 등 7명을 데리고 온 차왜 귤무상(橘茂尙), 봉진 1인, 반종 3명, 격왜

40명 등이 서계를 지참하고 나왔습니다. 표류민이 파선당했거나 사망했거나 하는 그 하나에 해당할 경우에는 다른 사선(使船) 편에 순부(順付)하여 보내도록 하였거늘, 단지 배가 부서진 일로 차왜를 보내는 것은 약조에 어긋나는 것입니다. 왜인이 '배가 부서지고 사망한[破船殞命]'이라는 한 구절을 두 가지 일로 나누었는데, 이 길을 한번 열어 주면 계속하여 일어나는 폐단을 이루 말할 수 없을 것이며, 약조를 굳게 지키면 그들은 마땅히 할 말이 없어서 스스로 물러날 것입니다. 동 왜인을 응접하는 일은 묘당으로 하여금 품처하게 해 주십시오."라고 장계하였다.

을묘년(1735, 영조 11) 1월. 동래 부사 최명상(崔命相) 때이다. "비변사의 복계(覆啓)에 따라 내린 관문 내에, '배가 부서져 표류한 부산의 백성을 데리고 온 차왜가 지금까지 돌아가지 않고 있으니 참으로 놀라운 일이다. 왜인의 교활하고 사악함은 전적으로 역관배들을 두려워하지 않기 때문이다. 각별히 꾸짖고 타일러 속히 돌아가도록 하게 하였는데, 지금까지 머물러 있으니 돌아갈 뜻이 없는 것이다. 끝까지 잘 거행하지 못한 담당 역관을 잡아 심문하고 엄중히 치죄해야 할 것이다.' 하였습니다. 이 관문에 의거하여 담당 역관을 각별히 엄히 신칙하여 꾸짖고 타일러 들여보내도록 하였으나, 끝내 들어가지 않으면서 또한 간청하기를, '도주의 명을 받아 나온 지 벌써 3년이나 되었는데, 끝내 일을 마칠 수 없다면 죽음이 있을 뿐입니다.' 하니, 굴복하여 순순히 돌아갈 기약이 전혀 없습니다. 근년의 경우로 논할 것 같으면, 을미년(1715, 숙종 41) 지세포(知世浦)의 표류민 및 정미년(1727, 영조 3) 순천(順天)의 표류민 등이 대마도에 표착(漂着)하였을 때 사람들이 물에 빠져 죽지는 않았으나 배가 부서졌다면서 차왜가 데리고 나왔으므로, 처음에는 규정 이외의 사절이라 하여 배척하다가 결국 임술약조를 굳게 지킬 수 없어 특별히 접대를 허락하였습니다. 정미년의 답서 중에 '이후로는 전례로 삼지 말라〔以後勿爲例〕'는 구절이 있었는데 차왜가 고집하면서 받지 않아 서계를 고쳐서 지급하였으니, 우리로서는 궁지를 모면하려고 군색하게 꾸며댄 말이 되었고 그들에게는 입에 올릴 수 있는 구실이 되었습니다. 이에 한결같이 고집하면서 죽음을 맹세하고 돌아가지 않습니다."라고 장계하였다.

회계하기를, "두 나라가 사귀는 데는 약조를 조심하여 지키는 것이 관건이니, 규정 이외로 보낸 차왜는 진실로 부당합니다. 변방을 관장하는 신하의 사체(事體)로서는 단지 약조에 따라 엄한 말로 물리쳐야 마땅한데 한때의 특별한 은혜를 빙자하면서 쓸데없는 말로 논청(論請)하고 있으니, 참으로 놀라운 일입니다. 동래 부사를 엄중하게 추고(推考)하십시오." 하였다.

3월. 계축년(1733, 영조 9)에 배가 부서져서 표류한 부산의 백성을 데리고 온 차왜는 속히 되돌아가라는 뜻으로 계속해서 꾸짖고 타일렀으나 끝내 돌아가지 않으면서 죽을 각오로 다투고 있다는 연유를 장계하였다.

회계하기를, "약조 이외의 사절을 접대하는 문제는 전번에 이미 엄히 신칙하였으니, 다시 논할 수 없습니다." 하였다. - 을묘년(1735, 영조 11) 5월에 다례(茶禮) 및 진상연(進上宴)을 베풀었으니 접대를 허락하였음을 알 수 있으나, 등록(謄錄)에는 접대를 허락한 일이 나오지 않는다.

정묘년(1747, 영조 23) 9월. 동래 부사 김상중(金尙重) 때이다. "간사관(幹事官)을 칭하는 왜인이 3건의 일로 나왔는데, 첫째는 통신사행이 금년 내에 부산에 내려와서 내년 1월 중에는 배에 올라야 한다는 일이고, 둘째는 신사청래대차왜(信使請來大差倭)가 요구한

매〔鷹〕의 수량을 구례(舊例)와 같이 복구하는 일이며, 셋째는 통신
사행의 당상 역관 3원 중 박상순(朴尙淳)의 통역이 신영래(愼榮來)
만 못한 것 같으므로 박상순 대신에 신영래를 뽑아 보내 달라는 일
이었습니다. 이른바 간사관왜(幹事官倭)가 나온 것은 규정 이외의
것이어서 속히 돌아가도록 꾸짖고 타일렀습니다."라고 장계하였다.
- 회하는 없었다. ○ 10월에 되돌아갔다.

기사년(1749, 영조 25) 12월. 동래 부사 황경원(黃景源) 때이
다. "감정관(勘定官)을 칭하는 왜인이 나왔으므로, 담당 역관으로
하여금 그 명색(名色) 및 나온 연유를 따져 묻게 하였더니, 관수왜
가 말하기를, '감정관으로 일컬어지는 자는, 저희 주(州) 감소(勘
所)에서 일을 맡은 사람인데, 매매(買賣)가 쇠락한 것에 관해 상고
(商賈)와 상의할 일이 있어서 나온 것입니다.' 하였습니다. 그런데
이들은 규정 이외의 사신이므로 꾸짖고 타일러 되돌려 보냈습니
다."라고 장계하였다. - 회하는 없었다.

경오년(1750, 영조 26) 10월. 동래 부사 조재민(趙載敏) 때이
다. "'공작미(公作米)를 물에 불려 지급하지 않도록 신칙하여 저희
들이 조정의 큰 은혜를 입을 수 있었습니다.' 하면서 대마도의 봉행
(奉行) 등이 본부에 글을 바쳤는데, 규정 이외의 일이어서 물리치
고 받지 않았습니다. 등록(謄錄)을 살펴보니, 이전에 왜관의 수리
와 인삼 등의 일로 신칙한 일에 대해 봉행 등이 직접 글을 바친 것
이 한두 번이 아니었습니다. 처음에는 비록 물리쳤으나 결국 묘당
(廟堂)의 회계(回啓)에 따라 모두 받았으며, 곧바로 대마도주에게
회답서계를 보냈습니다. 이번에 글을 바치는 것 또한 한결같이 물
리칠 수 없으니, 묘당으로 하여금 전례를 살펴 품처하게 해 주십시
오."라고 장계하였다.

회계하기를, "대마도 봉행이 규정을 어기고 글을 바쳤으니, 받도록 허락하는 것은 부당합니다. 그런데 그들은 한 가지라도 이미 행한 적이 있었으면 전례로 삼아 고집하면서 반드시 다투고야 마니, 규정이 있다 하더라도 끝내 막기는 어렵습니다. 이번에는 참작하여 서계를 받도록 허락하시되 앞으로는 결코 받는 것을 허락하지 않겠다는 뜻으로 잘 타이른 후, 원래의 서계를 우선 받아 올려 보내도록 하십시오." 하였다.

병자년(1756, 영조 32) 9월. 동래 부사 이유신(李裕身) 때이다. "정세를 보고하는 대차왜[報情大差倭] 평여민(平如敏), 봉진 1인, 시봉 1인, 반종 16명, 격왜 70명이 예조 참판 및 예조 참의에게 보내는 서계를 지참하고 나와서 말하기를, '피집(被執)596)을 금지하여 힘들고 급박한 정황을 보고하고자 나왔습니다.' 하였습니다. 당초 피집을 금지한 것은 예단삼[單蔘]597)의 점퇴(點退)598)를 원통히 여긴 것인데, 다시 허락하기를 바라니 그 정상이 매우 통분스럽습니다. 이미 약조로 정해져 있는데 감히 규정 이외의 사신이 나왔으니 접대는 아예 논할 수 없고, 속히 되돌아가게 하도록 담당 역관 등에게 더욱 엄히 신칙하였습니다."라고 장계하였다.

회하하기를, "'두 나라가 믿음을 지킨다는 것은 약조를 집행하는 것에 지나지 않으니, 약조 이외의 일을 어찌 감히 조정에 보고하는가. 하물며 피집의 일은 그 처분이 엄정한데, 담당 역관이 어찌 감히 수본(手本)을 올리며 동래 부사 또한 어찌 감히 등문(登聞)할 수 있는가. 동래 부사는 마땅히 충군(充軍)599)해야 하고 담당

---

596) 피집(被執) : 대금을 선불하고 물품은 후일에 인수하는 상거래를 말한다.
597) 예단삼[單蔘] : 연례송사(年例送使)와 차왜(差倭) 등에게 지급해 주는 예단(禮單)의 인삼(人蔘)을 말한다.
598) 점퇴(點退) : 받을 물건을 조사하여 규격에 맞지 않거나 마음에 들지 않는 물건은 수령하지 않고 물리치는 것을 말한다.

역관은 효시(梟示)해야 마땅하지만, 충분히 참작하여 동래 부사든 먼저 해부(該府)로 하여금 나처(拿處)하게 하고 담당 역관은 경상 좌수사 장군위(張軍威)로 하여금 먼저 중하게 곤장을 치게 하도록 도신(道臣)에게 분부하라.'고 전교(傳敎)하였다." 하였다.

경진년(1760, 영조 36) 12월. 동래 부사 홍명한(洪名漢) 때이다. 구구도주신사고부차왜(舊舊島主身死告訃差倭) 원상덕(源尙德), 봉진압물 1인, 시봉 1인, 반종 7명 등이 서계와 유물(遺物)을 가지고 나왔는데, 규정 이외의 사신이므로 기어이 꾸짖고 타일러 돌아가도록 하였다고 진달하였다. - 회하는 없었다.

신사년(1761, 영조 37) 5월. "일전에 연향을 파한 다음 관수왜가 뵙기를 청하고 나서, 구구도주신사고부차왜의 접대를 허락하지 않아 걱정이 된다고 하므로, 규정 이외라는 이유로 엄히 물리치고 내보냈습니다. 만일 대마도에서 서계를 고쳐서 유물을 바치지 않고 단지 고부(告訃)만을 요청하면 즉시 접대를 허락할 것이지만, 꼭 유물을 바치겠다는 것을 가탁한다면 고부하는 것도 일체 거절할 생각이니, 묘당으로 하여금 품지하여 분부하게 해 주십시오."라고 장계하였다.

회하600) 하기를, "'왜인을 접대하는 것은 모두 전례에 따르도록 하고 단지 고부만을 하느냐 유물을 바치는 것을 겸하느냐를 막론하고 전례가 없으면 진실로 나누어 두 가지로 만들어서는 안 됩니다. 전례가 없는 차왜를 아직도 이치를 들어 돌려보내지 않았으

---

599) 충군(充軍) : 범죄자에 대한 처벌의 하나로서, 군역(軍役)에 충정(充定)하는 것을 말한다.

600) 회하 : 전후의 내용으로 보아 회계(回啓)라 함이 타당할 듯하다. 다음 기사의 회하 역시 마찬가지이다.

니, 너무도 온당치 못합니다. 동래 부사는 중하게 추고(推考)하고, 잘 처리하지 못한 담당 역관은 동래 부사로 하여금 아울러 곤장을 쳐서 징계하게 하는 것이 어떻겠습니까?' 하니, 상이 이르기를, '아뢴 대로 하라.'고 전교하였다." 하였다.

병술년(1766, 영조 42) 7월. 동래 부사 강필리(姜必履) 때이다. "구구도주(舊舊島主) 평방희(平方熙)의 신사고부차왜(身死告訃差倭) 원상덕(源尙德)이 경진년(1760, 영조 36)에 나와서, 유서(遺書)와 유물(遺物)을 바치기를 요청하면서 7년 동안 왜관에 머물러 있습니다. 한결같이 시끄럽게 떠드는 까닭에 엄한 말로 물리치고 여러 번 꾸짖고 타일렀더니, 지금은 차왜가 스스로 굴복하고 순종하면서 유서를 고치고 유물을 뺀 채 단지 고부(告訃)만을 요청하니, 변방을 회유하는 도리에 있어 한결같이 물리칠 수는 없습니다. 참작하여 접대를 허락하는 일을 묘당으로 하여금 품처하게 해 주십시오."라고 장계하였다.

회하하기를, "'도서(圖書)가 찍히지 않은 유물은 예의에 어긋남이 크고 의리에 어긋남이 큽니다. 동래부가 한결같이 물리치고 묘당이 번거롭게 보고하지 못하게 한 것은 모두 사체(事體)를 존중하고 약속을 엄하게 하려는 뜻에서 나온 것입니다. 지금은 그들이 서계를 고쳐 단지 고부만 하는 것으로 바꾸었으니, 성조(聖朝)의 변방을 어루만지는 도리에 있어 그 회례(回禮)를 허락하는 것이 실로 합당할 것이니, 장계에서 요청한 대로 시행하도록 하고 특송선에 비하여 약간 후하게 하라는 뜻으로 분부하는 것이 어떻겠습니까?' 하니, 상이 이르기를, '아뢴 대로 하라.'고 전교하였다." 하였다.

기유년(1789, 정조 13) 2월. 동래 부사 김이희(金履禧) 때이다.

"비변사에서 계하(啓下)를 받아 내린 관문(關文) 내에, '이번에 계품하여 하교가 있었는데, 비변사가 아뢰기를, 「규정 이외의 차왜는 이치를 들어 꾸짖고 타일러 돌려보내고, 한결같이 왜관에 머물러 있지 않도록 하라고 동래부에 분부하는 것이 어떻겠습니까?」 하니, 상이 답하기를, 「이것은 보통의 약조를 어긴 것과는 다른 점이 있다. 통신사를 보내야 할 기한을, 그들의 사정과 재력이 크게 빈약하다는 이유로 이처럼 물려 달라고 요청한 것인데, 우리들의 교린하는 도리에 있어 어찌 송사가 원래의 규정을 조금 어겼다고 하여 한결같이 막아서 오랫동안 왜관에 머물러 있게 하는 폐단을 만들겠는가. 이에 특별히 시행하도록 하고, 즉시 접위관을 뽑아 보내어 접대하도록 함이 옳을 것이다.」라고 전교하셨다. 전교 내의 말뜻을 삼가 살펴 시행하도록 하라.' 하였습니다. 신이 삼가 관문 내의 말뜻대로 전령을 관수왜와 대차왜에게 보내 타일렀더니, 동 왜인 등이 답하기를 '삼가 황공히 여기며 성은(聖恩)을 감축하옵니다.' 하였습니다. 차왜는 이미 접대를 허락받았지만, 신사청래(信使請來)의 사례에 비하여 더 데리고 온 시봉 1인, 반종 2명, 격군 20명을 꾸짖고 타일러 줄였고, 차왜가 지참하고 온 예조 참의에게 보내는 서계와 별폭 각 1통과 동래 부사 및 부산 첨사에게 보내는 서계 1통, 별폭 2통, 등본(謄本) 1통을 받아서 감봉(監封)하여 예조에 올려 보냅니다. 차왜에게 증급할 연례(宴禮), 공·사 예단은 전례를 살펴 마련하고 경접위관 및 차비역관 등을 즉시 내려보내는 일을 예조로 하여금 품지하여 분부하게 해 주십시오."라고 장계하였다.

무진년(1808, 순조 8) 4월. 동래 부사 오한원(吳翰源) 때이다. 통신사행에 관한 일을 논의한다는 차왜〔通信講事差倭〕 평공승(平功勝)이 강호(江戶)의 명령이라고 칭하면서 서계를 지참하고 나왔는데, 윤5월에 다시 강정(講定)하는 일로 차왜 등구통(藤久通)이 서계를 지참하고 중복해서 나왔으므로 곧바로 되돌아가도록 연이어 더욱 꾸짖고 타일렀다고 장계하였다.

7월. 통신강사차왜가 "회답서계 가운데, '사신 한 사람을 뽑아 보내 관백〔東武〕을 직접 뵙고 이야기한다.'는 구절은 아마도 관백의 손을 빌어 대마도를 멸망시키고자 하는 뜻 같으므로 삼가 받을 수 없습니다." 하였다고 장계하였다.

8월. 동 차왜가 서계를 순순히 받을 뜻이 없는데, 왜관에 머물러 있을 수 있는 날짜가 이미 다 되어 규례대로 철공(撤供)601)하였다고 장계하였다.
회하 내에, "차왜가 사체를 생각하지 않으면서 서계를 즉시 받지 않아 왜관에 머물러 있을 수 있는 날짜가 다 되었으니, 접위관은 되돌아오도록 하라." 하였다.

9월. 동 서계를 고쳐서 내려 보냈으므로, 차왜가 공손히 받아 되돌아갔다고 장계하였다.

---

601) 철공(撤供) : 지공(支供)을 중지하는 것을 말한다.

송사　送使

기해년(1599, 선조 32) 1월. 대마도주(對馬島主) 평의지(平義智)가 사람을 보내어 화친하기를 요청하였으나,1) 명(明) 나라 장수가 허락하지 않았다.2)

신축년(1601, 선조 34) 6월. 두왜(頭倭) 귤지정(橘智正)이 임진왜란 때 붙잡혀간 남녀 250인을 돌려보내면서3) 서계(書契)4)를

---

1) 기해년 …… 요청하였으나 : 대마도주(對馬島主) 평의지(平義智)가 사신을 보낸 것이 1월인지 확실하지 않지만, 기해년에 제칠태부(梯七太夫)를 보내었으나 돌아오지 않았다는 기록이 남아 있다. 『朝鮮通交大記 卷4 萬松院公次』

2) 명(明)나라 …… 않았다 : 당시 명군문(明軍門)의 책임자는 만세덕(萬世德)이었다. 만세덕은 임진왜란 직후 일본의 강화교섭사(講和交渉使)에 대한 의견을 제시하곤 하였다. 1월에 도항한 대마도주의 사신 제칠태부(梯七太夫)는 중국에 넘겨졌으며, 같은 해 6월에 온 원지실(源智實)이 명 군문에 압송된 것 등은 이러한 그의 태도에 기인한 것으로 보인다. 특히 원지실의 경우 조선에서 알아 처리하라는 대답과 조선의 반대에도 불구하고 압송하였다. 이는 당시 명군 측이 일본에 인질로 잡혀 있던 형개(邢玠) 등 4명의 제독(提督)을 귀환시켜야 하는 부담을 가지고 있었기 때문이다. 이러한 만세덕의 정치적 입장으로 조선은 원지실이 가져온 유천조신(柳川調信)의 서계에 독자적으로 회답할 것을 결정하였음에도 원지실의 압송을 제지하지는 못하였다. 그래서 명나라의 인질이 귀환한 선조 33년(1600) 4월 이후에야 조선은 독자적인 대일 정책을 시행할 수 있게 되었다. 『홍성덕, 17세기 조·일 외교사행 연구, 전북대학교 박사학위논문, 1998』

3) 임진왜란 …… 돌려보내면서 : 임진왜란 직후 일본은 강화(講和)를 요청하는 사신을 보내면서 피로인(被擄人)과 전쟁 포로 등을 송환하였다. 선조 31년(1598)에는 명나라의 질관(質官) 및 차인(差人) 3명을 송환하였고, 선조 32년에는 원지실(源智實) 편에 명나라의 질관 및 차인 8명과 피

지참하고 와 화친하기를 요청하였으므로, 귤지정에게 쌀 100섬을 포상하였다. 그 후 귤지정 등이 끊임없이 왕래하였는데5) 모두 강화(講和)를 명목으로 삼았다.

정미년(1607, 선조 40) 2월. 회답사(回答使)6) 여우길(呂祐吉), 부사(副使) 경섬(慶暹), 서장관(書狀官) 정호관(丁好寬)이 귤지정과 일본에 가서 화호(和好)를 통하였다.7)

무신년(1608, 선조 41) 3월. 객사(客使)를 사사(謝使)8)라고 일

로인 15명을 돌려보냈다. 선조 33년 2월에는 피로인 217명을, 4월에는 명나라의 질관 등 40명과 피로인 20명을 송환하였다. 『宣祖實錄 32年 7 月 14日, 33年 2月 23日, 33年 4月 11日・14日』

4) 서계(書契) : 귤지정(橘智正) 등이 지참한 서계는 대마도주 이외에 유천조신(柳川調信), 사택정성(寺澤正成) 등의 것도 포함되어 있었다. 이에 대해 조선은 답서(答書)를 보내 피로인(被擄人) 송환을 치하하면서 대일 정책은 스스로 처리할 수 없으며, 중국의 대마도 공격을 조선이 막아 주었고, 일본이 성신(誠信)의 자세를 보이며 대마도가 잘못을 반성하고 충성하면 바라는 바를 이룰 수 있을 것이라고 하였다. 그리고 이전의 강화교섭사(講和交涉使)들이 중국에 압송되었다는 사실도 전하였다. 『通航一覽 卷26 方策新編』

5) 그 후 …… 왕래하였는데 : 귤지정 이외에 귤지구(橘智久, 1603년 6월), 요여문(要汝文, 1605년 11월), 고사여문(古沙汝文, 1606년 6월), 등신상(藤信尙, 1606년 6월), 신사여문(新沙汝文, 1606년 8월) 등이 파견되어 왔다. 귤지정은 이후에도 1601년 11월, 1602년 6월, 1602년 11월, 1603년 3월, 1603년 10월, 1604년 3월, 1605년 4월, 1606년 1월 등 총 8번 더 도항해 왔다. 회답사(回答使)가 파견되기 전까지 조선에 도항한 일본의 강화교섭사는 총 22회에 달한다. 『홍성덕, 17세기 조・일 외교사행 연구, 전북대학교 박사학위논문, 1998』

6) 회답사(回答使) : 일본 국왕 덕천가강(德川家康)의 국서(國書)에 회답한다는 의미의 사행 명칭이나, 이후 피로인(被擄人) 쇄환의 목적이 부여되면서 사행의 정식 명칭은 '회답겸쇄환사(回答兼刷還使)'로 결정되었다. 『宣祖實錄 39年 9月 3日, 40年 1月 4日』『海行錄 中 丁未年 1月 5日』

7) 회답사(回答使) …… 통하였다 : 제1차 회답겸쇄환사는 총 504명으로 편성되었으며, 정미년(1607, 선조 40) 1월 12일 서울을 출발하여 5월 24일 강호(江戶)에 도착하였다. 6월 6일 관백(關白) 덕천수충(德川秀忠)에게 조선 국왕의 회답서와 예물을 바친 뒤 같은 달 14일 강호를 떠나 7월 3일 부산에 입항하였다. 사행은 귀국 시 모두 1418명의 피로인(被擄人)을 쇄환해 왔다. 『海槎錄』

컸고, 정관(正官) 현소(玄蘇), 부관(副官) 평경직(平景直) 및 도주
차왜(島主差倭) 귤지정 등이 서계를 지참하고 나왔으므로, 선위사
(宣慰使)9) 이지완(李志完)이 내려와 접대하였다.

다음해 기유년(1609, 광해군 1년)에 약조(約條)를 정하여 비로
소 연례송사(年例送使)의 선수(船數)10)를 정하였다. - 약조의 규정
은 기유약조(己酉約條)에 보인다.

---

8) 사사(謝使) : 정미년 회답겸쇄환사의 파견을 감사드리기 위한 사행이라
는 의미이다.
9) 선위사(宣慰使) : 외국의 사신이 왔을 때 그 노고를 위로하기 위해 파견
한 임시관직으로, 일본·유구의 사신에 대한 선위사는 정3품 이상의 조관
(朝官)이 임명되었다.
10) 연례송사(年例送使)의 선수(船數) : 조선 전기에는 여러 거추사(巨酋使)
와 구주절도사(九州節度使), 수직인(受職人) 등의 세견선(歲遣船)이 50척
이었으나, 삼포왜란(三浦倭亂) 이후 25척으로 줄어들었다가 기유약조 때
에 세견선 17척, 특송선 3척 등 모두 20척으로 규정되었다. 세견선은 배
의 크기에 따라 세 종류가 있었는데 길이 25척 이하를 소선(小船)이라 하
여 격왜(格倭)가 20명이고, 길이 26척을 중선(中船)이라 하여 격왜가 30
명이며, 길이 28척에서 30척까지를 대선(大船)이라 하여 격왜가 40명 승
선하였다.

기유약조 선수(船數)

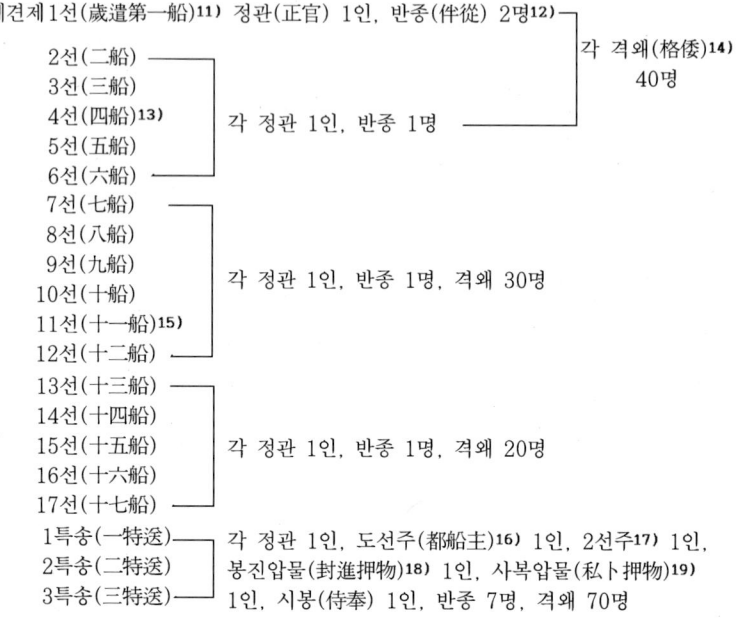

세견제1선(歲遣第一船)[11] 정관(正官) 1인, 반종(伴從) 2명[12]
2선(二船)
3선(三船)
4선(四船)[13] 각 정관 1인, 반종 1명
5선(五船)
6선(六船)
각 격왜(格倭)[14] 40명

7선(七船)
8선(八船)
9선(九船)
10선(十船) 각 정관 1인, 반종 1명, 격왜 30명
11선(十一船)[15]
12선(十二船)

13선(十三船)
14선(十四船)
15선(十五船) 각 정관 1인, 반종 1명, 격왜 20명
16선(十六船)
17선(十七船)

1특송(一特送) 각 정관 1인, 도선주(都船主)[16] 1인, 2선주[17] 1인,
2특송(二特送) 봉진압물(封進押物)[18] 1인, 사복압물(私卜押物)[19]
3특송(三特送) 1인, 시봉(侍奉) 1인, 반종 7명, 격왜 70명

---

11) 세견제1선(歲遣第一船) : 구성원은 이 외에 도선주(都船主) · 봉진압물 (封進押物) 각 1인, 수목선(水木船) 격왜 15명 등이 있다. 왜관에 머무르 는 기한은 85일이고 숙공(熟供)은 2일이었다. 『增正交隣志 卷1 年例送使』

12) 2명 : 『증정교린지(增正交隣志)』 권1 연례송사(年例送使)에는 3명으로 되어 있다.

13) 『증정교린지』 권1 연례송사와 『통문관지(通文館志)』 권5 연례송사에 의하면 세견제4선부터 제10선까지의 격왜는 30명이다.

14) 격왜(格倭) : 격군(格軍) 왜인을 가리키는 것으로, 노(櫓)를 젓는 선부 (船夫)를 말한다.

15) 『증정교린지』 권1 연례송사와 『통문관지』 권5 연례송사에 의하면 세견 제11선부터 제17선까지의 격왜는 20명이다.

16) 도선주(都船主) : 여러 척의 배를 소유하고 있거나, 여러 척을 한 단위 로 한 선주(船主)들 가운데에서 우두머리가 되는 선주를 말한다. 특송선 (特送船)의 경우 도선주는 정관(正官)과 함께 승선하였다.

17) 2선주 : 사선단(使船團)의 2호선의 선주를 가리킨다. 특송선의 경우 모 두 3척의 배가 도항하였는데, 1호선에는 정관 1인, 도선주 1인, 봉진압물 1인, 시봉 1인, 반종 4명, 격왜 40명 등이 승선하였고, 2호선에는 2선주

이상 각 선(船)의 인원수는 기유약조에 비록 없지만 모두『통문관
지(通文館志)』에 기록되어 있다.20)

신해년(1611, 광해군 3) 10월. 동래 부사 조존성(趙存性) 때이
다. "세견제1선 정관 1인,21) 도선주 1인, 압물(押物) 3인, 종왜
(從倭 반종(伴從)) 3명, 격왜 40명 등이 나왔습니다. 도선주, 압물
및 반종 1인은 규정22) 이외의 인원이기 때문에 접대하지 않겠다
는 뜻으로 말하니, 동 왜인이 말하기를, '만일 두 사람의 접대를
허락하지 않는다는 다례(茶禮)를 여는 것은 부당합니다.' 하여, 신
이 또 말하기를, '이번에 두 나라가 다시 화친하는 날을 당하여 어
찌 평온한 마음으로 예(禮)로 접하지 않고 이런 분쟁을 만드는 것
인가. 종인(從人)의 많고 적음은 마땅히 조정에 아뢰어 처리할 것

1인, 사복압물 1인, 반종 3명, 격왜 30명이 승선하였다. 이 외에 3호선은
수목선(水木船)으로 노인(路引)을 지참하였고 격왜 20명이 승선하였다.
18) 봉진압물(封進押物) : 본래는 진상압물(進上押物)이었으나 인조 14년
(1636) 진상(進上)을 봉진(封進)으로 바꾸어 사용한 이후 봉진압물이라
하였다. 압물(押物)은 외국에 사신이 갈 때 수행하여 조공(朝貢)하는 물건
과 교역하는 물건 등을 맡아 관리하는 사람을 가리킨다. 여기에서는 조선
국왕에게 바치는 진상물(進上物)을 담당하는 대마도의 관리를 의미한다.
19) 사복압물(私卜押物) : 사행(使行)의 정관(正官)·부관(副官) 등의 사물
(私物) 등을 맡아 관리하는 사람을 가리킨다. 일본에서 오는 사행은 조선
정부에 바치는 예단(禮單) 이외에 '음물(音物)'이라 하여 체류 기간 중 조
선의 역관이나 지방관 등에게 사사로이 바치는 물건을 지참하였다.
20) 이상 …… 있다 :『통문관지』권5 연례송사(年例送使)에 기록되어 있으
며, 같은 내용이『증정교린지』권1 연례송사와『변례속집요(邊例續集要)』
연례송사선수인수(年例送使船數人數)에 기록되어 있다. 그런데 각 기록마
다 격왜의 인원수에 약간 차이를 보이고 있다.
21) 정관 1인 : 평지직(平智直)이 임명되었다.『東萊府接倭狀啓謄錄可考事目
錄抄冊(이하 東萊接倭事目이라 함) 己酉年 10月』
22) 규정 : 기유약조 체결 당시 세견선송사의 구성원에 대한 구체적인 규정
은 정해지지 않았다. 임진왜란 이전에 세견선이 정관 1인, 반종 1명, 격
왜로 구성되었는데, 기유약조 이후 도선주, 진상압물 각 1인과 반종 2명
이 추가되어 항례가 되었다.『通文館志 卷5 年例送使』

이다.' 하였습니다. 이에 동 왜인이 답하기를, '그렇다면 마땅히 말한 바에 따라 종인 2명을 즉시 다례에 참석시켜야 할 것입니다.' 하였습니다. 줄여야 할 반종의 수와 도선주, 압물 등의 접대 여부를 신속히 결정하여 분부해 주십시오."라고 장계하였다. - 장계등록(狀啓謄錄)에 나오며, 회하(回下)는 없었다.

10월. "제1선의 진상연(進上宴)23) 때 도선주, 압물, 반종 등이 모두 숙배(肅拜)24)를 하려고 재삼 쟁변(爭辯)하거늘, 규정 이외의 인원은 결코 접대를 허락할 수 없다 하니, 동 왜인이 도선주, 압물로 반종을 대신하여 숙배하도록 하겠다고 또한 강청하였습니다. 그리고 동 왜인이 말하기를, '반종 1인은 도주가 친히 믿고 있는 사람인데, 연향(宴享) 때 앞에서 구경하려고 하니, 한 상을 마련해 주길 원합니다.' 하였으므로, 부득이 모두 연향에 참석하는 것을 허락하였습니다."라고 장계하였다.25) - 회하는 없었다.

10월. "제1선송사가 왜관에 머무르는 기한은 50일로 한정하고, 특송선은 110일로 한정한다고 결정하였다."는 비변사(備邊司) 관문(關文)에 의거하여, 제1선송사에게 50일 간의 요미(料米)를 지급하였더니, 자못 노한 기색이 있었다고 장계하였다. - 회하는 없었다.

---

23) 진상연(進上宴) : 세견송사(歲遣送使)가 가져온 진상(進上) 물품을 바치고 난 뒤 여는 연향으로, 하선연(下船宴)을 가리킨다. 진상품은 연향청(宴享廳)에서 간품(看品)하며, 간품이 끝난 뒤 부산 첨사가 봉표(封標)하여 객사(客舍)에 보내고, 정관 일행은 숙배(肅拜)를 행한다. 숙배가 끝난 뒤 연향청으로 돌아와 연향을 베푼다.

24) 숙배(肅拜) : 국왕에게 공손히 절하는 예(禮)로, 일본의 사신들은 부산 객사에 모셔진 조선 국왕의 전패(殿牌)에 사배례(四拜禮)를 행하였다.

25) 제1선의 …… 장계하였다 : 연향에 참석하는 반종의 수는 3인이었으나, 이 중 한 명에게는 음식을 지급하지 않았다. 『通文館志 卷5 年例送使』

11월. "제1선송사가 요청한 웅만도서(熊滿圖書)26)를 복구하는 일27)을 허락하지 않았는데, 이것은 그들이 바라는 바와 크게 어긋 났습니다. 그 때문에 부득이 왜관에 머무르는 날을 조정의 분부에 따라 85일28)로 서로 약정하였습니다."라고 장계하였다.

11월. "건너온 수직왜(受職倭)29) 귤지정(橘智正)30)·원신안(源信安)31) 등의 배와 현소(玄蘇)32)의 도서선(圖書船), 의령 김 방

---

26) 웅만도서(熊滿圖書) : 대마도주 종웅만(宗熊滿)에게 지급한 도서(圖書) 를 말한다. 종웅만은 임신약조가 체결된 당시의 대마도주인 종의성(宗義盛)의 아들로 세견선 3척을 허락받았다. 『增正交隣志 卷4 約條』 그러나 당시 종의성의 아들은 종성장(宗盛長)이었으며, 종웅만은 종의성의 손자 였다. 『나카무라 히데타카(中村榮孝), 16세기 조선의 대일약조(對日約條) 갱정(更定), 일선관계사(日鮮關係史)의 연구, 길천홍문관(吉川弘文館), 1969, 일본』

27) 제1선송사가 …… 일 : 세견제1선송사인 평지직(平智直)이 요청한 것은 웅만의 도서를 다시 발급해 달라는 것이 아니라, 대마도주의 아들에게 도 서를 발급하는 전례로 웅만과 웅수(熊壽)의 도서 발급을 거론하면서 당시 의 도주 종의성(宗義成)의 아들인 언삼(彦三)의 도서를 요청한 것이다. 『東 萊接倭事目 辛亥年 10月』

28) 85일 : 『통문관지』 권5 연례송사에 의하면 무진년(1628, 인조 6)에 35일이 추가되어 85일이 되었다고 기록되어 있다.

29) 수직왜(受職倭) : 조선 정부로부터 관직을 제수 받은 왜인을 통칭하는 말이다. 조선 전기에는 항왜(降倭) 또는 향화왜인(向化倭人)으로 관직을 제수 받은 자와 일본에 거주하면서 관직을 제수 받은 자 등이 있었다. 수 직제도(授職制度)는 고려시대에 여진인(女眞人)에 대한 회유책으로 행해 진 제도를 왜인에게 적용한 것으로, 그 연원은 중국의 외이기미책(外夷羈 縻策)에서 유래한다. 조선시대에 처음으로 관직을 제수 받은 사람은 항왜 등륙(藤陸)으로, 태조 5년(1396) 수백인의 왜인을 이끌고 투항한 공으로 '선략장군 용양순위사 행사직 겸 해도관군민만호(宣略將軍龍驤巡衛司行司 直兼海道管軍民萬戶)'의 직을 받았다. 1396년부터 1555년까지 총 90명의 수직왜인(受職倭人)을 『조선왕조실록(朝鮮王朝實錄)』과 『해동제국기(海東 諸國記)』에서 확인할 수 있다. 이들 중 향화수직왜(向化受職倭)는 23명이 며 나머지 67명은 일본 거주 수직왜인이다. 『한문종, 조선 전기 대일 외 교 정책 연구, 전북대학교 박사학위논문, 1996』

30) 귤지정(橘智正) : 정수미육좌위문(井手彌六左衛門)이라고도 하며, 광해 군 1년(1609) 5월에 수직왜인이 되었다.

어사(宜寧金防禦使) 때의 수직왜 마당고라(馬堂古羅)33) · 신시로
(信時老)34) · 세이소(世伊所)35) 등 3인의 수직선(受職船) 6척이
서계와 노인(路引)36)을 지참하고 나왔으므로, 수직왜선이 지참한
노인 및 현소 등이 지참한 서계 등을 받아서 올려 보내며, 초차연
(初次宴)과 진상숙배(進上肅拜)를 일시에 베풀 생각입니다. 그리고
의령수직왜 3인은 만력(萬曆) 29년(1601, 선조 34) 사직(司直)의

---

31) 원신안(源信安) : 광해군 1년에 수직왜인이 되었다. 원신안은 병오년
    (1606, 선조 39)에 귤지정 등과 함께 조선과의 강화(講和) 교섭을 위해
    몇 차례 파견된 적이 있다. 『東萊接倭事目 己酉年 5月』 『宣祖實錄 39年 4
    月 24日』
32) 현소(玄蘇) : 경철현소(景轍玄蘇)라고도 하며 호는 선소(仙巢)이다. 박
    다(博多)의 성복사(聖福寺) 주지로 있다가 대마도주 종의조(宗義調)의 명
    에 의해서 1579년 조선에 도래한 뒤 대마도에 머물렀다. 그는 임진왜란
    과 정유재란에 참여하였고, 1597년 현 대마도의 엄원(嚴原)에 이정암(以
    酊菴)을 세웠다. 왜란이 끝난 뒤 일본국왕사(日本國王使)로 조선에 왕래
    하였고 그 공로로 기유년(1609, 광해군 1)에 선소도서(仙巢圖書)를 지급
    받았다.
33) 마당고라(馬堂古羅) : 마감칠(馬勘七 : 무전우칠〈武田右七〉)의 형으로 선
    조 29년(1596)에 처음으로 수직되었으며, 광해군 4년(1612) 관복(官服)
    을 지급받았고 이듬해 '소위장군 호분위 호군(昭威將軍虎賁衛護軍)'에 제
    수되었다. 이후 광해군 7년(1615) 첨지중추부사(僉知中樞府事)로 승품
    (陞品)되었다. 『홍성덕, 17세기 조 · 일 외교사행 연구, 전북대학교 박사
    학위논문, 1998』
34) 신시로(信時老) : 선조 30년(1597) '과의교위 용양위 사직(果毅校衛龍
    驤衛司直)'에 제수된 뒤 광해군 4년 관복을 지급받았다. 그가 죽은 뒤 그
    의 아들 평신시(平信時)가 습직하여 광해군 15년(1623) '수의부위 호분
    위 부사맹(修義副尉虎賁衛副司猛)'을 제수 받았다. 『홍성덕, 上同』
35) 세이소(世伊所) : 광해군 4년 관복을 지급받았다는 기사만 보일 뿐 수
    직한 연도는 확실하지 않다. 『東萊接倭事目 壬子年 3月』
36) 노인(路引) : 문인(文引)이라고도 한다. 문인은 상인에 대한 징세(徵稅)
    와 통제, 그리고 군사적인 목적 외에 조선에 도항하는 왜인들에 대한 통
    제의 수단으로 도서(圖書), 서계(書契) 등과 함께 사용되었다. 문인은 세
    종 20년(1438)에 대마도주와 약정을 통해 왜인 통제책이 되었는데, 조선
    전기에 문인을 지참해야만 하는 외교사행은 대마도내의 직사인(職事人)과
    일본 서부 지역 여러 영주의 사선(使船)들이었으며, 일본국왕사(日本國王
    使)는 제외되었다. 그러나 기유약조에서는 일본국왕사도 대마도주의 문인
    을 지참하도록 규정하고 있다. 『通航一覽 卷121 朝鮮國部 貿易』

벼슬을 제수 받았는데,**37)** 그들에 대한 접대는 처음이기 때문에 모두 같이 접대할 것인지의 여부를 유사(攸司)로 하여금 재가를 받아 분부하게 해 주십시오."라고 장계하였다. - 장계등록에 나오며, 회하는 없었다.

임자년(1612, 광해군 4) 6월. 동래 부사 성진선(成晉善) 때이다. "건너온 왜선 1척이 세견제18선이라고 칭하였지만 서계에는 제20선으로 쓰여 있으니, 잘못된 점이 없지 않습니다. 제1선부터 제17선까지 이미 모두 나왔고, 나오지 않은 3척은 특송선뿐인데, 스스로 특송선을 대신한다 칭하므로 정상을 헤아리기가 어려우니, 조정의 처분을 기다립니다."라고 치계(馳啓)하였다. - 7월에 해조(該曹)의 관문에 따라 다례를 베풀어 서계를 받았고, 진상숙배 후 또 하선연을 베풀었다. 장계등록에 나오며, 회하는 없었다.

7월. 제1선 정관 1인, 도선주 1인, 종인 3인, 반종 3인, 압물 1인 가운데, 정관 1인, 도선주 1인, 반종 2명, 압물 1인만 접대를 허락하였다고 장계하였다. - 회하는 없었다.

9월. 평언삼송사(平彦三送使)**38)** 정관 1인, 반종 5인, 격왜 26

---

37) 의령수직왜 …… 제수받았는데 : 현존하는 신시로(信時老)의 고신(告身)에 의하면 선조 30년(1597)에 수직한 것으로 기록되어 있다. 신시로는 마당고라(馬堂古羅), 세이소(世伊所) 등과 함께 가등청정(加藤淸正)의 진영 방화 작전에 참여한 공로로 수직 받은 것으로 파악된다. 『나카무라 히데타카(中村榮孝), 수직왜인(受職倭人)의 고신(告身), 일선관계사(日鮮關係史)의 연구, 길천홍문관(吉川弘文館), 1969, 일본』

38) 평언삼송사(平彦三送使) : 평언삼은 대마도주 종의지(宗義智)의 아들 종의성(宗義成)의 아명(兒名)으로 신해년(1611, 광해군 3)에 도서(圖書)를 지급받았다. 대마도주의 적자(嫡子) 이름으로 발급된 도서는 종성장(宗盛長)의 아들인 종웅만(宗熊滿) 때부터 시작되었다고 하지만, 세종 25년(1443) '천대웅환(千代熊丸)'이라는 아명으로 두 차례 통교한 대마도주

명이 서계를 지참하고 처음으로 나왔다. - 언삼(彦三)은 대마도주의
아들로서, 도서(圖書)를 받았기 때문에 사선(使船)을 보낸 것이다.

9월. 대마도주의 아들 평언삼의 송사를 대선(大船)으로 논의하
여 정하고, 특송(特送)은 국왕사(國王使)로 일체 접대하였다고 장
계하였다. - 회하는 없었다.

11월. "제1선 정관은 상경을 허락하지 않는다 하여 식량과 찬을
받지 않았습니다. 또 말하기를, '새로이 남만총(南蠻銃)을 얻었는
데 7발을 동시에 쏘는 방식입니다. 또 소매 속에 넣는 단총(短銃)
이 있는데 백발백중입니다. 만일 이 총 쏘는 법을 전한다면 어떻
게 나에게 보답할 것입니까?'하면서 경관(京官)이 와서 접대하기
를 요구하였습니다. 전 첨사 손문욱(孫文彧)이 오랫동안 일본에
있었으므로 왜정(倭情)에 대해 잘 알 것이니, 내려보내 접대하게
해 주십시오."라고 치계하였다. - 장계등록에 나오며, 회하는 없었다.

계축년(1613, 광해군 5) 1월. 동래 부사 이창정(李昌庭) 때이
다. 수도서왜(受圖書倭) 평경직송사(平景直送使)[39]의 상선(上船)

종성직(宗成職)이 처음이다. 이 외에도 종의방(宗義方)의 아들인 언천대
(彦千代), 암환(岩丸)과 종의성(宗義誠)의 장남인 종의여(宗義如)의 아명
미일(彌一) 등에게 도서가 발급되었다.『宗氏家譜略』『世宗實錄 25年 2月
28日, 12月 12日』

39) 평경직송사(平景直送使) : 평경직(平景直 : 유천경직〈柳川景直〉)은 광해
군 1년(1609)에 수직왜인이 되었으나 2년 뒤인 광해군 3년에 매년 조빙
(朝聘)하기가 어려워 도서(圖書)를 받기 원하였기 때문에, 수직왜인에서
수도서왜인으로 바뀌었다. 광해군 5년 평경직이 사망한 뒤 이 도서는 그
의 아들 유천조흥(柳川調興)에게 이어졌고, 인조 13년(1635) 국서개작폭
로사건 이후 인조 18년(1640) 대마도주의 요청에 의해 부특송사(副特送
使)로 바뀌었다.『홍성덕, 17세기 조·일 외교사행 연구, 전북대학교 박
사학위논문, 1998』

1척, 부선(副船) 1척, 재마선(載馬船) 1척, 정관 1인, 도선주 1
인, 부관 1인, 2선주 1인, 진상압물 1인, 사복압물 1인, 정관 시
봉(侍奉) 1인, 부관 시봉 1인, 유선주(留船主) 1인, 반종 7인 중,
어떤 배와 누구를 접대할 것인지를 묘당으로 하여금 재가를 받아
분부하게 해 달라고 장계하였다. - 예조의 관문(關文)에 따라 부선 1
척 및 유선주 1인, 반종 7명은 접대를 허락하지 않았다.

2월. "임자년(1612, 광해군 4) 몫의 언삼송사선(彦三送使船)이
이미 나왔다가 돌아갔는데 또 나왔기에 격식에 위배된다는 연유로
타이르니, 동 왜인이 답하기를, '옛날에 종웅만(宗熊滿)은 세견선
이 3척이었기 때문에 한결같이 그 사례에 따라 임자년 몫의 제1선
이 비록 이미 되돌아갔지만 제2선이 지금 또 나온 것입니다.' 하였
습니다. 언삼송사선은 『고사촬요(攷事撮要)』 중에 비록 '종웅만 세
견선 3척'이라 칭하고 있다 해도, 예조에서 지급한 도서(圖書)와
서계 중에는 '세견제1선'으로 또한 분명하게 기재되어 있거늘, 임
자년 몫의 1선이 이미 나왔다가 되돌아갔는데도 범연히 종웅만의
옛 사례를 칭하면서 또 1선을 보냈으니, 지극히 해괴합니다. 접대
하는 일을 어떻게 해야 할지 예조로 하여금 재가를 받아 분부하게
해 주십시오."라고 장계하였다.
회계(回啓)하기를, "언삼송사선의 임자년 몫 1선이 이미 왔다 간
후에 지금 또 1선을 보낸 것은 지극히 마땅하지 않으니, 이치를
들어 타일러 되돌려 보내야 합니다. 그러나 한결같이 굳게 거절할
경우, 이마 온 배를 되돌려 보내는 것 또한 어려우니, 이번에는
계축년(1613, 광해군 5) 몫으로 시행하여 접대하여도 무방할 것
입니다." 하였다.

3월. "방금 도착한 예조의 회계에 의한 관문 내의 사연(辭緣)에,

'왜인들이 약조를 어기고 함부로 오는 폐단이 근일 더욱 심하여 엄한 말로 타일러 보냄으로써 후일의 폐단을 막지 않을 수 없다.'고 하였거니와, 지금 만약 계축년 몫으로 접대를 허락하면 우리에게 후일 뜻밖에 분쟁의 실마리가 없지 않을 것입니다. 그러므로 예조에서 분부한 사연을 언삼선(彦三船) 정관에게 일단 말하지 않았으니, 다시 해조로 하여금 헤아려 결정하여 분부하게 해 주십시오." 라고 장계하였다. - 장계등록에 나오며, 회하는 없었다.

4월. "평경직송사선(平景直送使船)은 해조의 결정40)에 따라 정관 1인, 도선주 1인, 진상압물 1인, 반종 3인을 접대하는 것으로 타일렀더니, 정관왜(正官倭)가 말하기를, '평언삼송사선의 반종은 이미 3인을 접대하였습니다. 평경직과 대마도주는 서로 대등한데, 반종 수가 어찌 귤지정(橘智正)이 보낸 배와 같겠습니까.' 하면서 자못 따르려 하지 않아서, 부득이 5인으로 접대를 허락하였습니다. 시봉은 계품(啓稟)하여 결정해 주십시오."라고 장계하였다. - 장계등록에 나오며, 회하는 없었다.

4월. "언삼송사선의 다례를 베풀고 서계를 받는 일을 조정의 회하(回下)에 따라 정관에게 타일렀으나, 그들이 말하기를, '진상(進上)41)도 받지 않고 격군의 요미도 지급하지 않고 공무역(公貿

---

40) 해조의 결정 : 평경직송사(平景直送使)에 대한 접대절목(接待節目)이 결정된 것은 이해 2월의 일이다. 『東萊接倭事目 癸丑年 2月』
41) 진상(進上) : 『증정교린지』 권1 연례송사에 기록된 평언삼송사(平彦三送使)의 진상품(進上品)은 흑칠화전갑(黑漆華箋匣)·채화연갑(彩畫硯匣) 각 1좌(坐), 수정갓끈〔水晶笠緖〕 1결(結), 후추〔胡椒〕 300근, 소목(蘇木) 300근이며, 이에 대한 조선의 회사품(回賜品)은 인삼 1근, 호피(虎皮)·표피(豹皮) 각 1장, 백저포(白苧布)·백면주(白綿紬)·흑마포(黑麻布) 각 2필, 백면포(白綿布) 5필, 필묵(筆墨) 각 20자루, 매〔鷹〕 1마리, 화석(花席) 5장, 네 장 붙인 유둔〔四張付油芚〕 2번(番)이다.

易)42)도 허락하지 않으니, 서계를 바칠 필요가 없겠습니다.'하였습니다. 이에 신이 역관을 보내 타이르게 하기를, '너희들이 규정을 어기고 나왔으니 법으로 보아 거절해야 마땅하다. 그러나 조정이 특별히 다례를 베풀고 일공(日供)43)을 지급하도록 허락하였으니, 너희들은 은혜에 감사하며 꾸물거릴 겨를도 없이 따라야 할 것인데, 아직까지 이렇게 약속을 어기면서 능장만 부리고 있다. 그 외에는 할 수 있는 일이 더 없으니, 의당 돌아가는 것이 옳다.'고 재삼 온건하게 깨우쳤으나, 아직 되돌아가지 않았습니다."라고 장계하였다. - 장계등록에 나오며, 회하는 없었다.

7월. "언삼송사선이 규정 이외의 것이어서 해조의 분부에 따라 진상도 받지 않고 공무역도 허락하지 않았으며, 단지 일공(日供)만을 지급하였습니다. 속히 대마도로 되돌아가도록 해야 하나, 회답서계(回答書契)를 지급하지 않았다는 이유로 일없이 오랫동안 머물러 지체하고 있으니 심히 염려스럽습니다. 회답서계를 해조로 하여금 속히 내려보내게 해 주십시오."라고 장계하였다. - 장계등록에 나오며, 회하는 없었다.

갑인년(1614, 광해군 6) 8월부터 신유년(1621, 광해군 13) 5월까지 장계등록이 분실되었고, 임술년(1622, 광해군 14) 8월부터 병

---

42) 공무역(公貿易) : 『증정교린지』 권1 연례송사에 기록된 평언삼송사의 공무역품은 동철(銅鐵) 1473근 5냥 5전, 납철(鑞鐵) 400근, 소목 90근이다.

43) 일공(日供) : 일본의 사신들이 부산에 머물러 있는 법적 기간 동안에 지급한 음식물들로 주미(酒米), 초미(醋米), 목미(木米), 진곡(眞曲), 참기름, 꿀 등 수십 종류의 물품이 각 사행별로 규정되어 있었다. 평언삼송사에 대한 일공의 구체적인 내용은 없다. 참고로 세견제1선의 경우 요미(料米)와 병미(餠米) 58섬 14말, 콩〔太〕 14섬 11말, 그리고 쌀 115섬 14말 3되 7홉 4작 5리 상당의 일공주찬(日供酒饌)이 지급되었다. 『增正交隣志 卷1 年例送使』

인년(1626, 인조 4) 3월까지 장계등록이 분실되었다.

병인년(1626, 인조 4) 9월. 동래 부사 유대화(柳大華) 때이다. "신해년(1611, 광해군 3) 이후 모든 왜선은 수직왜(受職倭)를 제외하고 단지 정해진 인원에 따라 접대하였으며, 타고 온 배의 크기44)를 측량하고 승선 인원을 조사하는 규정45)이 전혀 없었습니다. 그때 혹 변통하거나 중간에 폐하기도 하였는데, 반드시 그 연유가 있었을 것이나 참고할 만한 문적(文籍)이 없으니, 해조로 하여금 전후의 약조를 널리 살펴 지휘하게 해 주십시오."라고 장계하였다. - 장계등록에 나오며, 회하는 없었다.

9월. 세견선 및 수직왜선을 측량·조사하고자 하니, 정관왜 등이 말하기를, "배의 크기를 측량하고 승선 인원을 조사하는 것은 대마도에서 바라는 바입니다. 그러나 16년 이래46) 듣지 못했던 일로서 지금 갑자기 행하기는 어려우니, 대마도주에게 글을 보내어 다시 약조를 정한 후에나 가능할 것입니다." 하면서 굳이 거절하고 따르지 않은 까닭에 조사할 수 없었다고 장계하였다.

회계하기를, "만일 규정 이외로 더 데리고 온 자가 있으면 거절하

---

44) 배의 크기 : 인조 4년(1626)에 세견제1선송사 등지승(藤智繩)은 예조 참의에게 보낸 서계에서 조선 전기에 규정된 대선·중선·소선의 크기를 복구해 주기를 요청하고 있다. 이에 의하면 기유약조 체결 당시에는 사선(使船)의 크기에 대한 규정이 구체적으로 정해져 있지 않음을 알 수 있다.『同文彙考 附編 卷10 進獻』

45) 타고 온 …… 규정 : 조선에 오는 일본의 모든 사행(使行)은 배의 크기와 승선 인원이 규정되어 있다. 일본의 사선(使船)이 왜관 내에 정박하게 되면, 조선에서 훈도(訓導)와 별차(別差) 등이 승선해서 조사를 행하고 도항한 목적 등을 탐문하여 보고하였다.『동래접왜사목(東萊接倭事目)』병인년 12월 조에 의하면 수직왜인의 사선에 대한 조사를 벌여 규정 인원 이외에 더 데리고 온 5명을 찾아내었다.

46) 16년 이래 : 광해군 1년(1609)에 체결된 기유약조 이후를 가리킨다.

여 되돌려 보내도록 하고, 이후로는 비록 1명이라도 몰래 데리고 오
지 말라는 뜻을 서계 중에 써 넣어 회답하도록 하십시오."하였다.

9월. "전 동래 부사 홍득일(洪得一)이 재임할 때의 만송원송사
(萬松院送使)⁴⁷)의 접대 약조를, 조정에서 별도로 보낸 역관 박대
근(朴大根)이 알려주고 타일렀다고 합니다. 그런데 이번에 만송원
송사왜의 반종을 제1선의 예에 따라 2명으로 접대하려고 하자, 그
들이 역관 박대근이 보여준 감영(監營)의 행이(行移)⁴⁸)를 인용하
며 3명으로 접대해 주기를 요청합니다. 끝내 막기가 어려울 것 같
으니, 당초 감영의 행이를 내보인 역관 박대근을 내려보내 주십시
오."라고 장계하였다. - 만송원(萬松院)은 죽은 대마도주 평의지(平義
智)의 원당(願堂)이다. 평의지는 강화할 때 주선한 공이 많았는데, 그가
죽은 후에 "배를 보내 공무역을 함으로써 향화(香火)에 보태게 해 주십시
오."라고 청하였기 때문에 특별히 배를 보내는 것을 허락하였다. 만송원송
사가 처음 나온 것은 분명 홍득일 등이 재임할 때이지만, 그때의 등록이
분실되어 상고할 수 없다. 장계등록에 나오며, 회하는 없었다.

11월. "조흥송사(調興送使)⁴⁹)가 갑인년(1614, 광해군 6) 몫의
송사로 시행할 것이라고 말하였는데, 심히 불가하여 꾸짖고 타일

---

47) 만송원송사(萬松院送使) : 만송원은 대마도주 종의지(宗義智)가 죽은 후
대마도 종벽산(鍾碧山)에 세워진 원당(願堂)이다. 그의 몫으로 광해군 6
년(1614)에 도서(圖書)가 지급되었는데 처음으로 사신을 보낸 것은 광해
군 14년(1622)이었다. 이때 예조좌랑(禮曹佐郞)에게 보내는 서계를 가져
왔으며, 왜관에 머무르는 기간과 일공 등의 지급은 세견제1선송사와 같았
다. 『古事類苑 外交部11 朝鮮4 兩足院朝鮮記錄』

48) 행이(行移) : 행문이첩(行文移牒)의 준말로 관문서(官文書)를 발송하여
조회(照會)하는 것을 말한다. 『동래접위사목』 병신년 9월조에는 '해조의
관문(關文)'을 박대근(朴大根)이 보여 준 것으로 기록되어 있다.

49) 조흥송사(調興送使) : 당초 수직왜(受職倭)였다가 도서(圖書)를 받아 수
도서왜(受圖書倭)로 바뀐 유천경직(柳川景直)이 광해군 5년(1613)에 죽
은 뒤, 그의 아들 유천조흥(柳川調興)이 이어받아 보낸 사신이다.

러 막으니, 동 왜인이 화를 내며 되돌아가려고 한 까닭에 잠시 만
류해 두었습니다. 그들이 하는 대로 놔둘 것인지 조정에서 지휘해
주고, 새로 뽑은 훈도(訓導)를 신속히 내려보내 주십시오."라고 장
계하였다. - 평경직(平景直)은 화친을 통할 때 공을 세워 수직인이 되어
배를 보냈다. 평경직의 사후 그 아들 유천조흥(柳川調興)이 그 직을 이어
받아 사신을 보냈는데, 그 대를 이어 직(職)을 계승한 한 가지 일은 틀림
없이 이상의 잃어버린 등록(謄錄) 기운데 있을 것이나, 지금은 살필 곳이
없다. 장계등록에 나오며, 회하는 없었다.

11월. "조흥송사가 이번 4월에 나와서, 그동안 오지 않아 몇 년
동안 받지 못한 공무역과 잡물을 모두 받으려고 하며 말하기를, '7
년[50] 동안 받지 못한 것은 조흥(調興)이 내조(來朝)하지 않은 죄
때문이 아니라 조선을 위해 모든 일을 주선하느라 올 겨를이 없었
기 때문입니다. 그런데도 단지 3년의 몫만 허락해 주었습니다. 또
서울의 역관[京譯]을 내려보내 주기를 요청하였으나 또한 들어주
지 않았습니다.' 하면서 승선하여 되돌아가려고 하였습니다. 이에
부산 첨사 및 훈도가 여러 번 타일러 잠시 만류해 두었으니, 관품
이 높은 역관을 속히 내려보내 타이르고 주선할 수 있게 해 주십
시오."라고 장계하였다. - 장계등록에 나오며, 회하는 없었다.

12월. 수직왜 평신시(平信時)[51]·세이소(世伊所)·마감칠(馬勘

---

50) 7년 : 유천조흥(柳川調興)이 보낸 서계에 의하면, 유천조흥이 사선(使
船)을 보낸 것은 광해군 5년(1613) 1월 9일에 부산에 도착한 것이 처음
이다. 그러나 그 이후 사선을 계속 보내지 못하다가 통신사행이 왔다 간
후 광해군 10년(1618)과 11년에 다시 사선을 보낸 뒤 광해군 14년
(1622)까지 사선을 보내지 못하였다. 따라서 광해군 6년(1614)부터 인
조 1년(1623)까지 사선을 보내지 못한 것은 1618년과 1619년 두 해를
제외한 7년이다. 『同文彙考 附編 卷10 進獻』
51) 평신시(平信時) : 신시로(信時老)의 아들로 소야신십랑(小野新十郎)이라

七)52) 등이 뱃사람 5명을 몰래 데리고 왔으므로,53) 요미(料米)를 지급하지 않았으며 이후 이와 같은 일이 없도록 하라고 신칙하였다고 장계하였다. - 회하는 없었다.

12월. "조홍송사가 '허락받은 3년 몫 중 신유년(1621, 광해군 13) 몫만 갑인년(1614, 광해군 6)의 명목으로 바꾸어 사신의 일에 편의하게 하기를 원합니다.' 하였습니다. 교활한 왜인의 말을 믿기 어려워 역관 박대근(朴大根) 등에게 물었더니, 모두 말하기를, '왜인이 이기기를 좋아하여 단지 표면적인 명분만을 취한 것이니, 반드시 후일에 신용을 잃는 일은 없을 것입니다.' 하였습니다. 다시 그들로 하여금 약속을 받게 하였는데, 그 글에 이르기를, '임자년(1612, 광해군 4)과 계축년(1613, 광해군 5)의 두 해는 연이어 나와야 했고, 을묘년(1615, 광해군 7)·병진년(1616, 광해군 8)·정사년(1617, 광해군 9)·신유년(1621, 광해군 13)은 나오지 않았다.' 하였습니다."라고 장계하였다. - 회하는 없었다.

정묘년(1627, 인조 5) 1월. 만송원송사(萬松院送使)가 쟁변(爭辯)한 반종 1명의 요미는 너무 적은 분량이어서 모두 지급하였다고

고도 한다. 현존하는 그의 고신(告身)에 의하면 그는 인조 1년 수직왜인인 그의 아버지가 죽자 '수의부위 호분위 부사맹(修義副尉虎賁衛副司猛)'의 직을 이어 제수 받았다. 『나카무라 히데타카(中村榮孝), 수직왜인(受職倭人)의 고신(告身), 일선관계사(日鮮關係史)의 연구, 길천홍문관(吉川弘文館), 1969, 일본』

52) 마감칠(馬勘七) : 마당고라(馬堂古羅)의 동생 우칠(又七)로 추정되며, 세이소(世伊所), 신시로(信時老) 등과 함께 가등청정(加藤淸正)의 진영에 방화하는 데 참여한 마다시지(馬多時之)이다. 『다시로 가즈이(田代和生), 근세(近世) 일조통교무역사(日朝通交貿易史)의 연구, 창문사(創文社), 1977, 일본』

53) 수직왜 …… 왔으므로 : 이들에 대해서는 선박의 크기와 승선 인원에 대한 조사가 이루어졌다. 『東萊接倭事目 丙寅年 12月』

장계하였다. - 회하는 없었다.

6월. 서적(西賊)을 물리친 것54)을 축하하는 글을 3특송왜(三特送倭)55)에 순부(順付)하여 보내오면서 우대해 주기를 희망하므로,56) 비록 특별한 접대의례는 없지만 한 번의 연향으로 그 마음을 위무하였더니 쓸쓸한 지경에는 이르지 않았다고 장계하였다. - 서적(西賊)의 일은 잡조(雜條)에 보인다. 장계등록에 나오며, 회하는 없었다.

정묘년(1627, 인조 5) 9월부터 신미년(1631, 인조 9) 8월까지는 장계등록이 분실되었다.

임신년(1631, 인조 10) 3월. 동래 부사 홍립(洪笠) 때이다. 세견제1선57) 정관 1인, 도선주 1인, 압물 1인, 반종 3명 등이 나왔으므로, 서계를 받고 다례를 베풀었다고 장계하였다. - 제1선 반종은 계속 2명을 접대하였는데, 지금 갑자기 3명을 접대하였다. 이상의 등록 중에 반드시 더 접대한 곡절이 있었을 것이나, 등록이 분실되어 살필 수 없다.

7월. "세견제9선의 격왜는 30명으로 약조하였으나 5명을 데리고

54) 서적(西賊)을 물리친 것 : 인조 5년(1627) 1월부터 3월까지 있었던 후금(後金)의 조선 침입인 정묘호란(丁卯胡亂)을 가리킨다.
55) 3특송왜(三特送倭) : 특송제3선의 정관은 평지차(平智次)이고 도선주는 귤성정(橘成正)이었으며, 인조 5년 12월자로 쓰인 서계(書契)를 지참하였다. 『同文彙考 附編 卷10 進獻』
56) 우대해 주기를 희망하므로 : 대마도주의 하서(賀書)를 지참한 특송사는 하사(賀使)의 예로 접대해 주기를 요청하였으며, 이 외에 도주가 특별히 바치는 보검(寶劍)과 성을 공격할 수 있는 대포(大砲) 등을 진상하였다. 『東萊接倭事目 丁卯年 6月』
57) 세견제1선 : 정관은 평성정(平成正)이고, 도선주는 등성구(藤成久)이며, 진상압물은 귤성안(橘成安)이었다. 이들이 지참한 서계와 예조 참의의 답서가 『동문휘고(同文彙考)』 부편(附編) 권10 진헌(進獻)에 기록되어 있다.

왔습니다. 이 일은 의당 약조에 따른 수대로 요미를 지급해야 하는데, 이미 줄여 나왔습니다. 일의 체모가 숫자를 맞추어 데리고 나온 때와 다르므로, 감히 이에 계품(啓稟)합니다." 하였다. - 장계등록에 나오며, 회하는 없었다.

계유년(1633, 인조 11) 1월. 동래 부사 이홍망(李弘望) 때이다. 수직왜 평지길(平智吉)[58]의 배에 대해 배의 크기를 측량하고 승선한 인원을 조사하였다고 장계하였다. - 회하는 없었다.

2월. 제4선의 격왜를 줄여 5명을 데리고 왔는데, 이전의 규정대로 약조에서 정한 수에 따라 요미를 지급하였다고 장계하였다. - 회하는 없었다.

을해년(1635, 인조 13) 1월. "만송원송사(萬松院送使) 및 현방송사(玄方送使)[59] 등이 배가 없어 돌아갈 수 없어서 오랫동안 왜관에 머물러 있는 중입니다. 그런데 왜관에 머물러 있을 수 있는 기한이 이미 지났다고 해서 일체 보살피는 것을 끊는 것은 그 접대하는 도리에 또한 타당하지 않을 것 같습니다. 때로 혹 쌀섬과 술과 반찬을 타이르며 지급하는 것이 마땅할 것 같은데, 규정 이외의 일이어서 함부로 처리하지 못하니, 해조로 하여금 속히 지휘

---

58) 평지길(平智吉) : 인조 6년(1628) 표류인을 송환한 공로로 종8품 '수의부위(修義副尉)'에 제수되었다. 그 이듬해 다시 '사맹(司猛)'의 직을 제수받고 의장(衣章)을 받았다. 『홍성덕, 17세기 조·일 외교사행 연구, 전북대학교 박사학위논문, 1998』

59) 현방송사(玄方送使) : 광해군 1년(1609)에 선소도서(仙巢圖書)를 받은 현소(玄蘇)가 광해군 3년(1611)에 죽은 뒤, 그 뒤를 이은 현방(玄方)이 계승하여 사신을 보냈다. 인조 13년(1635) 국서개작사건으로 현방이 처벌받자 이 도서는 조선에 반환되었다가 인조 16년(1638) 대마도주의 요청으로 대마도주에게 다시 발급되었다. 『다시로 가즈이(田代和生), 고쳐 쓰여진 국서(書き替えられた國書), 중공신서(中公新書), 1984, 일본』

하게 해 주십시오"라고 장계하였다. - 장계등록에 나오며, 회하는 없었다.

3월. 해조의 분부에 따라 현방송사에게 쌀섬과 술과 반찬 등을 지급하였고, 만송원송사는 먼저 되돌아갔기 때문에 쌀섬과 술과 반찬을 지급할 수 없었다고 장계하였다. - 회하는 없었다.

5월. 수직왜 평지직(平智直)60)이 배가 없어 돌아갈 수 없다는 이유로 옛 파선(破船)을 수리해 주기를 요청하였으나, 규정 이외의 일이어서 거절하였다고 장계하였다. - 회하는 없었다.

병자년(1636, 인조 14) 4월. 동래 부사 정양필(鄭良弼) 때이다. "을해년(1635, 인조 13)과 병자년(1636, 인조 14) 두 해 몫의 세견선이 대마도주와 유천조흥(柳川調興)이 서로 송사(訟事)한 일61)로 인하여 나오지 않았는데, 만약 이번에 한꺼번에 나온다면 우리의 물력(物力)이 도저히 지탱할 수 없으므로 두 해 몫의 세견선을 겸대(兼帶)62)하도록 주선하라는 뜻을 차왜 등지승(藤智繩)에게 여

---

60) 평지직(平智直) : 평지직은 수직왜(受職倭)가 아니므로, 평지길(平智吉)의 오기(誤記)이다. 『東萊接倭事目 乙亥年 5月』

61) 대마도주와 …… 일 : 인조 9년(1631) 대마도주의 가신(家臣) 유천조흥(柳川調興)이 대마도주 종의성(宗義成)에게 받고 있던 지행권(知行權)과 세견선(歲遣船)의 권리를 반납하자 종의성이 조흥을 '불신(不臣)'으로, 조흥은 의성을 '횡폭(橫暴)'으로 덕천막부(德川幕府)에 고발한 사건을 말한다. 그 사건을 조사하는 과정에서 수차례에 걸친 국서개작사건이 발각되었는데, 1635년 덕천막부는 도주 종의성의 무죄를 선포하고 유천조흥을 유배시켰다.

62) 겸대(兼帶) : 1특송선이 2, 3특송선을 겸하고, 제4선송사가 제5선부터 제17선까지를 겸하게 하는 제도로, 인조 13년(1635) 홍희남(洪喜男)에 의해 성립되었다. 그러나 겸대제도가 곧바로 시행된 것은 인조 15년(1637) 5월 특송선 2척, 평언삼송사(平彦三送使), 세견선 13척이 정관(正官) 없이 서계만을 지참하고 오면서 본격적으로 시행되었다. 『東萊接

러 번 타일렀습니다. 그 결과 동 왜인이 대마도에 주선하여 '을해년 몫의 모든 세견선을 일시에 겸대하도록 하였다'는 내용으로 도해역관(渡海譯官)63) 홍희남(洪喜男)이 나오는 편에 결정하여 보내왔습니다."라고 장계하였다. - 회하는 없었다.

6월. "병자년(1636, 인조 14) 몫의 세견선 또한 겸대해 나온다면, 폐단을 제거함이 막대할 것이다. 그대가 모름지기 주선하여 동 병자년 몫의 특송선 3척을 1사(使)로 하고, 세견선 17척 중에 이미 나온 배를 제외하고 나오지 않은 14척 또한 1사(使)로 하여 나오도록 하라. 연향잡물(宴享雜物) 및 일공잡물(日供雜物)은 을해년(1635, 인조 13) 몫의 예에 따라 줄이겠다."고 차왜 등지승에게 타일러 들여보냈다고 장계하였다. - 회하는 없었다.

10월. 차왜 등지승의 말 가운데, "병자년 몫의 세견선을 겸대하는 일은 대마도로부터 수표(手標)64)를 가지고 왔습니다. 1특송선은 이미 나와서 일을 마쳤으므로 지금 논할 것이 없고, 3특송선·만송원송사선(萬松院送使船)·평언삼송사선(平彦三送使船)·세견 제선(歲遣諸船) 이하 모든 배는 2특송선이 겸대하여 나올 것이며, 정축년(1637, 인조 15) 몫이 나와 있는 동안에 한하여 왜관의 모든 일을 맡아 전담하며, 각 사선(使船)에 예급(例給)하는 것 중에 공목(公木)·쌀·콩을 헤아려 지급하고, 그 나머지 일공잡물과 연향잡물은

倭事目 丁丑年 5月』

63) 도해역관(渡海譯官) : 대마도에 파견된 역관(譯官) 일행을 가리키는 말로, 문위역관(問慰譯官)이라고도 한다. 이때 파견된 도해역관은 인조 12년(1634) 대마도주가 차왜 등지승(藤智繩)을 보내어 요청한 마상재(馬上才) 일행을 데리고 강호(江戶)에 왕래하였다. 『增正交隣志 卷6 問慰行』

64) 수표(手標) : 원래 돈이나 물건 따위의 대차(貸借), 기탁(寄託) 등을 할 때에 주고받는 증서나 수기(手記)를 가리키나, 여기서는 대일 교섭에 있어 업무 담당자들 사이에 협의된 사항을 기록한 문서를 말한다.

모두 줄일 것입니다." 하였다고 장계하였다. - 세견선을 겸대할 때 동래 부사 정양필이 여러 가지로 주선하였으므로, 숙마(熟馬) 1필을 사급(賜給)하였다.

정축년(1637, 인조 15) 1월. 세견선은 통신사가 나올 때까지 잠시 정지시켜 놓을 계획이라고 장계하였다. - 회하는 없었다.

5월. 역관 홍희남(洪喜男)·강우성(康遇聖)·이장생(李長生) 등의 수본(手本) 내에, "특송 2선, 평언삼송사선(平彦三送使船), 세견선 13척이 정관(正官) 없이 서계만을 지참하고 나왔으므로, 공무목(公貿木)65)·쌀·콩 등의 물건을 실어 보냈고, 5일잡물을 대략 쌀로 바꾸어 줄여 마련했으며, 다례·연향·명일연(名日宴)66) 등에 소요되는 잡물은 쌀 468섬67)으로 계산하여 전액을 줄인 후에 왜인 수표(手標)를 받아냈으니, 폐단을 없앰이 막대할 것입니다." 하였다고 장계하였다. - 2특송선, 3특송선, 제5선부터 제17선까

---

65) 공무목(公貿木) : 일본의 사절(使節)이 팔기 위해 가져온 물건을 구입하는 목면으로 15세기 전기부터 시행되었으며, 임진왜란 이후에는 1608년 '물화(物貨)의 다소를 살펴서 공무역을 계문(啓聞)하여 후대(厚待)하는 뜻'을 보이기 위해 시행되었다. 이후 1609년 5월에는 공무역의 절가(折價 : 교환율)가 정해졌지만, 조선 정부가 사절의 물품을 구입한 사례는 1601년 11월 호피(虎皮), 표피(豹皮), 면포(綿布)를 수사(水使)에게 보내어 사절의 물품을 공가(公家)에서 도매(都賣)하도록 한 것이 처음이다. 『宣祖實錄 35年 7月 10日』

66) 명일연(名日宴) : 일본의 풍속에 1월 1일, 3월 3일, 5월 5일, 6월 15일, 7월 7일, 7월 15일, 8월 1일, 9월 9일, 10월 해일(亥日)을 명일(名日)로 삼고 있는데, 이때 베풀어 주는 연회를 말한다. 『春官志』

67) 쌀 468섬 : 겸대제도를 실시함으로써 세견선 13척을 포함한 연례송사선의 줄어든 연향잡물(宴享雜物)의 비용은 모두 쌀 468섬에 달하였는데, 그 정확한 액수는 468섬 9말 3되 3홉 3작 1리로 그 중 연향잡물가미(宴享雜物價米)가 430섬 6되 6홉 9작으로 전체가 절약되었으며, 나머지는 일공잡물(日供雜物)로 상정가(詳定價)와 실제 절가(折價)의 차액인 38섬 8말 6되 6홉 6작 1리이었다. 『別差倭謄錄 丁丑年 5月 30日』

지 겸대(兼帶)하여 순부(順付)하는 것이 이로부터 시작되었다.

회계하기를, "매년 줄어드는 양이 468섬이니, 한해 두해 지나면 그 수가 얼마입니까. 영남의 민력(民力)이 이로 인해 숨을 돌릴 수 있게 되었으니, 참으로 다행입니다. 역관 홍희남·강우성·이장생 등이 국사(國事)에 마음을 다하여 시종 주선하였으니, 참으로 포상할 만합니다. 동래 부사 또한 그 공이 없지 않으니, 상께서 재가하심이 어떻겠습니까?" 하였는데, 판하(判下) 내에, "동래 부사 등을 해조로 하여금 참작하여 시상하고 아울러 가자(加資)하도록 하라." 하였다.

6월. 세견제5선이 줄여 정한 데 들어 있다는 것을 알지 못하고 지레 먼저 나왔으므로, 약간의 술과 안주를 정관에게만 지급하였고, 봉진(封進)하는 물건 및 서계는 새로 정한 약조에 따라 대관(代官)68)이 바치도록 하였으며, 일공(日供)을 쌀로 바꾸어 지급하였다고 장계하였다. - 회하는 없었다.

기묘년(1639, 인조 17) 7월. 동래 부사 이민환(李民寏) 때이다. "차왜 등지승(藤智繩) 등이 조흥(調興) 및 현방(玄方)의 송사(送使)를 복구하는 일69)로 와서 요청하였는데, 차왜가 말하기를, '현방을

---

68) 대관(代官) : 무역의 매매교섭, 결재나 조선 정부가 지급하는 각종 잡물의 수취, 재촉 등을 담당한 대마도의 관리이다. 원래 24명으로 이루어졌으나 숙종 9년(1683)에 10명으로 줄어들었다. 대관의 수가 감소된 것은 관영무역(官營貿易)과 사무역(私貿易)의 분리에 의한 것으로 이후 사무역을 담당한 원방역(元方役 : 상매괘〈商賣掛〉) 10인이 설치되었다.

69) 차왜 …… 일 : 『동문휘고』 부편(附編) 권10 진헌(進獻)에 유방원(流芳院)과 이정암(以酊菴) 송사선(送使船)의 복구를 요청하기 위해 대마도주가 예조 참의와 동래 부사 및 부산 첨사에게 보낸 서계와 답서가 기록되어 있다. 한편 『증정교린지』 권1 이정암송사(以酊菴送使)에는 인조 16년(1638)에 이정암에 도서(圖書)가 다시 발급된 것으로 기록되어 있어 차이를 보이고 있다.

대신해서는 장로(長老) 3인이 교대로 주관하니, 그들이 있는 암자가 바로 이정암(以酊菴)입니다. 이에 따라 도서(圖書)를 주조하여 보내 주십시오. 조흥을 대신해서는 대마도주의 장관(將官) 3인이 돌아가면서 주관하므로 도서를 주조하여 보내실 필요는 없고, 매년 서계 중에 도주의 도서를 찍어 보낼 것입니다. 조흥과 현방의 송하는 그들이 을해년(1635, 인조 13)에 죄를 지어 폐지되었으므로, 앞으로 사선(使船)을 보낼 때 을해년 몫부터 시작하여 계산해 보낼 것입니다.' 하였습니다. 그러므로 품계(稟啓)합니다." 하였다.

회하(回下)하기를, "이정암의 도서를 주조하여 보내는 일 및 조흥을 대신하여 대마도주의 장관이 교대로 오는 일은 말한 대로 허락한다. 그러나 을해년 몫부터 계산하여 보낸다는 것은 결코 따를 수 없으니, 막아 허락하지 말라." 하였다. - 부특송(副特送), 이정암의 명칭이 이때부터 시작되었다.

7월. "차왜 등지승의 말 가운데, '을해년 조흥과 현방이 죄를 입은 후,[70] 금년 봄 조흥을 대신하여 대마도주 휘하의 3인이 돌아가면서 그 임무를 맡고, 현방을 대신하여 소 장로(召長老) 등 3인이 돌아가면서 임무를 맡는다는 일이 이미 결정되었습니다. 을해년 이후 조흥과 현방 등에게 지급하지 않은 수는 반드시 남아 있을 것이므로, 그 수량을 전부 헤아려 지급해 주어야 합니다.' 하였습니다. 이에 신이 말하기를, '조흥 등을 대신하여 교대로 이미 나왔다면, 교대한 자가 지급할 물건을 요구하는 것은 오히려 가하다. 그런데 유방원(流芳院)[71]은 곧 조흥이 그 아버지를 위해 세운

---

70) 을해년 …… 후 : 국서개작사건에 대한 최종 판결에 따라 조흥(調興)은 대마도(對馬島) 재산을 몰수당하고 진경(津輕)으로 유배되었으며, 현방(玄方) 역시 재산을 몰수당하고 남부(南部)로 유배되었다. 『다시로 가즈이(田代和生), 고쳐 쓰여진 국서(書き替えられた國書), 중공신서(中公新書), 1984, 일본』

원당(願堂)으로, 만약 그때 지급할 것을 지금 요구한다면 옳은지 어떤지 알 수 없다.' 하니, 등지승이 말하기를, '당초 유방원이 설치된 것은 대마도주의 명령에 따른 것이므로, 매년 지급하는 물건을 결코 줄일 수 없습니다.' 하였습니다. 그런 까닭에 그들의 요구를 막게 하였습니다."라는 연유를 치계하였다. - 유방원은 조흥의 아버지 경직(景直)의 원당 이름이다.

회계하기를, "유방원에 대해서는 수직왜 등의 말이 서계에 쓰여 있지 않으니, 이는 그들이 중간에서 조종하는 말에 지나지 않는 것입니다. 말을 잘 만들어 막아서 다시는 말하지 못하게 하십시오." 하였다.

8월. "조흥의 사선(使船)을 대신 보내도록 허락한 후 등지승·평지련(平智連) 등이 또 을해년 몫의 공목(公木)을 추가로 계산하고자 하였습니다. 거절하여 허락하지 않자 동 왜인 등이 화를 내면서 연향 및 예단을 받지 않은 까닭에 다례만 베풀고 파했습니다. 차왜 등이 아뢴 이야기는 역관 홍희남(洪喜男)을 올려 보내 품달(稟達)하게 하였습니다."라고 장계하였다. - 장계등록에 나오며, 회하는 없었다.

9월. 조흥과 현방 등의 송사는 규례대로 접대하고, 을해년 이후의 미수년조(未收年條)72)는 모두 특별히 허락하였으며, 회답서계는 들여보냈다고 장계하였다. - 회하는 없었다.

---

71) 유방원(流芳院) : 선조 38년(1605)에 죽은 유천조신(柳川調信)의 법명(法名)이다.

72) 미수년 조(未收年條) : 현방(玄方)과 유천조흥(柳川調興)의 도서(圖書)가 반납된 인조 13년(1635) 이후 이정암송사(以酊菴送使)와 부특송사(副特送使)가 재개될 때까지 지급받지 못한 해의 공무목(公貿木)을 가리킨다.

10월. 동래 부사 강대수(姜大遂) 때이다. "차왜 등지승의 말 가운데, '조흥의 교대로는 대마도주의 부관(副官)으로 사선(使船)을 보낼 것이므로 부특송(副特送)이라 호칭하고, 현방의 교대로는 장로 등으로 사선을 보내면서 이정암이라고 칭하되 내년에 처음으로 나올 것입니다.' 하였습니다. 연례송사 이외에 다시 사선을 개설하면, 전례대로 지급한 수량과 을해년 이후 추가로 요구하는 물목이 참으로 많고도 커서 국가 재정과 민력(民力)이 대단히 걱정됩니다. 수직왜 중에 혹 줄일 수 있는 자를 줄이면 진실로 다행이므로 절감방안을 도모하는 일을 역관 등으로 하여금 등지승에게 타이르게 하였더니, 동 왜인이 말하기를, '대마도주에게 아뢰지 않고 결정하는 것은 극히 옳지 않습니다. 그러나 저희들이 다년간 왕래하면서 귀국의 사정을 잘 알고 있으므로 편리한 쪽으로 따라 처리하지 않을 수 없습니다. 한결같이 그대들이 요청한 바를 따라 수직왜인 마감칠(馬勘七) 등의 배를 내년부터 합하여 하나의 사선으로 삼지 말고 1특송선에 순부(順付)하여 보낼 생각입니다.' 하였습니다. 매년 공무진상가(公貿進上價)만 환무(換貿)[73]하고 그 나머지 요미(料米), 콩, 잡물은 지금부터 영원히 줄일 것입니다."라고 장계하였다. - 장계등록에 나오며, 회하는 없었다. 중절선(中絶船) 5척[74]을 겸대하는 것[75]이 이때부터 시작되었다.

---

73) 환무(換貿) : 수직왜인(受職倭人)들이 사선(使船)을 보내지 않게 됨에 따라 수직왜인선(受職倭人船)이 바치는 진상(進上)과 공무역(公貿易)에 대하여 공목(公木)으로 환산하여 지급하는 것을 말한다. 『증정교린지』 권1 중절오선(中絶五船)에 의하면 진상가(進上價)는 공목 20동(同)이었고 공무역가(公貿易價)는 공목 36동이었다.

74) 중절선(中絶船) 5척 : 임진왜란 이후 수직왜인이 된 등영정(藤永正), 세이소(世伊所), 마감칠(馬勘七), 평지길(平智吉), 평신시(平信時) 등 5명이 보내는 사선(使船)을 가리킨다.

75) 겸대하는 것 : 임진왜란 이후 수직왜인 5명의 사선을 보내지 않는 대신 진상(進上)과 공무역품(公貿易品)을 제1특송사 편에 부쳐 보내도록 한 것을 말한다. 이 외에 연향(宴享), 회사(回賜), 구청(求請) 등을 모두 폐지

경진년(1640, 인조 18) 9월. 올해 몫의 부특송사왜(副特送使倭) 및 이정암송사왜(以酊菴送使倭) 등이 처음으로 나왔다고 장계하였다. - 회하는 없었다. ○ 부특송은 본래 조흥송사(調興送使)였는데, 조흥이 죄를 입어 폐해진 후에 대마도주가 그 배를 청해 받아서 부특송이라 명명하였다. 이정암은 수직왜 현소(玄蘇)의 원당(願堂)으로, 이정(以酊)의 '정(酊)'자는 현소가 정유생(丁酉生)이기 때문이다.

11월. 동래 부사 정호서(丁好恕) 때이다. "차왜 등지승(藤智繩)의 말 중에, '대마도주가 만년에 아들 언만(彦滿)76)을 얻었으니, 특별히 사선(使船)을 보낼 수 있도록 허락한다면 광채가 비할 데 없겠습니다.' 하였습니다. 그러나 언삼도서(彦三圖書)77)를 환납하기 전에는 결코 은전을 같이 베풀 수 없다고 거절하였습니다."라고 장계하였다. - 회하는 없었다. ○ 언삼(彦三)은 대마도주 평의성(平義成)의 아명(兒名)이다. 평의성이 대마도주의 자리를 이은 후에 마땅히 아명도서(兒名圖書)를 돌려받아야 했으나, 그들이 간청함에 따라 잠시 사선을 보낼 수 있도록 허락한 것이다.

임오년(1642, 인조 20) 윤11월. 동래 부사 정유성(鄭維城) 때이다. "언만송사(彦滿送使)78)가 거느리고 온 압물 1인은 언삼(彦

하여 예산을 절감하였다. 『增正交隣志 卷1 中絶五船』
76) 언만(彦滿) : 대마도주 평의성(平義成)의 아들 평의진(平義眞)으로, 아명(兒名)이 언만이다.
77) 언삼도서(彦三圖書) : 광해군 3년(1611)에 대마도주 평의지(平義智)가 옛날의 종웅만(宗熊滿)의 전례(前例)를 들어 자신의 아들 언삼(彦三)에게 도서(圖書)를 발급해 주도록 요청하자 조정이 평의지가 마음을 고쳐 충성을 바치니 상을 내려 후사(後嗣)에 미치게 하는 것이 마땅하다고 생각하여 허가하였다. 언삼이 광해군 7년(1615)에 대마도주가 된 이후에 반납하지 않고 평언삼송사(平彦三送使)로 개칭하여 도서를 계속 사용하다가 효종 8년(1657) 평의성(平義成)이 사망한 뒤에 반납하였다. 『增正交隣志 卷1 平彦三送使』
78) 언만송사(彦滿送使) : 대마도주 평의성(平義成)의 아들 언만(彦滿)이 보

三)의 사례에 비하여 과연 규정 이외로 더 데리고 온 것이므로 꾸짖고 타이르니, 답하기를, '평의진(平義眞)의 관명(官命)을 정하여 압물을 데리고 온 것인데, 이것은 대군(大君)의 분부입니다. 믿지 못하겠으면 집정(執政)[79]에게 글을 보내어 물어 보십시오.' 하였습니다. 묘당으로 하여금 지휘하게 해 주십시오."라고 하였다. - 임오년 12월 압물 1인의 접대를 허락하는 일은 비변사에서 입계(入啓)하여 재가를 받았다.

무자년(1648, 인조 26) 9월. 동래 부사 민응협(閔應協) 때이다. 세견선을 겸대(兼帶)하여 나왔다고 하였는데, 장계등록이 썩어 문드러져 겸대에 관한 조항이 자세하지 않았다.

계사년(1653, 효종 4) 7월. 동래 부사 임의백(任義伯) 때이다. "차왜 귤성정(橘成正)이 말하기를, '덕천가강(德川家康)이 풍신수길(豐臣秀吉)의 난을 평정하고 창업하여 기반을 열었으니, 단지 일본인들만 오늘에 이르기까지 60년 동안 오래도록 사모할 뿐만 아니라, 두 나라가 태평한 것이 덕천가강의 덕이 아님이 없기에, 귀국 또한 잊어서는 안 될 것입니다. 5, 6년 전에 덕천가강을 위해 대마도에 권현당(權現堂)[80]을 특별히 지었고, 전 대군(大君)[81]의

내는 사절로, 인조 18년(1640)에 차왜 석서(碩恕), 등지승(藤智繩)이 와서 언삼(彦三)의 일을 들어 도서(圖書)를 받기를 요청하였다. 효종 5년(1654)에 평의진(平義眞)이 대를 이어 도주가 된 뒤 평의진송사(平義眞送使)로 개칭하였고, 숙종 28년(1702)에 평의진이 죽은 뒤에 도서를 환납하였다. 『增正交隣志 卷1 平義眞送使』

79) 집정(執政) : 강호막부(江戸幕府)의 노중(老中)을 중국식으로 호칭한 것이다.

80) 권현당(權現堂) : 권현(權現)이란 일본 풍속에 귀신이 현령(現靈)하는 자를 말한다. 광해군 8년(1616)에 덕천가강(德川家康)이 죽자 이듬해 일광산(日光山)에 장사하고 동조대권현(東照大權現)이란 신호(神號)를 받았고, 인조 23년(1645) 궁호(宮號)를 받아 동조궁(東照宮)이라 칭하였다.

재임 때 더욱 장려하여 우두머리 승려 1인을 정해 보내 원당(願堂)에 분향하도록 하였습니다. 귀국도 마땅히 사신을 보내어 향을 올리는 조치가 있어야 할 것이므로 특별히 송사(送使) 1선을 허락해 주십시오.' 하였습니다. 이에 답하기를, '신하가 사사로이 원당을 지어 그 주군(主君)에게 제사한다는 것은 듣지 못하였다. 이일은 너희 나라 안에서 스스로 행한다면 그래도 혹 괜찮겠지만, 결코 다른 나라에 알려서는 안 된다. 응당 줄여야 할 배를 줄이지 않고 또 요청하여서는 천부당한 배를 요청하는 것은 전혀 이치에 맞지 않다.'고 하며 준엄하게 물리쳤습니다."라고 장계하였다. ─ 응당 줄여야 할 배는 언삼선(彦三船)을 말한다.

회계하기를, "역관들로 하여금 온갖 정성과 힘을 다하여 기어이 그들의 생각을 돌리게 함으로써 이후에 상벌의 자료로 삼으십시오." 하였다.

갑오년(1654, 효종 5) 1월부터 12월까지는 장계등록이 분실되었다.

을미년(1655, 효종 6) 10월. 동래 부사 한진기(韓震琦) 때이다. "평의진송사(平義眞送使)의 정관 등성지(藤成知)가 진상숙배(進上肅拜)의 예를 할 때 부산객사(釜山客舍)82)에 도착해서 중문(中門) 안의 정로(正路)에서 숙배례를 행하고자 하면서 서쪽 뜰로 나아가

막부(幕府)에 충성을 표하기 위해 각 다이묘[大名]들이 자신의 영지에 동조궁을 지었는데, 여기서의 권현당은 대마도주가 자신의 영지인 대마도에 덕천가강을 모시기 위해 지은 사당이다.

81) 전 대군(大君) : 강호막부 3대 장군 덕천가광(德川家光)을 가리킨다.

82) 부산객사(釜山客舍) : 초량(草梁)으로 왜관을 옮기기 전으로 당시 왜관은 두모포(豆毛浦)에 있었는데 두모포 왜관에는 일본의 사절을 위한 객사가 세워져 있지 않았다. 따라서 이때의 부산객사는 부산진(釜山鎭)의 객사를 말한다. 초량왜관(草梁倭館)으로 이전할 때까지 일본의 사절(使節)은 부산객사에서 숙배례(肅拜禮)를 행하였으며, 이전 이후에는 초량객사(草梁客舍)에서 행하였다.

지 않았습니다. 이에 정로에서 숙배하는 것을 타일러 허락하지 않자, 곧바로 왜관으로 돌아가 연향을 베풀어 주기를 재촉하였습니다. 그러나 숙배례를 행하기 전에 연향을 베풀 수 없어 진상잡물(進上雜物)을 왜관으로 되돌려 보내니, 관수왜(館守倭)가 말하기를, '이 왜인은 환자(宦者)로서 경망하고 도리에 어그러짐이 심하여 이러한 해괴한 행동을 하였으니, 꾸짖지 않으시면 다행이겠습니다.' 하였습니다."라고 장계하였다. - 장계등록에 나오며, 회하는 없었다.

병신년(1656, 효종 7) 5월. "차왜 원성행(源成幸)83)이 말하기를, '권현당(權現堂)에 향을 올리는 일은 원성부(源成扶)84)가 담당하여 나와 저희들은 아는 바가 없습니다. 그런데 원성부는 병이 중하여 생사를 알 수 없고 저희들은 마땅히 수일 후에 돌아갈 것인데, 도주가 만약 권현당의 일을 물으면 할 말이 없습니다. 권현당에 향 올리는 일을 조정에서 어떻게 처리할 것인지 회답해 주십시오.' 하였습니다. 이에 응당 줄여야 할 배를 줄이지 않고 감히 요청하지 않아야 할 일을 요청하니 참으로 근거 없다는 뜻으로 엄히 타일러 물리쳤습니다."라고 장계하였다. - 장계등록에 나오며, 회하는 없었다.

무술년(1658, 효종 9) 10월. 동래 부사 민정중(閔鼎重) 때이다. 신도주 평의진(平義眞)이 승습한 후에 도서(圖書)를 미처 받기도 전에 연례송사를 보냈는데, 그것에 대한 접대 여부를 지휘해 달라고 장계하였다.

---

83) 원성행(源成幸) : 평전장감(平田將監)이라고도 하며, 통신사행을 호행하기 위해 나왔다. 『參判度數覺』
84) 원성부(源成扶) : 간사차왜(幹事差倭)로 파견되어 왔다. 그는 통신사행 호행 이외에 미수공작미(未收公作米) 17000여 섬을 독촉하였고 역관의 파견을 요청하였다. 『東萊接倭事目 丙申年 2月, 4月』

회계하기를, "신도주의 도서를 고치기 전에 세견선을 서둘러 보냈으니 접대를 허락하지 말고 후일 도서를 고쳐 지급한 뒤에 접대하는 것이 마땅하지만, 관계되는 바가 크지 않으니 규례대로 접대하십시오." 하였다.

을사년(1665, 현종 6) 2월. 동래 부사 안진(安縝) 때이다. "차왜 귤성진(橘成陳)이 권현당(權現堂)에 향(香)을 올릴 자금을 요청하고 또 공목(公木)을 복구해 달라는 등의 이야기를 하기에, 묘당에서 이미 거절한 일을 매번 제기하는 것은 불가하다고 꾸짖었습니다. 그랬더니 곁에 있던 1대관왜(一代官倭)[85]가, '단지 400동(同)만 쌀로 바꿀 터이니, 만일 전과 같이 남겨 둔다면 서로 상의하여 쌀 됫박이라도 헤아려 줄여서 조선을 위해 선처하겠습니다.' 하였습니다. 좋은 쪽으로 지휘해 주십시오."라고 장계하였다. - 자세한 내용은 공미목조(公米木條)에 보인다.

회계하기를, "권현당에 향을 올린다는 이야기는 이전과 같이 준엄하게 막아 그 뜻을 거절하였으며, 공목을 복구하고 쌀로 바꾸는 문제는 지금에 이르러 전부 막아버리면 먼 나라 사람을 대하는 도리에 있어 또한 적절하지 않습니다. 마땅히 쌀섬의 수를 줄여 정하도록 타이른 후에, 쌀로 바꾸어 주는 기한을 정하는 문제는 다시 계품(啓稟)하게 하여 결정하도록 하십시오." 하였다.

3월. "차왜 귤성진이 말하기를, '전전 도주 평의지(平義智)는 강

---

85) 1대관왜(一代官倭) : 대관왜는 두 나라의 무역 교섭 및 결재, 각종 지급 잡물(雜物)의 수령 및 재촉 등 경제적인 면을 담당한 왜관 내의 관리로, 인조 13년(1635) 24명이 선발되어 공사매매(公私賣買)를 전담하였다. 이 중 1대관과 3대관 두 사람이 공무목미(公貿木米)와 문서 등의 일을 주관하였다. 1대관에는 서기왜(書記倭) 1인, 종왜(從倭) 5명이 딸려있다. 『東萊府事例 倭館』 『增正交隣志 卷2 代官倭』

화(講和)할 때 공이 있었으므로 조선에서 특별히 1선(船)을 지급하여86) 향을 올리는 데 도움이 되도록 하였습니다. 그러나 조선을 위한 덕천가강(德川家康)의 공덕을 평의지에 비교한다면 만만배에 그치지 않을 것입니다.'하면서 권현당에 향을 올릴 자금을 지급해 달라고 계속 요청합니다. 이에 '평의지는 대사(大事)를 결정할 때 자못 주선한 공로가 있어 과연 1선을 지급하여 향을 올리는 데 도움이 되도록 하였지만, 덕천가강의 경우에는 그 일이 평의지와는 다를 뿐만이 아니다. 하물며 다른 나라의 왕으로서 이미 죽은 후에 향을 올리는 물자를 이웃 나라에 구걸하는 것은 분명 올바른 이치가 아니므로 다시는 입에 담지 말라.'는 뜻으로 엄히 꾸짖어 물리쳤습니다."라고 장계하였다.

회계하기를, "이전부터 거절한 일을 지금 고칠 수는 없습니다." 하였다.

5월. "차왜 귤성진이 또 권현당을 위해 사선(使船)을 요청하는 일을 언급하였는데, 시끄럽게 떠드는 그의 말이 모두 전일 아뢴 바의 내용과 다르지 않았습니다. 그리하여 응당 줄여야 할 배를 줄이지 않고 오히려 청하지 않아야 할 배를 청하는 것은 사리에 맞지 않는다는 뜻으로 이치를 들어 물리쳤습니다."라고 장계하였다.

회계하기를, "권현당에 관한 일은 처음부터 막아서 지금에 이르렀으니, 전에 했던 것처럼 또한 타이르고 꾸짖어 확고한 뜻을 보이도록 하십시오." 하였다.

병오년(1666, 현종 7) 5월. 관수왜가 말하기를, "권현당에 사선(使船)을 지급할 것인지 아닌지 그 곡절을 자세히 들은 후에 대마

---

86) 전전 도주 …… 지급하여 : 평의지(平義智)의 원당(願堂)인 만송원(萬松院)에 지급된 도서(圖書)를 가리킨다.

도에 통보하겠으며, 일찍이 병신년(1656, 효종 7)에 차왜 평성행(平成幸)이 나왔을 때 그 당시 동래 부사가 '만약 언삼선(彦三船)을 줄이면 마땅히 권현당선(權現堂船)을 개설할 것이다.'라고 친절하게 말해 주었는데, 이제 와서 언삼도서(彦三圖書)를 환납(還納)한 후에도 향을 올릴 수 있는 자금을 끝내 막으니, 그 이유를 알지 못하겠습니다. 김동지(金同知)[87]가 그때의 사정을 잘 알고 있을 터이니, 김동지의 말을 자세히 들은 후에 대마도에 통보하겠습니다. 김동지를 속히 내려보내 주십시오." 하였다고 장계하였다.

회계하기를, "관수왜가 수역(首譯) 김근행(金謹行)을 만나고자 하는 것은 규정 이외의 일인 듯하니, 가벼이 허락해서는 안 되겠습니다. 머지않아 그가 문위(問慰)하는 일[88]로 동래에 내려갈 것이므로, 그때 만나도록 하는 것이 좋을 것입니다. 이렇게 분부하십시오." 하였다.

11월. "차왜 귤성진(橘成陳) 등이 권현당에 관한 일의 결말 여하를 알고자 하여, 조정이 장차 허락하고자 하지만 그 수는 반드시 5, 60동(同)을 넘지 않을 것이라고 하였더니, 차왜가 하늘을 우러러 길게 탄식하면서 말하기를, '권현당은 일본 국군(國君)이고 대마도주는 그 신하일 따름인데, 국군 앞으로 기증하는 물건이 오

---

87) 김동지(金同知) : 왜학역관 김근행(金謹行)을 가리킨다. 김근행은 김득기(金得基)의 아들로, 대마도에 문위역관으로 8차례 왕래하였고 통신사행을 2번 수행하면서 17세기 후반 대일 외교의 주요 업무를 담당하였다. 일본에서 유황(硫黃)을 5만 근이나 수입해 왔고, 초량왜관(草梁倭館)을 짓는 데 감독관으로 활동하면서 예산 절감에 공이 있었다. 『通文館志 卷7 人物 金謹行』

88) 문위(問慰)하는 일 : 대마도주 평의진(平義眞)이 대마도에 돌아온 것을 문위하는 것을 가리킨다. 이를 위해 문위역관 김근행(金謹行)과 최유립(崔裕立)이 9월에 파견되어 이듬해 2월에 돌아왔다. 『홍성덕, 조선 후기 대일 외교사절 문위행 연구, 국사관논총 제93집, 2000』

히려 대마도주에게 내려주는 공무역의 수량보다도 적으니, 대마도주가 어찌 편안하게 받아 강호(江戶)에 보고하겠습니까. 허락하지 않는 것만 못합니다.' 하였습니다. 또 공목(公木)을 쌀로 바꾸는 것을 1년 더 허락함으로써 덧붙여 은혜를 베풀고자 하는 것이라고 반복해서 말하니, 그들 왜인 등이 오히려 내년부터 쌀로 바꾸는 것을 중지하고 공목을 복구할 것이라는 말로 계속 쟁집하였습니다. 쌀로 바꾸는 것을 중지하고 공목을 복구할 것이라는 말은 권현당에 향전(香奠)할 자금을 늘리기 위한 것으로 그 정상이 통탄스럽습니다."라고 장계하였다.

회계하기를, "권현당의 일을 꼭 우리가 다시 제기할 필요는 없고, 그들이 만일 언급하면 도해(渡海)한 후에 대마도주와 상의해 정하라는 뜻으로 답하도록 하십시오." 하였다.

11월. "권현당에 관련된 요청은 결코 따르기 어려운 것이나, 조정이 특별히 대마도주의 간절하고 절박한 사정을 염려하여 특별히 100동(同)을 허락한 것이니, 오로지 감축(感祝)하기에도 겨를이 없어야 할 것인데, 국군이 받는 것이 도주가 받는 것보다 적다고 말하였습니다. 대마도에 지급하는 연례(年例)의 공무목(公貿木)[89]의 총 수량 중 부관(副官)이 받는 것을 제외하면 그 나머지는 800여 동으로 이것이 도주가 받는 것입니다. 지금 이 권현당에 관한 요청은 800동 이상을 달라는 것으로, 그런 뒤에야 수령할 수 있을 것이라 하는바, 교활한 왜인의 정상이 너무도 통탄스럽습니다."라

---

89) 연례(年例)의 공무목(公貿木) : 연례송사(年例送使)의 각 사선(使船)에 규정된 진상가(進上價) 및 공무역가(公貿易價)를 가리킨다. 세견제1선의 경우 공무역가는 공목 115동 31필 11척 6촌이었다. 연례 공무목의 총 수량은 1047동 4필 17자이다. 『증정교린지』 권1 매년진상급공무물종대급공목지수(每年進上及公貿物種代給公木之數)와 『춘관지(春官志)』 권3 공무역(公貿易)에는 연례 공무목의 총 수량이 1096동 50필로 되어 있다.

고 장계하였다. - 장계등록에 나오며, 회하는 없었다.

무신년(1668, 현종 9) 1월부터 기유년(1669, 현종 10) 6월까지는 등록(謄錄)이 분실되었다. 그런 까닭에 초록(抄錄)을 따라 베꼈으니, 많은 부분이 자세하지 않다.

무신년(1668, 현종 9) 4월. 동래 부사 이지익(李之翼) 때이다. 부특송(副特送)의 하선연(下船宴)을 베푸는데, 유선주(留船主) 1인이 사망한 까닭에 그 반종(伴從) 1명이 연향에 참석하지 않아서 연향 한 상을 들여보냈다고 장계하였다. - 회하는 없었다.

기유년(1669, 현종 10) 12월. 동래 부사 정석(鄭晳) 때이다. "차왜가 말하기를, '권현당(權現堂)에 관한 요청이 한두 번에 그치지 않았는데 조정이 아직도 허락하지 않았을 뿐 아니라, 조정이 매년 대마도주에게 지급하는 수량이 많지 않은 것도 아니지만 관백(關白)의 원당(願堂)에 이르러서는 도리어 대마도주에게 주는 것보다 못하니, 두 나라가 서로 돕는다는 의리가 과연 어디에 있습니까. 원컨대 이 뜻을 조정에 아뢰어 주십시오.' 하였는데, 권현당에 관한 요청은 오늘 시작된 것이 아니며 조정이 일찍이 허락하지 않은 것이어서 계문(啓聞)하기 어렵다는 뜻으로 거절하였습니다."라고 장계하였다.
회계하기를, "권현당과 관련하여 사선(使船)을 요청한 뜻은 지나친 바람이어서 끝내 들어주기 어렵습니다." 하였다.

병진년(1676, 숙종 2) 12월. 동래 부사 이복(李馥) 때이다. 정사년(1677, 숙종 3) 몫의 9송사90)가 왜관을 새로 짓는 일 때문

---

90) 9송사 : 겸대제도 시행 이후 일본에서 도항하는 사선(使船)은 세견선 4

에 정지하여 오지 않는다고 장계하였다. - 회하는 없었다.

무오년(1678, 숙종 4) 2월. "금년의 송사(送使)가 나오는 것이 만약 왜인들이 새로운 왜관으로 이사해 들어가기 전에 있게 된다면, 낡은 왜관을 고치는 폐단을 다 말할 수 없을 것입니다. 그런 까닭에 새로운 왜관이 모두 완성되기를 기다린 후에 내보내라고 역관들로 하여금 관수왜에게 타일러 대마도에 전하게 하였더니, 관수왜의 말 가운데에, '연두송사(年頭送使)91)는 모두 반드시 왜관을 옮기고 난 후에 나오도록 하겠습니다.' 하였습니다."라고 장계하였다. - 회하는 없었다.

기미년(1679, 숙종 5) 2월. 동래 부사 이서우(李瑞雨) 때이다. "무오년 몫의 1특송사의 정관이 대마도주와 함께 강호(江戶)로 가기에 바빠서 도선주(都船主) 이하의 일행을 왜관 내에 머물러 있게 하고 회답서계(回答書契)가 내려오기를 기다리고 있습니다. 그리고 정관은 별연(別宴)을 베풀기 전에 되돌아갔습니다."라고 장계하였다. - 회하는 없었다.

3월. "차왜 귤성진(橘成陳)이 말하기를, '연전(年前)에 문위역관(問慰譯官)이 대마도에 들어갔을 때92) 대마도주가 권현당(權現堂)

척, 특송선 1척, 이정암송사(以酊菴送使), 아명송사(兒名送使), 만송원송사(萬松院送使), 부특송사(副特送使) 등이 도항하였기 때문에 연례9송사(年例九送使)라 하였다.

91) 연두송사(年頭送使) : 세견제1선을 가리킨다. 세견제1선의 서계(書契)에는 왜인이 늘 정월을 써 넣으므로 연두문안(年頭問安)이라 하였다. 『增正交隣志 卷1 年例送使』

92) 연전(年前)에 …… 때 : 대마도주 평의진(平義眞)이 대마도에 돌아온 것을 문위하고 아들 우경(右京)이 승적(承嫡)한 것을 축하하기 위해 파견된 김근행(金謹行)과 박유년(朴有年) 일행을 가리킨다. 이들은 숙종 4년

의 일을 자세히 언급하여 그들로 하여금 돌아가 조정에 고하고 곧바로 저희들에게 회답하게 함으로써 저희들이 되돌아가 보고할 수 있도록 하였는데, 대마도주가 강호에 들어갈 시기가 임박하였는데도 아직 회답이 없으니, 장차 무슨 말로 대군(大君)께 고하겠습니까. 속히 답서를 받아 들어와야 하는데, 동 회답이 아직 내려오지 않는다면 한편으로는 재촉하고 한편으로는 들어와 다시 분부를 들으라고 대마도에서 사서(私書)로 재촉합니다.' 하였습니다. 귤성진 일행의 봉진(封進) 이하는 왜관에 머물러 있고, 귤성진은 내일 돌아갔다가 20여일도 지나지 않아 다시 나올 것이라고 합니다. 병오년(1666, 현종 7)에 조정에서 윤허한 100동(同)의 공목은 진실로 후의(厚意)에서 나온 것인데, 국군(國君)에게 바치는 물건이 오히려 대마도주의 공무역 수량보다 적다고 하면서 기꺼이 받지 않다가 이번에 또 제기하니, 교활한 왜인의 정상이 너무도 통탄스럽습니다. 전에 허락한 100동 외에는 결코 더 줄 수 없다는 뜻으로 엄히 타일러 교활한 왜인의 요행심을 잘랐습니다."라고 장계하였다.

회계하기를, "권현당에 향을 올리는 자금에 관한 일은 조정에서 이미 매년 100동의 지급을 허락하기로 하였는데, 그 수량이 적은 것을 꺼려 반드시 더 많은 수량을 얻고자 하여 화를 내고 어지러운 말을 하면서 끝내 받아 가지 않았습니다. 이어 왜관을 옮겨 달라고 요청하고 왜관의 공사가 다 끝나자 다시 제기하니, 교활한 왜인의 정상이 너무도 심하여 통탄스럽습니다. 앞으로도 번거로운 요청이 또한 반드시 계속될 것인데, 지금 발단은 단지 김근행(金謹行)과의 문답에서 시작된 것일 뿐입니다. 잠시 김근행으로 하여금 글을 지어 거절하도록 하고, 그들이 하는 바를 살피는 것이 마땅할 것입니다." 하였다.

(1678) 11월에 출발하여 이듬해 1월 귀국하였다. 『홍성덕, 조선 후기 대일 외교사절 문위행 연구, 국사관논총 제93집, 2000』

임술년(1682, 숙종 8) 2월. 동래 부사 남익훈(南益熏) 때이다. 통신사 일행 때문에 당해년 몫의 9송사를 정지하였다고 장계하였다. - 회하는 없었다.

계해년(1683, 숙종 9) 6월. 동래 부사 소두산(蘇斗山) 때이다. "대마도에서 나온 두왜(頭倭)가 말하기를, '당초 세견선 17척 및 1·2·3특송선 등이 모두 송사(送使)로 나왔습니다. 그 후에 사객(使客)의 번다함을 피하기 위해 15척의 송사93)를 줄이기를 요청하여 겸대선(兼帶船)이라 이름하였는데, 그 서계를 다른 송사에게 부쳤으므로 응당 지급해야 할 물건만을 지급하였습니다. 그런데 지금 대마도의 형세가 매우 절박하여 겸대선을 예전처럼 복구할 것 같으면 많은 가신(家臣)이 돌아가면서 어려움을 구제할 수 있을 것이므로, 감히 복구해 주기를 요청합니다.' 하였습니다. 이들 배를 겸대하는 것은 일찍이 약속하여 오랫동안 준수해 왔으니, 준엄한 말로 엄히 배척하여 그 교활한 마음의 싹을 끊도록 하지 않을 수 없습니다."라고 장계하였다.

회계하기를, "세견선 15척의 송사를 보내는 일은 50년 동안 감히 발설하지 않은 바이거늘, 지금 갑자기 제기하니 진실로 교활하며 속이는 것입니다. 다시 역관들로 하여금 옛 약조를 들어 더욱 엄히 거절하도록 하십시오." 하였다.

갑자년(1684, 숙종 10) 1월. "재판차왜(裁判差倭)의 말 가운데에, '권현당(權現堂)에 향을 올리는 자금을 요청한 것에 대해 중간

_____

93) 15척의 송사 : 겸대제도에 의해 정관이 도항하지 않은 세견제5선부터 제17선까지 13척과 특송2, 3선 등 15척의 사선(使船)을 가리킨다. 이 겸대제도는 막부(幕府)에 보고하지 않았는데, 이는 도항수(渡航數)가 줄어졌다는 사실이 막부에 알려질 경우 책임 추궁을 당할까 두려웠기 때문이다. 『交隣提醒』

에 비록 허락한 바가 있었지만, 그 수량이 적어서 감히 강호(江戶)에 알리지 못하였거니와, 관백(關白)이 매번 이 일로 대마도주에게 물었습니다. 대마도주가 지금 강호에 들어갈 때를 당하여 관백이 반드시 또 물을 것인데 다시 핑계대기가 어렵습니다. 이 뜻을 자세히 조정에 아뢰어 대마도주가 출발하기 전에 회답을 내려 보내 주십시오.' 하였습니다. 전에 100동의 공목(公木)을 지급하도록 허락한 조치는 실로 조정의 특별한 은혜에서 나온 것인데, 오히려 적다는 이유로 끝내 받아가지 않다가 지금 또 제기하면서 더 지급해 주기를 바라니, 전혀 근거가 없어 엄한 말로 거절하였습니다."라고 장계하였다.

회계하기를, "소위 권현당에 향을 올리는 자금을 달라는 요청은 간청한 바가 한두 번에 그치지 않았지만, 사리에 맞지 않으니 이전처럼 엄히 배척하시고, 이제는 다시 논하지 않도록 하십시오." 하였다.

4월. "차왜가 역관에게 말하기를, '지금 이 권현당이 조선을 위하여 복수한 공덕[94]은 진실로 마땅히 대대로 잊을 수 없는 것이거늘, 본인에 대해서도 구휼하지 않으니, 인정과 의리가 없어져 버렸음을 이루 말할 수 없습니다. 만송원(萬松院) 또한 원당(願堂)이지만 이미 향을 올릴 수 있도록 허락하였는데,[95] 오직 권현당만 예(禮)가 아니라고 핑계 대니 알 수가 없습니다.' 하였다는 역관들의 수본(手本)에 근거하여 치계(馳啓)합니다."라고 장계하였다.

회계하기를, "권현당의 일은, 그들이 비록 만송원에 향을 올리는

---

94) 권현당이 …… 공덕 : 덕천가강(德川家康)이 조선을 침략한 풍신수길(豊臣秀吉)의 정권을 무너뜨린 것을 가리킨다.

95) 만송원(萬松院) …… 허락하였는데 : 만송원에는 광해군 6년(1614)에 도서(圖書)가 지급되었고, 처음으로 사신이 온 것은 광해군 14년(1622) 이었다. 『古事類苑 外交部11 朝鮮4 兩足院朝鮮記錄』

자금을 전례로 끌어대고 있으나, 권현당과 만송원은 사체(事體)가 같지 않으니 그들이 비록 한 해가 다 가도록 애걸한다 해도 반드시 들어 허락할 이유가 없습니다. 이로써 거절하십시오." 하였다.

6월. "재판왜가 말하기를, '권현당에 관한 일은 어제 오늘의 일이 아닌데, 이제 조정이 흉년이 들었다는 것으로 구실을 삼아 향을 올리기 위한 요청을 허락하지 않고 있습니다. 대국인 조선이 한 읍의 산물을 덜어 향을 올리는 데 도움을 주시는 일은 마치 넓은 바다에 좁쌀 하나와 같을 것입니다. 그런데 간청한 지 수십 년이 지난 지금에 일시 흉년이 들었다는 것으로 구실을 삼으니, 진실로 유구(琉球)에 보고할 수 없는 것입니다.' 하였습니다. 이에 한결같이 회계(回啓)에 대해 분부하신 대로 이미 박유년(朴有年)으로 하여금 준엄한 말로 거절하게 하였는데, 말한 내용이 자세하였고 일도 또한 마무리 되었습니다. 따라서 교대할 수역(首譯)을 내려보내 달라는 요청에 대해서는 그대로 따르기 어려울 것 같습니다." 라고 장계하였다.

회계하기를, "이미 박유년으로 하여금 준엄한 말로 거절하게 하였는데, 말한 내용이 자세하였고 일도 또한 마무리 되었다고 합니다. 그러나 일찍이 계문(啓聞)한 일이 없어서 아직 그 연유를 알지 못하거니와, 과연 이미 타일러 타결하였다면 수역(首譯)을 다시 보내는 것은 부당합니다. 박유년과 차왜가 문답한 이야기를 먼저 상세히 계문하게 한 뒤 잘 따져서 지휘하는 바탕으로 삼아야 할 것입니다." 하였다.

7월. "권현당에 관한 일은 조정에서 이미 거절하였으니, 수역(首譯)을 다시 청하는 문제를 놓고 가부를 다투는 실마리는 없을 것 같습니다. 그런데 장계로써 아뢴 것 가운데 소위 '일도 또한 마무리 되었다'는 것은 대개 조정이 이미 결정하였다는 뜻을 가리키는 것이지 실로 '타일러서 타결하였다'는 것을 말하는 것이 아닙니다. 말을 만드는 즈음에 글이 뜻을 제대로 전달하지 못하게 한 나머지 마치 '타일러서 타결하였다'는 것처럼 표현하였으니, 막중한 장계(狀啓)의 문자를 능히 자세히 살피지 않은 잘못을 면하기 어렵습니다. 참으로 황공합니다."라고 장계하였다. - 회하는 없었다.

계유년(1693, 숙종 19) 6월. 동래 부사 성관(成瓘) 때이다. "신도주 평의륜(平義倫)이 도서(圖書)를 받기 전에 연례송사를 지레 보냈습니다. 사체(事體)가 마땅하지 않아 이전의 등록(謄錄)을 살펴보니, 무술년(1658, 효종 9)에 평의진(平義眞)이 승습한 후 도서를 고쳐 받기 전에 세견선왜〔歲倭〕를 보냈는데, 그때 접대를 허락하였습니다. 지금 또한 전례대로 접대하는 것이 어떻겠습니까?"라고 장계하였다.

회계하기를, "이미 전례가 있으니, 전례대로 접대하라고 분부하십시오." 하였다.

갑술년(1694, 숙종 20) 6월. 동래 부사 한명상(韓命相) 때이다. "신도주가 이미 승습하였으니 의진송사(義眞送使)96)는 다시 보내지 말라는 뜻을 명백히 언급하였습니다. 그런데 금년에 또 의진송사를 보냈으니, 전혀 근거되는 바가 없어 엄한 말로 꾸짖었더니 관수(館守)와 재판(裁判) 등이 말하기를, '아들이 아버지의 대를 이었으

---

96) 의진송사(義眞送使) : 평의진송사(平義眞送使)를 말한다. 인조 20년(1642) 평의진의 아명인 언만(彦滿)의 도서(圖書)가 지급되어 언만송사(彦滿送使)였으나, 평의진이 대마도주가 된 이후에 평의진송사로 개칭하였다. 그렇지만 도서는 계속해서 언만도서(彦滿圖書)를 사용하였다. 숙종 28년(1702)년 평의진이 죽은 뒤에 도서를 반납하고 폐지되었다. 『增正交隣志 卷1 平義眞送使』

나97) 그 아버지가 아직 살아 있는 경우에는 송사선(送使船)을 갑자기 줄여 혁파하는 것은 온당하지 않은 바가 있습니다. 그러므로 그 아버지가 살아 있을 때에 한하여 아버지 명의로 사신을 보내도록 하고 의륜선(義倫船)98)을 중복시켜 보내지 않도록 하겠습니다.' 하였습니다. 형상이 거짓되고 헤아리기 어려우니, 어떻게 처리해야겠습니까?"라고 장계하였다.

회계하기를, "평의진(平義眞)이 도주의 도서(圖書)를 올려 보낼 때 아명(兒名)으로 된 언만도서(彦滿圖書)만 남겨 두었는데, 또 이번에 사선(使船)을 보낸 일이 있으니 참으로 이치에 닿지 않으므로 엄한 말로 꾸짖어 되돌아가게 해야 할 것입니다. 의륜선을 중복시켜 보내지 않겠다는 말은 더욱이 교묘한 거짓입니다. 마땅히 줄여야 할 언만선(彦滿船)을 되돌려 보내고 당연히 접대해야 할 의륜선을 전례대로 내보내도록 하면, 사리가 마땅해서 앞으로 서로 다투는 실마리가 없을 것입니다. 이런 뜻으로 회이(回移)99)하십시오." 하였다.

8월. 우경도서(右京圖書)100)를 요청한 일은 지금 이미 그만두었는데, 언만도서 또한 환납(還納)하도록 한다면 왜인의 시끄럽게

---

97) 아들이 …… 이었으나 : 대마도주 평의진(平義眞)은 숙종 18년(1692) 대마도주의 자리를 아들 의륜(義倫)에게 물려주었다. 여기에서 아들은 곧 평의륜(平義倫)을 가리킨다.

98) 의륜선(義倫船) : 대마도주인 평의륜(平義倫)이 보내는 사선(使船)을 가리킨다.

99) 회이(回移) : 보통 관아 사이에 왕래하는 공문서를 가리키며 공이(公移) 또는 이문(移文)이라고도 한다. 여기서는 동래부에 회하(回下)로써 관문(關文)을 보내는 것을 의미한다.

100) 우경도서(右京圖書) : 우경(右京)은 대마도주 평의진(平義眞)의 아들 평의륜(平義倫)의 아명(兒名)이다. 평의진이 도주가 된 뒤에 숙종 9년(1683) 도서(圖書) 발급을 요청하였으나 평의진의 아명도서인 언만(彦滿)의 도서가 반납되지 않았다는 이유로 허락받지 못하였다.

떠드는 형세가 반드시 이를 것이라고 장계하였다.

　회계하기를, "아명도서(兒名圖書)를 물러나 쉬고 있는 뒤에도 사용하는 일은 매우 경우가 없는 것입니다. 또 차왜 등의 말 가운데에, '그 아버지가 살아 있을 때에 한하여 사선을 보내고 의륜선은 절대 중복시켜서 보내지 않겠습니다.'한 것은 어떤 배인지를 알 수 없으니, 다시 힐문하여 명백하게 회답을 얻은 후에 계문(啓聞)하도록 하십시오." 하였다.

　9월. 동래 부사 이희룡(李喜龍) 때이다. "회관(回關)101)에 의해 관수와 재판 등을 꾸짖고 타이르니, 동 왜인 등이 말하기를, '의륜선을 중복해서 보내지 않겠다는 일은 방금 비로소 알았으니, 당초 통역할 때 잘 살피지 못한 탓입니다. 평의륜(平義倫)의 아명(兒名)이 우경(右京)입니다. 대마도주의 직을 승습하기 전에 아명도서를 받지 못했으니, 어찌 아명송사(兒名送使)를 보낸 일이 있겠습니까. 이것은 실로 문답을 잘못한 결과이므로 다시 논할 것이 없습니다. 다만 지금 살아 있는 평의진을 구도주라고 하여 억지로 도서를 반납하게 하고 또 송사(送使)를 금하였으니, 죽은 사람으로 취급한 것과 마찬가지입니다. 만일 신·구 도주가 이것을 들으면 마음이 어떻겠습니까?' 하였습니다. 평의진은 비록 물러나 쉬고 있지만 송사를 줄이거나 혁파한다면 원통하다고 이를 것은 당연합니다. 따라서 살아 있는 동안에 한하여 접대를 허락해 주는 것이 사의(事宜)에 어긋나지 않을 듯합니다."라고 장계하였다.

　회계하기를, "지금 잠시 살아 있는 동안에 한하여 접대하여 조정의 너그럽고 두터운 뜻을 보이도록 하십시오." 하였다.

---

101) 회관(回關) : 회계(回啓)에 대하여 조정에서 동래부에 내린 관문(關文)을 가리킨다.

병자년(1696, 숙종 22) 5월. "'아직 나오지 않은 부특송선(副特送船), 만송원송사(萬松院送使), 평의진송사(平義眞送使) 등을 가을까지 정지하게 하라.'고 재판에게 말하여 대마도에 통보하게 하였는데, 정지한다는 통보를 받았습니다. 이들 왜인에게 지급할 요미(料米)가 부족한 때를 당하여 참으로 다행하게 되었습니다."라고 장계하였다. - 회하는 없었다.

정축년(1697, 숙종 23) 10월. 동래 부사 이세재(李世載) 때이다. 재판이 난출(闌出)을 지휘한 죄102)에 대해 죄값을 치르겠다고 하면서, 내년 몫의 8송사103)를 보내지 않을 것을 대마도에서 완전히 결정했다고 하였다고 장계하였다. - 회하는 없었다.

무인년(1698, 숙종 24) 3월. 동래 부사 박권(朴權) 때이다. "지난해 8송사를 보내지 않겠다고 말하였는데, 이번에 세견제2선과 제3선이 나온 것은 전에 한 말과 큰 차이가 있습니다. 대저 8송사를 보내지 않는 한 가지 문제는 당초 재판이 속죄하고자 한 것으로 인해 다섯 가지 항목104) 가운데 들어간 것입니다. 재판이 한

---

102) 재판이 …… 죄 : 숙종 23년(1697) 8월에 재판(裁判) 귤진중(橘眞重), 봉진(封進), 금도왜(禁徒倭) 등 94명이 넓은 들에서 추수하는 것을 본다는 평계로 구덕산(九德山)을 넘어 선암사(仙巖寺)로 난출한 사건을 말한다. 이들은 울릉도(鬱陵島)와 관련된 서계(書契)의 개찬 요구를 조선이 들어주지 않자 난출을 감행하였다. 『邊例集要 卷13 闌出』
103) 8송사 : 연례9송사 중 아명송사(兒名送使)인 평의진송사(平義眞送使)가 숙종 28년(1702) 폐지됨에 따라 매년 도항하는 사선이 8송사로 줄었다.
104) 다섯 가지 항목 : 재판차왜 귤진중(橘眞重)이 역관 박유년(朴有年)에게 백번 사죄하면서 앞으로 도모할 일로 다섯 가지 항목을 제시하였는데, 첫째 공작미(公作米) 5000섬을 한 차례 줄이고, 둘째 내년 9송사를 보내지 않을 것이고, 셋째 원래의 공목(公木)은 은(銀)으로 바꾸고, 넷째 미수미(未收米)를 발매하고, 다섯째 쌀로 환산하는 데 쌀 1말 정도를 줄인다는 것이었다. 『邊例集要 卷13 闌出』

말에 대해 조정에서는 모두 들어주지 않고 엄한 말로 배척한 나머지 이전대로 사선을 보내오게 하였으니, 이제 와서 신의를 잃었다고 엄하게 꾸짖는 것은 사체가 구차하게 되었습니다. 따라서 지금 잠시 내버려 둔 채 문책하지 말고, 동 송사(送使) 등의 서계는 규례대로 다례를 베풀 때 받아서 올려 보낼 생각입니다."라고 장계하였다. - 회하는 없었다.

경진년(1700, 숙종 26) 1월. 동래 부사 정호(鄭澔) 때이다. 왜관의 관사를 수리하는 일[105] 때문에 금년에 송사왜(送使倭)를 정지하고 보내지 않았다[106]고 장계하였다. - 회하는 없었다.

9월. 동래 부사 김덕기(金德基) 때이다. 경진년 몫의 세견제4선의 격왜가 지참하고 온 서계와 별폭을 받아서 올려 보낸다고 장계하였다.

회계하기를, "제4선이 나오면 그 이하 겸대하는 제5선부터 제17선까지의 서계를 일시에 바치는 것이 전례였는데, 단지 제4선의 서계만 바쳤으니 상규(常規)에 어긋납니다. 이러한 이유로 꾸짖고

---

105) 왜관의 …… 일 : 숙종 22년(1696) 서관(西館)이 지은 지 오래되어 낡아 빗물이 샌다고 이에 대한 수리를 요청하였다. 조정의 결정이 늦어지자 관수왜(館守倭)는 연례9송사를 정지시켜 쌀3, 400섬을 절약하여 경비에 보태어 쓰도록 하였다. 숙종 26년(1700)에 감동역관(監董譯官)이 차출되었고 수리 경비 7000여 냥이 마련되었다. 한편 숙종 26년 5월 수리비용으로 은자(銀子) 5000냥을 왜인에게 주어 그들 스스로 갖추도록 하였는데, 5000냥의 은자가 너무 과다하여 훈도와 별차를 잡아다 국문하여 왜인과 짜고 경비를 많이 책정한 죄를 다스렸다고 기록되어 있다. 이 공사는 숙종 27년에 시작하여 이듬해에 끝마쳤다. 『邊例集要 卷11 館宇』『春官志 卷3 館修理』『增正交隣志 卷3 監董』

106) 왜관의 …… 않았다 : 『동문휘고』 부편(附編) 권16 진헌(進獻)에 대마도 봉행(奉行)이 동래 부사 및 부산 첨사에게 보낸, 세견선을 정지하겠다는 내용의 서계와 답서가 기록되어 있다.

타일러, 겸대선의 서계를 일시에 바치도록 하는 것이 옳을 것입니다." 하였다.

10월. "겸대하는 제5선에서 제17선까지의 서계와 별폭은 제4선의 정관(正官)이 정지되어 오지 않았으므로 추후에 다른 배에 부쳐 보내려고 제4선의 서계만 바친 것입니다." 하였다고 장계하였다. - 회하는 없었다

정해년(1707, 숙종 33) 2월. 동래 부사 한배하(韓配夏) 때이다. 세견제2선과 제3선이 제1선에 함께 타고 왔기에, 전례와 다른 일이므로 물었더니, "대마도의 선척이 다른 곳에 나가 있어서 남아 있는 배가 없었기 때문에 1선에 함께 타고 왔습니다." 하였다고 장계하였다. - 회하는 없었다.

신묘년(1711, 숙종 37) 2월. 동래 부사 권이진(權以鎭) 때이다. "이번에 통신사행으로 인하여 송사를 정지하라는 뜻으로 꾸짖고 타일렀더니, '제1선만을 보내어 각 배의 서계를 모두 지참하게 하겠습니다.' 하였습니다. 다시 임술년(1682, 숙종 8)에는 제1선이 나온 일도 전혀 없었다는 내용으로 전령(傳令)을 보냈더니, 관수왜가 말하기를, '송사를 정지하는 것은 모두 임술년의 일에 따르는 것으로 이미 타결하였지만, 대마도에서 간혹 전례를 자세히 알지 못하는 일이 있으므로 이 전령의 내용을 베껴 보내겠습니다.' 하였습니다."라고 장계하였다. - 회하는 없었다.

3월. "금년 몫의 8송사를 정지하는 일로 봉행(奉行) 등이 서계를 지참하고 나왔습니다. 봉행 등이 감히 본부(本府 동래부)에 서계를 보내고 별폭도 가지고 왔으니, 왜인들의 정세가 날로 교활하

고 해괴해집니다. 따라서 동 서계를 물리쳐 받지 않았습니다."라고
장계하였다. - 자세한 내용은 서계조(書契條)에 보인다.

기해년(1719, 숙종 45) 7월. 동래 부사 서명연(徐命淵) 때이다.
지난해 몫의 8송사를 통신사행으로 인하여 정지시킨다는 내용으로
봉행(奉行) 등이 글을 바쳤다고 진달(陳達)하였다. - 회하는 없었다.

임인년(1722, 경종 2) 2월. 동래 부사 윤석래(尹錫來) 때이다.
"관수왜가 말하기를, '대마도주가 지난해 강호(江戶)에 들어가 아
직 대마도에 돌아오지 않았기 때문에, 지난해 평암환(平巖丸)**107)**
의 아명도서(兒名圖書)를 대마도로 받아왔다는 뜻을 강호에 통보
하고 또한 대마도주에게 보고하였습니다. 동 송사(送使) 평구충
(平矩充)이 지금 비로소 나왔으니 평의진(平義眞)의 예에 따라 접
대해 주십시오.' 하였습니다. 해조로 하여금 품처하게 해 주십시
오."라고 장계하였다. - 장계등록에 나오며, 회하는 없었다.

정미년(1727, 영조 2) 9월. 동래 부사 조영세(趙榮世) 때이다.
대마도주의 아들 평미일(平彌一)**108)**이 이미 도서(圖書)를 받았고
또한 사신을 보냈으므로, 신축년(1721, 경종 1) 암환송사(巖丸送
使)의 예(例)에 따라 접대하였다고 장계하였다. - 회하는 없었다.

정묘년(1747, 영조 23) 10월. 동래 부사 김상중(金尙重) 때이
다. 무진년(1748, 영조 24) 몫의 8송사를 통신사행으로 인하여 전

---

107) 평암환(平巖丸) : 대마도주 평의방(平義方)의 아들로 숙종 41년
(1715)에 태어나 경종 1년(1721) 도서(圖書)를 받았으나 그 이듬해에
사망하여 사선(使船)을 보내지 못하였다. 『宗氏家寶略 義誠君』
108) 평미일(平彌一) : 대마도주 평의성(平義誠)의 장남인 의여(義如)의 아
명(兒名)으로 영조 2년(1726) 도서를 발급받았다. 『宗氏家寶略 義如君』

례대로 정지시킨다는 내용으로 봉행이 서계109)를 받들고 나왔다고 장계하였다. - 회하는 없었다.

기사년(1749, 영조 25) 3월. 동래 부사 정권(鄭權) 때이다.110) 왜관 건물을 수리할 목재를 이미 마련했으므로 금년 내에 공사111)를 시작할 수 있는바, 금년 몫의 8송사를 모두 정지시켰다고 장계하였다. - 회하는 없었다.

9월. 동래 부사 황경원(黃景源) 때이다. 금년 몫의 1특송선, 만송원송사(萬松院送使), 부특송선(副特送船)과 내년 몫의 제1·2·3·4선, 이정암송사(以酊菴送使) 등이 왜관 건물을 고치는 공사로 인하여 정지해 오지 않았다고 장계하였다. - 회하는 없었다.

계유년(1753, 영조 29) 3월. 동래 부사 신위(申暐) 때이다. "'임신년(1752, 영조 28)과 계유년(1753, 영조 29) 두 해의 송사(送使)가 1년 내에 오면 접대하기에 매우 번거로우니, 임신년 몫으로 아직 오지 않은 이정암(以酊菴)으로부터 부특송(副特送)에 이르기까지 다섯 송사를 정지시킨다.'는 내용으로 봉행 등이 글을 바쳤으므로,112) 그 요청에 따라 정지시켰다고 담당 역관 등이 수본(手

---

109) 서계 :『동문휘고』부편(附編) 권19 진헌(進獻)에 대마도 봉행(奉行)이 동래 부사 및 부산 첨사에게 보내는 서계와 답서가 기록되어 있다.

110) 기사년 …… 때이다 :『동문휘고』부편(附編) 권19 진헌(進獻)에 대마도 봉행이 동래 부사 및 부산 첨사에게 보내는 서계와 답서가 기록되어 있다.

111) 공사 : 동관(東館) 및 서관(西館)의 세 대청(大廳)과 서관의 다섯 행랑(行廊)을 중수하는 공사로 9월에 공사를 시작하여 영조 27년(1751)에 끝났다.『增正交隣志 卷3 監董』

112) 임신년과 …… 바쳤으므로 :『동문휘고』부편(附編) 권19 진헌(進獻)에 대마도 봉행이 동래 부사 및 부산 첨사에게 보내는 서계와 답서가 기록되어 있다.

本)을 올렸습니다. 이것은 비록 마땅히 정지해야 할 일이지만 조정에 아뢴 후에 처리하는 것이 옳을 것인데, 담당 역관들이 사사로이 주선한 것은 매우 놀랍습니다. 경비를 절약한 것이 비록 적지 않으나 그들이 임의로 미리 손을 쓴 것은 결국 일을 신중하게 처리하는 도리가 아닙니다. 선례가 있다고 하여 신칙하지 않아서는 안 되니, 신중하게 하지 않고 함부로 처리한 그들의 죄를 묘당으로 하여금 심리하여 결정하게 해 주십시오."라고 진달하였다. - 장계등록에 나오며, 회하는 없었다.

도서 圖書 상직 賞職

무신년(1608, 선조 41) 1월. 신위사(宣慰使) 이지완(李志完) 때
이다. 대마도주 평의지(平義智)가 사용할 도서(圖書)113)를 해조에
서 만들어 내려 보냈기에 즉시 지급하였으며, 나오는 사송선(使送
船)의 서계(書契) 세 곳에 찍게 하여 진위(眞僞)를 살피도록 타일
렀다고 장계하였다. - 회하(回下)는 없었다.

기유년(1609, 광해군 1) 5월. "왜사(倭使) 귤지정(橘智正)·평
경직(平景直)·원신안(源信安) 등이 우리나라를 위하여 왕래하면서
주선한 노고가 많아 수직(受職)을 요청하니, 조정이 특별히 상전
(賞典)을 베풀어 동지(同知), 당상(堂上), 사맹(司猛)의 벼슬을 내
리고 그에 따른 교지와 장복(章服), 관자(貫子) 등의 물건을 내려
보내니, 동 왜인 등이 그 관대(冠帶)를 입고 뜰에 내려가 사배(四

---

113) 도서(圖書) : 인장(印章)과 투서(套書)를 가리키는 말이나, 일본의 사
    자가 입국할 때 제시해야 하는 일종의 입국허가증이다. 도서를 받은 사람
    의 성명을 새겨 주었다. 도서를 지급받은 사람으로는 세종 즉위년(1418)
    에 서해로(西海路) 미작태수(美作太守) 정존(淨存)의 사례가 처음이다.
    수도서제(授圖書制)는 원래 조선 정부가 일본의 지방 호족들의 요청을 받
    아, 왜구(倭寇)의 통제 및 피로인(被擄人)의 송환, 외교상의 공로, 일본
    내의 세력의 강약을 고려하여 통교자를 우대 또는 회유하기 위하여 실시
    하였다. 도서는 그 사람의 이름을 새겨서 부신(符信)으로 삼았기 때문에
    다른 사람이 사용할 수 없었으나 실제로는 광범위하게 도서의 계승이 이
    루어지고 있었다. 『한문종, 조선 전기의 수도서왜인, 한일관계사연구 5
    집, 1996』

拜)를 하고 기뻐하면서 말하기를, '저희들이 지금부터 조선을 위하여 영원히 번신(藩臣)이 되어 더욱 성심을 다하겠습니다.' 하였습니다."라고 장계하였다. - 회하는 없었다.

신해년(1611, 광해군 3) 10월. 동래 부사 조존성(趙存性) 때이다. "세견제1선송사 평지직(平智直)이 말하기를, '귀국을 위해 충성을 다하였으니, 왕자가 적중(賊中)에 있을 때 보호한 노고가 많아서 심지어 왕자의 필적까지 지니고 있습니다. 그것은 「만일 난리에서 회복된다면 마땅히 당상관의 직위를 줄 것이다.」라고 한 것인데, 왕자의 필적이 담긴 그 종이가 아직도 있습니다.' 하면서, 공을 자랑하고 상(賞)을 바랍니다."라고 장계하였다. - 회하는 없었다.

11월. "평지직이 스스로는 상 받기를 바란다는 말과 웅만(熊滿)과 웅수(熊守) 등이 옛 관직을 다시 받기를 원한다는 말을 또 꺼냈습니다. 소위 웅만(熊滿)이라는 자는 평의지(平義智)114)의 다른 이름으로 도주의 아들이고,115) 웅수(熊守)116)는 평의지의 4촌이라고 합니다."라고 장계하였다. - 회하는 없었다. 옛 관직이란 임진왜

---

114) 평의지(平義智) : 제15대 대마도주 장성(將盛)의 아들로 아명(兒名)은 언삼랑(彦三郎)이었다. 선조 12년(1579) 가형(家兄) 의순(義純)의 뒤를 이어 제20대 대마도주 소경(昭景)이 되어 선조 20년(1587)까지 대마도를 다스렸다. 이후 의조(義調)에게 물려주었다가 선조 21년 다시 도주가 되었다. 『宗氏家寶略 昭景君, 義智君』

115) 소위 …… 아들이고 : 웅만(熊滿)은 평의지(平義智)의 다른 이름이 아니라, 제14대 대마도주인 종성장(宗盛長)의 아들이다. 조선으로부터 세견선 3척을 허락받아 아명도서(兒名圖書)를 발급한 것이 이로부터 시작되었다. 『宗氏家寶略 盛長君』 한편 나카무라 히데타카(中村榮孝)는 종웅만(宗熊滿)을 대마도주인 종의성(宗義盛)의 아들 종성장(宗盛長)이 아니라 손자로 파악하고 있다. 『일선관계사(日鮮關係史)의 연구 상, 길천홍문관(吉川弘文館), 1969, 일본』

116) 웅수(熊守) : 평의지(平義智)의 4촌이라고 하나 『종씨가보략(宗氏家寶略)』에서 확인되지 않는다.

란 전에 도서(圖書)를 받은 것을 말한다.

11월. 평지직이 다시 웅만 등이 도서를 받을 수 있기를 요청하고, 또 말하기를, "대마도주 또한 언삼(彦三)이라는 아들이 있는데, 만일 한 개의 도서를 지급해 주신다면 대마도주는 반드시 기뻐하며 모든 일에 마음을 다할 것입니다." 하였지만, 모두 허락하지 않았다고 장계하였다. - 회하는 없었다.

11월. "귤지정(橘智正)이 말하기를, '평조신(平調信)이 조선을 위해 충성을 다하였는데, 미처 직명(職名)을 받지 못하고 먼저 죽었습니다. 그러나 그 공은 끝내 상을 받지 않을 수 없습니다. 평경직(平景直)이 이제 그 아버지를 위해 사당[117]을 세우고 도서를 받기 원합니다.'[118] 하였습니다."라고 장계하였다. - 장계등록에 나오며, 회하는 없었다.

12월. 동래 부사 성진선(成晉善) 때이다. 평지직이 다시 언삼과 평경직이 도서를 받도록 해 달라고 요청하였다고 장계하였다. - 장계등록에 나오며, 회하는 없었다.

---

[117] 사당 : 선조 38년(1605)에 죽은 유천조신(柳川調信)의 법명(法名)을 따서 유방원(流芳院)이라고 하였다.

[118] 평조신(平調信)이 …… 원합니다 : 평경직(平景直)이 자신의 아버지를 위해 세운 유방원(流芳院)에 도서(圖書)를 발급해 주도록 요청하였으나, 유방원에 도서가 지급된 것은 광해군 14년(1622)의 일이다. 광해군 3년(1611)에는 수직왜(受職倭)였던 평경직이 매년 조선에 내조(來朝)하는 것이 어려워 도서를 발급해 주기를 요청한 까닭에 평경직에게 도서를 발급하여 수직왜에서 수도서왜(受圖書倭)로 변하였다. 평경직에게 지급된 도서는 그 후 그의 아들 조흥(調興)에게 이어졌고, 그가 인조 12년(1634) 국서개작사건에서 패한 뒤 인조 13년 조선에 도서를 반납하였다. 『增正交隣志 卷1 副特送使』

임자년(1612, 광해군 4) 1월. 평지직(平智直)이 요청한, 언삼(彦三)과 평경직(平景直)에게 지급할 두 개의 도서(圖書)를 내려보내 주어 지급하였는데, 그때 평지직 일행이 공경히 맞아 사배(四拜)하고서 받았다고 장계하였다. - 회하는 없었다.

4월. 수직왜 세이소(世伊所)·마당고라(馬堂古羅)·신시로(信時老) 등의 직첩(職帖) 및 관복(冠服)을 내려보내 주어 지급하니, 동 왜인 등이 받고 은혜에 감사하며 숙배(肅拜)하였다고 장계하였다. - 회하는 없었다.

계축년(1613, 광해군 5) 5월. "수직왜 마당고라(馬堂古羅)가 연향 때 면전에서 자신의 공을 진술하기를, '첫째로는 가등청정(加藤淸正)의 진영에 불을 지른 것이고, 다음은 의령(宜寧)의 진영에 종사(從事)한 것이며, 마지막으로는 부산(釜山)의 싸움에서 배를 탄 것입니다. 그런데 결국 사직(司直)을 제수 받았으니 너무나도 억울하므로, 원컨대 승직(陞職)해 주시기 바랍니다.' 하였습니다. 이에 멀리서 온 사람의 간청을 알리지 않을 수 없습니다."라고 장계하였다. - 장계등록에 나오며, 회하는 없었다.

8월. 동래 부사 윤수겸(尹守謙) 때이다. 마당고라에 대한 호군(護軍)의 직첩(職帖)119)과 관대(冠帶)를 역관이 가지고 와서 숫자를 살펴 지급하였다고 장계하였다. - 회하는 없었다.

---

119) 마당고라에 …… 직첩(職帖) : 마당고라에게 이때 내려진 고신(告身)이 현존하고 있다. 이에 의하면 마당고라는 '소위장군 호분위 호군(昭威將軍 虎賁衛護軍)'에 임명되었다. 『나카무라 히데타카(中村榮孝), 일선관계사의 연구 상, 길천홍문관, 1969, 일본』

병인년(1626, 인조 4) 6월. 동래 부사 유대화(柳大華) 때이다. "수직왜 등영정(藤永正)·세이소(世伊所)·평신시(平信時)·마감칠 (馬勘七) 등이 서계를 예조에 바치므로, 본부(本府)에 바치지 않 는다고 꾸짖고 돌려주었습니다. 당초 약조에는 관복을 매년 내려 주는 전례가 있었는데, 근자에 이르러 격년으로 사급(賜給)한 결 과 그들이 서로 다투어 부족하다고 원망하니, 해조로 하여금 전례 를 살펴 지어 보내도록 해 주십시오."라고 장계하였다. - 장계등록 에 나오며, 회하는 없었다.

갑인년(1614, 광해군 6) 8월부터 신유년(1621, 광해군 13) 5월 까지, 임술년(1622, 광해군 14) 8월부터 병인년(1626, 인조 4) 3 월까지, 정묘년(1627, 인조 5) 9월부터 신미년(1631, 인조 9) 8 월까지는 등록(謄錄)이 분실되었다.

을해년(1635, 인조 13) 12월. 동래 부사 정양필(鄭良弼) 때이 다. 차왜 평지우(平智友)가 조흥(調興), 유방(流芳), 현방(玄 芳)120) 등의 도서와 관복을 가지고 와서 환납(還納)하였다고 장계 하였다. - 회하는 없었다. ○ 경직(景直)의 아들이 조흥(調興)이고, 현소 (玄蘇)의 제자(弟子)가 현방(玄芳)이다. 유방(流芳)은 경직의 원당(院堂) 의 호칭이다. 경직과 현소는 강화(講和)할 때 공(功)이 있어 도서를 받 고121) 사신을 보냈다. 두 왜인이 죽은 후에 그 아들과 제자 등이 도서를 이어받아 사신을 보낸 것이다. 조흥과 현방이 도주와 쟁단을 일으켰으 나122) 송사(訟事)에 패하여 죄를 입고 폐해졌다. 그 후 기묘년(1639, 인

---

120) 현방(玄芳) : 사료에 따라서는 현방(玄方)으로 쓰기도 한다.
121) 경직과 …… 받고 : 현소에게 도서가 지급된 것은 광해군 1년(1609)의 일이며 광해군 3년에 현방에게 계승되었다. 경직은 광해군 1년에 수직왜 인(受職倭人)이 되었다가 광해군 3년에 도서를 받아 수도서왜(受圖書倭) 가 되었다. 『增正交隣志 卷1 以酊菴送使, 流芳院送使』
122) 조흥과 …… 일으켰으나 : 이른바 국서개작폭로사건인데 일본에서는 유 천일건(柳川一件)이라고 한다. 사건의 경위는 유천조흥(柳川調興)이 자신

조 17)에 이르러 대마도주가 두 사선(使船)을 복구하기를 요청하였던바, 조정에서 허락하여 조흥송사(調興送使)가 드디어 부특송(副特送)이 되었고, 현방송사(玄芳送使)가 이정암송사(以酊菴送使)로 되었으며, 유방원(流芳院)은 영구히 감해졌다.

12월. "이전에 온 차왜 등지승(藤智繩)의 말 가운데에, '조흥과 현방, 유방 등이 대마도주를 모함한 죄123)로 이미 찬축(竄逐)되었으므로, 이에 도서를 이미 환납하였습니다. 조정의 처분이 어떤지를 알 수 없으나, 이번에 대마도주가 조흥 등과 서로 송사(訟事)할 때에 좌우의 근시들이 구해 올려야 할 물건이 참으로 많았습니다. 조정의 염려가 혹시 여기에까지 미쳐 조흥과 현방의 대임자에게 그대로 직책을 수여해 주시면124) 조선의 후의를 알 수 있을 것입니다.' 하였는데, 그 뜻이 실로 바라는 바가 있습니다."라고 장계하였다.

회하(回下) 내에, "경역(京譯) 2원125)을 들여보내고, 조흥과 현

의 지행권(知行權)과 세견선(歲遣船)의 권리를 대마도주에게 반납하면서 발생한 '어가소동(御家騷動)'의 하나로 결국 쟁송이 막부로까지 올라갔는데, 심문 과정에서 국서를 개작한 사건이 드러나 처벌받았다. 『다시로 가즈이(田代和生), 고쳐 쓰여진 국서(書き替えられた國書), 중공신서(中公新書), 1984, 일본』

123) 조흥과 …… 죄 : 유방(流芳)은 조흥(調興)의 조부(祖父)인 원당호(願堂號)이기 때문에 유방이 도주를 모함했다 함은 잘못이다.

124) 조흥과 …… 수여해 주시면 : 대마도주가 조흥과 현방의 도서를 반납하면서 그에 대신할 수 있는 직책을 내려 주기를 요청한 것으로 파악되나, 이는 인조 17년(1639)의 기사로 추정된다. 왜냐하면 환납한 도서를 다시 지급해 달라는 요청은 인조 17년 7월에 도항한 등지승(藤智繩)에 의해서 처음으로 제기되었고 다시 지급하는 문제가 결정된 것 역시 인조 17년 때의 일이기 때문이다. 『別差倭謄錄 己卯年 7月 30日, 8月 4日』

125) 경역(京譯) 2원 : 인조 13년(1635) 12월 또는 그 이듬해에 대마도에 파견된 역관은 없다. 조흥(調興)과 현방(玄方)의 도서(圖書)를 다시 지급해 달라는 등지승(藤智繩)의 요청이 인조 17년(1639)의 일이라고 한다면 이때 대마도에 파견된 경역 2원은 인조 18년 도주가 아들을 얻은 것을 축하하고 대마도에 돌아온 것을 문위하기 위해 파견된 홍희남(洪喜男)과

방의 대임자에게 특별히 직책을 수여하여 그들로 하여금 은혜를 알게 하라." 하였다.

기묘년(1639, 인조 17) 7월. 동래 부사 이민환(李民寏) 때이다. 왜인이 와서 "현방(玄芳) 및 조흥(調興)의 송사(送使)를 복구해 주십시오."라고 요청하였는데, 현방을 대신해서는 이정암(以酊菴) 도서(圖書)를 다시 주조하여 보내 주고, 조흥송사왜(調興送使倭)의 경우에는 서계에 대마도주의 도서를 찍어야 마땅하므로 별도로 만들어 보낼 필요는 없다고 장계하였다.

회계하기를, "아뢴 대로 시행하십시오." 하였다.

경진년(1640, 인조 18) 11월. 동래 부사 정호서(丁好恕) 때이다. "차왜 등지승(藤智繩)이 말하기를, '대마도주가 만년에 아들 언만(彦滿)을 얻었는데, 언삼(彦三)의 규례에 의해 사신을 보내와 조빙(朝聘)하게 허락해 주시면 광채가 비할 데 없을 것이니, 조정에 계달(啓達)해 주십시오.' 하였습니다. 역관 등이 답하기를, '언삼은 지금의 도주인데, 이전의 도주 평의지(平義智)가 살아 있을 때 언삼도서(彦三圖書)를 청해 받아 송사(送使)를 보냈다. 언삼이 도주의 자리를 이어받았으니 마땅히 바로 언삼송사를 폐지해야 하지만, 그 당시 재삼 간청하면서 말하기를, 「아들을 언제 얻을지 알 수 없으니 잠시 그대로 존속하게 해 주십시오.」한 까닭에 지금까지 존속된 것이다. 지금 언만송사(彦滿送使)를 얻고자 하면 언삼송사(彦三送使)를 폐지하는 것이 옳을 것이다.' 하면서 꾸짖고 타일렀다는 수본(手本)에 근거하여 그 연유를 치계합니다." 하였다. - 장계등록에 나오며, 회하는 없었다.

김근행(金謹行)이다. 『增正交隣志、 卷6 問慰行』

신사년(1641, 인조 19) 2월. "왜인이 대마도주의 아들 언만(彦滿)의 도서를 받기를 요청한 까닭에, 언삼(彦三)의 도서를 반납한 후에 언만의 도서를 받아가라는 뜻으로 꾸짖고 타이르니, 왜인이 말하기를, '언삼의 도서를 대마도가 먼저 반납할 수 없으니, 예조에서 대마도주에게 글을 보내어 그로 하여금 반납하도록 한 후 언만의 도서로 바꿔 주십시오.' 하였습니다."라고 장계하였다. - 장계 등록에 나오며, 회하는 없었다.

임오년(1642, 인조 20) 3월. 동래 부사 정치화(鄭致和) 때이다. "차왜 등지승(藤智繩)과 서수좌(徐首座)126) 등이 언삼(彦三)의 도서를 반납한 후 언만(彦滿)의 도서로 바꿔 받아가는 일로 나와서 만송원송사(萬松院送使)의 예127)에 따라 더 접대해 주기를 요청하였는데, 만일 만송원의 전례와 같이 하면 과중함을 면할 수 없습니다. 묘당으로 하여금 의논하여 지휘하게 해 주십시오."라고 장계하였다. - 장계등록에 나오며, 회하는 없었다.

4월. '언삼과 언만의 도서를 특별히 허락하여 모두 지급한 것은 일시의 은전(恩典)에서 나온 것이니, 이후에 전례로 삼지 말라.'는 뜻으로 한결같이 조정의 분부에 따라 말을 만들어 서수좌와 등지승 두 왜인에게 언급하니, 왜인이 말하기를, "언만의 1선(船)을 조

---

126) 서수좌(徐首座):『비변사등록(備邊司謄錄)』에는 서수좌(恕首座)로 나온다. 서수좌는 언삼도서(彦三圖書)를 언만도서(彦滿圖書)로 바꾸기 위해 나왔으나, 등지송(藤智繩)의 주된 임무는 동·철·납의 공무역과 세사미(歲賜米) 지급에 사례(謝禮)하는 것이었다. 두 사람은 각기 다른 배를 타고 동시에 입항하였다.『別差倭謄錄 壬午年 3月 12日』

127) 만송원송사(萬松院送使)의 예:접대를 받을 수 있는 사람은 정관, 도선주, 봉진압물 각 1인과 반종 3명, 격왜 40명, 수목선 격왜 15명 등이 있었으며, 기타 왜관에 머무르는 기한이나 일공(日供) 등은 세견제1선과 동일하였다.『增正交隣志 卷1 萬松院送使』

금 더 우대하여 접대하는 일은 실제 대단하게 들어주기 어려운 것이 아닌데도 시종 허락하지 않았습니다. 그런데 언삼도서의 경우에는 이와 같이 모두 지급해 주시니 조정의 은혜가 너무도 감격스러울 따름입니다. 그러나 실로 저희들이 헤아리던 바와 달라서 마음대로 모두 받기는 어려울 것 같습니다." 하였다고 장계하였다. - 회하는 없었다.

4월. 언삼의 도서를 받지 않고 언만의 도서를 주조하여 지급하니, 차왜가 말하기를, "언삼도서를 언만도서로 바꾸어 받는 일은 이미 대군(大君)에게 아뢰었으나, 아직 결정되기 전이므로 결코 두 도서를 모두 받기는 어렵습니다. 대마도주가 지금 강호(江戸)에서 돌아오지 않았지만 이 뜻을 통보해야 합니다. 따라서 의당 대마도주의 집정(執政)에게 알리고 회보(回報)를 기다려 처리하겠습니다." 하였다고 장계하였다. - 회하는 없었다.

6월. 차왜가 언만의 도서를 공손히 받았으나, 언삼도서는 대마도주의 분부가 있기 전에는 결코 도로 가져갈 수 없다고 하여 왜관에 보관해 두었다고 장계하였다. - 장계등록에 나오며, 회하는 없었다.

계미년(1643, 인조 21) 11월. 동래 부사 정유성(鄭維城) 때이다. "차왜 평성행(平成幸)[128]이, '언삼(彦三)과 언만(彦滿)의 도서를 모두 지급해 주신 은혜는 실로 생각지 않은 것으로 대마도주가 감히 함부로 받아 갈 수 없는 것이므로, 언삼의 도서를 지금까지 왜관 내에 보관해 두었습니다. 금번 강호(江戸)에 들어가 대군(大君)에게 아뢰니 대군이 「한결같이 조선 조정의 명령을 따라 어김이

---

128) 평성행(平成幸) : 반종 3명, 격군 40명 등과 함께 통신사행을 호환(護還)하고 11월 9일 부산에 도착하였다. 『別差倭謄錄 癸未年 11月 10日』

없어야 한다.」는 뜻을 말하면서 친절히 분부한 까닭에, 언삼의 도
서를 수령해 가겠다는 뜻을 서계에 적어 진달(陳達)합니다.' 하였습
니다. 서계로 진달한 후 받아 가는 것도 또한 이치에 맞는 것이기
에, 마땅히 이러한 뜻으로 품계하겠다고 답하였습니다."라는 연유
를 장계하였다. - 회하는 없었다.

기해년(1659, 효종 10) 1월. 동래 부사 민정중(閔鼎重) 때이다.
언삼(彦三)은 고(故) 대마도주 평의성(平義成)의 아명(兒名)인데,
평의성이 죽었기 때문에 언삼도서를 반납하였다고 장계하였다. -
회하는 없었다.

3월. 동래 부사 이만웅(李萬雄) 때이다. 차왜129)가 말하기를,
"평의진(平義眞)이 지금 승습한 신도주의 도서(圖書)를 들여보내
주셔야만 비로소 구도주 평의성(平義成)의 도서를 반납할 수 있다
고 합니다. 금번 역관이 대마도에 들어갈 때 반드시 도서를 보내
주시되, 그 도서의 겉면에 모년 모월 모일(某年某月某日) 주조하였
다고 새겨서 지급해 주십시오." 하였다고 장계하였다. - 장계등록에
나오며, 회하는 없었다.

4월. 신도주 평의진에게 지급할 도서를 새로 주조하여 예조의
서리(書吏)가 가지고 왔기에 왜인에게 건네주었다고 장계하였다.
- 회하는 없었다.

---

129) 차왜 : 대마도주가 바뀌었을 경우 기존의 도서(圖書)를 반납하고 새로
    운 도주의 도서를 지급해 달라고 요청하는 차왜로, 도서청개차왜(圖書請
    改差倭)라고 하며 일본에서는 도서사(圖書使)라고 한다. 이때 도항한 차
    왜는 평지우(平智友)이며, 도서를 요청한 것 외에 조선이 유황무역에 회
    답한 것을 사례하기 위해 왔다.『동문휘고』부편(附編) 권4 고경(告慶)에
    는 평지우가 지참하고 온 예조 참의와 동래 부사 및 부산 첨사에게 보내
    는 대마도주의 서계와 그에 대한 답서가 기록되어 있다.

계해년(1683, 숙종 9) 6월. 동래 부사 소두산(蘇斗山) 때이다. "대마도에서 나온 두왜(頭倭)가 말하기를, '대마도주의 아들로서 의당 도주의 자리를 이을 사람에게는 대개 모두 10세 전에 특별히 도서를 지급하였습니다. 지금 우경(右京)은 나이가 13세이고 지각 이 이미 깨인 형편을 통신사행이 친히 보았는데도 끝내 소식이 없 습니다.' 하였습니다. 우경의 일은 관계되는 바가 중하니, 오로지 묘당에서 참작하여 처리할 일입니다."라고 장계하였다.

회계하기를, "우경도서(右京圖書)에 관한 일은 마땅히 지급해야 하는지의 여부를 막론하고 사체(事體)가 중하므로, 지금 그들이 일 시적으로 바꾸어 하는 말 때문에 들어주어서는 안 됩니다." 하였 다.

갑자년(1684, 숙종 10) 1월. "재판차왜[130]가 말하기를, '지금 우경(右京)의 나이가 13세에 이르렀는데 아직 도서를 지급하는 일 이 없었기 때문에 지난해 통신사행 때 역관 등에게 언급하였으니, 속히 계문(啓聞)하여 주십시오.' 하였습니다. 그런데 우경도서에 관한 일은 관계되는 바가 중대하기 때문에, 허락 여부는 오로지 조정의 처분에 달려 있습니다."라고 장계하였다.

회계하기를, "우경도서를 발급해 달라는 요청은 근거로 삼을 만 한 전례가 없지 않습니다. 뒤에 의당 상의하여 결정할 일이니, 이 와 같이 조급하게 서두르는 것은 옳지 않습니다." 하였다.

4월. "재판차왜가 '우경도서에 관한 일은 어떤 곡절이 있어서 뒤

---

130) 재판차왜 : 숙종 9년(1683) 11월 권현당(權現堂)에 관한 문제와 우경 (右京)의 도서 발급 문제 및 소실된 관수왜가(館守倭家)의 재건 문제 등 을 협의하기 위해 온 평성차(平成次)를 가리킨다. 『裁判差倭謄錄 甲子年 2月 2日』

에 마땅히 상의해야 한다고 합니까?' 하자, 역관 등이 말하기를, '소위 언만(彦滿)은 지금 대마도주의 아명(兒名)이다. 스스로 도주가 되어서도 평의진(平義眞)의 도서를 사용하면서 아명도서(兒名圖書)를 아직 환납(還納)하지 않고 있으니, 사체가 부당하다. 조정에서 지체시킴은 이로부터 말미암지 않았다고 할 수 없으니, 먼저 언만도서(彦滿圖書)를 환납한 후에 처분을 기다려야 할 것이다.' 하니, 동 왜인이 또 말하기를, '지금 우경도서의 요청으로 인하여 언만도서를 거두고자 하나, 평의진이 아직 죽기 전으로 전례와는 차이가 있습니다.' 하였다는 역관 등의 수본(手本)에 근거하여 그 연유를 치계합니다." 하였다.

회계하기를, "우경도서에 관한 일은 차왜 등이, 평의성(平義成)이 대마도주로 있을 때 자신의 아명으로 된 언삼도서를 바치지 않은 채 또 그 아들 언만의 도서를 얻은 것을 이미 행해진 전례로 삼은 것입니다. 그러나 이것은 특별한 은혜를 베푼 것으로, 그때 '이후로는 전례로 삼지 말라.'는 뜻을 또한 언급하게 하였습니다. 그러므로 예조의 서계 중에 '신·구 도서를 잠시 모두 지급하는 것을 허락하는데, 이것은 일시 특별히 베푼 은혜이니 후일 원용하여 전례로 삼지 말라.' 한 것입니다. 이 서계는 생각건대 분명 지금 대마도에 있을 것이고 왜인 등도 분명 이것을 알고 있을 것인데, 전례로 언급하는 것은 그 정상이 참으로 간교하고 기만하는 것이니, 결코 지금 또 잘못된 것을 들어줌으로써 후대의 폐단을 키워서는 안 될 것입니다." 하였다.

6월. "재판차왜가 말하기를, '우경도서에 관한 일은 비록 잘못된 규례이지만 이미 전례가 되었습니다. 그런데 지금 「조용히 상의하라」고 말씀하셨는바, 우경이 장성하였는데도 이처럼 연기하니 참으로 걱정입니다. 지금 도주는 한 사람인데 두 가지 명목의 두 도서를 그대로 지니는 것은 옳지 않다 하므로 언만도서는 환납할 생각이니, 교대할 수역(首譯)을 속히 내려보내 주십시오.' 하였습니다. 한결같이 계하(啓下)하신 분부에 따라 이미 엄한 말로 물리쳤으니, 말이 이미 갖추어졌고 일도 또한 마무리 되었습니다. 그런데 교대할 수역을 내려보내 달라는 요청은 그대로 따르기 어려울 것 같습니다."라고 장계하였다.

회계하기를, "이미 타일러서 타결하였다면, 다시 수역을 보내는 것은 부당합니다. 박유년(朴有年)과 차왜가 문답한 이야기를 먼저 계문(啓聞)하도록 하여 헤아려 지휘해야 할 것입니다." 하였다.

7월. "우경도서에 관한 일은 조정에서 이미 엄하게 막았으니, 수역(首譯)을 다시 요청하여 가부를 다투는 실마리는 없을 것 같습니다. 그런데 계문 가운데 소위 '일도 또한 마무리 되었다'는 것은 대개 조정이 이미 결정하였다는 뜻을 가리키는 것이지 실로 '타일러서 타결하였다'는 것을 말하는 것이 아니며, 말을 만들 때 글이 뜻을 제대로 전달하지 못하게 하여 마치 '타일러서 타결하였다'는 것처럼 표현한 것입니다. 문자가 잘못된 것을 상세히 살피지 못한 잘못을 면하기 어려우니, 참으로 황공합니다."라고 장계하였다. - 장계등록에 나오며, 회하는 없었다.

을축년(1685, 숙종 11) 4월. 동래 부사 박치도(朴致道) 때이다. "수역(首譯) 박재흥(朴再興)의 수본(手本) 가운데에, '소인들이 내려가자마자 재판왜(裁判倭)[131]를 만나보니, 동 왜인이 말하기를, 「

---

131) 재판왜(裁判倭) : 숙종 10년(1684) 5월에 표민(漂民)을 데려오고 아울러 조위(弔慰)의 임무를 수행하기 위해 온 평성광(平成廣)이다. 『재판차왜등록(裁判差倭謄錄)』 을축년 5월 4일 조에 평성광(平成廣)을 만난 뒤 올린 박재흥(朴再興)의 수본(手本)이 기록되어 있다.

우경(右京)은 지금 이미 성인이 되었고, 금년 2월에 또 관백(關白)으로부터 4품직을 받았는데, 오래도록 도서(圖書)의 상전(賞典)을 막았으니 또한 그 사이에 서운함이 없지 않았습니다.」하였습니다. 이에 요행을 바라는 마음을 가지지 말고 속히 회답서계를 받아 돌아가도록 하였더니, 동 왜인이 말하기를,「우경도서에 관한 요청은 대마도주로서는 들어주지 않으면 그만두지 않을 것이니, 저희들이 비록 돌아간다 해도 차왜가 연이어 올 것은 말하지 않아도 알 수 있을 것입니다.」하였습니다.'라고 하였습니다. 차왜가 수역을 만난 뒤에 도서에 관한 문제를 다시 이렇게 요란하게 떠들면서 심지어 차왜가 장차 또 올 것이라는 등의 말로 방자하게 공갈하니, 그 정상이 너무나도 가증스럽습니다. 다시 수역으로 하여금 엄하게 거절하여 그들이 희망하는 뜻을 잘라버리도록 하였습니다."라고 장계하였다.

회계하기를, "수역이 이치를 들어 거절한 데에는 또한 미진한 말이 없을 것 같으니, 그대로 머물면서 기다리게 하여 그들이 요행을 바라는 마음을 가지도록 할 수 없습니다. 동 수역 박재흥을 즉시 올라오도록 하십시오. 차왜가 요청한 바를 허락할 수 없다는 뜻으로 전후에 누누이 이야기하였으나, 한결같이 다그쳐 공갈하기도 하고 애걸하기도 하면서 반드시 요청하는 바를 얻고야 말고자 하는 것입니다. 지리하게 시끄러운 지경이 되었다고 해서 구차하게 수락하는 것은 실로 앞으로 계속할 수 없는 일이며, 또한 우호 관계를 오래도록 보존하는 방책도 아닙니다. 이러한 뜻으로 다시 말하도록 역관 등에게 분부하도록 하십시오." 하였다.

6월. "훈도(訓導)132) 안신휘(安愼徽)의 수본 가운데에, '차왜가

---

132) 훈도(訓導) : 왜관(倭館)의 왜인(倭人)을 접대하고 변정(邊情)을 전담하였으며, 왜학(倭學)을 설치하여 역학(譯學)의 학생을 가르쳤다. 부산포

소인들을 긴히 보자고 하여 말하기를, 「우리들이 회답을 받기 전에 수역이 먼저 올라가서 왜관 내에서 손가락질을 받고 웃음거리가 되었으니, 이런 수치를 안고 장차 어떻게 얼굴을 들고 돌아가 대마도주를 보겠습니까. 수역이 올라간 후에는 저희들이 비록 이곳에서 늙어 죽을지언정 결코 되돌아가기 어려우니, 응당 수역이 다시 내려오기를 기다려 한 번 상대한 후에 더 머물 명분이 없게 되어야 다음날 돌아갈 것입니다.」 하였습니다.'라고 하였습니다. 이에 수역 박재흥(朴再興)을 잠시 동래부에 머물러 있게 하여 차왜가 아무 일 없이 돌아갈 수 있도록 하였습니다."라고 장계하였다.

회계하기를, "지금 이 수역은 본래 접대를 위해서 내려온 것이 아닌데 그들이 한 번 보고 돌아가겠다고 하며, 동래 부사가 요청한 바 또한 면전에서 더욱 꾸짖고 타일러 그들이 돌아가도록 재촉하겠다고 합니다. 그런데 지금에 이르러 왜인들이 수역으로 하여금 그들이 승선하는 것을 기다린 후에 올라가도록 하는 것은 이미 당초에 말한 바와 서로 어긋납니다. 수역이라는 자는 마땅히 조정의 명령을 받들어 행해야 할 뿐이거늘 이처럼 지연하니, 수역을 나문(拿問)하소서. 동래 부사 또한 다시 교활한 왜인의 거짓된 말을 번거로이 조정에 계문하여 사체(事體)를 손상시켰으니, 추고(推考)하소서." 하였다.

을축년(1685, 숙종 11) 10월. 동래 부사 유지발(柳之發) 때이다. "부특송사(副特送使)의 연향이 끝난 후에 재판왜가 와서 뵙기를 간절히 요청한 까닭에 특별히 접견을 허락하였는데, 동 왜인이 두 폭의 서계를 특별히 보이면서 말하기를, '서계 중에 쓰여진 내용을 자세히 열람한 후에 계문(啓聞)해서 변통해 주십시오.' 하였

(釜山浦)에는 종9품의 왜학훈도가 1명 배치되었으며 임기는 900일이었다.

습니다. 그 서계 가운데에 조목조목 쓰여 있는 것은 우경도서(右京圖書)에 관한 일이어서, 신이 말하기를, '우경도서에 관한 일은 이전의 차왜가 왔을 때 조정에서 엄히 거절하였으니, 결코 거론하지 말라.'고 준엄하게 거절하였습니다. 동 차왜가 바친 서계는 감봉(監封)하여 비변사(備邊司)에 올려 보냅니다."라고 장계하였다.

회계하기를, "그 서계를 보니 우경도서를 얻고자 요청하는 일입니다. 우경도서에 관한 일은 전에 이미 이치를 들어 거절하였으니, 지금 그들의 강한 요청이 있다고 해서 허락함으로써 앞으로 만족할 줄 모르는 욕심을 더욱 내도록 해서는 안 될 것입니다." 하였다.

병인년(1686, 숙종 12) 4월. 동래 부사 이항(李沆) 때이다. 재판(裁判) 평후중(平厚中)이 우경도서를 얻고자 하는 일로 와서[133] 직접 만나 말하기도 하고 서계를 바치기도 하였는데, 그 서계를 비변사에 올려 보낸다고 장계하였다.

회계하기를, "대마도주의 아명(兒名)으로 된 언만도서(彦滿圖書)를 만일 환납한다면, 우경의 도서를 웅만(熊滿)의 옛 전례에 따라 즉시 만들어 지급하십시오." 하였다. - 우경은 곧 대마도주[134]의 아들이다.

정묘년(1687, 숙종 13) 4월. 재판왜 평성진(平成辰)[135]이 우경도서의 일을 꺼내어 말하였는데, 계속 머물며 시끄럽게 소란을 피울 생각이니 정상이 너무나도 가증스럽다고 장계하였다. - 회하는

---

133) 병인년 …… 와서 : 재판차왜 평후중(平厚中)이 나온 것은 숙종 11년 (1685) 9월의 일이다. 『裁判差倭謄錄 乙丑年 9月 24日』

134) 대마도주 : 평의진(平義眞)을 가리킨다.

135) 평성진(平成辰) : 평성진은 숙종 13년(1687) 3월에 도항하였으며, 관백(關白)이 예수당(耶蘇黨)의 일로 대마도주에게 명령함에 따라 그 무리들을 찾아 보내 달라는 문제를 협의하였다. 『裁判差倭謄錄 丁卯年 3月 19日』

없었다.

8월. "평의진송사(平義眞送使)의 연향이 끝났을 때 재판 평성진이 접견하기를 원하므로 전례에 따라 평복(平服) 차림으로 만나보니, 재판이 말하기를, '우경도서에 관한 일은 대마도에서 요청한 지 이미 여러 해가 지났고 또 재판도 네 사람이 거쳐 갔는데 조정에서 아직 허락하지 않아서 대마도주가 실로 걱정하고 있습니다.' 하였습니다. 신이 답하기를, '조정에서 결단코 허락하지 않을 것은 귀도(貴島)도 이미 알고 있다. 반드시 허락하지 않을 것을 알고 있으면서도 감히 해마다 소란을 피우는 것은 성신(誠信)의 도리라고 말할 수 있겠는가. 다만 조정에 장계를 올려보기는 하겠다.' 하였습니다. 대저 재판의 뜻은 오직 회하(回下)를 받아 대마도에 보고하고자 하는 데 있습니다."라고 장계하였다.

회계하기를, "변방을 관장하는 신하가 조정에서 결코 허락하지 않는다는 것을 이미 잘 알고 있습니다. 그렇다면 조정에 장계를 올리겠다고 가벼이 허락함으로써 왜인들이 스스로 문답하여 미봉하는 바탕으로 삼게 한 것은 사체가 참으로 마땅하지 않습니다. 동래 부사를 추고(推考)하십시오."하였다.

12월. 재판차왜가 도서(圖書)에 관한 일로 이미 도주의 명령을 받고 나왔으니, 회하를 받아 돌아가고자 하는 것은 전혀 터무니없지는 않다고 장계하였다.

회계하기를, "전후로 무수히 회하하였는데, 이번에 또 장계를 올렸으니 동래 부사를 나문(拿問)하십시오."하였다.

기사년(1689, 숙종 15) 7월. 동래 부사 박신(朴紳) 때이다. "1 특송사의 연향이 끝날 때 재판차왜가 와서 신을 만나기를 요청하여 전례에 따라 허락하였는데, 동 왜인이 우경도서(右京圖書)의 일로 여러 번 간청하였습니다. 이에 신이 답하기를, '이미 결말이 난 것이니, 다시 제기할 필요가 없다.' 하였으며, 이로써 꾸짖고 타일렀습니다."라고 장계하였다.

회계하기를, "도서에 관한 일이 이미 결말이 난 후에 또 이러한 공갈이 있으니, 참으로 해괴합니다. 일체 거절하도록 하고, 차왜는 답서를 받은 후에 곧바로 돌아가도록 꾸짖고 타이르게 하십시오." 하였다.

경오년(1690, 숙종 16) 11월. 동래 부사 이형상(李衡祥) 때이다. "연례송사의 연향이 끝난 후 재판차왜가 보기를 요청하므로 부득이 와서 보도록 허락하였더니, 동 왜인이 하는 말이, '우경(右京)의 나이가 이미 19세가 되었고 지금 결혼하려고 하는데, 아직 도서를 지급하지 않았으니 왜 우경에게 야박합니까?' 하였습니다. 그래서 '먼저 언만(彦滿)의 도서를 반납하면 우경의 도서를 응당 지급할 것이다.'라고 답하자, '언만도서(彦滿圖書)를 생전에 환납하는 것은 불길한 바가 있습니다.' 하였으나, 단지 우경도서만 요청하는 것은 이유가 없다고 하였습니다."라고 장계하였다.

회계하기를, "허락하기 어려운 도서를 반드시 요청하여 얻은 뒤에야 그만두고자 하니, 그 정상이 해괴합니다. 엄한 말로 거절하도록 하십시오." 하였다.

신미년(1691, 숙종 17) 8월. 동래 부사 김홍복(金洪福) 때이다. 재판차왜가 또 우경도서의 이야기를 발설하므로, 전례에 따라 거절하였다고 장계하였다. - 회하는 없었다.

임신년(1692, 숙종 18) 8월. 재판차왜 평성상(平成尙)**136)**이 다시 우경도서의 일을 꺼내어 누누이 요청하였다고 장계하였다.

회계하기를, "우경이 도주가 된 후에는 당연히 태수(太守)의 도서가 있을 터이니, 아명도서(兒名圖書)를 지금 거론하는 것은 옳지 않습니다. 이렇게 타이르도록 하십시오." 하였다.

계유년(1693, 숙종 19) 12월. 동래 부사 성관(成瓘) 때이다. 신도주 평의륜(平義倫)의 도서를 해조에서 주조하여 서리(書吏)가 가지고 왔기에, 차왜에게 지급하였다고 장계하였다. - 회하는 없었다.

갑술년(1694, 숙종 20) 3월. 구도주 평의진(平義眞)의 도서 1과(顆)를 도해역관(渡海譯官)[137] 박유년(朴有年)이 받아 가지고 왔으므로, 그로 하여금 그대로 가지고 가게 하여 올려 보냈다고 장계하였다. - 회하는 없었다.

6월. 평의진의 도서를 올려 보낼 때 아명(兒名)으로 된 언만도서(彦滿圖書)만 남겨 두고 또 이렇게 사선(使船)을 보낸 일이 있었기에, 엄한 말로 거절하고 되돌아가도록 하였다고 장계하였다. - 회하는 없었다.

9월. 언만도서는 구도주 평의진이 살아 있는 동안에 한해 그대

---

136) 평성상(平成尙) : 평성상은 숙종 16년(1690) 1월 문위역관(問慰譯官)을 호행하고, 우경도서(右京圖書)에 관한 문제와 인삼 매매(人蔘賣買) 등의 일로 도항하였다. 『裁判差倭謄錄 辛未年 11月 18日』 『邊例集要 卷4 裁判』

137) 도해역관(渡海譯官) : 숙종 19년(1693) 11월에 대마도에 파견된 안신휘(安愼徽), 박유년(朴有年), 김도남(金圖南) 일행을 가리킨다. 이들은 대마도주의 퇴휴, 승습, 환도 등의 문위 이외에 재판차왜가 왜관에 머무르는 기한 및 겸대하는 문제, 왜관의 면적에 관한 문제 등을 협의하기 위해 도항하여 이듬해 3월 귀국하였다. 『增正交隣志 卷6 問慰行』

로 사용하라고 계하(啓下)하였다.138) – 사용하도록 허락한 연유는 송사조(送使條)에 있다.

10월. 동래 부사 이희룡(李喜龍) 때이다. 평의진송사(平義眞送使)의 서계를 받아서 올려 보낸다고 장계하였다.

회계하기를, "서계 중에 이미 언만도서를 찍었는데, 관명(冠名)인 의진(義眞)을 써서 보내는 것은 부당합니다. 내년부터는 서계에 언만(彦滿)으로 쓰도록 꾸짖고 타이르게 하십시오." 하였다.

을해년(1695, 숙종 21) 1월. "관수왜의 말 가운데에, '내년부터 서계에 언만(彦滿)으로 쓰도록 하라는 것은 참으로 이치에 맞으나, 군부(君父)의 명호(名號)를 고치는 여부에 대해서는 저희들이 신하된 자의 의리로 어찌 감히 그 사이에 의논하겠습니까.' 하였습니다. 신도주139)가 이미 죽었으므로 마땅히 조위(弔慰)하는 거론이 있을 것이니, 그때에 도해역관으로 하여금 대마도에서 논의해 결정하도록 하는 것이 마땅할 것입니다."라고 장계하였다.

회계하기를, "물러나 쉬고 있는 도주의 아명(兒名)으로 된 언만도서가 찍힌 서계에 관명(冠名)인 의진(義眞)을 써넣은 일은 원래 우리나라에 손해될 바가 없으니, 이번에 다투어 고집할 필요는 없습니다. 이런 뜻으로 분부하십시오." 하였다.

---

138) 언만도서는 …… 계하(啓下)하였다 : 언만도서는 평의진(平義眞)이 도주가 된 후 반납되어야 했으나 계속 사용되어 왔었다. 그런데 평의진이 도주의 자리에서 물러난 후에도 대마도주의 도서는 문위역관 편에 반납하였지만 언만도서는 반납하지 않고 계속 사용하기를 요청하므로 죽을 때까지 사용하도록 허락한 것이다. 언만도서는 숙종 28년(1702) 평의진이 죽은 뒤에 반납되었다.
139) 신도주 : 평의진(平義眞)의 뒤를 이어 대마도주가 된 평의륜(平義倫)을 가리킨다.

5월. "'대마도주 평의륜(平義倫)이 이미 죽었으니, 송사(送使)의 서계에 찍는 도서는 의륜의 도서를 사용할 수 없다. 또 언만의 도서는 아명도서로서 그 사선 한 척에만 사용하도록 허락했을 뿐이니, 또한 다른 송사선에 사용할 수 없다. 따라서 응당 의진의 도서를 다시 내려보내 사용하도록 해야 할 것 같다. 그러나 아직 의진의 섭정(攝政)을 알리는 차왜[140]가 오기 전에는 또 한 먼저 내려보내는 것을 허락할 수도 없다.'는 뜻으로, 재판차왜가 말한 바에 대해 답하며 타일렀습니다."라고 장계하였다. - 회하는 없었다.

7월. 신관수(新館守)에게 다례(茶禮)를 베푼 후에 서계를 올려보낸다고 장계하였다.

회계하기를, "조정으로부터 아직 결정된 회하를 받기 전에 언만도서(彦滿圖書)를 지레 찍어 보낸 것은 실로 조정의 명령을 공손히 받는 뜻이 아닙니다. 그런데도 동래부에서 살피지 못하고 올려보낸 것은 체모를 손상시킨 거조이니 동래 부사를 추고하시고, 동서계는 이미 올라왔으므로 물리쳐 돌려보낼 필요는 없습니다." 하였다.

8월. "연례제1·2·3선 송사왜 등이 사용할 도서를 아직 결정하기 전에 서계에 언삼(彦三)의 도서[141]를 찍어서 지레 나왔습니다. 전례를 살펴보니, 무술년(1658, 효종 9) 평의진(平義眞)의 승습

---

140) 의진의 …… 차왜 : 숙종 20년(1694) 평의륜(平義倫)의 사망으로 평의방(平義方)이 9세의 나이로 즉위하게 되자 물러나 쉬고 있던 평의진(平義眞)이 섭정(攝政)하게 되었음을 알리는 차왜로, 숙종 21년 6월 평진주(平眞周)가 도항하였다.

141) 언삼(彦三)의 도서 : 섭정을 담당한 평의진(平義眞)이 가지고 있던 도서(圖書)이므로 언만(彦滿)의 도서이어야 마땅하다. 언삼은 대마도주 평의성(平義成)의 아명으로 언삼도서는 효종 8년(1657) 사망 이후 이미 반납되었다.

(承襲) 때 도서를 고쳐서 받기 전에 나온 세견선왜의 접대를 허락하였고, 또 계유년(1693, 숙종 19)에 접대를 허락한 전례가 있으므로, 전례에 따라 접대할 생각입니다."라고 장계하였다.

회계하기를, "이미 나왔으므로 잠시 접대하도록 하여도 관대한 체모에 해가 되지는 않을 것입니다." 하였다.

8월. "차왜 평진주(平眞周)가 다례(茶禮)를 하는 날에 신에게 1통의 글을 보내면서 통사왜(通事倭)142)로 하여금 말을 전하게 하기를, '대마도주가 이미 죽었으므로 그 도서를 사용할 수 없고, 언만의 도서 또한 사용할 수 없습니다. 의당 의진의 도서를 다시 받아야 할 터이니, 조정에 잘 아뢰어 주십시오.' 하였습니다."라고 장계하였다.

회계하기를, "이전의 등록(謄錄)을 살펴보니, 도주가 승습할 때 반드시 서계로 도서를 요청하였습니다. 그러나 이번에는 차왜가 글을 바치기도 하고 구두로 전하기도 하니, 전례와 크게 다르며 또한 사체(事體)가 아닙니다. 그런데도 변방의 신하가 전례를 살피지 않고 말하니, 참으로 심히 소루(疏漏)합니다. '마땅히 대마도주의 서계를 기다려 처분해야 할 것이다.'라는 뜻으로 분부하는 것이 어떻겠습니까?" 하니, 상이 이르기를, "이 일은 사체에 관계된 것이니, 이에 따라 분부하는 것이 옳다."고 전교하였다.

9월. 차왜의 말 가운데에, "이번 도서를 요청한 일은 이미 대리로 권력을 섭정한 데에서 나왔으니, 감히 서계를 곧바로 보낼 수 없었습니다. 그러므로 반드시 도주의 아들을 보낸 것입니다. 그

---

142) 통사왜(通事倭): 일본의 조선어(朝鮮語) 통역관으로 왜관에는 숙종 19년(1693)에 처음으로 2명이 배치되었으며 3년마다 교체되었다. 『增正交隣志 卷2 通事倭』

아버지의 도서를 그 아들이 가지고 가는 것 또한 빛나는 일이므로, 꼭 이번에 가지고 가기를 원합니다." 하였다고 장계하였다.

회계하기를, "의진의 도서는 해조로 하여금 내려보내게 하고, 의륜(義倫)의 도서[143]는 환납하라는 뜻으로 분부하십시오." 하였다.

9월. 구도주(舊島主) 평의진의 도서를 예조의 서리(書吏)가 가지고 왔기에 지급하였다고 장계하였다. - 회하는 없었다.

11월. 특송사(特送使) 서계에 언만의 도서를 찍어 왔는데, 동왜인의 말 가운데에, "의진이 강호(江戶)에 들어갔으므로, 도서는 비록 이미 받아 갔지만 사용하는 것을 의진에게 아뢰고 아직 회답을 받지 못한 까닭에 과연 언만의 도서를 찍어 왔습니다." 하였다고 장계하였다.

회계하기를, "지금 잠시 전례에 따라 서계를 받고 답서를 보내는 일은 무방합니다." 하였다.

정축년(1697, 숙종 23) 1월. 동래 부사 이세재(李世載) 때이다. 고(故)도주 평의륜(平義倫)의 도서를 문위관(問慰官)[144]이 돌아오는 편에 가지고 왔기에 올려 보낸다고 장계하였다. - 회하는 없었다.

임오년(1702, 숙종 28) 7월. 동래 부사 박태항(朴泰恒) 때이다. "세견1·2·3선의 서계에 신도주(新島主) 평의방(平義方)의 이름이

---

143) 의륜(義倫)의 도서 : 숙종 19년(1693) 10월 도서청개차왜(圖書請改差倭) 평진현(平眞顯)이 와서 요청해 받아갔다.

144) 문위관(問慰官) : 숙종 22년(1696) 10월에 평의륜(平義倫)의 죽음을 조위하고 평의진(平義眞)의 승습과 평의방(平義方)의 환도(還島)를 문위하기 위해 파견된 변정욱(卞廷郁), 송유량(宋裕良) 일행을 가리킨다. 이듬해 1월에 귀국하였다. 『增正交隣志 卷6 問慰行』

쓰여 있고, 도서는 의진(義眞)의 도서를 찍어 왔습니다. 이름과 도서가 이처럼 다르니 사체(事體)가 부당하다고 꾸짖으니, 동 왜인 등이 말하기를, '새 도서를 요청해 얻은 후에 사선(使船)을 보내면 진상(進上)이 점차 늦어지게 됩니다. 또 계유년(1693, 숙종 19)의 전례도 있었습니다.' 하였습니다."라고 장계하였다.

회계하기를, "기왕에 이미 행한 전례가 있으니 지금 물리칠 필요는 없으므로 전례에 따라 접대하십시오." 하였다.

계미년(1703, 숙종 29) 2월. 구도주 평의진(平義眞)이 이미 죽었으므로 관명(冠名)과 아명(兒名)의 두 도서를 거두어 바치라는 뜻으로 도해역관에게 분부하였다고 장계하였다. - 회하는 없었다.

6월. 동래 부사 이무(李堥) 때이다. "구도주 평의진이 이미 물러나 죽었는데, 그 관명으로 된 도서와 아명으로 된 도서는 도해선(渡海船)이 침몰하여[145] 거두어 받을 수 없게 되었습니다. 이 일을 관수왜에게 언급하니, 관수왜가 말하기를, '통신사 편을 기다려 마땅히 환납하겠습니다.' 하였습니다." 라고 장계하였다. - 회하는 없었다.

을유년(1705, 숙종 31) 2월. 동래 부사 황일하(黃一夏) 때이다. 재판차왜 평위구(平爲矩)의 말 가운데에, "구도주 평의진(平義眞)의 아명(兒名)과 관명(冠名)의 두 도서는 가지고 와 바쳤지만, 현재의 도주가 지금까지 아명도서(兒名圖書)를 받지 못하여 온 섬사

---

145) 도해선(渡海船)이 침몰하여 : 숙종 29년(1703) 2월 대마도주 평의방(平義方)이 대마도에 돌아온 것을 문위하고 아울러 평의진(平義眞)의 죽음을 조위하기 위해 파견된 한천석(韓天錫), 박세량(朴世亮) 일행 113명이 대마도를 70여 리 앞두고 파선하여 몰살한 것을 가리킨다. 『宗氏家寶略 義倫君』『宗氏實錄2 癸未年 2月』『分類紀事大綱 5』

람들이 실망스럽게 여기고 있습니다. 조정에 전달하여 이러한 소원을 이룰 수 있도록 해 주십시오."하였다고 장계하였다.

회계하기를, "도주의 아명도서를 지급한 것은 한때의 특별한 은혜에 지나지 않은 일로, 이전의 도주 평의륜(平義倫)이 살아 있을 때에도 아명도서를 지급한 일이 없었습니다. 오랜 뒤에 지금 도주의 아명도서를 발설하여 바라면서 왜관에 오래 머무르려는 계책은 간교한 정상이 가증스러우니, 엄한 말로 꾸짖어서 다시 이야기하는 폐해를 막도록 하십시오."하였다. - 평의진의 두 도서는 도해역관[146]이 가지고 와서 올려 보냈다.

11월. "재판차왜의 말 가운데에, '대마도주의 아명도서를 지금에 와서 요청한 것은 대개 전일 귀국의 조정이 매번 언만도서(彦滿圖書)를 환납하면 마땅히 허락할 것이라고 분부하였기 때문입니다. 그러므로 이번에 언만도서를 환납하면서 비로소 얻기를 요청하는 것입니다.'하였습니다. 그러나 그들의 소원을 살펴보면, 이전에는 9송사가 있었는데 평의진이 죽은 후에 1척의 송사를 폐하여 지금은 8송사가 되었으므로, 이것을 근심하여 의방(義方)의 아명도서를 청해 받아 9송사를 유지하려는 계책입니다."라고 장계하였다.

회계하기를, "의방의 승습 후에 추가로 아명도서를 요청한 것은 심히 근거한 바가 없고 설파할 거리도 되지 않는데, 이에 9송사가 줄었다는 것으로 말을 삼는 것은 더욱이 그 말이 궁색함을 내보이는 것입니다. 교린(交隣)의 성신(誠信)은 송사의 많고 적음에 있지 않으니, 이 이치가 매우 분명합니다. 엄하게 거절하고, 차왜를 속히 되돌아가도록 하십시오."하였다. - 의방의 아명은 차랑(次郞)이다.

---

146) 도해역관 : 숙종 30년(1704) 11월 대마도주 평의방(平義方)이 대마도에 돌아온 것을 문위하기 위해 도항한 한후원(韓後瑗), 오윤문(吳允文) 일행을 가리킨다. 『增正交隣志 卷6 問慰行』

기축년(1709, 숙종 35) 4월. 동래 부사 권이진(權以鎭) 때이다.
"도해역관 최상집(崔尙㟴) 등의 수본을 보니, 대마도 왜인이 언천
대(彦千代)147)의 도서를 요청해 얻는 일을 누차 말하였다고 하였
습니다. 그런데 조정에서 교간(交奸)한 왜인을 동률(同律 사형)로
처벌하는 일148)로 대마도주에게 서계를 보냈는데 받지 않고 되돌
려 보내 이미 무한한 치욕을 받았으니, 언천대의 도서에 관한 일은
결코 전례에 비추어 시행할 수 없습니다. 특별히 엄하게 꾸짖어 다
시 입에 담지 못하게 하는 것은 사체(事體)로 보아 그만둘 수 없는
일인 것 같습니다."라고 장계하였다.

회계하기를, "도서에 관한 일은 본래 규정 이외의 것으로 결코
시행을 허락할 수 없는 것이니, 더욱 엄하게 꾸짖어 그들로 하여
금 다시는 요청하지 못하도록 하십시오." 하였다. - 언천대는 바로
대마도주 의방(義方)의 아들이다.

5월. "언천대의 도서는 저들 왜인이 크게 바라는 것으로 조종하
는 것이 우리에게 있고 전에 이미 지급한 전례가 있었습니다. 지
금 또 경하를 바치니, 규정 이외라 하여 거절하는 것은 먼 오랑캐
에게 숨기지 않는 뜻을 펴는 도가 아닙니다. 만일 예조의 회답서
에, '전례로는 마땅히 허락해야 하지만 의리로는 관용을 베풀기 어

---

147) 언천대(彦千代) : 대마도주 평의방(平義方)의 아들로, 숙종 31년
(1705)에 태어나 숙종 39년(1713)에 사망하였다.
148) 교간(交奸)한 …… 일 : 숙종 33년(1707) 12월 동래 부사 한배하(韓配
下) 때에 부장(部將) 송중만(宋仲萬)이 여인 감옥(甘玉)을 데리고 왜관에
잠입하여 교간한 사건에 대하여, 해당 왜인을 동률(同律)로 처벌하라는
요구를 부산 첨사가 관수왜(館守倭)에게 책유하였으나 회답이 없었다. 이
후 이 문제로 숙종 34년 12월에 파견된 문위역관 최상집(崔尙㟴)과 한중
억(韓重億) 편에 서계를 보내어 동률로 처벌하도록 하였으나 끝내 받기를
거부하여 전하지 못하고 돌아왔다.『손승철, 근세 조선의 한일관계 연구,
국학자료원, 1999』

렵다.'는 뜻으로 꾸짖고 타이르라거나, 혹은 조정의 대체로 보아 세세하게 개의하기가 곤란할 경우에는 '변신(邊臣)에게 이미 유시한 뜻으로 왜관에 있는 왜인들에게 전유하도록 하라.'는 뜻으로 답해 주시면, 신이 마땅히 조정의 뜻과 지시를 잘 밝히겠습니다."라고 장계하였다.

회계하기를, "이 일은 본래 통상적인 규식이 아니니, 전에 지급할 때 이미 이후로 다시는 전례로 끌어들이지 말라고 타일렀습니다. 따라서 지금 요청한 바는 결코 허락할 수 없습니다만, 조정의 두터운 은혜로 결국은 헤아려 처리할 의사가 있을 것이라는 뜻으로 수신(守臣)으로 하여금 재판차왜에게 잘 타이르도록 하십시오." 하였다.

6월. "이번 대마도주가 보낸 답서에 도서에 관한 일을 흐리멍덩하게 언급하였으니, 무례하기가 이와 같습니다. 금번 예조의 회답서에, '도서에 관한 일을 별도로 쓰지 않고 답서에 끼워 넣은 것은 무례를 범한 것이다.'라는 뜻으로 엄하게 답하거나, 혹 '서계하는 것은 규례가 아니므로 변신으로 하여금 타이르도록 하겠다.'는 뜻으로 답하는 것이 어떨지 모르겠다고 하였습니다. 본래 아명도서(兒名圖書)는 은혜를 베푸는 뜻에서 지급된 것인데, 이전에 언삼(彦三)·언만(彦滿)의 두 도서를 하사한 이유는 모두 충성을 다해 힘썼기 때문에 지급한 것입니다. 그런데 지금은 이미 기록할 만한 공이 없는데다 서계를 받지 않는 일이 마침 이때와 마주쳤고, 옛날에는 충성을 다해 얻었으나 지금은 공손하지 않아서 얻지 못했으니, 이는 이치상 당연한 것입니다. 그런데 지금 묻지도 않은 채 지급함으로써 그들의 뜻에 따른다면, 이것이야말로 이른바 '어진 자가 천금(千金)인데 어리석은 자도 또한 천금(千金)'이라는 것과 마찬가지입니다."라고 장계하였다.

회계하기를, "대마도 왜인이 꺼리는 일이 있다고 칭하면서 서계를 받지 않은 것이 첫 번째 잘못이고, 보낸 범왜(犯倭)가 또한 문서에 없는 것이 두 번째 잘못이며, 도서를 요청하면서 전례에 어긋나게 덧붙여 말한 것이 세 번째 잘못입니다. 또 그 말이 오만하고 감히 규정 이외의 특별한 은혜를 요구하는 것은 그 정상이 매우 가증스러우니, 다시 꾸짖고 타일러 대마도 왜인으로 하여금 서계를 고쳐서 잘못을 뉘우치게 한 연후에 바야흐로 헤아려 처리해야 할 것입니다. 근자에 내려 보낸 서계는 다시 올려 보내도록 하여 고쳐 짓되 '변신(邊臣)으로 하여금 전유하도록 하라.'는 말을 첨가하는 것이 사리에 합당할 것입니다." 하였다.

9월. "도서에 관한 일은 비록 10년을 머물러 있는다 해도 결코 해결될 수 없다. 오래 머무르면서 가지 않으면, 단지 철공(撤供)할 수밖에 없다."고 재판차왜를 꾸짖고 타이르니, 동 왜인이 단지 "이곳에서 죽을 것입니다." 하였다고 장계하였다.

회계하기를, "그 맡은 일이 아직 타결되기 전에 지레 철공하는 것은 먼 곳에서 온 사람을 대하는 도리에 어긋납니다." 하였다.

경인년(1710, 숙종 36) 5월. "재판차왜의 말 가운데에, '제가 도서(圖書)를 요청하는 일로 나왔는데 맡은 일은 이루어지지 않고 도리어 번거로운 논의의 답서를 받기에 이르렀으니, 이 서계를 가지고 무슨 면목으로 돌아가 도주를 뵙겠습니까. 대마도에서 재촉하고 있으므로 바야흐로 수일 내에 돌아갈 생각인데, 제가 글을 지어 이런 연유를 아뢰고자 합니다. 원컨대 동래 부사에게 전해 주십시오.' 하였습니다. 담당 역관이 물리치고 받지 않으니, 동 왜인이 회답서계를 받지 않고 시봉(侍奉) 1인, 반종(伴從) 10명과 함께 돌아가기 위해 배를 탔으며, 봉진왜(封進倭)는 바치는 물건

을 회계하기 위해 남았습니다."라고 장계하였다. - 장계등록에 나오
며, 회하는 없었다.

임진년(1712, 숙종 38) 3월. 동래 부사 이정신(李正臣) 때이다.
"재판차왜의 말 가운데에, '대마도주의 아들 언천대(彦千代)가 아직
은혜를 입지 못하였으니, 동 아명도서(兒名圖書)를 옛 규정에 의하
여 지급해 주십시오.' 하였습니다. 이 도서의 발급 요청은 이미 수
년이 되었으니, 묘당으로 하여금 품처(稟處)하게 해 주십시오."라고
장계하였다.
회계하기를, "어찌 헤아려 처리할 방법이 없겠습니까마는, 사적
으로 전하는 말로 인해서 가볍게 특별한 은혜를 허락하는 것은 불
가하다는 뜻으로 더욱 엄히 꾸짖고 타이르도록 하십시오." 하였다.

10월. 동래 부사 이명준(李明浚) 때이다. 언천대의 아명도서의
일로 대마도주가 예조와 동래 부사 및 부산 첨사에게 서계와 별폭
을 만들어 보냈으므로, 받아서 올려 보낸다고 장계하였다. - 장계
등록에 나오며, 회하는 없었다.

계사년(1713, 숙종 39) 1월. 언천대(彦千代)에게 지급할 도서
를 새로운 훈도가 가지고 왔기에 곧바로 지급하니, 관수와 재판
등이 말하기를, "구도주 언삼(彦三)·언만(彦滿)은 은혜를 입은 지
60여 년이 되었는데, 중간에 우경도서(右京圖書)와 차랑도서(次郎
圖書)는 거절되어 허락받지 못하였습니다. 그 때문에 다시 감히
청하지 못했습니다. 언천대의 도서를 갈망할 때에 미처 주시니,
온 섬의 백성들 누구도 기뻐하면서 조정의 성덕(盛德)에 감축하지
않은 사람이 없었습니다." 하였다고 장계하였다. - 회하는 없었다.

갑오년(1714, 숙종 40) 5월. 언천대(彦千代)가 아직 첫 번째 송사(送使)를 보내지도 못하고 사망한 까닭에 그 도서를 별도로 차왜를 정하여 환납하였는데, 다른 사선에 순부(順付)하지 않고 별도로 차왜를 보낸 것은 너무도 해괴하다고 장계하였다.

무술년(1718, 숙종 44) 9월. 동래 부사 서명연(徐命淵) 때이다. "대마도주 평의방(平義方)의 죽음을 알리는 비선(飛船)의 노인(路引)에 의방(義方)의 도서를 찍었습니다. 그런데 지지난 정유년(1657, 효종 8) 대마도주 평의성(平義成)의 죽음을 알리는 배의 노인에 의성(義成)의 도서를 찍었고, 갑술년(1694, 숙종 20) 대마도주 평의륜(平義倫)이 죽었을 때는 의륜(義倫)의 도서를 사용하였는데, 모두 받았습니다. 그러므로 이번에도 구례(舊例)에 따라 받았습니다."라고 진달(陳達)하였다. - 회하는 없었다.

경자년(1720, 경종 즉위년) 10월. 동래 부사 윤석래(尹錫來) 때이다. 신도주 평방성(平方誠)의 도서를 다시 청하는 대차왜 평륜지(平倫之)가 나왔으므로, 도서를 전례에 따라 해조로 하여금 각별히 정밀하게 만들어 내려보내게 해달라고 장계하였다.
회계하기를, "도서를 각별히 정밀하게 만들어 속히 내려보내도록 하십시오." 하였다.

신축년(1721, 경종 1) 윤6월. "관수와 재판왜 등의 말 가운데에, '구도주의 아들 암환(岩丸)의 아명도서(兒名圖書)를 구례에 따라 지급해 달라는 일로 대마도주가 별도로 서계를 바칠 것입니다.' 하였습니다. 그리하여 등록(謄錄)을 살펴보니, 전 도주 아들의 아명도서를 매번 간청함에 따라 누차 만들어 지급하였는데, 그때마다 이후에 전례로 삼지 말도록 꾸짖고 타일렀습니다. 이번에 암환의 아명도서를 감히 다시 지급해 달라고 번거로이 요청하니, 참으로 해괴합니다. 그러나 대마도주가 이미 별도로 서계를 바쳤으므로 등본(謄本)을 해조로 올려 보내거니와, 원래의 서계를 받아서 올려 보낼지의 여부를 묘당으로 하여금 품처하게 해 주십시오. 또 구도주의 도서는 재판차왜가 가지고 와서 바쳤으므로, 전례에 따라 도해역관 최상집(崔尙㠌)에게 주어서 올려 보냅니다."라고 장계하였다. - 장계등록에 나오며, 회하는 없었다.

윤6월. "재판차왜의 다례(茶禮) 때에 동 왜인이 통사왜(通事倭)를 시켜 접위관(接慰官)에게 왕복하면서 말하게 하기를, '대마도주는 구도주의 아들 암환의 사자(嗣子)로 삼고 서계를 써서 남궁(南宮 예조)에 보내어 도서를 지급해 달라고 간청하였습니다. 구도주가 살아 있을 때에 암환의 사람됨이 총명하고 지혜로움을 아껴 도주의 자리를 전하고자 하였는데, 암환이 아직 성장하기 전에 갑자기 죽었습니다. 신도주가 매번 죽은 형의 살아 있을 때의 뜻을 생각하여 사자(嗣子)로 정하고, 언천대(彦千代)의 도서를 지급한 전례에 따라 도서를 받는 혜택을 똑같이 받고자 하는 것입니다.' 하였다고, 접위관 양산 군수(梁山郡守)의 이첩(移牒)149)에 근거하여 그 연유를 치계합니다." 하였다. - 장계등록에 나오며, 회하는 없었다.

9월. "구도주의 아들 암환에게 지급할 도서를 예조의 서리(書吏)가 가지고 왔기에, 훈도와 별차로 하여금 관수왜에게 지급하게 하면서 조정의 특별한 은혜라는 뜻을 유시하게 하니, 동 왜인 등이 엎드려 감축하면서 절하고 감사의 말을 하였습니다. 도서를 지급할 때에 왜관의 모든 왜인들이 늘어서서 공손히 맞이하면서 기뻐

---

149) 이첩(移牒) : 받은 공문이나 통첩(通牒)을 다른 곳으로 다시 알리는 것을 말한다. 또는 그 공문이나 통첩을 가리키기도 한다.

하지 않은 사람이 없었습니다."라고, 훈도와 별차의 수본에 근거하
여 그 연유를 치계하였다. - 회하는 없었다.

계묘년(1723, 경종 3) 5월. 동래 부사 박내정(朴乃貞) 때이다.
평암환(平岩丸)이 죽었기 때문에 아명도서(兒名圖書)를 새로운 관
수가 오는 편에 순부(順付)하여 바쳤다고 장계하였다. - 회하는 없
었다.

을사년(1725, 영조 1) 11월. 동래 부사 이중협(李重協) 때이다.
"재판차왜 평수경(平守經) 및 도주환도고지차왜(島主還島告知差倭)
등조숭(藤朝崇)이 오는 편에, '대마도주가 관백(關白)의 명령에 따
라 도주의 이름 방성(方誠)의 「방(方)」자를 「의(義)」자로 고쳤는
데, 두 나라의 성신(誠信)의 도리상 알리지 않을 수 없으니 도서를
고쳐 달라.'고 요청하였습니다. 대마도주가 이미 이름을 고쳤으므로
응당 이전의 이름으로 된 도서를 사용하는 것 또한 부당하니, 묘당
으로 하여금 품처하게 해 주십시오."라고 장계하였다.
　회계하기를, "도서를 해조로 하여금 고쳐서 만들어 내려보내게
하십시오." 하였다.

병오년(1726, 영조 2) 4월. 대마도주 평의성(平義誠)의 이름을
고친 도서를 도해역관150) 이석린(李錫麟)과 최한진(崔漢鎭)이 순
부(順付)하여 가지고 왔기에 관수에게 지급하였더니, 삼가 공손히
하례하였다고 장계하였다. - 회하는 없었다.

---

150) 도해역관 : 대마도주 평의성(平義誠)이 대마도에 돌아온 것과 의여(義
　　如)의 승적(承嫡), 그리고 관백입저(關白立儲)를 축하하기 위해 파견되었
　　으며, 영조 2년(1726) 5월 7일에 부산을 출발하였다가 8월 26일에 귀국
　　하였다. 『增正交隣志 卷6 問慰行』『裁判日記』

8월. 대마도주의 아들 미일(彌一)151)의 아명도서(兒名圖書)를 구례에 따라 만들어 지급해 달라고 도해역관을 호위하고 온 재판 차왜152)가 와서 요청하였다고 장계하였다.

회계하기를, "해조로 하여금 만들어 지급하게 하십시오." 하였다.

정미년(1727, 영조 3) 윤3월. 동래 부사 이의천(李倚天) 때이다. "미일도서(彌一圖書)를 예조의 서리(書吏)가 가지고 왔기에 지급하니, 관수와 재판 등이 문 밖으로 나와 공손히 맞이하여 받은 후에 말하기를, '도서를 받아가는 일은 사체가 특별하므로 반드시 차왜를 청하여 가지고 가야 할 것입니다.' 하였습니다. 이에 훈도와 별차 등이 여러 가지로 꾸짖고 타일러 동 도서를 재판에게 순부(順付)하였습니다."라고 장계하였다. - 차왜의 일은 역관조(譯官條)에 상세하게 나와 있다. 회하는 없었다.

경술년(1730, 영조 6) 12월. 동래 부사 정언섭(鄭彦燮) 때이다. "대마도주 평의성(平義城)이 강호(江戶)에 들어가던 중 대판성(大板城)에 도착해서 병사(病死)하였는데, 부음을 알리는 비선(飛船)의 노인(路引)에 이미 죽은 도주의 도서를 찍었습니다. 그런데 정유년(1657, 효종 8), 갑술년(1694, 숙종 20), 무술년(1718, 숙종 44)에 사용한 전례가 있었으므로, 전례에 따라 받았습니다."라고 장계하였다. - 회하는 없었다.

신해년(1731, 영조 7) 4월. 신도주 평방희(平方熙)의 서계에 구

---

151) 미일(彌一) : 대마도주 평의성(平義誠)의 장남으로, 숙종 41년(1716) 강호(江戶)에서 태어나 영조 8년(1732) 방희(方熙)의 뒤를 이어 대마도 주가 되었다. 『宗氏家寶略 義如君』

152) 재판차왜 : 기도육우위문(幾度六右衛門) 평수경(平守經)이 임명되었다.

도주 평의성(平義誠)의 도서를 찍어 왔는데, 이미 전례가 있으므로 물리쳐 받지 않을 필요는 없다고 장계하였다.

회계하기를, "이미 죽은 도주의 도서를 사용하는 것은 전례가 많았으니, 전례에 따라 받도록 하십시오." 하였다.

12월. "신도주에게 지급할 도서를 새로 만들어 내려 보냈기에 차비역관(差備譯官) 등으로 하여금 시험 삼아 빈 종이에 찍어 그 새긴 획을 보게 하니, 방희(方熙)의 '희(熙)' 자의 네 점을 '화(火)' 자로 썼습니다. '화' 자의 좌우 획의 아랫부분은 다르지 않고 같아야 하는데, '화'자의 좌측 획의 휘어지는 곳이 떨어져 이어지지 않았습니다. 이민족의 사람에게 지급하는 부장(符章)은 사체(事體)가 신중한 것이어서 애매한 상태로 지급해서는 안 되므로 다시 올려 보내니, 속히 고쳐서 만들어 내려보내 주십시오."라고 접위관(接慰官)과 연명으로 장계하였다.

회계하기를, "당초에 잘 만들지 못하여 떨어진 곳이 있게 하였으니, 해당 장인을 담당 관청으로 하여금 붙잡아 가두고 무겁게 처벌하도록 하십시오. 그리고 도서는 고쳐 만들어 속히 내려보내십시오." 하였다.

계축년(1733, 영조 9) 2월. "관수왜가 말하기를, '이번 고경차왜(告慶差倭)의 서계에 구도주의 도서를 찍을지 미일도서(彌一圖書)를 찍을지 미리 아뢰어 정하기 바랍니다.' 하였습니다. 미일(彌一)은 비록 아명도서(兒名圖書)가 있지만 이미 승습하여 도주가 되었으므로 구도주의 도서를 찍는 것은 부당한 전례를 따르는 것이 될 듯하고, 평미일(平彌一)의 아명도서를 도주가 된 후에도 그대로 찍는 것도 전례가 없는 규정이므로, 묘당으로 하여금 속히 품처하여 분부하게 해 주십시오."라고 장계하였다.

회계하기를, "이미 승습한 후에는 아명도서를 그대로 사용하는 것이 불가하므로 구도주의 도서를 그대로 사용하라는 뜻으로 분부하십시오."하였다.

갑인년(1734, 영조 10) 4월. 동래 부사 정내주(鄭來周) 때이다. "도해역관153) 김현문(金顯門)과 박춘서(朴春瑞) 등이 돌아온 후에 바친 수본(手本)내에, '전전 도주 평의성(平義誠)이 죽은 후 그 아들 의여(義如)가 승습해야 마땅하지만 나이가 어리기 때문에 그 동생 방희(方熙)가 승습하였습니다. 그러다가 관백(關白)의 명령으로 방희가 물러나 쉬고 의여가 승습한 까닭에, 의성과 방희의 두 도서 및 평의여(平義如)의 아명(兒名) 미일(彌一)의 도서를 가지고 나오라고 봉행(奉行) 등에게 엄히 타이르니, 「의여의 아명도서는, 미일이 지금 도주가 되었으니, 언삼(彦三)과 언만(彦滿)의 예(例)에 따라 죽은 후에 마땅히 환납하겠습니다.」하면서 백방으로 핑계를 댔습니다. 그리하여 다시 동래 부사가 평미일(平彌一)을 혁파하는 일로 작년에 이미 장문(狀聞)하여, 아명도서를 가져오라는 뜻으로 본부(本府)에서 전령(傳令)한 것이 참으로 엄절하였다는 연유를 엄하게 꾸짖고 타일러 도주에게 고하도록 함으로써 겨우 허락을 받아 동 3개의 도서를 가져왔습니다.' 하였습니다. 이 수본에 따라 그대로 도해역관에게 주어 올려 보냅니다."라고, 공형(公兄)154)이 순영(巡營)에 문장(文狀)을 올렸다. - 동래 부사는 원귀(元龜)의 거짓 공초로 인하여 거적을 깔고 임금의 명을 기다리고 있었기 때문에 공형(公兄)이 보고하였다.

---

153) 도해역관 : 대마도주 평방희(平方熙)의 퇴휴와 평의여(平義如)의 승습 및 환도(還島)를 문위하기 위해 영조 10년(1734) 1월 12일에 부산을 출발하였다가 4월 13일에 귀국하였다. 『增正交隣志 卷6 問慰行』『裁判日記』
154) 공형(公兄) : 조선시대 각 고을의 호장(戶長), 이방(吏房), 수형리(首刑吏)의 세 관속을 가리킨다.

계유년(1753, 영조 29) 8월. 동래 부사 이이장(李彛章) 때이다. "신도주 평의번(平義蕃)에게 지급할 도서를 예조의 서리(書吏)가 가지고 왔기에, 차비역관으로 하여금 도서청래차왜(圖書請來差倭) 평여련(平如連)에게 지급하도록 하였더니, 동 차왜가 도서를 살핀 후에 감사해 마지않았습니다." 한 담당 역관 등의 수본(手本)에 근거하여, 접위관(接慰官)과 동래 부사가 연명으로 진달하였다. - 회하는 없었다.

12월. 문위역관을 호행(護行)하기 위해 재판차왜 평구량(平久亮)이 나오면서, 죽은 도주 평의여(平義如)의 도서를 환납하기 위해 가지고 왔는데, 다례(茶禮)를 베푸는 날에 바쳤으므로 그 연유를 치달(馳達)하였다. - 환납한 도서는 출사역관(出使譯官)이 상경하는 편에 부쳐 보낸다고 예조에 보고하였다. 회하는 없었다.

신편 국역 예조 전객사 변례집요

• 인 쇄 일	2006년 3월 2일
• 발 행 일	2006년 3월 2일
• 옮 긴 이	재단법인 민족문화추진회
• 펴 낸 이	채종준
• 펴 낸 곳	한국학술정보㈜
	경기도 파주시 교하읍 문발리
	파주출판문화정보산업단지 526-2
	전화 031) 908-3181(대표) · 팩스 031) 908-3189
	홈페이지 http://www.kstudy.com
	e-mail(e-Book사업부) ebook@kstudy.com
• 등 록	제일산-115호(2000. 6. 19)
• 가 격	29,000원

ISBN   89-534-4325-3 93810 (Paper Book)
       89-534-4326-1 98810 (e-Book)